Diogenes Taschenbuch 24478

de
te
be

ANDREA DE CARLO, geboren 1952 in Mailand, lebte nach einem Literaturstudium längere Zeit in den USA und in Australien. Er war Fotograf, Maler und Rockmusiker, bevor ihm 1981 mit seinem ersten Roman, *Creamtrain*, der Durchbruch gelang. Acht Jahre später legte er den Roman *Zwei von zwei* vor, der zum Kultbuch einer ganzen Generation wurde. Andrea De Carlo lebt in Mailand und in Ligurien.

Andrea De Carlo

Ein fast perfektes Wunder

ROMAN

Aus dem Italienischen von
Maja Pflug

Diogenes

Mittwoch

1

Am späten Nachmittag des 18. November 2015 gab es im gesamten Stadtgebiet von Fayence, Département Var, Region Provence-Alpes-Côte d'Azur, einen Blackout, der sich auf den ganzen öffentlichen Verkehr, die Telekommunikation, die Radio- und Fernsehsender, die Konservierung der Lebensmittel, die Sicherheitssysteme, Computernetzwerke und verschiedenste kommerzielle Unternehmen auswirkte, einschließlich der Eisdiele *La Merveille Imparfaite* am Anfang der gepflasterten Gasse, die in Stufen von der Rue Saint-Clair zum Marktplatz vor der Kirche hinunterführt.

Kurz davor war Milena Migliari, die Eisfrau, aus ihrer Ladentür getreten und dachte gerade, dass man nicht in den Kalender zu schauen brauchte, um zu merken, dass die Touristensaison längst vorbei war. Man musste nur spüren, wie unbewegt die Luft war, in der man noch den Nachhall des spätsommerlichen Gelächters, die Rufe, die Blicke, das Rascheln, das Trippeln, das Klicken der Handys wahrzunehmen meinte. Ein Blick auf die Hauptstraße um die Ecke genügte: Nur wenige Autos kamen durch den Torbogen des Rathauses mit der kursiven Aufschrift *Hôtel de ville,* den blassblauen Fensterläden, den Töpfen mit welkenden Hängegeranien, der Flagge Frankreichs und der Europäischen Union, fuhren an den Schaufenstern von Restaurants, Bäckereien und Immobilienbüros vorbei und weiter bergauf, nach Mons oder Tourrettes oder Callian oder wer weiß wohin. Es herrschte eine unbestimmte Kälte, in die sich noch ein schwaches, laues Lüftchen mischte; der Himmel war von kraftlosem Blau, das scheinbar dem Grau nicht weichen wollte. In der allgemeinen Stille vernahm man das Gehämmer eines Arbeiters, der in einer der Gassen weiter unten zugange war, und die Musik aus dem Radio in Milena Migliaris Werkstatt.

Plötzlich gingen in der Eisdiele die Lichter aus, das Radio verstummte, nur die fernen Hammerschläge blieben übrig. Milena Migliari sah sich um, ging wieder hinein, wechselte einen erstaunten Blick mit ihrer Assistentin Guadalupe hinter der Theke und lief in die Werkstatt: Auch das hypnotische, beruhigende Brummen der Kühlapparate war verschwunden. Sie eilte wieder hinaus, bog um die Ecke an der Hauptstraße und merkte nach wenigen Schritten, dass der Strom im ganzen Ort ausgefallen war.

Eis tendiert naturgemäß zum Schmelzen, auch wenn es einige Zeit dauert, bis wirklich nichts mehr zu retten ist. Und Instabilität hat Milena Migliari schon immer eine Mischung aus Angst und Faszination eingeflößt: Mag sein, dass das auch mit ihrer persönlichen Geschichte zusammenhängt, wie Viviane behauptet, damit, dass sie keinen soliden Familienhintergrund hat, sich nie irgendwo verwurzelt gefühlt hat. Doch in diesem Fall handelt es sich um ihre Arbeit: um mit unendlicher Sorgfalt ausgesuchte Zutaten, um zeitaufwendig entwickelte Verfahren, um teure Apparate, die noch abbezahlt werden müssen, um eine Bilanz, die aufgehen muss. Deshalb bemüht sie sich jetzt bewusst, sich nicht aufzuregen, sondern vertrauensvoll darauf zu warten, dass der Strom zurückkommt. Sie blickt auf die Wanduhr, die zum Glück mit Batterie funktioniert, und stellt ein paar Berechnungen an: In den Kühlwannen der Theke kann das Eis bestimmt zwei Stunden unbeschadet überstehen, bei der aktuellen Außentemperatur vielleicht sogar drei. Sie unterhält sich eine Weile mit Guadalupe und geht ab und zu in die Werkstatt, um die Rührmaschine zu begutachten, die Reifebehälter, den Schockfroster, den Kühlschrank für die Rohstoffe: alles aus, aus, aus. Nicht ein Kontrolllämpchen blinkt, nicht ein Lüfter brummt. Die Angst kriecht in ihr hoch, und schließlich greift sie zum Handy, ruft beim Stromkonzern und der Stadtverwaltung an, um ein paar Informationen zu bekommen; aber am anderen Ende antworten nur automatische Ansagen oder unglaublich desinformierte, ausweichende oder gleichgültige Menschen. Das beruhigt sie kein bisschen, im Gegenteil.

Erneut läuft Milena Migliari hinaus auf die Hauptstraße, um mit der Bäckerin zu sprechen, die genauso viel weiß wie sie und ebenso besorgt ist, sie schüttelt den Kopf. Dann geht sie ins Immobilienbüro nebenan: Zwei der Angestellten starren gebannt auf die Displays ihrer Handys, eine telefoniert, um etwas zu erfahren, erfolglos. Milena Migliari geht wieder in die Eisdiele zurück, versucht sich zu beruhigen, hört Guadalupe zu, die ihr von der via Skype miterlebten Geburtstagsparty ihres Cousins in Quetzaltenango erzählt. Alle paar Minuten schaut sie auf die Uhr an der Wand, geht die Werkstatt kontrollieren. Noch einmal versucht sie es telefonisch beim Stromkonzern, bei der Stadtverwaltung: nichts. Sie läuft hin und her, von der Theke im Laden zur Werkstatt, von der Werkstatt wieder zur Theke, das Handy ans Ohr gepresst, während ihr Herz schneller schlägt bei der Vorstellung, der Strom werde erst wer weiß wann wieder fließen und die Temperatur in den Behältern unterdessen derart steigen, dass nichts mehr zu retten ist. Da nichts passiert, trifft sie eine Entscheidung, bevor alles zu spät ist: Sie fordert Guadalupe auf, ihr zu helfen, Eis in Waffeln und Becher zu füllen und sie draußen an die Passanten zu verteilen.

Doch die Touristensaison ist eben längst zu Ende: Auf den Dorfstraßen kommen nur ein paar alte Frauen mit Einkaufstaschen vorbei, ein paar scheue nordafrikanische Hilfsarbeiter, einige verloren dreinschauende Touristenpaare aus dem Norden, einige Ladenbesitzer, die besorgt herausfinden wollen, wie es weitergeht. Hätte der Blackout im Juli oder August oder sogar im September stattgefunden, wäre es ihr und Guadalupe mühelos gelungen, das gesamte vorrätige Eis in einer halben Stunde loszuwerden, noch dazu mit einem schönen Werbeeffekt. Aber so, wie es jetzt aussieht, müssen sie die wenigen Vorübergehenden geradezu anflehen, sich eine Waffel oder einen Becher schenken zu lassen. Verwunderte Gesichter, abgewandte Blicke, Kopfschütteln, beschleunigte Schritte: Unglaublich, welches Misstrauen es erregt, etwas gratis anzubieten. Manche Leute müssen sie anlächeln, um sie zu überzeugen, müssen besänftigend auf sie einreden, erklären, dass sie als Gegenleistung weder eine Blutspende noch den Beitritt zu einer religiösen Sekte verlangen. Doch das Ganze geht mit solcher Langsamkeit voran, dass Milena nach einer Weile in die Eisdiele zurückkehrt und anfängt, Ein-Pfund-Boxen zu füllen und sie in die Immobilienbüros und die Geschäfte mit Pseudo-Kunsthandwerk zu bringen. Eigentlich wäre es zum Lachen, denn im Sommer wird sie jeden Tag mit Bestellungen bombardiert, die sie gar nicht bewältigen kann, sie muss dann wieder und wieder erklären, dass ihre Produktion beschränkt, dass der Herstellungsprozess langsam und komplex ist, dass sie nur eine bestimmte Anzahl von Leuten auf einmal zufriedenstellen kann. Jetzt dagegen, bei Blackout und saisonal bedingter Leere, ist anscheinend niemand in der Stimmung, sich für das zauberhafte Gelbrot der Maquis-Baumerdbeere, das Goldbraun der Jujube aus Montauroux und das schimmernde Grün der Stachelbeere aus Mons zu begeistern. Ja, ein paar Leute bedanken sich, aber meistens wirkt es, als täten sie ihr einen Gefallen, wenn sie gnädig eine Box annehmen, um die sie sich vor zwei Monaten noch fast geprügelt hätten. Wenn sie dann mit einer gewissen Dringlichkeit in der Stimme erklärt, dass das Eis bald gegessen werden muss, damit es nicht seine ideale Konsistenz verliert, schauen sie sie an wie eine arme Irre, die sich in einer für alle schwierigen Situation absolut unangebrachte Sorgen macht.

Milena Migliari kehrt in die Eisdiele zurück, führt weitere nutzlose Telefonate, erhält weitere nutzlose Antworten. Mit dem zum Glück auch batteriebetriebenen Infrarotthermometer kontrolliert sie die Temperatur der Behälter in der Theke: minus zehn Grad. Noch okay, wird aber steigen, das ist klar. Schon stellt sie sich vor, wie sie untröstlich mit einer Schöpfkelle in kleinen, verschiedenfarbigen Pfützen rührt, wechselt einen verzweifelten Blick mit Guadalupe. Es ist nicht nur der bevorstehende Verlust ihres Eisvorrats; es ist ein viel umfassenderes Gefühl von Auflösung, das sich bis zu den Grenzen ihres Lebens ausbreitet.

Plötzlich klingelt das Handy; sie springt auf, um zu antworten, kann kaum glauben, dass womöglich eines der dumpfen Ämter, an die sie sich vergeblich gewandt hatte, die Initiative ergreift, um sie über die Situation aufzuklären. Mit vor Aufregung leicht zitternder Hand presst sie das Gerät ans Ohr: »Hallo?!«

»Spreche ich mit *La Merveille Imparfaite* in Fayence? Mit der Eisdiele?« Die Frauenstimme am anderen Ende der Leitung übertönt ein wenig rauh das Hintergrundgeräusch eines fahrenden Autos.

»Ja, was wünschen Sie?« Milena Migliari bemüht sich, professionell zu klingen, schafft es aber unter diesen Umständen nicht besonders gut.

»Ich habe gerade unglaubliche Dinge über Ihr Eis gelesen.« Man hört einen leichten ausländischen Akzent aus der Stimme heraus, obwohl sie das Französische perfekt beherrscht.

»Oh, danke.« Milena Migliari schwankt: Soll sie sich nun getröstet fühlen von der Vorstellung, dass ihre Arbeit geschätzt wird, oder darüber trauern, dass sich ihre Produkte in Kürze vor ihren Augen auflösen werden?

»*Milena Migliari, eine nach Frankreich verpflanzte Italienerin, fängt mit bewunderungswürdiger Einfühlung und Treffsicherheit die Quintessenz ihrer streng natürlichen, streng lokalen und saisonalen Ingredienzien ein und bietet sie dem Feinschmecker in herrlichsten Bechern und Waffeln, in bald zarten, bald lebhaft malerischen Farben dar ...«* Bestimmt hat ihre Gesprächspartnerin den Artikel von diesem

Liam Bradford vor Augen, dem Gastronomie-Blogger, der im Juli hier hereingeschneit kam und begeistert war von ihren Eissorten: Rote Aprikose aus Saint-Paul, Blaue Pflaume aus Tourrettes sowie Fiordilatte aus Montauroux.

»Na ja, ich tue mein Bestes …« Milena Migliari meint, etwas sagen zu müssen, fühlt sich aber sofort albern. Sie denkt daran, wie sie daheim am Computer die Rezension gelesen hat, garniert mit einem Foto von ihr und Guadalupe hinter der Theke, auf dem sie aussehen wie auf einem Fahndungsfoto; sie denkt daran, wie sie sich zu gleichen Teilen geschmeichelt und verunsichert gefühlt hat, als sie ihre aus Intuition und Experimentierfreude resultierenden Versuche in diese leicht überkandidelten Worte übersetzt sah.

»*We said tomorrow, that was the bloody agreement! No, no, no, Friday is too late, for God's sake!*« Die Stimme am Telefon wendet sich in einem plötzlich so aggressiven Ton an eine andere Person im Auto, dass sie kaum wiederzuerkennen ist.

Milena Migliari schneidet eine Grimasse, um Guadalupe zu signalisieren, dass sie keine Ahnung hat, wer da am anderen Ende der Leitung spricht.

»Bitte entschuldigen Sie vielmals.« Nun spricht die Stimme wieder sie an, auf Französisch, klingt wieder liebenswürdig, wenn auch nicht ganz so wie vorher. »Liefern Sie Ihr Eis auch frei Haus?«

»Kommt darauf an.« Milena Migliari ist überrumpelt und ein wenig abgelenkt durch Guadalupe, die sie immer noch fragend ansieht.

»Worauf?« Nun scheint die Stimme auch ihr gegenüber gleich die Geduld zu verlieren.

»Darauf, wie viel Sie wollen, wohin ich es bringen muss und wann Sie es brauchen.« In Wirklichkeit, denkt Milena Migliari, würde sie in diesem Augenblick sogar mehrere Dutzend Kilometer in Kauf nehmen, um nur eine einzige Ein-Pfund-Box auszuliefern: Dann hätte Sie wenigstens einen kleinen Teil vor der allgemeinen Auflösung bewahrt.

»Ich möchte zehn Kilo. Nach Callian. Sofort.« Ja, knapp unter der Oberfläche hört man schon eine ziemliche Härte heraus.

»Entschuldigung, was haben Sie gesagt? Wie viele Kilo?« Milena Migliari ist sich sicher, dass ihre Gesprächspartnerin die französischen Zahlen verwechselt hat: In den drei Jahren, seit sie die Eisdiele eröffnet hat, waren die bedeutendsten Bestellungen zwei Ein-Kilo-Boxen; und das war mitten im August.

»Zehn. Eins, null. Die Hälfte von zwanzig. Alle Sorten, die Sie haben.« Jetzt sehr drängend. »Geht das?«

»Ja klar, das geht.« Nur mit Mühe schüttelt Milena Migliari ihre Ungläubigkeit ab.

»Wunderbar, da bin ich aber froh!« Die Begeisterung in der Stimme befremdet sie, ebenso wie zuvor der Übergang von der Liebenswürdigkeit zur Ungeduld.

»Ich auch!« Unwillkürlich lässt Milena Migliari sich anstecken, obwohl sie der Zweifel beschleicht, es könne sich um einen Scherz handeln. »Geben Sie mir bitte die Adresse?«

»Chemin de la Forêt, Les Vieux Oliviers.« Die Stimme betont jedes Wort einzeln, damit es sich deutlich vom Hintergrundgeräusch abhebt. »Auf dem abgesägten Stamm rechts vom Tor sehen Sie die eingebrannte Aufschrift. Sie können es nicht verfehlen.«

»Alles klar.« Milena Migliari möchte noch etwas fragen, weiß aber nicht genau, was. »Also, bis gleich.«

»Bis gleich!« Die Frau am anderen Ende klingt glücklich und zufrieden; sie beendet das Gespräch.

Milena Migliari klappt das Handy zu, starrt Guadalupe noch ein paar Sekunden an. Dann fasst sie sich, ihre Bewegungen werden wieder schneller. »Hilf mir, zehn Ein-Kilo-Boxen zu füllen. Alle Sorten.«

»*Zehn?*« Guadalupe schaut sie entgeistert an.

»Ja, zehn! Zehn!« Milena Migliari holt die Ein-Kilo-Styroporboxen aus dem Regal und stellt sie in einer Reihe auf die Theke.

Auch Guadalupe fasst sich wieder; gleich darauf machen sich alle beide eifrig an die Arbeit.

2

Nick Cruickshank lenkt seine Ape Piaggio Capri mit weißem Sonnensegel und weißen, stoffbezogenen Sitzen den sienabraun asphaltierten Weg entlang, der zwischen den Olivenbaumreihen hindurch führt. Der Himmel ist blassblau, und es wäre für diese Jahreszeit kein hässlicher Morgen, hätte er nicht wegen des gestern Abend mit diesem Dummkopf von Wally getrunkenen Whiskys Kopfschmerzen. Ihm war ein wenig übel, obwohl er sich doch gleich nach dem Aufstehen von Madame Jeanne als Gegenmittel einen Bloody Mary hat zubereiten lassen. Dieses motorisierte Dreirad sieht lächerlich aus, es zu fahren macht aber Spaß; es ist ihm aus Italien als Geschenk geschickt worden, wahrscheinlich in der Hoffnung, dass es früher oder später mal in einer Fotoreportage oder in einem hier gedrehten Musikvideo auftaucht. Wenn man es recht bedenkt, bekommt er schon seit geraumer Zeit die Dinge, die er sich ohne weiteres auch allein kaufen würde, geschenkt, während er die, auf die er gern verzichten würde, weiter selbst bezahlen muss. Zum Beispiel gelingt es ihm seit Jahrzehnten nicht mehr, auch nur einen Cent für eine Gitarre oder einen Verstärker oder eine Lederjacke (solange er noch welche tragen durfte) oder sogar einen Seidenschal auszugeben, aber für seine zwei Exfrauen und seine fünf Kinder mit all ihren endlosen Forderungen muss er noch immer Geld locker-machen. Paradox, ja, aber sein Leben *besteht* aus Paradoxa, wirklich. Wie eben der Idee, zur Bekämpfung der Folgen eines Besäufnisses eine Bloody Mary zu trinken. Doch sein persönlicher Arzt James Knowles hat ihm vor Jahren bestätigt, ganz so abwegig sei es gar nicht, die Eigenschaften der Tomate, kombiniert mit dem Ethanol des neuen Drinks, vertrieben das noch im Blut vorhandene toxische Methanol, oder so ähnlich. Jedenfalls tritt das Problem sowieso kaum noch auf: Seit 2006 lebt er nur zu gesund, abgesehen von seltenen Ausnahmen, wenn jemand da ist, der ihn auf Abwege führt, so wie gestern Abend.

Außerdem ist sein Unbehagen viel umfassender, und dazu kommt noch dieser Blackout, der ihm das Gefühl einer bevorstehenden Katastrophe vermittelt – vielleicht hat sie ja sogar schon begonnen. Aldino hat herausgefunden, dass der Strom im ganzen Landkreis ausgefallen ist: Wie sollte man da nicht wenigstens flüchtig daran denken, dass jemand die Schaltkästen manipuliert hat, um ein gutgeplantes Blutbad anzurichten? Das hat nichts mit Paranoia zu tun; die Welt wird einfach immer ungemütlicher, man muss wachsam bleiben, wenn man seine Chancen, kein böses Ende zu nehmen, ein bisschen erhöhen will. Siehe die Vorsichtsmaßnahmen, die sie inzwischen bei jedem Bebonkers-Konzert ergreifen müssen: Kontrollen mit Metalldetektoren an den Eingängen, Sicherheitsleute vor der Garderobe, bewaffnete Wachen vor der Bühne, gepanzerte Autos. Und trotzdem weiß man, dass es womöglich gar nichts nützt und dass zwei oder drei Wahnsinnige, die in einer von den verdammten Saudis finanzierten Madrasa einer Gehirnwäsche unterzogen wurden, immer durch die Maschen schlüpfen können, ohne dass jemand es rechtzeitig bemerkt.

Bei solchen Überlegungen bekommt er Lust zu beschleunigen, auch wenn dieses Klappergestell bestimmt höchstens fünfzig Stundenkilometer hergibt. Nick Cruickshank dreht den Griff bis zum Anschlag, versucht, aus dem Zweihundert-Kubikzentimeter-Motor noch das Letzte rauszuholen. Daraufhin eiert die Ape unsicher, gerät bei jeder geringsten Unebenheit fürchterlich ins Schwanken. Ab und zu schrappt eines der Hinterräder an den Furchen des Olivenhains entlang, wirbelt rötliche Erde auf; er muss den Lenker gewaltsam herumreißen, um den Kurs zu korrigieren.

Weiter hinten zwischen den Olivenbäumen sind drei Erntehelfer damit beschäftigt, die orangefarbenen, gelben und grünen Netze zurechtzuziehen, die die Alpakas zerwühlt haben, denn bei all dem freien Platz, den sie auf den Wiesen und in den Wäldern hätten, kommen sie ausgerechnet hierher, um sich auszutoben. Nick Cruickshank hebt eine Hand vom Lenker und winkt, obwohl die Helfer weit weg sind und ihr Gesichtsausdruck ihm eher misstrauisch als herzlich vorkommt: Als Ausländer, der mit einer Arbeit reich geworden ist, die sie wahrscheinlich gar nicht als Arbeit betrachten, und der hier in ihrer Heimat diese Riesenvilla und Dutzende Hektar Land besitzt, fühlt er sich einfach verpflichtet, ein wenig guten Willen zu zeigen. Falls es sich überhaupt um ihre Heimat handelt, denn bei näherem Hinsehen scheint ihm trotz der rüttelnden Bewegung, dass ihre Gesichter eher nahöstlich als französisch wirken. Im Grunde genommen könnten sie auch sehr gut islamistische Terroristen sein, die ihre AK-47 zwischen den Olivennetzen verstecken und auf den richtigen Moment warten, um ihn, ein Symbol des ungläubigen, verderblichen Westens, mit Kugeln zu durchlöchern. Aldino hat zwar gesagt, er habe zusammen mit der örtlichen Polizei die Identität aller auf dem Gutshof Beschäftigten überprüft, doch die hier konnten sich ja durchaus falsche Papiere besorgt oder drei echte Arbeiter umgebracht haben, um deren Platz einzunehmen.

Nick Cruickshank fühlt eine Anspannung wie vor jedem seiner Konzerte in sich hochkriechen, was gegen den Restalkohol im Blut noch besser hilft als Madame Jeannes Bloody Mary. Ihm fällt ein, dass sein morgendlicher *pick-me-up* eines jener tragischen und lächerlichen Details werden könnte, die die Medien ans Licht zerren, wenn sie im Leben, oder noch besser im Tod, von Leuten wie ihm herumschnüffeln. Er sieht schon die Überschriften in der *Sun* oder im *Mirror* vor sich: NICK CRUICKSHANKS LETZTER DRINK. Je länger er darüber nachdenkt, umso mehr verkrampfen sich seine Bauch- und Armmuskeln und umso weniger kann er die Augen von den als Helfer getarnten Terroristen zwischen den orangefarbenen, gelben und grünen Netzen abwenden. Dann schrappt das rechte Hinterrad wieder die Furchen entlang, und das Vorderrad verliert die Richtung; die Ape biegt unaufhaltsam in den Olivenhain ab. Er versucht, das Steuer herumzureißen, um die Kontrolle wiederzuerlangen, schafft es aber nicht: Das motorisierte Dreirad fährt, wohin es will, holpert wankend quer über die Erdschollen, schleift mit den Rädern die Olivennetze mit, umrundet wundersamerweise Baum für Baum, aber früher oder später wird er irgendwo aufprallen, das ist klar. Tatsächlich steuert er jetzt direkt auf einen knorrigen, runzeligen Stamm zu, so groß wie ein Elefantenbein: Er kracht mit dem Vorderrad dagegen, das ganze lächerliche Metallgehäuse dröhnt.

Der Aufprall ist längst nicht so heftig, wie Nick Cruickshank erwartet hatte, wahrscheinlich wegen der Netze, die sich in den Rädern verfangen haben, oder weil das Dreirad ja sowieso nicht sehr schnell fuhr. Dennoch ist es ein Augenblick dummer, mechanischer Gewalt: Er wird gegen das Steuer geschleudert, und obwohl er versucht, den Stoß mit den Armen abzufangen, drückt es ihm die Luft ab.

Es wird noch schlimmer, als er halb zusammengekrümmt und atemlos aussteigt und sieht, dass die drei Typen aus Nahost sofort ihre Arbeit liegenlassen und sich in Terroristen verwandeln. Mit wild funkelnden Blicken laufen sie auf ihn zu, brutal entschlossen, ihre Mission zu erfüllen. Sicher hatten sie nicht erwartet, dass ihnen die Aufgabe auf diese Weise erleichtert und ihr Opfer benommen in Reichweite vor ihnen stehen würde, anstatt es von weitem und in Bewegung treffen zu müssen. Vermutlich sehen sie es als Bestätigung dafür, dass ihre Mission heilig und gerecht ist, gelenkt von Allahs Hand.

Ganz kurz denkt Nick Cruickshank, dass er versuchen könnte wegzulaufen; trotz des Schocks und trotz seines Katers ist er entschieden besser in Form als viele seiner infolge ihrer Ausschweifungen durchgeknallten Kollegen. Er selbst hat diese Dinge vor gut zehn Jahren hinter sich gelassen; er macht jeden Tag mindestens eine Stunde Gymnastik, joggt etwa zehn Kilometer, geht schwimmen, reitet, isst nur gesunde Sachen und überhaupt kein Fleisch. Zudem sind die drei Terroristen noch ungefähr vierzig Meter weit weg und behindert durch die Netze, die sie angeblich geraderichteten; wenn er sofort im Zickzack losliefe, hätte er vielleicht noch eine Chance. Aber die Vorstellung, niedergemäht zu werden, während er wie ein Hase davonsprintet, nachdem er aus einer Ape Piaggio Capri ausgestiegen ist, findet er ziemlich unwürdig und auch ziemlich uncool. Es geht nicht darum, bis zuallerletzt eine Rolle durchziehen zu wollen, aber man kann auch nicht leugnen, dass er ein Image zu verteidigen hat und dass die Sache nicht nur ihn, sondern alle seine Fans und sogar die, die keine Fans sind, betrifft, da sie ihn als Vorbild betrachten. In der Rückschau auf sein ganzes Leben, seit die Bebonkers berühmt geworden sind, ist es ausgeschlossen, dass man auch nur eine einzige Episode findet, in der er losgerannt ist, um etwas zu erreichen oder sich einer Sache zu entziehen. Einmal hat er ein Konzert in Birmingham platzen lassen (und die anderen Mitglieder der Band dadurch in Rage gebracht), bloß weil er sich nicht beeilen wollte, um einen Zug zu erwischen, dabei stand der Zug noch am Gleis, nur wenige Dutzend Meter entfernt, mit einem entschiedenen Satz hätte er ihn bestimmt noch erreicht. Ein andermal hat er einen Empfang im Buckingham Palace bei der Königin sausenlassen, nur weil er keine Lust hatte, so unangenehm früh aufzustehen (damals war er noch ein Langschläfer). Es ist alles eine Stilfrage: In seinem Lebenslauf findet sich keine Spur von Unruhe, Eile, Angst, Sturheit, Hetze oder Anstrengungen, gegen den Strom zu schwimmen. Exzesse, ja, Wutausbrüche, auch zerstörerische, ja, das leugnet er keineswegs, aber immer im Zeichen der Behauptung eines Prinzips oder der künstlerischen und existentiellen Auslotung der Möglichkeiten. Deswegen hat sich schon seit Jahren (bei den Fans, in den Medien, sogar in bestimmten Witzen) die Vorstellung durchgesetzt, dass er die *Verkörperung* von cool ist: wegen der Mischung aus Eleganz und natürlicher Distanziertheit, mit der er Dinge tut oder eben *nicht* tut. Das ist keine Attitüde, es ist einfach seine Art zu *sein*. Seit jeher, schon seit er ein unglückliches, unzufriedenes Kind in Manchester war und ihm schien, als habe er nicht die geringsten Berührungspunkte mit dem, was er um sich herum spürte und wahrnahm. Es handelt sich nicht um Kälte, auch nicht um Gleichgültigkeit: Man braucht nur irgendeines seiner Lieder anzuhören, um zu wissen, dass er das *Gegenteil* von gefühlskalt ist. Dafür sorgen schon allein die fünfzig Prozent irisches Blut in seinen Adern. Wollte man um jeden Preis eine Definition finden, könnte man sagen, es sei ein Hang, die Dinge mit *Abstand* zu betrachten, was ihre Bedeutung naturgemäß erheblich reduziert. Auch Feigheit findet sich kaum unter den Charakterfehlern, die ihm im Lauf der Zeit zugeschrieben wurden (von Journalisten, von seinen Exfrauen, von den anderen Mitgliedern der Band). Alle haben ihm höchstens wiederholt vorgeworfen, zu risikofreudig zu sein, was Drogen angeht (früher), was Frauen angeht (früher), was aggressive Fans, schnelle Autos, heißblütige Pferde, die Wellen des Ozeans angeht und so weiter. Zumindest das ist kein Mythos: Seit er damals den Rowdy aus der Fünften, der hinter ihm herrannte, als er noch ein schmächtiger Drittklässler, ein Strich in der Landschaft war, mit einem gänzlich unerwarteten Kinnhaken niedergestreckt und dann mit Fußtritten traktiert hat, bis der Kerl sich nicht mehr rührte, hat er gelernt, der Angst ins Gesicht zu sehen und sie zum Teufel zu schicken.

Anstatt also verzweifelt im Zickzack zwischen den Olivenbäumen davonzurennen, dreht sich Nick Cruickshank betont lässig zu seinen künftigen Mördern um; leicht erschöpft hebt er noch einmal ironisch die Hand zum Gruß wie vorher in der Ape, als er noch dachte, es handle sich um echte Erntehelfer, womöglich sogar um Fans. Er steht ein wenig vorgebeugt und unsicher auf den Beinen, hat aber nicht den Eindruck, generell ein schlechtes Bild abzugeben; er richtet sich auf, zupft seinen um den Kopf gebundenen Seidenschal zurecht, schafft es sogar, vor der Erschießung noch ein herausforderndes Lächeln aufzusetzen. Ihm ist, als könnte ein solches Ende durchaus einen Sinn haben; als könnte es die Krönung einer Laufbahn sein, wie man so sagt. Außerdem ist er ja selbst schuld: Niemand hat je von ihm verlangt, der globale Katalysator für Liebe und Hass, Ehrgeiz und Frust, Bewunderung und Neid zu werden. Im Lauf seiner Karriere hätte er gewiss dutzendmal auf viel dümmere Weise sterben können: an einer Überdosis wie mehrere seiner Kollegen, an der eigenen Kotze erstickt wie Jimi, im Pool ertrunken wie Brian oder in der Badewanne wie Jim, bei einem Hubschrauberabsturz unmittelbar nach dem Konzert wie Stevie Ray. Das hier könnte alles in allem ein edles Ende sein, das ihn noch mehr zum Symbol macht; so, wie es John erging, der als Lebender vielleicht kein großartiger Mensch war, als Toter aber eine wunderbare Märtyrerfigur abgibt. Auch wenn in seinem Fall natürlich abzuwarten bleibt, was für ein Symbol er werden könnte: für ohne Filter oder Zugeständnisse von der Kunst auf das Leben übertragene Kreativität? Für die Freiheit der westlichen Kultur, die vom islamischen Fanatismus angegriffen wird? Sollen doch die Fans und die Medien sich den Kopf darüber zerbrechen; ihm selbst ist es an diesem Punkt vollkommen egal.

Mittlerweile sind seine baldigen Mörder nur noch wenige Meter entfernt, doch obwohl sie sichtlich außer Atem sind und ihn unverwandt anstarren, halten sie merkwürdigerweise weder Kalaschnikows noch Pistolen noch Messer in den Händen und scheinen auch nicht die Absicht zu haben, ihn mit Fußtritten und Fäusten anzugreifen. Im Gegenteil, einer von ihnen zeigt erst auf die gegen den Olivenbaum geprallte Ape, dann auf seine Beine: »Okay?«

Nick Cruickshank braucht einige Sekunden, um klarzukommen: Nach der Erwartung, gleich auf wahnsinnig coole Art zu sterben, fühlt er sich nun nur noch wahnsinnig albern. Er nickt. »Okay, okay.«

Die drei sehen ihn fragend an, tauschen Blicke untereinander; sie mögen ja keine Terroristen sein, aber Fans sind sie auch keine. In Wirklichkeit scheinen sie keinen blassen Schimmer zu haben, wer er ist oder was sie von ihm halten sollen oder was ihm gerade passiert ist.

Nick Cruickshank lächelt noch einmal, entschieden selbstironisch, doch keineswegs sicher, dass die anderen es auch so interpretieren. Fühlt er sich erleichtert? Nein. Verlegen? Auch nicht. Vor allem hat er es satt: was für ein saublöder Morgen. Er winkt den drei Erntehelfern kurz zu, durchquert, so lässig er nur kann, das Stück Olivenhain bis zum Weg und tritt den Heimweg an. Jetzt, da er weiß, dass ihm der kollektive Blick folgt, sei er auch zahlenmäßig begrenzt und nicht besonders anteilnehmend, schüttelt er die Benommenheit des Schocks ab und gewinnt nach und nach seine elastischen Bewegungen zurück: Er setzt zuerst den Vorderfuß, dann die Ferse auf, was einen schaukelnden Gang hervorruft, den ein Dummkopf, gefolgt von vielen weiteren Dummköpfen, vor Jahren *Nickwalk* genannt hat, durch den er sich jetzt aber bei jedem Schritt ein wenig mehr im Vollbesitz seiner selbst fühlt.

»*Monsieur?!*« Hinter ihm übertönt eine Stimme die raschelnden, quietschenden Geräusche.

Ohne Eile wendet Nick Cruickshank sich um und denkt, dass die drei Männer letztlich doch Terroristen *sind*, wenn sie auch zögern oder vielleicht nur auf den rechten Moment warten, ihn abzuknallen.

Doch die drei haben soeben die Ape unter großen Anstrengungen aus dem Olivenhain hinausgeschoben: Keuchend weisen sie ihn darauf hin, mit den gleichen ratlosen Gesichtern wie zuvor.

Nick Cruickshank schüttelt ungläubig den Kopf, lächelt erneut und breitet die Arme aus; dann geht er zurück, um sich sein verdammtes leicht verbeultes motorisiertes Dreirad wiederzuholen.

3

Milena Migliari lässt sich von Guadalupe dabei helfen, die zusammengerollten Zettelchen an den schon bereitstehenden, mit Klebeband verschlossenen Boxen zu befestigen. Die Idee mit den Minischriftrollen kam ihr, als sie ihr Eis noch zu Hause herstellte und es an das Restaurant *Le Lavandin* verkaufte, das dann vor zwei Jahren zumachte, nachdem der Chefkoch und Besitzer von einer Leiter gefallen war. Sie hat sich immer gefreut über die kleinen Sprüche in den chinesischen Glückskeksen oder auf den Anhängern der Kräutertees, die sie und Viviane abends trinken: kleine Offenbarungen oder mögliche Bezüge zur geistigen oder praktischen Verfassung des Augenblicks darin zu entdecken. Also hat sie begonnen, in ihren Lieblingsbüchern nach geeigneten Sätzen zu suchen und diese mit Füllfederhalter auf zwei mal vier Zentimeter große Streifen aus strohgelbem Papier zu schreiben, die sie anschließend eng zusammenrollt und mit einem roten Schleifchen zubindet. Jeder, der eine Box bei ihr kauft – ob ein Kilo oder siebenhundertfünfzig Gramm, ob ein halbes Kilo oder dreihundertfünfzig Gramm –, bekommt ein solches Zettelchen. Man braucht etwas Zeit dafür, vor allem im Sommer, wenn die Eisdiele auf Hochtouren läuft, aber es macht ihr Spaß, jeden Abend eine Stunde der Suche nach Sätzen zu widmen und sie dann aufzuschreiben; sie stellt sich gern die Gesichter der Leute vor, wenn sie zu Hause die Zettelchen aufrollen, bevor oder nachdem sie das Eis gekostet haben oder am besten *während* sie es kosten.

Guadalupe hilft ihr, die ersten fünf Ein-Kilo-Boxen in einer Kühltasche zu verstauen und den Deckel gut zu verschließen, dann hilft sie ihr spachtelschwingend beim Füllen der nächsten fünf Boxen. Die Konsistenz ist zum Glück noch gut und müsste bis zur Lieferung auch so bleiben. Selbstverständlich wäre es besser, das Ganze einige Minuten in den Schnellfroster zu stecken, aber ohne Strom ... Ab und zu schaut Milena Migliari Guadalupe an, und beide müssen lachen: Diese in einem so verzweifelten Augenblick eingetroffene Monsterbestellung gleicht einem Wunder, kaum zu glauben. Doch im Grunde ist es für sie jedes Mal ein Wunder, wenn jemand die Eisdiele betritt; sie hat sich noch nicht ganz an den Gedanken gewöhnt, dass es Leute gibt, denen ihr Eis so gut schmeckt, dass sie von weit her anreisen und im Lauf eines Monats oder einer Woche sogar mehrmals wiederkommen, um neue Sorten oder auch schon bekannte noch einmal zu probieren, obwohl sie wissen, dass sie nie ganz genauso schmecken werden wie beim ersten Mal. Das hat sie auch mit blauem Filzstift auf ein an der Wand hängendes Schild geschrieben: *Jeder Geschmack verändert sich von Mal zu Mal: Seien Sie nicht enttäuscht, wenn eine Sorte, die Sie mochten, heute nicht ganz genauso schmeckt, genießen Sie die Unterschiede.* Ein Rezept bis in alle Ewigkeit unverändert zu wiederholen, auch wenn es ihr besonders gut gelingt, befriedigt sie kein bisschen, das hat sie sofort kapiert: Die wahre Freude liegt im Experimentieren, im unausgesprochenen Risiko, in den möglichen Überraschungen. Natürlich irrt sie sich gelegentlich, folgt einer vielversprechenden Intuition, die aber enttäuschende Ergebnisse zeitigt; doch so etwas muss man einkalkulieren, es gehört dazu.

Außerdem bedeutet die Entscheidung, nur lokale und saisonale Rohstoffe zu verarbeiten, dass die Zutaten irgendwann aufgebraucht sind, manchmal sogar innerhalb weniger Tage, und man dann ein Jahr warten muss, bis man sie wieder bekommt. Dieser Aspekt ihrer Arbeit ist vielleicht am schwierigsten zu vermitteln: Auch Kunden, die sie besser kennen, sind manchmal unzufrieden, wenn sie feststellen, dass es zum Beispiel keinen Holunder aus Châteaudouble mehr gibt, den es in der vorigen Woche noch gab, oder dass sie den nächsten November abwarten müssen, bis sie wieder das Eis aus Granatapfel aus Bargemon genießen können. Viviane sagt oft zu ihr, sie sei eine puristische Extremistin, es sei doch nicht schlimm, die lokalen Zutaten einzufrieren, damit sie sie länger verwenden kann, und auch nicht, sie überregional einzukaufen, wenn nur die Qualität stimmt. Sie dagegen käme sich vor wie eine Betrügerin, und außerdem ist sie überzeugt, dass der Zauber ihrer Eissorten genau darin besteht: im Abwechslungsreichtum, der von der Jahreszeit, dem Ort, der Außentemperatur und der Laune dessen abhängt, der sie kostet. Durch diese Überlegungen ist ihr auch der Name der Eisdiele eingefallen. (»Hört sich sehr philosophisch an, aber wäre einfach *La Merveille* nicht besser? Oder *Gelato Italiano*? Oder, was weiß ich, *Le Bon Goût*? Oder auch *Soleil de Provence*? Da es doch letztlich ein *kommerzielles* Unternehmen sein soll, das hauptsächlich

Touristen ansprechen soll?«, hat Viviane vor drei Jahren zu ihr gesagt, als die Entscheidung anstand. Und natürlich meinte sie es nur gut mit ihr, wollte nur das Beste für sie beide, auf ihre praktische Art, die Milena Migliari gewöhnlich so beruhigend findet.)

Aber gutes Eis für Touristen herzustellen – das ist nicht ihre Sache; was sie interessiert, ist, den geheimnisvollen Geschmacksnuancen nachzuspüren, die Bezüge zwischen Empfindungen und Bildern und Erinnerungen zu entdecken, durch Komplexität höchste Einfachheit zu erreichen. Jede Woche verbringt sie Stunden damit, sich mit den Kleinbauern und Händlern auf den Dorfmärkten zu unterhalten, sich Notizen zu machen, nachzudenken und zu experimentieren; und weitere Stunden verbringt sie im Internet und in der Bibliothek, wo sie alles liest, was sie zum Thema Geschmack finden kann, angefangen bei den Schriften Theophrasts bis hin zu illustrierten Kinderbüchern, neuen und alten Rezeptbüchern und Abhandlungen über Biochemie und Ernährungswissenschaft. Diese Recherche begeistert sie, auch wenn sie anstrengend und nicht sehr lukrativ ist, vom Hochsommer abgesehen. Sie investiert all ihre geistige und physische Energie, doch wenn es ihr nicht auch riesig Spaß machen würde und sie damit nicht wenigstens ein paar Leute glücklich machen könnte, würde sie lieber sofort aufhören und sich eine andere Arbeit suchen.

Inzwischen sind auch die anderen fünf Ein-Kilo-Boxen gefüllt und mit Schriftröllchen versehen. Guadalupe hilft ihr, sie in die zweite Kühltasche zu schichten und diese zusammen mit der anderen in den Verkaufsbereich zu bringen. Milena Migliari legt Handschuhe, Haube und Plastiküberschuhe beiseite, die sie in der Werkstatt immer trägt, zieht Mantel und Mütze an, nimmt die zwei Taschen an den Henkeln, antwortet Guadalupe erneut, dass sie es prima allein schaffe, biegt um die Ecke und geht rasch die Hauptstraße hinauf bis zu dem öffentlichen Parkplatz, wo sie ihr Lieferauto abgestellt hat.

4

In der Küche sieht Madame Jeanne ihn besorgt an: »*Ça va, Nick?*«

»*Ça va, ça va.*« Nick Cruickshank nimmt eine Flasche naturtrüben Bioapfelsaft aus dem Kühlschrank, gießt sich ein dickwandiges Glas ein und leert es in wenigen Zügen. Sein Körper braucht dringend erfrischende Flüssigkeit: Er füllt das Glas gleich noch einmal, kippt es hinunter und schenkt sich zum dritten Mal nach. Aus seiner Drogenzeit ist ihm die Angewohnheit geblieben, Forderungen seines Körpers stets so schnell wie möglich nachzukommen.

Madame Jeanne beobachtet ihn weiter: weich und rundlich in ihrer gestreiften Schürze, breites Gesicht, milchweiße Haut, sehr wachsame, kleine blaue Augen, das Verhalten einer gutmütigen Mama vom Lande, die immer ein wenig um ihr Kind bangt, nachsichtig, aber auch streng, wenn es darum geht, ihn zu beschützen oder ihn zu seinem eigenen Wohl zur Räson zu bringen.

Begleitet von dem lustvollen und gleichzeitig störenden Kitzel, den er jedes Mal spürt, wenn er sich eindringlich beobachtet fühlt, tritt Nick Cruickshank an eines der Fenster. Wenn er es recht bedenkt, ist es ihm, seit er über die nötigen Mittel verfügt, gelungen, eine Reihe von Frauen zu finden, die sich um sein häusliches und damit teilweise auch um sein emotionales Gleichgewicht kümmerten. Es waren mindestens vier oder fünf, verschiedener Herkunft, Sprache und Hautfarbe, mit dem einen gemeinsamen Merkmal, bezahlte und dennoch glaubhafte Ersatzmütter abzugeben. Doch Jeanne ist bei weitem die beste von allen: Sie spielt ihre Rolle mit größter Natürlichkeit und Autorität, getragen von den wahrsten Gefühlen. Paradox (wieder mal) ist, dass seine *echte* Mutter nicht eine dieser Eigenschaften hatte, die er später bei seinen Ersatzmüttern gesucht hat; sie war eine magere, nervöse Frau, intelligent und unruhig, die viel lieber malte und Gedichte schrieb, als sich ihm oder seinem Bruder zu widmen. Mit Anregungen, ein Buch zu lesen, eine Platte mit klassischer Musik zu hören oder ein Museum zu besuchen, geizte sie nicht, im Gegenteil, aber er kann sich nicht erinnern, je gesehen zu haben, dass sie zum Beispiel einen Kuchen buk oder jene großherzigen und liebevollen weiblichen Regungen zeigte, die er schon damals so ver- zweifelt brauchte. Trotz aller Bemühungen kommt ihm keine einzige tröstliche, warmherzige Umarmung in den Sinn, kein einziger verständnisvoller oder ermutigender Kuss. Ja, wenn er krank war, strich sie ihm manchmal über die Stirn, aber so selten, dass es fast schon befremdlich war. Und damals, als er Masern bekommen hatte, im Fieberwahn lag und beinahe gestorben wäre, hatte sie ihm ein graues Kätzchen geschenkt, ja; doch gleich nach seiner Genesung hatte sie es zu ihrer Cousine Rae gebracht, die in Yorkshire lebte, weil sie selbst weder die Zeit noch die Geduld für Katzen aufbrachte. Hauptsächlich erinnert er sich an die iro- nischen Blicke seiner Mutter, an ihre sarkastischen Kom- mentare, ihre schneidenden Beobachtungen, ihre Kritik, die einem so hochentwickelten Sinn für Ästhetik entsprang, dass kaum je etwas ihren Erwartungen genügte, für Mittelmaß oder Banales fehlte ihr jedes Verständnis. Wahrscheinlich (sogar ganz bestimmt) war es ein Privileg, sich in den entscheidenden Jahren mit einem so herausfordernden Geist auseinandersetzen zu müssen, und gewiss verdankt er dieser Auseinandersetzung vieles von dem, was er später erreicht hat, doch ein Genuss war seine Kindheit wirklich nicht, das steht fest. Auch danach, als längst berühmter Erwachsener, hat er von seiner Mutter nie viel Lob geerntet, höchstens Bemerkungen wie: »Bravo, mit dieser Rockmusiksache hast du wenigstens eine Arbeit gefunden, für die du nie die Pubertät überwinden musst, sie zwingt dich geradezu, auf *unbestimmte Zeit* so zu bleiben.« Falls man das überhaupt als Lob betrachten kann.

Schon als Kind jedoch hatte er dank der seltenen, wertvollen Besuche seiner Tante Maeve, der Schwester seines Vaters, herausgefunden, dass Frauen auch ganz anders sein können als seine nervige, kaum greifbare Mutter. Ab und zu erschien diese Tante mit Pralinen und einem Bilderbuch, das sie ihm vorlas, während sie ihn auf dem Schoß hielt, sein Haar streichelte und ihn auf den Kopf küsste. Als er dann größer geworden war, ging sie mit ihm ins Kino, sie sahen sich Western und Kriegsfilme an, die ihm so gut gefielen; anschließend setzten sie sich in eine Teestube, tranken schwarzen Darjeeling und aßen *scones* mit Schlagsahne. Tante Maeve hielt sich nicht im Geringsten an die strenge Unterscheidung seiner Mutter zwischen hohen und niedrigen Themen, hehren und vernachlässigbaren Argumenten: Sie erzählte auch begeistert frivole Geschichten über Verwandte oder Bekannte, Filmstars und Musiker, Mitglieder des Königshauses. Sie lachte gern, auf wunderbar bodenständige Weise; bis heute erinnert er sich an ihr Parfüm, ihre weiß leuchtende Haut, ihre weichen Umarmungen. Sie stand ihm vor Augen, als er *My Wondrous Enveloper* schrieb, auch wenn alle glauben, der Song sei von einem süßen Mädchen inspiriert, mit dem er mal was hatte. Es war auch kein Zufall, dass seine Mutter Tante Maeve mit der ungeduldigen Herablassung der Gebildeten gegenüber der Impulsiven behandelte, gemischt mit einer Prise englischen Dünkels gegenüber den Iren; ganz bestimmt war sie eifersüchtig, weil die Tante ihm so viel bedeutete. Jedenfalls wurden deren Besuche nach der Flucht seines Vaters nach Irland noch seltener, bis sie ganz aufhörten, als sie mit einem Mann aus Sydney, den sie in einem Tanzlokal kennengelernt hatte, nach Australien auswanderte. Von dort schickte sie lustige Ansichtskarten von Emus und Kängurus und Leuten im Badeanzug an grenzenlosen Stränden; dann starb sie. Für ihn war das ein schrecklicher Verlust gewesen, doch Tante Maeves Saat war aufgegangen, und der Wunsch nach einer warmherzigen, fürsorglichen Weiblichkeit ließ ihn nicht mehr los.

»*Tu es pâle.*« Madame Jeanne tritt zu ihm, um sein dem Fenster zugewandtes Gesicht näher zu betrachten. Sie überprüft sein körperliches und geistiges Wohlergehen nämlich mit allen Sinnen: Sehen, Hören, Riechen, Berühren. Sie könnte ihn die Zunge rausstrecken lassen, um die Farbe zu testen, ihm mit zwei Fingern die Lider aufsperren, um zu kontrollieren, ob die Augen schön klar sind, ihm die Hand unter die Achsel schieben, um sicherzugehen, dass er kein Fieber hat.

»*Je vais bien, merci.*« Nun versucht Nick Cruickshank, sich dem Übermaß an mütterlicher Aufmerksamkeit zu entziehen, denn er hat sich noch nicht ganz von dem Schock im Olivenhain erholt. Genau genommen ist es ja auch paradox (schon wieder), dass er die warmherzige, fürsorgliche Weiblichkeit stets bei den Frauen gefunden hat, die sich *der Arbeit halber* um ihn kümmern, und weniger bei denen, mit denen er ernsthafte Beziehungen hatte. Diese Frauen glichen nämlich vom Typ her fast alle mehr seiner Mutter als Tante Maeve. Intellektuell, scharfsinnig, womöglich künstlerisch begabt, aber emotional labil und nur begrenzt liebesfähig, um nicht zu sagen kalt. Dabei hat es ihm ab seinem zwanzigsten Lebensjahr an Auswahl nie gemangelt: Allein auf den Tourneen hat er Tausende von Frauen getroffen, auf drei oder vier verschiedenen Kontinenten. Die übergeschnappten Fans und die Püppchen, die auf den Partys nach den Konzerten oder auf den Festen der Schallplattenfirmen herumhängen, haben ihn allerdings nie angezogen, genauso wenig wie die Models und Schauspielerinnen, die seine Kollegen so anmachen und die permanent nur sich selbst spielen, geblendet vom flüchtigen Glamour des Ruhms und der damit verbundenen Vorteile. Zugegeben, manchmal haben sie ihn vielleicht *doch* gereizt, aber die Anziehung hielt bloß einige Stunden oder höchstens Tage an, und gleich danach fühlte er sich wieder verzweifelt und einsam, am Rande eines Abgrunds. Ja, ein- oder zweimal ist es auch vorgekommen, dass er Frauen begegnet ist, die ein wenig Unbeschwertheit in sein Leben bringen konnten, aber aufgrund irgendeines perversen Mechanismus hat er sich ihnen gegenüber letztlich schlecht benommen: Man

37

denke nur daran, wie es mit seiner zweiten Frau geendet hat. Es ist, als sei er dazu verdammt, sich immer Lebensgefährtinnen mit den gleichen Charaktereigenschaften auszusuchen, unter denen er schon bei seiner Mutter gelitten hat: grauenhaft, echt. Vor einigen Jahren hat er das Buch eines amerikanischen Psychologen gelesen, das genau davon handelte, von der unbewussten Rückkehr zu den Ursachen des frühesten Leids; doch offenbar hilft es nicht viel, wenn man sich dessen bewusst ist, in Anbetracht seiner emotionalen Entscheidungen bis zu Aileen. Ihm ist, als habe er mit Aileen zum ersten Mal entdeckt, dass es eine intelligente, energische und kreative Frau geben kann, die auch Lust und die Fähigkeit hat, ihn zu umsorgen – es war wie ein Wunder. Zwar bäckt auch sie ihm nie einen Kuchen (da er schon jahrelang Diät hält, würde er sowieso keinen essen), aber sie hat sich mit Begeisterung um jeden Aspekt seines Lebens gekümmert, angefangen bei seinen Bühnenoutfits über die Texte seiner Songs bis zu den Wohnungen; außerdem versteht sie sich ausgezeichnet mit seinen Kindern, ja sogar mit seinen Exfrauen. Einfühlsam und zugewandt gibt sie jedes Mal, wenn es nötig ist, konstruktive Ratschläge, hilft ihm und unterstützt ihn, zum Beispiel indem sie ihn überredet, sich von Gegenständen und Personen zu trennen, die ihn durch Sehnsucht und Schuldgefühle noch an sein voriges Leben banden.

Madame Jeanne auszutauschen hat zum Glück nicht zu den vielen Veränderungen gehört, die Aileen hier in *Les Vieux Oliviers* gefordert hat. Versucht hat sie es ja, aber schließlich hat sie begriffen, wie wichtig Madame Jeanne ihm ist, und entschieden, sie zumindest vorläufig zu dulden, trotz der Revierkonflikte und der Formfragen, die sich in regelmäßigen Abständen zwischen den beiden ergeben.

»*Est-ce que tu veux deux œufs battus?*« Madame Jeanne ist zutiefst überzeugt, dass ein wohlgenährter Mann ein glücklicher Mann sei: Als Erstes schlägt sie ihm, wenn sie ihn ein wenig bedrückt sieht, immer zwei gut verquirlte Eier vor, möglichst mit einem Tropfen Rum.

»*Non, merci.*« Mit einem langen Schluck leert er das dritte Glas Apfelsaft und stellt es ins Spülbecken. Dickwandiges Glas gefällt ihm seit jeher; auch das muss mit seiner Kindheit zu tun haben, mit der Erinnerung an die Flaschen, die der Milchmann in Manchester morgens auf die Fußmatte vor der Haustüre stellte. Kann es sein, dass er sich wiederholt in unglückliche Beziehungen verstrickt hat, weil er fürchtete, Unbeschwertheit und Stabilität würden seiner Inspiration schaden? War es auf Gefühlsebene das Gleiche, wie wenn er sich tagelang auf eine Diät aus Reiswaffeln und Wasser setzt in dem Versuch, zur kreativen Verzweiflung der Anfänge zurückzukehren?

»*Un peu de guacamole, peut-être?*« Madame Jeanne mustert ihn weiter mit Beschützermiene. Bei ihrer Einstellung vor zehn Jahren stand sie Avocados äußerst misstrauisch gegenüber, hielt sie kaum für essbar; es ist erstaunlich, wie sie ihm zuliebe ihre Vorurteile überwunden und ihren Speisezettel erweitert hat.

»Kann man hier einen verdammten Humpen Kaffee kriegen, und zwar sofort?« Wally Thompson ist in die Küche hereingeplatzt: aschblonde, inzwischen etwas schüttere, strubbelige Haare, wegen dem Besäufnis und dem Gras von gestern Abend geschwollene Lider, tätowierte Arme und

Beine, die aus grauen Gymnastikshorts beziehungsweise einem schwarzen T-Shirt mit abgeschnittenen Ärmeln und Guinness-Logo herausschauen, dazu weiße Frotteeschlappen mit dem goldenen Monogramm des Pariser Ritz.

Madame Jeanne blickt ihn böse an: Mit Ausnahme des Hausherrn darf keiner den heiligen Raum ihrer Küche betreten, insbesondere keiner wie Wally, der genau den Typus von ungezogenem, lasterhaftem Freund verkörpert, mit dem sie ihren Schützling niemals zusammensehen möchte.

»Madame Jeanne macht dir gleich einen.« Nick fängt ihn ab, schiebt ihn aus der Küche hinaus, dreht sich um und macht Madame Jeanne ein Zeichen: »*Du café pour ce baudet, s'il vous plaît?*«

Sie nickt, lächelt schwach: Sie hatte schon verstanden, aber ihr Ausdruck bleibt missbilligend.

Nur ungern lässt Wally sich in den Flur schieben, schlurft mit den Gummisohlen seiner Schlappen über die Terrakottafliesen; er stinkt nach Alkohol, Rauch, Schweiß, teurem Parfüm, das bei ihm immer noch fehl am Platz wirkt, selbst nach Jahrzehnten. Mit seinen aufdringlichen Augen schaut er Nick an. »Schon am frühen Morgen hyperaktiv, was?«

»Es ist fast *halb eins*, Mr Thompson«, erwidert Nick Cruickshank trocken, denn so ist ihre Beziehung schon immer, und außerdem macht er ihn zu einem Gutteil für die Episode im Olivenhain verantwortlich: Hätte er ihn gestern Abend nicht animiert, so viel zu trinken, und ihm nicht dieses superstarke Gras zu rauchen gegeben, wäre es ihm höchstwahrscheinlich gelungen, die drei Erntehelfer als das zu sehen, was sie waren.

»Oh, verzeihen Sie vielmals, Mr Clean.« Wally stupst

ihn ein paarmal in die Rippen, um ihn zu reizen. Er war schon immer der Wirrkopf der Band, von Anfang an, und hat sich im Lauf der Zeit kein bisschen gebessert: Er ist nur weniger witzig, dafür aber geldgieriger geworden und fordernder, weil die Bebonkers in all den Jahren nur drei Songs von ihm aufgenommen haben, was ihm nicht die konstanten Tantiemen beschert hat, die Nick Cruickshank und Rodney Ainsworth einnehmen. Dennoch hat er, Schallplatten und Konzerte zusammengenommen, unendlich viel mehr verdient als in jeder möglichen anderen Band oder mit jeder anderen ihm angemessenen Arbeit. Es ist auch nicht wahr, dass sie ihn je absichtlich diskriminiert hätten, wie er behauptet: Ihm fehlt einfach das echte Talent zum Komponieren, er ist ein guter Bassist, mehr aber auch nicht. Sogar ein Superbassist, das muss man anerkennen, einer, der nie danebenhaut, nie aus dem Rhythmus kommt. Wäre er in der Lage gewesen, schöne Songs zu schreiben, hätten sie sie doch mit Kusshand genommen, jedenfalls in den Zeiten magerer Inspiration. Stattdessen konnte er sich lediglich ein paar gute Basslinien abringen (na gut, einige wirklich unvergessliche): Das ist sein Maß, seine natürliche Grenze. Als er in den neunziger Jahren seine eigene Band gründen wollte, diese peinliche Katastrophe namens Blues Angels, hat man ja deutlich gesehen, was für Meisterwerke er zustande bringt. Aber wie soll man ihm das verklickern? Bei mehreren Gelegenheiten sind sie beinahe handgreiflich geworden, weil er diesen dumpfen Groll hegt. Wie oft hatte Nick Cruickshank schon Lust, ihn rauszuschmeißen, ihn durch einen *session man* zu ersetzen, den man für die Aufnahmen und die Tourneen bestellt, so, wie es die Stones gemacht haben, sich ein für alle Mal der Plage zu entledigen, mit einem Kerl zu tun zu haben, der meint, man würde ihm wer weiß welche Verdienste vorenthalten.

Andererseits ist Wally Thompson auch einer jener Menschen, die Nick Cruickshank am längsten kennt und mit denen er am meisten Zeit verbracht hat. Zählt man alle Proben, Aufnahmen, Konzerte, Reisen im Auto, im Bus und im Flugzeug, Tage im Hotel, Mittagessen, Abendessen, Joints, Besäufnisse, Wartezeiten in der Garderobe zusammen, haben sie *Jahrzehnte* miteinander verbracht. Und das führt unvermeidlich zur gleichen Vertrautheit wie mit einem Verwandten. Aber einem Verwandten, mit dem man sich bekriegt hat, mit dem man die besten und schlimmsten vorstellbaren Abenteuer durchgestanden hat, von völlig am Boden sein bis zu höchsten Höhenflügen bis zu erneuten Abstürzen und so weiter. Deshalb war es einfach undenkbar, ihn nicht einzuladen; und es wäre auch sinnlos zu erwarten, dass er sich auf einmal anders benimmt als gewöhnlich.

»Also?« Wally kratzt sich am Hintern, schaut sich im Wohnzimmer um: schlaff, mit Bierbauch (nicht nur, auch alle anderen Alkoholika sind willkommen). »Was steht auf dem Nachmittagsprogramm?«

»Auf dem Programm steht, dass jeder seinen eigenen Scheiß macht.« Nick Cruickshank denkt, dass die unvermeidliche Vertraulichkeit zumindest den Vorteil hat, dass man sich nicht um Förmlichkeiten kümmern muss. Hätte er wählen können, hätte er viel lieber noch einen ruhigen Tag gehabt, eventuell ein bisschen gelesen oder ein paar Folgen einer seiner Lieblingsserien geguckt, aber nun ja. Nach jahrzehntelangem Chaos und ständigem Lärm – im Studio, zu Hause, auf der Straße, auf der Bühne und danach – hat er nämlich die Stille und die Einsamkeit enorm schätzen gelernt, niemanden um sich herum zu haben, der ihn beim Denken stört und seine Trommelfelle malträtiert.

»Aha.« Wally sieht ihn an wie einer, der mangels innerer Ressourcen immer auf der Suche nach Einladungen, Vorschlägen und Hinweisen ist, über die er sich möglichst hinterher beklagen kann.

»Wo steckt eigentlich Kimberly?« Nick Cruickshank macht eine Geste zu dem Zimmer hin, das er und Aileen den Thompsons zugewiesen haben.

Wally verzieht endlos gelangweilt das Gesicht; er kratzt sich zwischen den Beinen. »Weiß ich doch nicht. Auf dem Klo, am Telefon, oder sie kleistert sich grade das Gesicht zu.«

Nick Cruickshank würde ihm gern sagen, er solle sich mal anstrengen, seine Manieren zu verbessern, nur ein winziges bisschen, nur für fünf Minuten, nur um die anderen zu überraschen, wenn nicht sich selbst; aber das wäre, als verlangte man von einem Esel, bei einem Grand-Prix-Rennen anzutreten, so fürchterlich sinnlos. Und um die ganze Wahrheit zu sagen: Die Welt der Rockmusik ist ja keineswegs von außergewöhnlich intelligenten und noch weniger von außergewöhnlich gebildeten Leuten bevölkert. Den gemeinsamen Nenner bildet vorwiegend ein Mangel an Genauigkeit des Denkens, der dem Lebensstil geschuldet ist, der Tatsache, dauernd einem im Grunde infantilen Publikum gegenüberzustehen und unreife Verhaltens- und Ausdrucksweisen bewusst als Handwerkszeug einzusetzen. Wally Thompson zeichnet sich da nicht einmal durch besondere Dummheit oder Ignoranz aus; er gehört mehr oder weniger zum Durchschnitt. Misstrauen oder sogar offene Feindseligkeit erregt eher einer, der nach Höherem strebt, manchmal genügt es schon, mit einem Roman ertappt zu werden, der kein reiner Schund ist, um als eingebildeter Angeber zu gelten. Er erinnert sich noch an Rodneys Gesicht, als der ihn im Flugzeug *Madame Bovary* lesen sah oder *Ulysses* von James Joyce in einer Hotelsuite (»Oh, verzeihen Sie vielmals, Herr Professor!«). Was das angeht, hatte seine Mutter recht, das muss man ihr lassen: Die Welt der Rockmusik *basiert* auf der permanenten Regression. Besser jeden Versuch von Weiterentwicklung verstecken, falls es ihn gibt, oder ihn zumindest mit abrupten Rückfällen in Rohheit und geistige Unklarheit zu kaschieren.

Plötzlich gehen gleichzeitig die Stereoanlage, die Stehlampen und die Blinklichter am Modem an. Aus dem Flur tönt sofort Aldinos Stimme: »Der Strom ist wieder da!«

»Also kein Programm?« Wally nimmt die Information nicht auf: In seiner morgendlichen Dumpfheit hat er den Blackout womöglich gar nicht wahrgenommen. Er fixiert ihn mit seinen wässrigen Augen, die Lippen zu einem miesen kleinen Lächeln verzogen. »Aus der halben Welt lässt du Leute hierher anreisen und machst dir nicht mal die Mühe, irgendeinen Scheiß zu organisieren?«

Spontan möchte Nick Cruickshank antworten, Wally könne dankbar sein, dass er überhaupt eingeladen worden ist, mit seiner widerlichen Frau hier in diesem Haus zu übernachten, hält sich aber aus Gastfreundschaft zurück. Er macht eine unwirsche Handbewegung zum Fenster hin. »Wenn ihr wollt, können wir ja morgen früh einen kleinen Ausritt unternehmen.«

Wally sieht ihn an, als wäre er maßlos enttäuscht von dem Vorschlag, nickt aber grunzend.

Nick Cruickshank beschreibt mit dem Zeigefinger einen Kreis in der Luft, um zu sagen »bis später«, und geht zur Tür. Vielleicht sollte er jetzt Aileen anrufen und sich erkundigen, wie sie bei ihrer Fotosafari mit den Obdachlosen aus Lorgues vorankommt, oder René verständigen, dass er morgen früh die Pferde bereitmachen soll, oder sich sonst irgendeine Beschäftigung suchen, die ihn abhält von sinnlosen Konversationsversuchen über nicht triviale Themen mit Wally »The Wall« Thompson.

5

Milena Migliari fährt mit ihrem orangefarbenen Renault Kangoo die Straße entlang, die zwischen Lagerhallen für Baumaterial, Swimmingpool-Firmen, Baggerparkplätzen und auf jedem freien Fleck errichteten Villen im sogenannten neoprovenzalischen Stil zu Füßen der mit Dörfern gekrönten Anhöhen durch die Ebene führt. Ab und zu kommen ihr Zweifel, warum sie sich von allen Orten auf der Welt zum Leben und Arbeiten ausgerechnet diesen hier ausgesucht hat; doch im Grunde ist sie ja nur einer unvermeidlichen Strömung gefolgt, denkt sie dann, die begonnen hat, als sie in dem Yogazentrum auf den Hügeln der Marken Viviane begegnet ist, woraufhin sie beschlossen hat, ihr nach Frankreich zu folgen, mit ihr zusammenzuziehen, dann bei dem schrulligen Notar und Maler für einen Spottpreis das Haus mit dem verglasten Patio zu erwerben und schließlich für ihre Eisdiele die Räume des ehemaligen Cafés anzumieten, als es fast schon unmöglich schien, einen geeigneten Platz zu finden. Sie war noch nie jemand, der auf lange Sicht oder überhaupt viel vorausplant. Sie hat sich immer kurzfristig orientiert, um den Dingen Raum zu geben, die geschehen, wann sie geschehen müssen, und entsprechend handeln zu können. Ereignisse nimmt sie seit jeher recht fatalistisch auf und bemüht sich, sie nicht aufgrund vorgefasster Werteskalen zu vergrößern oder zu verkleinern. Zum Beispiel diese Geschichte mit dem Anruf der super-liebenswürdigen und supernervösen Engländerin, die ausgerechnet heute zehn Kilo Eis will: Radikal verändert sich ihre finanzielle Situation dadurch nicht, doch es ist eine Botschaft aus dem All, die ihr sagt, sie solle sich nicht hängenlassen, schöne Überraschungen seien immer möglich. Natürlich nur, wenn es sich nicht um den blöden Scherz von irgendjemandem handelt, der sich gern mal auf Kosten anderer Leute amüsiert. Bald wird sie es wissen; sie fährt schon die Kurven nach Callian und zur Hochebene gleich hinter dem Dorf hinauf, wo der Chemin de la Forêt beginnt.

Die meisten Straßen hier in der Gegend sind eng, und man muss aufpassen, weil die Ortsansässigen nie damit rechnen, dass ihnen aus der anderen Richtung jemand entgegenkommen könnte. Oft muss sie im letzten Moment stark abbremsen oder seitlich ausweichen, um nicht frontal mit irgendwelchen Schwachköpfen zusammenzustoßen. Und mit jeder Kurve steigt ihre Nervosität, das ist immer so, wenn sie einen Termin oder eine Verabredung hat: egal, ob beim Zahnarzt oder mit einer Freundin oder einer Kundin, wie in diesem Fall. Die Vorstellung, eine bestimmte Person aus einem bestimmten Grund an einem bestimmten Ort treffen zu müssen, versetzt sie in Aufregung, da kann sie nichts machen. Zudem ist diese Straße noch enger als die anderen, mit einem Trockensteinmäuerchen auf der einen Seite und dem Wald auf der anderen, und sie ist auch länger, als man meint.

Zuletzt aber endet die Straße schlagartig an einem mächtigen Tor: Rechts befindet sich die Scheibe eines gefällten

Baumstamms mit der eingebrannten Aufschrift *Les Vieux Oliviers,* wie es ihr die Engländerin am Telefon gesagt hat. Zwischen den dunkelgrünen Eisenstäben sieht man Wiesen und Hecken und Bäume, alles gewissenhaft gepflegt für reiche Besitzer, die sicherlich nur äußerst selten herkommen. In dieser Gegend fällt die Nutzung der Häuser umgekehrt proportional zu ihrer Größe aus: Die kleineren werden im Sommer und in allen Ferien intensiv genutzt, die größeren stehen die meiste Zeit leer. Man weiß auch nie genau, wem diese sagenumwobenen Residenzen gehören, Gerüchte munkeln von Finanzhaien, Fußball-, Musik- und Filmstars. Einige Namen werden wahrscheinlich von Restaurantbesitzern und Immobilienmaklern absichtlich ausgestreut, um diesen Dörfern ein wenig vom Flair der Côte d'Azur und der eigentlichen Provence weiter östlich zu verleihen, damit sie nicht nur als parzellierte Gegend betrachtet werden, wo sich Deutsche und Holländer niederlassen, die den künstlichen See zu schätzen wissen, und ein paar Reiche, die sich ein bisschen von der üblichen Schickeria absetzen wollen.

Milena Migliari steigt aus dem Lieferwagen aus, studiert die kleine Messingtafel der Sprechanlage an der linken Säule des Tors: kein Name. Sie zögert kurz, dann drückt sie unsicher den Knopf. Keine Antwort. Sie schaut sich um, blickt nach oben: Dort, auf der Säule, sind ein Blinklicht und der Lautsprecher einer Alarmanlage montiert. Sie fragt sich, ob sie ihr Gesicht dem kleinen Glasauge der Überwachungskamera nähern sollte, um zu zeigen, dass sie weder eine Einbrecherin noch eine Klatschreporterin oder wer weiß was ist. Erneut drückt sie den Knopf, schaut durch die Eisenstäbe: Das Haus sieht man von hier aus nicht, keinerlei Lebenszeichen weit und breit.

Endlich kommt aus der Sprechanlage eine hörbar misstrauische Frauenstimme. »Wer ist da?«

Milena Migliari hält das Gesicht vor die Überwachungskamera und lächelt, was ihr unter diesen Umständen ziemlich schlecht gelingt. »Ich bringe das Eis.«

»Welches Eis?« Die Stimme wird noch patziger und klingt außerdem kein bisschen wie die, die sie in der Eisdiele angerufen hat, keine Spur von englischem Akzent.

»Von *La Merveille Imparfaite* in Fayence! Sie haben mich vor einer halben Stunde angerufen und zehn Kilo Eis bestellt.« Plötzlich fühlt sie sich unglaublich dumm, dass sie eine so merkwürdige Bestellung ernst genommen hat, ohne wenigstens zur Überprüfung kurz zurückzurufen. Noch so ein perfektes Beispiel für eine glühende Enttäuschung, nur weil sie ständig auf freudige Überraschungen wartet: Es passiert ihr ja nicht zum ersten Mal, dass sie, leichtgläubig, wie sie ist, hereingelegt wird. Als Kind glaubte sie ihrem Vater noch jedes Mal, wenn er ihr am Telefon versprach, er werde sie abholen und ein wunderbares Wochenende mit ihr verbringen, dann aber nicht einmal anrief, um abzusagen, mit dem Ergebnis, dass ihre Mutter auf sie fast wütender war als auf ihn. Auch Viviane wiederholt häufig, sie solle doch mal versuchen, weniger in den Wolken zu leben. Doch wenn sie nicht wenigstens ein bisschen in den Wolken lebte, wäre sie nicht so, wie sie ist, und gewiss hätte sie keine Eisdiele wie die ihre eröffnet; sie hätte sich damit zufriedengegeben, mit abgepackten Fertigpräparaten zu arbeiten und Standardeis herzustellen. Das wäre sicher realistischer gewesen als das, was sie jetzt macht, würde aber auch viel weniger Spaß machen. Sie hat jedenfalls längst kapiert, dass niemand seinen Charakter wirklich ändern kann, zumindest nicht wesentlich und dauerhaft.

»Zehn Kilo Eis?«, fragt die Stimme an der Sprechanlage ungläubig. Direkt dahinter hört man noch eine zweite, dann ein unverständliches Palaver zwischen beiden, dann nichts mehr.

Milena Migliari starrt weiter in das kleine Glasauge der Überwachungskamera auf der Messingtafel. Sie fragt sich, ob sie noch einmal auf den Knopf drücken sollte, um die Sache zu erklären, oder lieber aufgeben und aus der Erfahrung lernen, wenigstens so viel, dass sie nicht wieder in derartige Fallen tappt.

Doch jetzt hört man ein Klicken: Das Tor öffnet sich langsam, der hochqualitative, gutgeölte Mechanismus brummt leise.

Sie zögert kurz, dann steigt sie wieder in ihren Lieferwagen und fährt, als das Tor offen ist, vorsichtig die Allee hinauf, die nach einer Weile eine Rechtskurve macht. Der Asphalt ist sienabraun, wäre er nicht so glatt und einheitlich, sähe er wirklich wie Erde aus. Links steht eine zu kunstvoll gestutzte Lorbeerhecke, rechts eine Reihe Zypressen und Oleander, die einen terrassierten Hang einfassen, dessen Rasen ebenfalls zu gleichmäßig gemäht ist.

Plötzlich schießt zwischen den Zypressen und den Oleandern, nur wenige Zentimeter vor der Kühlerhaube des Lieferwagens, ein großes dunkles Tier heraus, das wie ein Lama aussieht. Milena Migliari bremst scharf, knallt fast mit dem Kopf gegen die Windschutzscheibe, die zwei Kühltaschen rutschen und stoßen an die Rücksitze. Bevor sie sich von dem Schock erholen kann, springen noch zwei weiße Lamas auf den Weg, stürmen an ihr vorbei und blitzschnell hinter dem dunklen Tier die Allee hinunter in die Richtung, aus der sie gekommen ist. Wie festgenagelt sitzt sie mit klopfendem Herzen und außer Atem in ihrem Auto und beobachtet, wie die Tiere mit federnden Sprüngen hinter der nächsten Kurve verschwinden. Sie fragt sich, ob die Lamas womöglich aus dem Grundstück ausbrechen können, falls es sich denn um Haustiere handelt; doch das Tor kann man von hier nicht sehen, und zum Wenden, um ihnen zu folgen, ist es auch zu eng, also fährt sie weiter.

Die Allee führt weiter in einer Kurve bergan, auch hier wie zum Schutz von hohen Hecken gesäumt, dann verläuft sie gerade, jetzt sieht man das Haus, genauer gesagt, die Rückseite, gelb und breit, mit einem zweistöckigen Hauptgebäude und zwei einstöckigen Flügeln. Davor ein Platz und eine Holzkonstruktion mit schrägem Dach, unter dem mehrere Autos parken.

Milena Migliari betrachtet die Türen am Haus, fragt sich, vor welcher sie halten soll. Da sie sich nicht entscheiden kann, hält sie mit dem Kangoo in der Mitte des Platzes an, kurbelt das Fenster hoch, dann wieder herunter. Soll sie, nachdem sie ihr zuletzt doch noch geöffnet haben, den Auftrag nun für bestätigt erachten? Oder sollte sie lieber auf die Person warten, die ihr an der Sprechanlage geantwortet hat, um herauszufinden, was Sache ist? Schließlich packt sie die zwei Kühltaschen und geht auf die mittlere Tür des Hauses zu, während ihr Magen sich vor Verlegenheit verkrampft und Neugier und Zweifel in ihr kämpfen.

Die Tür öffnet sich, bevor sie Zeit hat zu klingeln: Ein riesiger Typ mit kahlrasiertem Kopf und finsterem Gesicht erscheint und mustert sie mit zusammengekniffenen Augen, die Kühltaschen, den Lieferwagen, wieder die Kühltaschen, als argwöhnte er, sie könnten wer weiß was enthalten.

6

Nick Cruickshank geht zum Eingang. Aldino redet mit einer Person, die auf dem Hof steht, dreht sich um und gibt ihm ein Zeichen, drinnen zu bleiben. Doch er fühlt sich nach der Episode im Olivenhain immer noch wie ein paranoider Depp; er schiebt Aldino beiseite und schaut hinaus.

Draußen steht eine Frau mit grünblauer Baseballkappe, langen Haaren, einem karierten kurzen Mantel, weiten Hosen und schwarzen Schnürschuhen mit dicker Sohle. Sie hält zwei Kühltaschen aus steifem Plastik in den Händen, rührt sich nicht, doch der Oberkörper ist leicht zur Seite geneigt: Sie wirkt entschlossen, nicht vom Fleck zu weichen, aber genauso bereit, wieder zu gehen. Ein paar Meter hinter ihr parkt ein orangefarbenes Lieferauto mit der violetten Aufschrift *La Merveille Imparfaite*.

»*Jamais* haben wir irgendwelches *glace* bestellt. *Jamais. No glace.* Okay?« Aldinos Französisch ist noch beschränkter als sein Englisch, das schon nicht viel taugt; aber das kümmert Nick Cruickshank herzlich wenig, er hat schon länger festgestellt, dass der bullige, grimmige Italiener, der kaum lesen und schreiben kann, bestens funktioniert. Und wenn man ihn kennt, ist er auch intelligenter und sensibler, als er wirkt, besser als der Durchschnitt seiner Bodyguard-Kollegen.

»Wer hat mich denn dann angerufen und mir diese

Adresse gegeben?« Die Frau mit der Baseballkappe antwortet ihm auf Italienisch, mit einer seltsamen Mischung aus Ratlosigkeit und Kampfgeist. Sie zeigt hinter sich. »Und wer hat mir das Tor geöffnet?«

»Wir bestimmt nicht.« Aldino verbarrikadiert immer noch mit seinem massigen Körper den Eingang und streckt seinen Arm schützend nach hinten.

»Hey, Al, relax.« Nick Cruickshank weiß, dass er irgendeinen Schutz braucht, aber übertriebene Vorsichtsmaßnahmen haben ihn schon immer genervt, bis heute. Es stimmt zwar, im Netz geistert immer noch das Video von vor zwanzig Jahren herum, wo er bei einem Konzert in Glasgow seine Fender Telecaster abnimmt und sie einem Typen auf den Kopf haut, aber das war ein Fall von *effektiver* Notwehr: Der Kerl hatte gerade eine volle Bierflasche nach ihm geworfen, brüllte und spuckte wie ein Irrer und versuchte, auf die Bühne zu klettern, um ihn anzugreifen. Zwei Jahrzehnte lang war er bemüht zu erklären, was damals wirklich abgelaufen ist, aber mittlerweile hat er es aufgegeben; sollen sie es ruhig als einen Beweis für die Wildheit eines extremistischen Rockstars betrachten.

Jedenfalls wirkt die Frau mit der Baseballkappe überhaupt nicht gefährlich; nach dem Blick zu urteilen, den sie ihm zugeworfen hat, als er zur Tür hinausschaute, hat sie ihn nicht einmal erkannt. Kein unmittelbares Lächeln, kein aufgeregtes Gehüpfe auf der Stelle. Im Gegenteil, anscheinend ist sie ziemlich aufgebracht über die Situation, wenn auch auf etwas weltfremde Weise. Sie stellt die zwei Kühltaschen auf den Boden. »Irgendjemand hat mir das Tor doch geöffnet, oder? Wie wäre ich denn sonst hereingekommen?«

Ganz selbstverständlich wechselt sie ins Englische, aber so, wie sie mit Aldino Italienisch gesprochen hat, muss sie selbst Italienerin sein.

Seit jeher hegt Nick Cruickshank eine Leidenschaft für Akzente: für den Tonfall, die Kadenzen, die Rhythmen, die Klangfarben der Stimmen. In England gelingt es ihm fast immer bereits nach wenigen Sätzen, die Region, die Stadt und die soziale Herkunft seiner Gesprächspartner zu identifizieren; in Amerika muss er sich mit weniger genauen Einordnungen zufriedengeben, aber es macht ihm dennoch Spaß zu erkennen, ob jemand aus Brooklyn, aus Boston oder aus Houston kommt. Es hängt mit seinem musikalischen Ohr zusammen, ja, aber auch mit seinem Bedürfnis, die Welt zu entziffern.

»Genau, wie bist du überhaupt reingekommen? Erklärst du mir das mal?« Aldino blickt die Italienerin mit dem Eis forschend an, schaut sich um; es ist ihm ein Rätsel.

Auf der Zufahrtsallee kommt Aileens rotes BMW-Cabrio angeschossen, viel zu schnell, wie gewöhnlich; auf dem Parkplatz bremst sie abrupt. Aileen steigt aus, mit ihrer eleganten Ungeduld: kastanienbraun glänzende, halblange Haare, modische Sonnenbrille, kurze rote Jacke aus Anti-Leder, lange Beine in kunstvoll am Knie zerrissenen Jeans, hergestellt von chinesischen Schneidern, die in Italien arbeiten, blaue Stiefeletten, natürlich auch aus Anti-Leder.

Tricia, ihre magere, knochige Assistentin mit Fischmaul, und Maggie, die Maskenbildnerin mit Stupsnase und aluminiumfarbenen Haaren im Bürstenschnitt, steigen ebenfalls aus. Fünfzig Prozent Pose, fünfzig Prozent Substanz.

Gleich danach kommt der Kombi des Fotografen Tom

Harlan, der aussteigt und die Türe zuknallt: rötlicher Bart, dicht wie das Fell eines Höhlentiers, Hut mit extraschmaler Krempe auf dem Kopf, schwarzes Jackett aus Anti-Leder, ein Geschenk von Aileen. Sechzig Prozent Pose, vierzig Prozent Substanz. Auf der anderen Seite steigt Wie-heißt-er-doch-gleich? aus, sein Assistent, dünn und schlaksig; er reicht seinem Chef eine große Tasche, sammelt auf dem Rücksitz Blitzlichtbirnen, Akkus und Stative ein. Dann kommt noch der silberne Espace des Teams von *Star Life*; die Chefredakteurin, die Journalistin, der Fotograf und der Kameramann steigen aus, Stimmen und Gesten überlagern sich. Achtzig Prozent Pose, zwanzig Substanz.

Aileen schaut die Italienerin mit dem Eis an und zeigt auf ihr orangefarbenes Lieferauto. »*Est-ce que vous nous avez apporté la glace?*« Aileens Französisch ist absolut souverän, genau wie ihr Italienisch, ihr Spanisch und ihr Deutsch: Sprachen fallen ihr leicht, da sie im Gefolge ihres Vaters, eines Diplomaten, in verschiedenen Teilen der Welt aufgewachsen ist.

»Ja, aber anscheinend hat es niemand bestellt, das Eis.« Die Italienerin antwortet auch Aileen auf Englisch, eher perplex als verärgert, weil jetzt all diese Leute um sie herumstehen.

»Was soll das heißen?« Aileen legt den Kopf schief; wenn man sie so neben der Eisfrau stehen sieht, kann man sich kaum zwei unterschiedlichere Frauen vorstellen: was die Gesichtszüge, die Proportionen, die Art, sich zu bewegen, zu kleiden und zu sein, betrifft.

Die Italienerin deutet auf Aldino. »Sie behaupten, Sie hätten mir nicht einmal das Tor aufgemacht.«

»Ich habe das Tor geöffnet! Ich kam gleich hinter dir.«
Aileen spricht auf ihre ultraexpressive Art, unter Hochspannung. »Aber ich musste anhalten, weil das weiße Alpaka und eins von den braunen sich grade brutal in den Hals bissen. Sie rissen sich richtig das Fell aus, echt bösartig! Ich habe versucht zu hupen, um sie auseinanderzujagen, aber es war nichts zu machen! Maggie musste aussteigen, um sie mit dem Schirm zu vertreiben!«

»Sie sind mir vors Auto gesprungen, ich bin wahnsinnig erschrocken.« Mit einer Handbewegung ahmt die Italienerin den Sprung nach: eine schöne Geste, auch sehr ausdrucksvoll. »Ich kapierte nicht, was für Tiere das waren, ich dachte, Lamas.«

»Die beiden Männchen müssen kastriert werden, sonst ist es, als hielte man zwei Hähne in einem Hühnerhof.« Tom Harlan, der Fotograf, ist unablässig bemüht, sehr konkret zu werden.

»Aber nein, die Ärmsten!« Aileen macht ein entsetztes Gesicht, obwohl sie nie viel Sympathie für die Alpakas gehegt hat, jedenfalls nicht, seit eines nach ihr geschnappt und ihr den Ärmel einer Bluse zerrissen hat; aber sie weiß genau, dass man wegen der Sache mit dem Anti-Leder tierfreundliche Gefühle von ihr erwartet.

Nick Cruickshank zuckt die Achseln: Die Alpakas hat ihnen dieser Depp von Steve McAbee geschenkt, nachdem sie sie für ein Video in Schottland gebraucht hatten, er war überzeugt, hier seien sie bestens aufgehoben.

Jetzt schien sich die Italienerin mit dem Eis um die Alpakas zu sorgen, als wäre ihr Los nur eine unter tausend anderen offenen Fragen über das Schicksal der Welt. Sie hat diesen betroffenen Blick: Breitbeinig steht sie da mit ihren dick besohlten Schnürschuhen, umgeben von Leuten, die sie hauptsächlich ignorieren. Dann fällt ihr wieder ein, warum sie hier ist, sie zeigt auf ihre Kühltaschen. »Wollen Sie jetzt das Eis oder nicht?« Es ist, als läge ihr gar nichts daran, es zu verkaufen, als wäre sie mehr als bereit, es wieder mitzunehmen.

»Natürlich wollen wir es! Entschuldige bitte das Missverständnis! Ich war sicher, dass ich zurück sein würde, bevor du kommst!« Aileen geht auf sie zu und drückt ihr schwungvoll die Hand, lächelt sie auf ihre gewinnende Art an.

»Schon gut.« Die Eisfrau lächelt scheu zurück.

Aileen wendet sich zu Nick Cruickshank um. »Liam Bradford hat in seinem Blog geschrieben, dass sie unglaublich gut ist! Er behauptet, es gelinge ihr, mit der Sensibilität einer wahren Künstlerin die Quintessenz jeden Geschmacks einzufangen! Und auf TripAdvisor gibt es Dutzende phantastischer Rezensionen! Wieso wussten wir nichts davon?«

Auch Tom Harlan, der Assistent, Tricia, Maggie, das Team von *Star Life* und sogar Aldino drehen sich zu ihm um in der Erwartung, dass er dieses Rätsel aufklären werde.

Nick Cruickshank schüttelt den Kopf. »Es gibt einen Haufen Sachen, von denen wir nichts wissen.« Die Wahrheit ist, dass sie tatsächlich *überhaupt nichts* darüber wissen, was außerhalb dieses eingezäunten Besitzes geschieht; die einzigen Orte, von denen er sagen kann, dass er sie kennt, sind der Flugplatz, zwei Restaurants (von dem einen weiß er aber nicht einmal mehr den Namen) und ein paar Geschäfte, in die er kurz reingeschaut hat, unter dem Schirm seiner Mütze versteckt und mit Sonnenbrille, um nicht von lästigen Touristen erkannt zu werden. Anstatt im Canton de Fayence könnten sie genauso gut irgendwo anders in Frankreich, in Italien, in Spanien oder in Portugal sein, was ihre Beziehungen zum Umland betrifft.

Immer noch misstrauisch zeigt Aldino auf die beiden Kühltaschen aus blauweißem Plastik, als könnten sie mit Sprengstoff gefüllt sein. »Ist das Eis da drin?«

»Was meinst du denn?« Jetzt lacht die Eisfrau, ihre Augen funkeln. Sie hat mehrfarbige Augen, aber vielleicht spiegelt sich darin auch nur das Licht der Novembersonne; jedenfalls blicken sie sehr aufmerksam und ein wenig verträumt. Sie nimmt ihre beiden Kühltaschen, in jede Hand eine. Ihre Bewegungen sind sicher, und doch umgibt sie weiterhin eine Aura der Fremdheit. Sie geht mit ihren Taschen auf das Haus zu, schüttelt den Kopf, als Aldino sie ihr abnehmen will, und strebt zum Haupteingang.

»Die Küche ist da drüben, auf der Seite!« Aldino geht vor ihr her, als müsste er einen gefährlichen Hausfriedensbruch vereiteln.

Nick Cruickshank sieht Aileen an, die im wartenden Kreis ihres Gefolges erstarrt zu sein scheint. »Wie ist's mit den Fotos gelaufen?«

»Oh, super!« Aileen kommt wieder in Fahrt, als löste sie sich aus einem Standbild: Sie lächelt, beugt sich elastisch auf ihren schönen, nervösen Beinen vor, um ihn auf die Stirn zu küssen.

»Es ist uns gelungen, ziemlich spektakuläre Aufnahmen zu machen, mit den Männern und Frauen!« Tricia bebt buchstäblich vor Begeisterung: Sie zittert am ganzen Körper, Haut-Nerven-Knochen.

Tom holt die Spiegelreflexkamera aus der großen Tasche, hält Nick das Display vor die Nase. »Schau mal das hier! Und das! Und das! Und das da!«

Nick Cruickshank schaut, teilweise abgelenkt von der zu großen Nähe des Fotografen und dessen Geruch: Bei jedem Klick erscheinen alte Landstreicherinnen, chronische Alkoholiker und verschiedene andere arme Gestalten, bekleidet mit Jacken aus falschem Pythonschlangenleder in Tropengrün, Westen aus falschem Straußenleder in *shocking pink*, Stiefel aus falschem Krokoleder in Feuerrot, Hüten aus falschem Eidechsenleder in *electric blue*. Tom Harlans fotografischer Stil zielt darauf ab, die Falten und die anderen Zeichen eines schwierigen Lebens auf den Gesichtern maximal zu betonen, was den größtmöglichen Kontrast zu den supersatten poppigen Farben von Aileens Anti-Leder-Kreationen schafft. Die Idee, diese menschlichen Wracks als Modelle zu nehmen und sie als solche zu bezahlen, hat sich als ein genialer Einfall erwiesen: eine Art, Menschen in Schwierigkeiten konkret zu helfen, Sichtbarkeit in den Medien zu erreichen und das politisch korrekte Image eines Materials zu verstärken, das nicht von Tieren stammt und nicht aus Erdöl gewonnen wird. Natürlich gibt es Leute, die ihr vorwerfen, unglückliche Menschen für kommerzielle Zwecke zu missbrauchen, aber mittlerweile ist es ja beinahe unmöglich, irgendetwas zu machen, ohne dass sofort jemand im Internet hämisch darüber herfällt. Es gibt ja auch Leute, die sie als Schmarotzerin beschimpfen, weil er sie bei ihrem Anti-Leder-Unternehmen unterstützt hat, indem er an den ersten Pressekonferenzen teilnahm, sie zu den ersten Modeschauen begleitete, sich mit ihr fotografieren ließ. Als könnte man seine Frau nicht unterstützen, weil man an sie glaubt, ohne gleich das Opfer von Manipulation zu sein; man darf den Müll, der über einem ausgekippt wird, einfach nicht an sich ranlassen, sondern muss ihn ignorieren. Erst gestern hat Linda von der Presseabteilung in London ihm Links für einige Blogs geschickt, die sogar über das Bebonkers-Konzert am Sonntag niederträchtige Sachen verbreiten, sie würden den Schmerz und die Trauer über das Massaker von Paris ausnutzen und so weiter. Mit einem Konzert *gegen Gewalt*, dessen Einnahmen den *Familien der Opfer* zugutekommen? Man braucht schon ein ziemlich robustes Selbstbewusstsein, um sich gegen die dumpfe Böswilligkeit der anonymen Idioten zu schützen, ganz im Ernst. Jedenfalls lässt sich nicht leugnen, dass Aileen einen sehr guten Riecher hatte, als sie sich bei Andor Kértesz die exklusiven Produktionsrechte gesichert hat, diesem genialen ungarischen Spinner, dem es gelungen ist, aus Agavenblättern eine Faser zu gewinnen, die wie Leder aussieht und ebenso widerstandsfähig ist; und dann auch noch den richtigen Namen dafür zu finden anstelle der ursprünglichen, scheußlichen Bezeichnung *Agavleder*. Unvermeidlich weckt eine so begabte und unternehmungslustige Frau Neid und Eifersucht, vor allem, wenn ihre Initiativen Erfolg haben.

»Nun? Wie findest du sie?« Aileen streckt sich, um auch einen Blick auf das Display der Spiegelreflexkamera zu werfen: rasch, ungeduldig, mit neuen Ideen, die ihr bestimmt schon durch den Kopf schwirren.

»Sicher interessanter als die üblichen Models.« Allerdings muss Nick Cruickshank sich eingestehen, dass sich ein gewisses Unbehagen in seine Bewunderung für ihre Findigkeit mischt. Hat es damit zu tun, dass sie nie innehält? Dass sie, kaum hat sie ein Ziel erreicht, gleich ein neues anpeilen muss? Dass im Grunde doch etwas Wahres dran ist, dass sie arme Schlucker als Werbung für ihre Sachen benutzt, auch wenn sie sie so gut bezahlt, dass sie monatelang davon leben können? Aber sie ist dabei nicht zynisch, ihr Wunsch, den Leuten zu helfen und zum Wohlergehen des Planeten beizutragen, ist echt. Voriges Jahr hat sie in Burkina Faso eine Grundschule mitsamt Trinkwasserbrunnen finanziert, im Jahr davor hat sie einer Kooperative von kleinen Kaffeebauern in Bolivien Lagerhallen, Maschinen für die Verarbeitung und sogar einen Lastwagen geschenkt. Klar, sie hat davon Steuervorteile und einen Imagegewinn, aber ihre Hilfe ist real.

Aileen nickt: Sie wirkt glücklich über die Ergebnisse, glücklich über seine Zustimmung. »Sie haben sich so mit der Rolle identifiziert, du hättest sie sehen sollen.«

»Manche haben sich auch zu sehr aufgeplustert.« Tom kann es nicht lassen, eine Prise Ernüchterung einzustreuen.

»Sie haben sich so gefreut, die Ärmsten!« Wie immer verteidigt Tricia ihre Chefin. »Außerdem hatten wir ihnen ausgezeichnete Croissants mitgebracht, die haben sie in wenigen Minuten weggeputzt!«

»Über ein paar Flaschen Calvados hätten sie sich bestimmt noch mehr gefreut.« Tom bleibt sich treu, die Chefredakteurin und der Kameramann von *Star Life* kichern.

»Zum Schluss haben wir die Jacken, Stiefel und Hüte und alles Übrige dem Verantwortlichen des Zentrums dagelassen.« Man muss Aileen nur anschauen, um zu begreifen, dass sie wirklich daran glaubt: Ihre Überzeugung, Gutes zu tun, ist unerschütterlich und kein bisschen gespielt. »Zu Weihnachten werden sie die Sachen dann versteigern und einen Haufen Geld einnehmen.«

»Bravo.« Nick Cruickshank fragt sich, ob seine etwas lasche Anteilnahme mit dem Gefühl zusammenhängt, dass sein Interesse an den Fragen der Welt immer weiter abnimmt.

Tom schiebt den Fotoapparat wieder in die Tasche und geht auf das Haus zu, seinen mit der Ausrüstung beladenen Assistenten im Schlepptau. Tricia und Maggie werfen Aileen einen Blick zu und gehen dann ebenfalls ins Haus, in ihrem Gefolge die Chefredakteurin, die Journalistin, der Fotograf und der Kameramann von *Star Life* mit ihrem ganzen Kram.

Aileen dreht sich um und schaut ihm forschend ins Gesicht. »Und wie geht es dir?«

»Ausgezeichnet, abgesehen davon, dass es einen Blackout gegeben hat und ich mich beinahe mit der Ape umgebracht hätte.« Nick Cruickshank will ja nicht dramatisieren, doch fast jedes Mal, wenn er Aileen von einer Expedition zurückkommen sieht, scheint es ihm so, als sei er selbst recht unproduktiv gewesen, und gleich darauf will er testen, wie viel Aufmerksamkeit sie noch für ihn hat.

»Ich hab's dir schon tausendmal gesagt, pass auf mit diesem bescheuerten Dreirad!« Aileen mustert ihn von Kopf bis Fuß, um sicherzugehen, dass er keinen Schaden genommen hat, doch kaum ist ihr klar, dass ihm nichts passiert ist, schaut sie zum Haus hinüber.

Nick Cruickshank zuckt die Achseln: Keiner kann besser Nonchalance heucheln. Doch als Aileen damals in Baz' Londoner Büro gekommen war, um sich als Kostümbildnerin für die Welttournee 2008 zu bewerben, hatte ihn als Erstes ihre Aufmerksamkeit beeindruckt. Noch jetzt erinnert er sich daran, wie sie zuhörte, während er ihr erklärte, was er suchte: an ihr Mienenspiel, das hörbare Atemholen, die kleinen emotionalen Wellen als Antwort auf jede neue Information. So viel Rücksicht und Fürsorglichkeit, Beflissenheit und Hingabe er auch bisher erlebt hatte, Aileens Aufmerksamkeit, fand er, war von ganz anderer Qualität: intelligenter, informierter, schneller im Kombinieren. Das hat die unwiderstehliche Anziehung ausgelöst: die Promptheit, mit der sie auf jede Frage antwortete, die Treffsicherheit, mit der sie unter den vielen Optionen die richtige auswählte. Auch ihr Aussehen natürlich: ihre Augen, ihr Mund, ihre Haare, ihre Beine, ihre Art, sich zu bewegen; doch das, was sie in seinen Augen so besonders machte, war dieses wunderbare Nichtvorhandensein von Zerstreutheit und geistiger Trägheit. Sie hatte nichts Ungefähres, nichts Vages an sich. Aileens Aufmerksamkeit beflügelte ihre Begegnungen mehr als jede Droge, jeder Drogencocktail, mit dem Vorteil, ihm die vollkommene geistige Klarheit zu lassen; jedes Gespräch wurde auf seine Weise zu einer Herausforderung, alle verfügbaren Reserven zu mobilisieren, auch solche, von denen er vorher gar nichts ahnte. Zwischen ihnen ergab sich (das hat er sogar in einem Interview mit *Rolling Stone* gesagt, was ihm auch einige böswillige Kommentare eingebracht hat) ein Lennon / McCartney-Effekt, bei dem jeder den anderen aus seiner Sicherheitszone herauslockt und ihn zwingt, auf ein Niveau zu gehen, das er allein wahrscheinlich nie erreicht hätte. Unvergessliche Songs hat die Partnerschaft Cruickshank / McCullough kaum hervorgebracht (ja, zwei oder drei schon, aber vielleicht nicht die besten), aber eine Menge Anregungen und Offenbarungen, Anstöße zur Erneuerung und Verbesserung. Musste ein so intensiver Energiefluss unvermeidlich früher oder später versiegen? Oder zumindest seine Form verändern, als sie von der berauschenden Schwärmerei zur gefestigten Beziehung übergingen? Er ist der Erste, der zugibt, dass sein Bedürfnis nach Aufmerksamkeit größer ist als normal, davon ernährt er sich, kann nicht ohne auskommen: Auch deswegen macht er ja den Job, den er macht. Doch wie lange kann die Aufmerksamkeit einer einzigen Person diejenige von Zehntausenden Menschen in einem Stadion ersetzen? Realistisch gesehen? Auch kein noch so eingefleischter Fan könnte Tag für Tag, Monat für Monat, Jahr für Jahr ununterbrochen die extreme Konzentriertheit durchhalten, die er für ein Konzert aufbringt.

Aileen blickt immer noch zur Haustür; sie mag nicht mehr hier draußen herumstehen, ihre Beine werden immer ungeduldiger. »Okay, ich gehe rein.«

»Geh nur.« Nick Cruickshank sieht zu, wie sie weggeht, mit einem kleinen Lächeln auf den Lippen, das nichts bedeutet. Genau besehen, kommt es ihm nicht so vor, als habe Aileens Aufmerksamkeit allmählich nachgelassen, auf die fast unmerkliche Art, mit der wahrscheinlich jede Aufmerksamkeit früher oder später nachlässt. Ihm ist vielmehr, als habe er sich ihr eines Abends beim Essen gegenübergesetzt und angefangen, etwas zu erzählen, und dabei gemerkt, dass ihre Aufmerksamkeit nicht mehr dieselbe war. Oder besser gesagt, dass sie nicht mehr ausschließlich auf ihn gerichtet war, dass Aileen nicht mehr dieses unglaublich zackige mentale und emotionale Pingpong mitspielte, das ihren Austausch so speziell machte. In dem Moment war er in Panik geraten: Er hatte sie beschuldigt, ihm nicht zuzuhören, hatte mit der Faust auf den Tisch geschlagen, Rotwein auf die Tischdecke verschüttet. Aileen hatte die Fassung bewahrt und ihm in aller Ruhe Wort für Wort wiederholt, was er gesagt hatte; obwohl das natürlich nicht der wahre Kern des Problems war. Er war sich dumm vorgekommen, hatte gedacht, dass er vielleicht die Zerstreutheit eines Augenblicks für eine permanente Veränderung gehalten hatte. Doch ihr mentales und emotionales Pingpong war weder am nächsten noch am übernächsten Tag zu der kreativen Spannung von früher zurückgekehrt. Dann musste er in Los Angeles mit den Aufnahmen für das neue Album der Bebonkers anfangen und hatte viel weniger Zeit, um darüber nachzudenken.

Nicht, dass es zwischen ihnen von da an schlecht gelaufen wäre, dass sie nicht mehr miteinander geredet oder geschlafen hätten; aber irgendetwas hat nachgelassen, ein Teil der elektrisierenden Spannung, die vorher jedes ihrer Gespräche auflud, ist seitdem weg. Ist das einfach so, wenn zwei Menschen lange genug zusammen sind? Langfristige Beziehungen sind nicht direkt sein Spezialgebiet: Obwohl er überzeugt ist, dass er grundsätzlich monogam veranlagt ist, haben seine Beziehungen nie länger als sechs bis sieben Jahre gedauert. Waren sie beide schuld, falls es überhaupt einen Sinn hat, von Schuld zu sprechen? Hatte auch sein Interesse, seine Neugier, seine Spannung ihr gegenüber nachgelassen? Wie viel hat der Umstand gezählt, dass er anfangs noch mit seiner zweiten Frau verheiratet war, was ihrer Geschichte einen Hauch von Verruchtheit und Abenteuer verlieh, und dass er sich dann hat scheiden lassen, wodurch ihre Beziehung völlig legitim wurde? Welche Rolle hat der explosive Erfolg des Anti-Leders gespielt bei der Verschiebung eines Teils von Aileens außerordentlicher Aufmerksamkeit?

Er hat sie selbstverständlich ermutigt, bei ihrer Arbeit immer mehr zu wagen, hat sie gedrängt, den Schritt von der Kostümbildnerin zur Stylistin zu machen und von der Stylistin zur Unternehmerin. Andererseits sind die Bebonkers ja auch viel auf Tournee. Was sollte eine begabte, ungeduldige und energische Frau wie sie da tun? Ihm Mützen und Westen stricken? Die Bühnenoutfits für eine Konkurrenzband entwerfen? Für eine dumme Talentshow im Fernsehen arbeiten? Er fand es nur logisch, sie zu ermutigen, ihre Fähigkeiten einzusetzen, und hat ihr auch finanziell beträchtlich unter die Arme gegriffen, teils, weil er an sie glaubte, teils vielleicht, um nicht dauernd mit äußerster Rastlosigkeit nachrechnen zu müssen, was gar nichts bringt. Sein Steuerberater war überzeugt, es wäre rausgeschmissenes Geld, aber stattdessen hat das Unternehmen Anti-Leder alle Erwartungen übertroffen. Aileen hat einen ihrem Sinn für Ästhetik ebenbürtigen Sinn fürs Geschäft bewiesen. Wenn als Folge davon ihre bewunderungswürdige Aufmerksamkeit nicht mehr zu hundert Prozent auf ihn konzentriert ist, ist das ja kein Weltuntergang: Er wird bestimmt nicht das Opfer spielen. Außerdem schenkt sie ihm nach wie vor ihre Aufmerksamkeit, wenn er sie wirklich braucht, wenn auch vielleicht nicht sofort, nicht so intensiv und so lange wie früher. Aber die richtigen Ratschläge bekommt er von ihr weiterhin, die außergewöhnliche organisatorische Fähigkeit ist noch immer da. Zudem ist es auch möglich, dass sich die Situation ab Samstag überraschend verbessert; das ist einer der Gründe, warum er sich zu einem solchen Schritt hat überreden lassen. Noch einmal, obwohl es die anderen beiden Male wirklich nicht gut ausgegangen ist.

Die Italienerin tritt mit ihren zwei leeren Kühltaschen aus der Küchentür und geht wieder auf den Platz hinterm Haus, gefolgt von Aldino, der sie überwacht, als erwartete er sich immer noch irgendeinen bösen Scherz von ihr.

Nick Cruickshank hebt zum Gruß das Kinn. »Alles in Ordnung?«

Die Italienerin nickt und sieht ihn leicht unschlüssig an. Das Licht hat sich verändert, aber auch so ist alles an ihr farbig: die Augen, die Kleider, ihre Art, sich zu bewegen. Und nun ist auch sicher, dass sie ihn nicht erkannt hat, was doch ziemlich selten vorkommt.

Für einen Moment hat Nick Cruickshank den Eindruck, sich durch ihre Augen zu sehen, und er findet sich gar nicht so aufregend, ohne den berühmten Namen, ohne das Echo der Songs, die er geschrieben hat, ohne den legendären Nimbus, der die Bebonkers umgibt. Was ist er, in ihren Augen? Ein später, reicher angloamerikanischer Bohemien, der mit seiner superunternehmungslustigen Verlobten samt Entourage in Südfrankreich herumhängt und in einem Meer von Posen ertrinkt?

Die Italienerin stellt ihre Kühltaschen wieder in den Lieferwagen und schlägt die Türen zu. Sie schaut ihn ein wenig unsicher an, dann lächelt sie plötzlich. Ihr Lächeln hat nichts von der Mischung aus automatischer Bewunderung und krankhafter Neugier, der er jeden Tag begegnet; es enthält eher ein paar seltsam in der Schwebe gebliebene Fragen.

Einen Augenblick lang ist Nick Cruickshank verwirrt, weiß nicht, ob er einen Gesprächsversuch starten soll wie manchmal mit den Einheimischen; doch aus irgendeinem Grund scheint ihm, er könne damit den schon sehr schlechten Eindruck, den er auf sie gemacht hat, nur noch verschlimmern. Alles, was er tun kann, ist, die Hand zu heben und ihr zuzuwinken: eine eher missglückte Verabschiedung.

Die Italienerin antwortet mit einer raschen Geste, setzt sich ans Steuer, schließt die Tür, lässt den Motor an und wendet; zwei Minuten später ist ihr orangefarbenes Lieferauto schon auf der Zufahrtsallee verschwunden.

Nick Cruickshank kratzt sich an der Stirn, denkt an die Dinge, die in den nächsten Tagen auf ihn zukommen und auf die er überhaupt keine Lust hat, dann dreht er sich zu Aldino um, der sich offenbar endlich entspannt. Beide gehen sie ins Haus zurück, mit wiegenden Schritten, jeder auf seine Art.

7

Milena Migliari öffnet den kleinen Seiteneingang, schiebt mit dem Fuß das Gittertörchen auf, stellt die zwei Kühltaschen auf die hässlichen Kacheln des Patios, der ein schräges Glasdach hat. Jedes Mal ist ihr, als betrete sie einen mexikanischen Innenhof: mit diesen übertriebenen Blumen, den Bögen, der Treppe in den ersten Stock, der feuchten Hitze, die einen sofort umgibt. Sie könnte genauso gut den Haupteingang benutzen, aber aus irgendeinem Grund geht sie immer hier ins Haus.

Viviane tritt sofort hinaus auf den Treppenabsatz im ersten Stock, kommt ihr auf den Stufen entgegen; man sieht auf den ersten Blick, wie angespannt sie ist. »Bescheuerter Blackout!« Sie fährt sich mit der Hand durch die oben längeren, seitlich und an den Schläfen kurzgeschnittenen Haare, streicht eine Strähne zurück. »Ausgerechnet heute, wo ich mir doch den Vormittag für mein Buch freigenommen hatte, verdammt noch mal!«

Milena Migliari will schon antworten, in der Eisdiele seien alle Maschinen stillgestanden, und wenn nicht plötzlich wie durch ein Wunder die Bestellung der Engländer gekommen wäre, hätte sie alles wegwerfen müssen. Doch dann fällt ihr ein, dass sie und Viviane sich immer häufiger gegenseitig etwas vorjammern: über die Arbeit, die Wirtschaft, die Regierung, das Klima, über fast alles. Sie hat noch nicht ganz verstanden warum, aber sie tun es. Vielleicht hängt es damit zusammen, dass Viviane vom Charakter her oft schwarzsieht und sie sich schließlich fast automatisch anpasst. Womöglich muss man einfach kreativer sein, um die schönen Dinge des Lebens zu erkennen, anstatt zu klagen. Deshalb lächelt sie jetzt und deutet mit dem Kinn auf die zwei leeren Kühltaschen.

»Was ist?« Viviane sieht sie mit ihren graublauen Augen hinter der randlosen Brille an: verwaschenes graues T-Shirt, verwaschene Jeans, kräftige Füße in blauen Socken mit gelben Sternchen. Sie betrachtet die Kühltaschen, dann wieder Milena Migliari.

»Ein paar Engländer haben *zehn Kilo* Eis bei mir bestellt, als ich schon fast überzeugt war, dass ich alles wegwerfen muss.« Milena Migliari macht eine ausholende Geste, um ihre Eisdiele, das Haus der Engländer und den ganzen Raum dazwischen zu umschreiben.

»Zehn Kilo?« Viviane mustert sie, ihre Arbeit hat sie geprägt, die Haltung eines Menschen sagt ihr mehr als sein Gesicht.

»Sie haben ein großes Anwesen oberhalb von Callian; ein Haufen Gäste waren da und Personal und noch andere Leute.« Mit der Fußspitze tippt Milena Migliari an eine der Kühltaschen. »Ich hoffe bloß, dass sie es sofort aufessen und nicht erst tagelang in die Kühltruhe legen, bis es steinhart gefroren und kristallisiert ist. Vielleicht hätte ich ihnen nur *fünf* Kilo dalassen und den Rest wieder mitnehmen sollen.«

»Oh, mein Gott, Milena!« In Vivianes Ausruf schwingen vielschichtige Untertöne mit.« »Künstlerische Integrität, oder wie zum Teufel du das nennen willst, ist ja okay, aber verdammt noch mal! Was ist schon groß dabei, wenn es ein bisschen kristallisiert?!«

»Es wäre einfach nicht mehr *mein Eis*! Die Konsistenz ist mit das Wichtigste!« Milena Migliari bekommt den kämpferischen Tonfall, der sie jedes Mal ereilt, wenn sie beschuldigt wird, sie sei zu perfektionistisch oder unfähig, sich mit der Realität auseinanderzusetzen. Wie im Juli, als zwei korpulente, rotbackige Touristen aus Belgien Schokoladeneis verlangt hatten – »aber NICHT Bitterschokolade!« – und sie erwidert hatte, dass es das bei ihr nicht gebe und außerdem gebe es bei ihr überhaupt nichts für sie, denn offenbar hätten sie keine Ahnung von Eis und sollten sich lieber in der Bar unterhalb des Parkplatzes eins aus der Carpigiani-Maschine holen. Ohne Groll hatte sie es gesagt, wenn auch leidenschaftlich, doch die Belgier waren tödlich beleidigt und hatten schon wenige Minuten später schreckliche Sachen über sie auf TripAdvisor gepostet. Das Schlimmste jedoch stand noch bevor: Als sie die Geschichte abends Viviane erzählte, um von ihr ein bisschen Verständnis zu bekommen und zusammen darüber zu lachen, behandelte Viviane sie wie eine verrückte Fundamentalistin, schlimmer noch als die beiden Touristen: Wenn sie so weitermache, empörte sie sich, würden sie es nie schaffen, den Bankkredit zurückzuzahlen, sie müsse aufhören, mit dem Kopf in den Wolken zu leben, und sich der Realität stellen. Das hatte sie viel mehr verletzt, als sie später zugeben konnte: Zum ersten Mal (vielleicht auch zum zweiten oder dritten) hatte sie das Gefühl, dass sie und Viviane einfach nicht auf derselben Wellenlänge lagen.

»Wer waren diese Engländer?« In Vivianes Blick glimmt auch Neugier, verdeckt von diversen Schichten Misstrauen.

Milena Migliari bemüht sich um einen unbefangeneren Ton: Sie erzählt Einzelheiten von ihrer Fahrt nach Les Vieux Oliviers, schildert die Alpakas, die einander verfolgten, um sich wüst zu beißen, den riesigen italienischen Bodyguard, der nicht kapierte, wer ihr das Tor geöffnet hatte, die Hausherrin in blauen Stiefeln und roter Lederjacke, den Hausherrn mit Ring am Ohrläppchen wie ein alter Seeräuber.

»Und wie heißt der Hausherr?« Viviane reibt ihre Socken auf den Kacheln in der Farbe von Hundekotze, dem einzigen Detail, von dem sie nicht überzeugt waren, als sie sich entschieden, das Haus zu kaufen; bevor sie dann das wahre Problem entdeckten, nämlich das Glasdach, das den Patio aufheizt, so dass er vom Frühjahr bis zum Spätherbst schier unbenutzbar ist. Man muss sie nur anschauen: vor Aufregung, Feuchtigkeit und Hitze sind sie beide verschwitzt, sogar jetzt in der zweiten Novemberhälfte.

»Cruc irgendwas. Cruc… Crucshan, meine ich.« Milena Migliari ist nicht sicher, ob sie den Namen richtig verstanden hat, den die Frau ihr genannt hat, die in der Küche das Eis in Empfang nahm und unwillig ihren detaillierten Anweisungen darüber lauschte, wie sie es servieren solle.

»*Cruickshank?*« Viviane streckt das Gesicht vor, wie sie es immer macht, wenn eine Information sie beeindruckt.

»Ja, vielleicht.« Milena Migliari begreift nicht recht, was diesen Stimmungsumschwung bewirkt hat.

»*Nick* Cruickshank?« Viviane wird noch drängender, aus welchem Grund auch immer.

»Kann sein.« Milena Migliari schüttelt den Kopf. »Wer ist das?«

»Wer das ist?! Also echt, Milena!« Viviane verfällt in den Ton der Realitätsverfechterin, was mittlerweile fester Bestandteil ihrer Rollenverteilung ist: die eine zerstreut, die andere mit beiden Beinen auf der Erde, die eine das impulsive Wesen, die andere die Stimme der Vernunft. Das sind Vereinfachungen, denn Viviane ist auch eine empfindsame Frau, nicht bloß sachlich, und sie selbst braucht, um wirklich gutes Eis herzustellen, auch einen Sinn fürs Praktische, nicht bloß Phantasie.

Milena Migliari zuckt die Achseln. Sie könnte nicht sagen, wann sie begonnen haben, sich diese Rollen zuzuschreiben. Vielleicht von Anfang an, aber zuerst glich es doch mehr einem Spiel mit emotionalen und erotischen Zügen. Teilweise fand sie es beruhigend, teilweise erregend; allerdings dachte sie, die Rollen seien flexibel, in jedem Moment umkehrbar oder annullierbar. Stattdessen haben sie sich zunehmend verfestigt, bis sie sich schließlich in ihrer ein wenig eingeengt fühlte. Manchmal *sehr* eingeengt.

»Hallo, kannst du mich sehen, von da oben?« Viviane schaut in die Höhe, tut so, als wickelte sie einen unsichtbaren Faden um eine unsichtbare Spule, um sie vom Himmel zur Erde herunterzuholen. »Das ist der Sänger der *Bebonkers*. Nie gehört? Nicht mal einen einzigen Song? Vielleicht aus Versehen, im Radio? *Enough Isn't Enough* sagt dir nichts? Außerdem geben sie diesen *Sonntag* ein Benefizkonzert unten im Aerodrom von Fayence, die Plakate hängen doch überall!«

»Klar habe ich sie gehört.« Milena Migliari hat es allmählich satt, als naive Weltfremde behandelt zu werden. Die Bebonkers *hat* sie gehört, wie praktisch jeder, der in den letzten dreißig Jahren in der westlichen Welt gelebt hat. Und der Engländer kam ihr ja auch irgendwie bekannt vor; aber sie war eben aufgeregt wegen dem Blackout und der ungewöhnlichen Bestellung und besorgt um die Konservierung ihres Eises und durcheinander, weil sie wie ein Eindringling behandelt wurde.

»Ach, ein Glück.« Viviane tut, als sei sie erleichtert: Sie wischt sich mit zwei Fingern über die Stirn und lacht. »Willkommen auf der Erde.«

»Also weißt du, wenn man jemand in einem anderen Rahmen sieht als gewohnt, kann es ja mal vorkommen, dass man ihn nicht erkennt, oder?« Milena Migliari ist ein wenig verlegen, weil sie Nick Cruickshank von den Bebonkers nicht erkannt hat: Sie fühlt sich oft schuldig, wenn sie merkt, dass sie wieder einmal nicht weiß, was in der Welt vor sich geht, oder wenn sie am Allgemeinwissen scheitert, ganz zu schweigen davon, wenn ihr auf Französisch mal ein Fehler unterläuft. Wie auch immer, obwohl sie Musik mag, war sie nie ein Fan, der die Interpreten vergöttert; Musiker waren nie ihre Idole. Und wenn sie überhaupt etwas an diesem Nick Cruickshank beeindruckt hat, dann nicht, dass er wie ein Rockstar aussieht, sondern sein Blick, sein zutiefst ratloser Blick.

»Na gut, jedenfalls typisch Milena.« Viviane lacht immer noch, kommt näher, gibt ihr einen Klaps auf den Po.

Auch dieses »typisch Milena«: Manchmal findet sie es lustig, manchmal gar nicht. Jetzt zum Beispiel gar nicht; sofort kriegt sie Lust, den Spieß umzudrehen. »Und wie geht's denn dir mit deinem Buch?«

»Darüber will ich lieber nicht reden, danke!« Viviane reagiert, wie vorherzusehen war, denn es bereitet ihr große Mühe, ihr Handbuch über die Methode Fournier zusammenzustellen. Es heißt so, weil Fournier ihr Nachname ist; die Methode ist eine hochintensive, posturale Massage, die die Knoten im Körper löst, damit die Energie frei fließen kann. Viviane praktiziert sie in ihrer Praxis in Draguignan fünf Tage die Woche und Montagnachmittag auch in einem Zentrum für Sportmedizin in Grasse; mittlerweile hat sie eine ganze Menge Anhänger, die darauf schwören, dass sie sie wieder ins Lot gebracht hat. Doch neue Massagetechniken zu erfinden und zu vervollkommnen ist das eine, darüber ein Buch zu schreiben, in dem man detailliert Theorie und Praxis beschreibt, etwas ganz anderes. Seit Monaten arbeitet Viviane daran und ist überhaupt nicht zufrieden mit dem Ergebnis, was sich natürlich auf ihre Stimmung und auf die Beziehung zwischen ihnen auswirkt.

Milena Migliari macht mit beiden Händen eine Bewegung von oben nach unten, die sie in spannungsgeladenen Momenten zu benutzen gelernt hat. »Hey, ich habe ja nur gefragt, okay?«

»Danke der Nachfrage!« Viviane geht auf und ab, stampft mit den Fußsohlen über die Kacheln, bleibt stehen. »Aber was anderes: Ich habe bei Doktor Lapointe in Grasse angerufen.«

»Ach.« Milena Migliari spürt, wie ihr augenblicklich das Blut stockt. »Und was hat er gesagt?«

Viviane räuspert sich, mit diesem nervösen Husten, den überwältigende Gefühle immer bei ihr auslösen. »Dass wir Montag anfangen können.«

»Montag?« Milena Migliaris Magen krampft sich zusammen, sie bekommt kaum noch Luft. Eigentlich wartet sie ja schon seit Tagen auf diese Nachricht; seit gut einer Woche.

»Freust du dich nicht?« Viviane mustert prüfend ihre Haltung, Kopf, Arme, Beine.

»Doch, ja.« Milena Migliari schafft es nicht, viel Nachdruck in ihre Stimme zu legen, da sie weiß, dass ihre Körpersprache eher Panik als Freude verrät.

»Ich dachte, du würdest dich freuen.« Viviane kneift die Augen zusammen.

»*Tue* ich ja auch.« Milena Migliari bemüht sich, erfreut zu klingen, aber da ist nichts zu machen. Seit Monaten reden sie nun schon über diese Geschichte; seit Monaten. Am Abend ihres Geburtstags hat Viviane davon angefangen, als sie eine Flasche Champagner geleert hatten und beide ziemlich beschwipst waren. Doch sie musste schon viel früher angefangen haben, darüber nachzudenken, denn sie konnte ihr bereits eine Menge genauer Details mitteilen. In der schrägen Euphorie des Augenblicks hatte sie es als wunderschöne Liebeserklärung aufgefasst, eine Art, ihre Beziehung noch weiter zu festigen und in die Zukunft zu projizieren; sie hatten sich umarmt und geküsst, sie waren glücklich. Doch als sie am nächsten Tag nüchtern noch einmal darüber gesprochen hatten, fand sie die Vorstellung viel weniger entzückend: der klinische und mechanische Aspekt der Sache, die Notwendigkeit, alles zu planen, die Verantwortung gegenüber dem hypothetischen Dritten. Ihr Kopf füllte sich mit Bildern von Laboren, Ärzten mit Mundschutz und weißen Kitteln, Nadeln, Sonden, Reagenzgläsern, Glasplättchen, Mikroskopen, Entnahmen, Injektionen.

»Na, du siehst aber nicht so aus.« Viviane geht wieder auf und ab, zieht den Stecker der automatischen Bewässerungsanlage heraus, steckt ihn wieder ein.

»Wie sehe ich denn aus?« Milena Migliari möchte es wirklich wissen, denn sie ist sich keineswegs sicher. Vor lauter Unsicherheit reißt sie ein Blatt von einer der Geranien ab, die in dem mexikanischen Klima des verglasten Patios prächtig gedeihen, zerdrückt es zwischen den Fingern, fleischig und feucht, wie es ist.

»Kein bisschen überzeugt.« Viviane spricht in ziemlich neutralem Ton, doch man merkt, dass es sie Mühe kostet.

»Aber nein.« Milena Migliari versucht zu begreifen, ob es sich um eine Form von Egoismus handelt, um einen Mangel an Großmut, einen Widerwillen, langfristige Verpflichtungen einzugehen, darum, dass ihre Liebe nicht groß genug ist. Sie fragt sich, warum sie sich nicht mit Begeisterung in diese Unternehmung stürzt, warum es ihr absurd und auch unpassend vorkommt, sich vorzustellen, wie sie mit Riesenbauch herumwatschelt, nicht mehr wie ganz selbstverständlich ihr Eis machen kann und auch sonst nichts auf der Welt. Sie fragt sich, warum ihr Vivianes Kinderwunsch fast wie ein Übergriff vorkommt, ein Versuch, ihre Freiheit einzuschränken, sie in die Rolle des primitiven Weibchens zurückzudrängen. Sie fragt sich, ob es wirklich so schrecklich ist, dass sie auch vorher, während ihrer Männerbeziehungen, nie richtig Lust hatte, Kinder in die Welt zu setzen; dass sie nie eine wahre Berufung zur Gebärerin, Amme und Erzieherin empfunden hat.

»Oh ja!« Jetzt hebt Viviane die Stimme, unablässig stampft sie hin und her.

»Okay, vielleicht bin ich ein bisschen durcheinander wegen dem Blackout in der Eisdiele und allem.« Sie ist so durcheinander, dass ihr Tränen in den Augen stehen, aber ihre seelische Verfassung dem Blackout zuzuschreiben findet sie eine feige Ausrede, um die Dinge nicht beim Namen nennen zu müssen.

»Vergiss die blöde Eisdiele!« Viviane ist wütend, rot im Gesicht. »Die Eissaison ist sowieso seit Wochen vorbei! Du hättest sie längst schließen sollen, deine Eisdiele!«

»Es gibt nicht nur *eine* Eissaison.« Milena Migliari antwortet trotzig, wenn auch leise. »Es gibt *mehrere,* und das Eis ist jeweils genauso verschieden wie die jeweiligen Zutaten, das Klima, die Stimmung der Leute, die es essen.«

»Aber wenn es gar keine *Käufer* gibt, für wen machst du es dann überhaupt, dein Eis?« Viviane spricht nun noch lauter, gestikuliert immer wilder.

»Ich mache es für die, die es *wollen*. Die Engländer heute, zum Beispiel.« Schon richtig, das war gewiss keine normale Bestellung, die von den Engländern, aber der Punkt ist nicht, wie viele Käufer es gibt: Eismachen ist ihr Beruf und ihre Leidenschaft, vielleicht ist Viviane darauf ja ein bisschen eifersüchtig.

»Genau, und die Engländer haben deine Bilanz für die nächsten Monate gerettet, schon klar!« Man muss anerkennen, dass Viviane sie am Anfang sehr unterstützt hat: Sie hat sie ermutigt, sich in das Unternehmen Eisdiele zu stürzen, hat ihr geholfen, die Räume zu finden, bei der Bank den Kredit zu bekommen, den bürokratischen Teil zu erledigen und was sonst noch anfiel. Doch seit der Laden läuft, hat sie immer öfter kleine sarkastische Bemerkungen und ultrarealistische Betrachtungen fallenlassen, als wollte sie ihr beweisen, dass Eismachen eher ein Hobby als eine echte Arbeit sei, und selbst wenn man es als Arbeit betrachte, seien die Ergebnisse ja keineswegs vergleichbar mit dem Erfolg ihrer Praxis für posturale Massage, die inzwischen Hunderte von Klienten hat.

»Nun, für heute passt es jedenfalls.« Milena Migliari versucht, ihre Stellung zu halten.

»Ja, wie schön, im Augenblick zu leben!« Viviane lässt jetzt die Arme hängen. Als wollte sie sich beherrschen, keinen Schaden anzurichten. Wie etwa einen Geranientopf zu zerschmettern. »Hör zu, falls du deine Meinung geändert hast, wäre es viel ehrlicher, wenn du es gleich sagst.«

Milena Migliari beißt sich auf die Unterlippe, weil sie sich erinnert, wie gern sie früher beide im Augenblick gelebt haben, und weil ihr der Gedanke unerträglich ist, im Hinblick auf ein so wichtiges gemeinsames Projekt unaufrichtig zu erscheinen. Von klein auf stammte ihre Vorstellung von Aufrichtigkeit eher aus Romanen als aus dem realen Leben, und sie war so oft vom Verhalten der anderen enttäuscht gewesen, dass sie sich jetzt verzweifelt danach sehnt, Abmachungen einzuhalten und bis zum Ende zu unterstützen. Sie nimmt Vivianes Hand, drückt sie fest. »Ich habe meine Meinung nicht geändert.«

»Nein?« Hinter ihrer stets ein wenig von Fingerabdrücken verschmierten Brille sieht Viviane sie mit plötzlich hoffnungsvoll leuchtenden Augen an.

»Nein.« Es muss doch möglich sein, denkt Milena Migliari, dass eine gute Absicht über die instinktiven Schwankungen siegt, wenn man es nur wirklich will. »Aber vielleicht ist es ganz normal, sich ein bisschen Sorgen zu machen, glaubst du nicht?«

»Klar ist das normal!« Viviane umarmt sie überschwenglich, drückt sie mit ihren kräftigen Händen. »Es ist das Normalste auf der Welt, *ma poulette*!«

Milena Migliari fühlt sich überaus erleichtert, dass es ihr gelungen ist, eine scheinbar nicht wiedergutzumachende Enttäuschung mit wenigen Worten und Gesten zu zerstreuen: eine Art Wunder der zwischenmenschlichen Kommunikation.

Viviane küsst sie auf die Stirn, die Wangen, die Nase, die Lippen, das Kinn, die Augen. »Wir machen alles gemeinsam, *ma poulette*! Ich unterstütze dich Schritt für Schritt, du wirst sehen! Es wird für uns beide wunderschön sein! Einfach unglaublich!«

»Gut.« Milena Migliari trocknet sich die Tränen in den Augenwinkeln, wischt sich mit dem Handrücken die Nase ab. Unwillkürlich denkt sie daran, wie doch die Zeit die Wahrnehmung aller Dinge verändert: *ma poulette* zum Beispiel schien ihr lange ein ulkiger, zärtlicher Kosename zu sein, jetzt dagegen findet sie ihn peinlich (und erinnert sie daran, dass der Hauptgrund, warum sich jemand ein Huhn hält, doch der ist, dass es Eier legen soll).

Lächelnd gehen sie beide ins Haus. Milena Migliari steigt die Treppe hinauf, um sich die Hände zu waschen, zu pinkeln und sich eine frische Bluse anzuziehen; als sie wieder herunterkommt, ist Viviane halb verhungert, deshalb macht sie ihr sofort ein Käseomelett und einen Salat mit Nüssen.

8

Wenn er in Les Vieux Oliviers ist, verbringt Nick Cruickshank Stunden damit, allein durch die Wiesen und Wälder des Guts zu wandern oder zu reiten, oder schließt sich einen Großteil des Tages in seinem Studio ein. Nicht, dass Aileen es nicht merkte oder ihn darauf hinwiese, in mehr oder weniger beleidigtem Ton, je nach den Umständen: Als nähme er ihr etwas weg, worauf sie ein Anrecht hat. Gewöhnlich erwidert er, dass er sich frei fühlen müsse, zu tun und zu lassen, was er will; manchmal auch *nichts* zu tun, ohne dass jemand dazwischenfunkt. »*Dazwischenfunkt?*« Aileen tut, als sei sie empört, schüttelt lächelnd den Kopf. Dieser Punkt führte auch schon in seinen vorherigen Beziehungen zu endlosen Klagen und Vorwürfen, Invasionsversuchen, Zusammenstößen und Fluchten. Mit Aileen tritt das Problem hier mehr auf als in London, denn dort leben sie weitgehend unabhängig voneinander, so war es jedenfalls bisher: Jeder hat seine Wohnung, seine Verpflichtungen, seinen Rhythmus. Wenn beide in der Stadt sind, treffen sie sich abends, und zwar fast immer zum Ausgehen; an eine gemeinsame häusliche Routine mussten sie sich in diesen Jahren eigentlich kaum anpassen. Nach Sussex geht Aileen ungern, sie sagt, sie käme sich dort vor, als werde sie in sein Leben mit seiner ersten Frau hineinkatapultiert: Es stört sie, die Kinderzimmer zu sehen, in denen noch das Spielzeug herumliegt, und auch die Rosen und Azaleen, die Hoshiko gepflanzt hat, stören sie. Als Folge setzt auch er nur noch selten einen Fuß in jenes Haus, höchstens um kurz mit Roman, dem Wächter, zu plaudern, um zu kontrollieren, ob keine Einsturzgefahr besteht, und ein bisschen zu trauern. Gleiches gilt für St Barths, wo sie jedes Mal angespannte, lahme Tage verbringen, noch ein bisschen schlimmer als im Hotel. Und auch für Manchester, wo sich Aileen, behauptet sie, wie eine Fremde fühlt in dem kleinen Kreis von Verwandten, alten Freunden und alten Flammen, obwohl sich alle seit Jahren auf jede denkbare Art und Weise darum bemühen, dass sie sich zu Hause fühlt.

Les Vieux Oliviers ist deshalb bisher der einzige Ort, wo sie versucht haben, länger als ein paar Wochen am Stück zusammenzuleben, was das Haus zu einer Art Experimentierlabor macht. Aileen hat all ihre unglaubliche Energie aufgeboten, um das Anwesen zu verwandeln: Sie hat im Garten Bäume fällen lassen und andere gepflanzt, sie hat Hecken umsetzen lassen, die Form des Swimmingpools neu gestaltet, im Haus mehrere Wände einreißen, Fenster verändern und die Dachbalken weiß streichen lassen. Die provenzalische Einrichtung, die Marie, Nick Cruickshanks zweite Frau, so gern mochte, ist längst verschwunden, bis auf ein paar Sessel, ein Sofa und einen Teppich, die er noch ins Studio und in das Waldhäuschen retten konnte. Der neue Stil ist eine Mischung aus Hightech, Arte povera und Design der sechziger Jahre: interessant, wenn auch viel unbequemer und ungemütlicher als vorher. Und der Umwandlungsprozess geht weiter, wahrscheinlich wird er nie zu Ende sein. Ab und zu ruft Aileen ihn aufgeregt aus irgendeiner Ecke der Welt an, um ihm mitzuteilen, dass sie einen Tisch aus Glas und Stahl von Philippe Starck aufgetrieben hat, der perfekt ins Wohnzimmer passt, eine Skulptur von Tina Paloma, die wie gemacht ist für ihren Eingang, ein Bild von Hans Herrmann, das den Flur verschönern könnte. Er lässt sie gewähren, denn er vertraut ihrem Blick, schätzt die Idee, kreativ in ihr gemeinsames Leben zu investieren, und außerdem erleichtert es ihn, dass sie ihre Energie mehr auf den *Behälter* ihrer Beziehung lenkt als auf die Beziehung *selbst*. Nur ganz selten sieht er sie mal entspannt in der Hängematte liegen oder länger als zehn Minuten am Stück in einem Buch lesen: Ständig hat sie das Bedürfnis, sich auf ihren nervösen Beinen von hier nach da zu bewegen, zu telefonieren, Videokonferenzen zu organisieren, Informationen einzuholen, über Ideen zu diskutieren, Antworten anzumahnen, Möglichkeiten zu erkunden, zu erklären, zu kommunizieren, zu drängen. Hatte ihn andererseits ihre geistige und körperliche Dynamik nicht beinahe genauso beeindruckt wie ihre außerordentliche Aufmerksamkeit, als er sie zum ersten Mal getroffen hat? Allerdings war diese Dynamik damals weniger zielgerichtet, geradezu naiv, bevor sie sich von Erfolg zu Erfolg zuspitzte, bis sie so unaufhaltsam und unerschöpflich wurde wie jetzt.

Es klopft an der Tür; Nick Cruickshank schreckt auf dem alten provenzalischen Sofa hoch, als würde er angegriffen. »Was ist los?!«

»*Viens manger, Nick!*« Madame Jeannes Stimme dringt durch die massive Holztür, voller mütterlicher Sorge.

»*Okay, merci!*« Nick Cruickshank stellt die akustische

Gitarre zurück auf den Ständer, nimmt einen letzten, langen Zug von Wallys Gras und drückt dann den Joint im Aschenbecher aus; wie glücklich wäre er, denkt er, wenn es ihm gelänge, den anderen auszuweichen und allein etwas in der Küche zu essen.

So leise wie möglich geht er durch den Flur, doch als er in den weiten, offenen Raum des Wohn- und Esszimmers schaut, sitzen sie schon alle dort an dem langen Nussbaumtisch: Aileen, Tricia, Maggie, Tom, der Assistent Wie-heißt-er-doch-gleich?, das Quartett von *Star Life,* Wally, Kimberly, Aldino, Damian Baumann, Christie Swoonie, Marguerite und Hugo Bertrand. Eine Art *Komitee* tagt an dem verflixten Tisch.

»Oh, welche Ehre!« Aileen heuchelt Erstaunen, auch alle anderen drehen sich um und sehen ihn an. »Wir dachten, du hättest beschlossen, dich auf unbestimmte Zeit dort zu verbarrikadieren.«

»Ich habe mich nicht verbarrikadiert.« Er setzt sich neben Aldino, der sich vor Verlegenheit ein riesiges Stück Butterbrot in den Mund schiebt. Nick Cruickshank denkt, dass Aileen in Wirklichkeit recht hat: Er *hatte* sich im Studio verbarrikadiert. Aber nur, weil er überall sonst im Haus belagert wird: Man braucht ja nur all diese Augen, Münder und Hände anzuschauen, die ständig in Bewegung sind, dieses ganze pausenlos ablaufende Getue.

Auch Wally und Kimberly wirken nicht sehr erfreut über die Gesellschaft, aber aus anderen Gründen: Wally, weil abgesehen von Aileen und Christie Swoonie (die ihn hasst) noch nicht viele attraktive Frauen da sind, auf die er sein schmieriges Auge richten könnte, Kimberly, weil abgesehen von den Gastgebern, Christie und den beiden Bertrands noch nicht genug berühmte reiche Leute da sind, die ihre Aufmerksamkeit erregen. Tatsächlich wischt sie, auf Ellbogen und Unterarm gestützt, weiter mit dem Daumen über das Display ihres gigantischen Smartphones: trüber Blick, dick mit Eyeliner umrahmt, gebleichte, stark toupierte Haare, aufgespritzte Wangenknochen, Lippen wie Schlauchboote, halb aufgeknöpfte Bluse, um die vom Push-up-BH nach oben gedrückten Titten zur Schau zu stellen, protzige Perlenkette, die der Gatte ihr geschenkt hat, damit sie ihm irgendeine Lumperei verzeiht. Nur Wally Thompson konnte so eine hohle, vulgäre Frau heiraten, die zur Zeit der Hochzeit voll und ganz seinen schmutzigsten pubertären erotischen Phantasien entsprach.

»Wally hat mir gesagt, dass du morgen mit uns ausreitest?« Kimberly muss überzeugt sein, dass diese halb hingehauchte, schleppende Stimme besonders sexy ist, genau wie die schmachtenden Blicke und die Kopfbewegungen.

»Na ja, mal sehen.« Nick Cruickshank hat keine Lust, sich festzulegen, weil es ihn schon genug nervt, diese zwei überhaupt im Haus zu haben, und weil er im Grunde hofft, dass irgendeine Katastrophe bis morgen noch alles über den Haufen werfen könnte.

Auch Aileen kann Wally und Kimberly nicht ausstehen, doch als es um die Entscheidung ging, wen sie hier beherbergen sollten und wer in den verschiedenen Hotels, Villen und Dorfhäusern logieren sollte, war sie seiner Meinung, dass die Thompsons mehr als alle anderen über eine Unterbringung außer Haus beleidigt sein würden. So hat er sie jetzt vier Tage lang ständig vor der Nase, was übrigens noch nicht einmal das schlimmste Übel ist.

Die Chefredakteurin von *Star Life* mustert die restlichen am Tisch sitzenden Gäste, wechselt Blicke und rasche Worte mit ihrem Team; auch wenn die Vereinbarung lautet, vor Samstag keine Fotos bei Tisch zu machen, ist klar, dass sie jedes Detail registriert, um es dann in der langen Titelreportage, die sie veröffentlichen werden, voyeuristisch auszuschlachten.

Madame Jeanne erscheint zusammen mit der jungen, kleinen, leicht verängstigten Kellnerin namens Didiane, die einen Servierwagen mit einem großen Tontopf hereinschiebt: Madame Jeannes legendäres Artischockenrisotto. Ohne viel Trara stellen sie es auf den Tisch, Madame Jeanne schwingt den Schöpflöffel: »Nick.« Sie bedeutet ihm, ihr als Erster den Teller zu reichen. Nicht, dass sie die Regeln der Etikette nicht kennte; aber sie will unterstreichen, dass für sie kein Zweifel besteht, wer hier die wichtigste Person ist, Formalitäten hin oder her.

»Merci, Jeanne. Vous pouvez le laisser ici.« Aileen gibt ihr ein höfliches, aber bestimmtes Zeichen, damit die Gäste nicht meinen, sie habe keinerlei Kontrolle über diese Frau. In der Anfangszeit hatte sie beharrlich versucht, Nick Cruickshank zu überreden, Jeanne zu entlassen, und ihm erklärt, bei gleichen Kosten könnten sie jemanden finden, der sich besser mit den Erfordernissen ihrer Diät auskennt, über die neuesten Entwicklungen der modernen Küche Bescheid weiß, mit ihren Gästen auf Englisch kommunizieren kann und zudem im Verhalten eventuell auch etwas mehr auf die Form achtet. Er hatte hartnäckig Widerstand leisten

müssen, um Madame Jeanne zu verteidigen, bis hin zu der Aussage, ohne sie werde er keinen Fuß mehr in dieses Haus setzen. Das Problem schwelt jedoch weiter und ist keineswegs gelöst; er hat bisher noch nie erlebt, dass Aileen sich in einer ihrer prinzipiellen Ansichten geschlagen gibt.

Madame Jeanne macht weiter, als hätte sie nichts gehört: Sie füllt den Teller des Hausherrn, dann den von Aileen, dann folgen die anderen. Zuletzt Kimberly, aber erst, nachdem sie sie so lange finster angesehen hat, bis Wallys Frau aufschreckt, sich entscheidet, das Smartphone aus ihrer schweinchenrosa Hand zu legen und es mit ihren weißlackierten Fingernägeln über den Tisch zu schieben, ohne jedoch das Display aus den Augen zu lassen.

Als Madame Jeanne, gefolgt von Didiane, hinausgeht, schaut Aileen Tom Harlan und die Chefredakteurin von *Star Life* an, verdreht die Augen zur Decke und erntet ein Kichern.

»Was ist los?« Nick tut so, als hätte er nichts bemerkt.

»Nichts, nichts.« Aileen wechselt weitere ironische Blicke mit ihren Nachbarn, dann stochert sie mit der Gabel vorsichtig in dem Risotto, als erwarte sie eine unangenehme Überraschung.

Drei Flaschen Côtes de Provence gehen um den Tisch, doch niemand trinkt wirklich, vielleicht wegen der Anwesenheit der Journalisten, vielleicht im Hinblick auf die Exzesse der kommenden Tage, vielleicht aber auch, weil keine sehr gesellige Stimmung herrscht. Wally ist der Einzige, der, gleich nachdem er seinen an den Tisch mitgebrachten Gin Tonic ausgetrunken hat, in wenigen Schlucken ein Glas Wein leert und sich das nächste eingießt; er lacht in sich hinein, schaut Christie Swoonie dreckig an, nuschelt Kimberly etwas zu, die ihre Fingernägel in sein Handgelenk krallt.

Das Risotto ist außergewöhnlich gut wie alles, was Madame Jeanne kocht. Mehr als einmal hat Nick Cruickshank fasziniert zugeschaut, wie sie es zubereitet: Die äußeren Artischockenblätter werden entfernt und ausgekocht, bis man eine grüne, geschmacksintensive Brühe erhält, die Artischockenherzen sorgfältig von den dornigen Blattspitzen und dem Heu innen befreit, dann in feine Scheibchen geschnitten und sanft in der Pfanne mit Knoblauch und Olivenöl geschwenkt, bevor man sie zu dem Reis in den Tontopf gibt und mit etwas Weißwein sowie – nach und nach – reichlich grüner Brühe ablöscht, während man geduldig rührt und rührt, bis zuletzt noch Butter und geriebener Parmesan hineinkommen, damit es schön cremig wird. Das Ergebnis ist so vollkommen, wie ein Artischockenrisotto nur sein kann: der sanft-bittere Geschmack so intensiv und unverfälscht, die Konsistenz herrlich weich, und doch schmeckt man jedes Artischockenscheibchen und jedes Reiskorn einzeln auf der Zunge. Lichtjahre entfernt von den farb- und charakterlosen Risotti ai carciofi, die er schon in den sogenannten besten Restaurants der Welt gegessen hat. Manchmal staunt er darüber, dass er diese Feinheiten schätzen gelernt hat; es war ein beachtlicher Weg von der hastigen, achtlosen, rein zum Überleben nötigen Küche seiner Mutter bis hierher. (Er erinnert sich genau an die drei Scheiben Leber, mit etwas Salz in eine Pfanne geworfen, ohne eine Spur Butter oder Öl oder Kräuter oder sonst irgendwas, und dann ausgetrocknet und angekohlt auf die Teller gekippt. »Los, Jungs, haut rein.«)

Der Tisch unterteilt sich in die, die das Essen genießen, wie Aldino, Tom Harlan, sein Assistent, Maggie, Hugo Bertrand, der Fotograf und der Kameramann von *Star Life,* und die, die ihren Teller kaum anrühren, wie Tricia, die magersüchtig ist, Christie, der ihre Linie wichtiger ist als alles andere auf der Welt, die Chefredakteurin, die offensichtliche Gewichtsprobleme hat und sich gewaltsam zurückhält, die Journalistin, die sich ihr aus Kriecherei anpasst, Wally, der schon zu viel getrunken hat und nur noch weitertrinkt, Kimberly, die sich wahrscheinlich vorher schon mit Schweinereien vollgestopft hat und jetzt nur noch ein wenig nascht.

Aileen nimmt mit der Gabelspitze ein wenig Risotto, deponiert es auf der Zunge und bewegt ganz leise die Kiefer, dabei sitzt sie kerzengerade auf ihrem Stuhl. Nie fällt sie mal übers Essen her; sie kann tagelang mit ein paar frischgepressten Fruchtsäften, einigen Bonbons ohne Zucker und mehreren Litern Wasser auskommen. Wenig zu essen ist eine ihrer typischen Eigenschaften, wenig zu schlafen eine andere: Sie kann auf Kommando einschlafen (mit Hilfe einer Tablette), aber mitten in der Nacht wälzt sie sich dann hin und her, knipst die Stirnlampe an, um zu lesen, um zu checken, ob wichtige SMS gekommen sind, steht auf, um zu pinkeln, legt sich wieder ins Bett, tritt um sich, zieht die Daunendecke auf ihre Seite. Selbst wenn sie schläft, scheint es immer, als würde sie gleich aufspringen, bereit, dich kalt zu erwischen, sobald du dich entspannst. Das Bett mit ihr zu teilen ist eine Art ständiger Kampf, eine Übung im Ertragen, an die Nick Cruickshank sich noch längst nicht gewöhnt hat. Einmal hat er es ihr auch gesagt, so witzig, wie er konnte, um die Sache zu entschärfen, aber sie hat es überhaupt nicht lustig gefunden, hat erwidert, wenn es ihn denn wirklich so störe, müssten sie vielleicht mal über getrennte Schlafzimmer nachdenken. Er hat sich gefragt, ob er die Gelegenheit am Schopf ergreifen und ihr antworten solle, er sei einverstanden, doch er wusste, dass sie das sofort als definitives Ende der romantischen Phase ihrer Beziehung deuten würde. Auch war ihm dabei wieder eingefallen, wie seine Eltern damals beschlossen hatten, in getrennten Zimmern zu schlafen, und wie sein Vater weniger als ein Jahr später ausgezogen war; er hat gedacht, dass ein Minimum an Anpassung wahrscheinlich unverzichtbar ist, wenn man zusammenleben will. Bleibt aber die Tatsache, dass er mit seiner zweiten Frau ausgezeichnet in einem Bett schlafen konnte, ohne irgendwelche Anpassung; zumindest in dieser Hinsicht war der Wechsel nicht sehr vorteilhaft.

»*Alors? C'est bon?*« Madame Jeanne taucht wieder im Esszimmer auf, um zu überprüfen, ob ihr Risotto gut angekommen ist.

»*C'est grand!*« Nick Cruickshank lächelt ihr dankbar zu, und es tut ihm leid, dass er ein so besonderes Geschenk mit Leuten teilen muss, die es gar nicht zu schätzen wissen.

»*Mmmm.*« Zumindest Aldino brummt vor Zufriedenheit; Tom Harlan nickt, geizt aber mit Worten, sein magerer, blasser Assistent schlingt gerade noch eine Gabel voll hinunter, als befürchte er, man könne ihm den Teller wegnehmen.

Aileen dagegen stochert immer noch kommentarlos mit der Gabelspitze in dem Risotto herum; sie spießt ein Artischockenscheibchen auf, kaut umständlich darauf herum, erzählt den Bertrands von ihrer Fotosafari heute Morgen, womit sie ihr Desinteresse an Madame Jeannes Meisterwerk deutlich kundtut.

In Wirklichkeit ist Madame Jeanne alles andere als aufdringlich: Sie begnügt sich damit, unumschränkt über ihr Küchenreich zu herrschen, verlässt es nur, um die Speisen zu servieren und die Teller wieder abzuräumen. Ihr Zeitgefühl ist außergewöhnlich; nie kommt sie eine Minute zu früh oder zu spät, nie liegt eine Spur Hast oder Trägheit in ihren Gesten. Jetzt zum Beispiel ist sie erneut verschwunden, ohne dass jemand es bemerkt hat.

Nick Cruickshank versucht, sich ganz auf den Geschmack und die Konsistenz der letzten Bissen zu konzentrieren, kann aber nicht umhin, Aileens misstrauisches Gehabe und Wallys schleppende Bewegungen, Kimberlys Kuhaugen und den inquisitorischen Blick der Chefredakteurin von *Star Life* wahrzunehmen. Er bemüht sich, niemanden anzuschauen, doch seine Augen werden ständig von rechts und links magnetisch angezogen, und mit jedem Blick wächst aus unterschiedlichsten Gründen seine Verbitterung, bis er es schließlich nicht mehr aushält und Wally fragt: »Schmeckt es dir nicht?«

»Die Artischocken sind zu hart.« Wally nuschelt mit vollem Mund, hat einen überaus dämlichen Ausdruck im Gesicht. »Und der Reis ist auch nicht richtig gar.«

Aileen dreht rasch den Kopf zur Chefredakteurin von *Star Life* und produziert sich in einem weiteren kleinen ironischen Lächeln; sie hatte nichts anderes erwartet als einen Angriff auf Madame Jeannes Glaubwürdigkeit als Köchin.

»Ja, genau.« Kimberly verzieht ihr Froschmaul zu einer angeekelten Grimasse, als würde sie sich gewöhnlich von wer weiß welchen, jedenfalls viel erleseneren Leckerbissen ernähren.

Nick Cruickshank sucht nach einer sarkastischen, vielleicht auch ein wenig pädagogischen Antwort, ist aber zu verdrossen bei dem Gedanken, mit Leuten am Tisch zu sitzen, die ihm völlig egal sind oder die er hasst, insbesondere diesen vertrottelten Flegel von Bassist, der wider Willen in eine internationale Erfolgsstory hineingezogen wurde und jetzt überzeugt ist, er sei im Besitz irgendwelcher Wahrheiten. Die Vorstellung, Jahre mit ihm verbracht zu haben, auf Reisen durch alle Kontinente, und ihn jetzt auch noch hier mit seiner abscheulichen Frau vor sich sehen zu müssen, scheint Nick Cruickshank plötzlich unerträglich: einfach zu viel.

»Was ist los?« Trotz seiner Stumpfsinnigkeit muss Wally etwas in seinem Blick lesen können, sein Gesicht verkrampft sich bösartig. »Hm?«

»Nichts, nichts.« Vor einigen Jahren hätte er ihm wahrscheinlich ein Glas Wein ins Gesicht geschüttet oder zumindest ein Stück Brot nachgeworfen; daraufhin hätten die anderen Bandmitglieder für den einen oder den anderen Partei ergriffen, und es hätte eine dieser Schlägereien gegeben, bei denen das Hotel oder Restaurant zu Bruch gegangen wären und die trivialer Bestandteil des Bebonkers-Mythos sind. Seit damals hat er jedoch hart daran gearbeitet, seine übelsten Triebe im Zaum zu halten: Er beschränkt sich darauf, den Kopf abzuwenden und die Thompsons aus seinem Gesichtsfeld zu verbannen.

Aileen legt die Gabel und ein Stück Brot auf das Risotto und schiebt den Teller weg. Sie beugt sich zu ihm. »Morgen früh um zehn kommen Lucien Deleuze und Marissa mit ihrem Team und bringen die Gartenpavillons und die restliche Ausstattung.«

Sofort fühlt sich Nick Cruickshank in die Enge getrieben, wie jedes Mal, wenn ihm ein Zeitplan oder ein Termin mitgeteilt wird. »Könnten sie nicht *über*morgen kommen?«

»Nein, wirklich nicht.« Aileen schaut ihn mit gespielter Überraschung an, schüttelt kaum merklich den Kopf. »Vielleicht ist es dir nicht klar, aber die Zeit drängt, Nick.«

»Ach so.« Er legt die Gabel auf den Tisch, erhebt sich.

Aileen schwankt zwischen Beleidigtsein und leiser Beunruhigung. »Wo gehst du hin?«

»Wir sehen uns später.« Nick Cruickshank bringt ein schwaches Lächeln zustande, winkt den anderen kurz mit der Serviette zu, bevor er sie auf die Tischdecke fallen lässt.

»Nick.« Mit Blicken versucht Aileen, ihn aufzuhalten, will aber selbstverständlich vor den Gästen und dem Team von *Star Life* keine Szene machen; sie wendet sich dieser unerträglichen Nervensäge von Hugo Bertrand zu, als sei sie plötzlich daran interessiert, was er gerade erzählt.

Nick Cruickshank geht durch den Flur, schlüpft in die Küche.

Madame Jeanne ist nicht sonderlich überrascht, ihn zu sehen, nur etwas besorgt. »*Ça va?*«

Er nickt, obwohl er sehr angespannt ist: beinahe zum Platzen, ehrlich gesagt. Er geht zum Fenster, kommt zurück, schiebt die Hände in die Taschen, zieht sie wieder heraus. Im Lauf der Jahre hat er verschiedene Techniken zur Erlangung eines inneren Gleichgewichts ausprobiert, von Yoga über Shuaijiao bis hin zum Malen, hat aber nie wirklich Erfolg damit gehabt: Das Ungleichgewicht lauert immer noch im Hintergrund, wartet auf den kleinsten Vorwand, um sich zu zeigen. Tatsächlich ist es ein wesentlicher Teil seines Charakters, die *Seele* seiner Songs, seine Hauptinspirationsquelle, der Motor, der ihn antreibt. Wenn es ihm gelänge, einen Zustand dauerhafter Ausgeglichenheit zu erlangen, dann gute Nacht, Nick Cruickshank, und gute Nacht, Bebonkers. Also?

Madame Jeanne zeigt auf das große Brett aus Olivenholz, auf dem sie gerade die Käse anordnet, die sie nach dem Risotto auftragen wird; sie sagt nichts, sie verstehen sich ohne viele Worte, wie üblich.

Nick Cruickshank streckt die Hand aus, bricht sich mit den Fingern ein Stück vom Bleu d'Auvergne ab und isst es, während er durch die Küche geht. Doch er hat keinen Hunger mehr; er kann einfach nicht aufhören, sich belagert zu fühlen und zu denken, dass die Belagerung in den nächsten Tagen nur schlimmer werden kann, von Stunde zu Stunde.

Madame Jeanne wirft ihm zwei oder drei rasche Blicke zu, während sie mit dem Messer den beschädigten Käse zurechtstutzt, und schickt Didiane mit dem Servierwagen hinaus, um das schmutzige Geschirr abzuräumen. Sie wischt ihre Hände an der Schürze ab, holt einen Styroporbehälter aus dem Kühlschrank, stellt ihn auf den Tisch, nimmt den Deckel und die Schutzfolie darunter ab. Dann stellt sie ein Schälchen daneben, legt einen Löffel dazu und macht eine einladende Geste.

Nick Cruickshank schüttelt den Kopf, tritt aber dicht an den Tisch, denn es tut ihm leid, ein Angebot von ihr auszuschlagen. An dem weißen Styropordeckel hängt ein blassgelbes Zettelchen, eng zusammengerollt und mit einem roten Faden zugebunden. Er knüpft den kleinen Knoten auf, streicht das Papier glatt; mit Füllfederhalter steht darauf geschrieben: *Das Leben ist zu kurz, um es damit zu vergeuden, die Träume der anderen zu verwirklichen.*

Madame Jeanne mustert ihn fragend, da sie ihn wie angewurzelt dort stehen sieht.

Nick Cruickshank kann sich weder bewegen noch etwas sagen: Die seltsamsten Gedanken und Empfindungen überlagern sich in seinem Kopf, und auf einmal erinnert er sich an damals, als sein Vater denselben Satz von Oscar Wilde zitiert hatte, vor ihm und seinem Bruder oder ihrer Mutter, wahrscheinlich vor der ganzen Familie. Als hätte sein Vater auch nur *fünf Minuten* seines Lebens damit zugebracht, außer seinen eigenen auch noch die Träume von jemand anderem zu verwirklichen. Und wie steht es mit *ihm selbst*? Seine Songs haben zwar irgendwie mit den Träumen der anderen zu tun, das ist unbestreitbar: Sie rühren an Saiten, wecken Widerhall. Aber die Träume auch tatsächlich zu verwirklichen, das ist noch mal etwas ganz anderes. Und in seinem *persönlichen* Leben? Dem von früher? Dem jetzigen?

Madame Jeanne beobachtet ihn immer noch, langsam wirkt sie entschieden beunruhigt.

Er rollt das Zettelchen wieder zusammen und steckt es in die Tasche. Er ist immer noch in einem Schwebezustand, hat Mühe, wieder auf den Boden zu kommen.

Didiane schiebt den Servierwagen voller schmutzigen Geschirrs herein, auch sie sieht ihn leicht befremdet an. Durch die sich schließende Tür hört man die Stimmen und das Gelächter der Leute im Esszimmer; schwer zu sagen, ob sie Träume haben, aber Ansprüche schon, o ja, die haben sie bestimmt. Und zwar viele.

Nick Cruickshank greift nach dem Löffel auf dem Tisch, taucht ihn in die dunkelste der vier Eissorten, beäugt ihn, führt ihn zum Mund, kostet.

Donnerstag

9

Milena Migliari denkt, dass sie gestern bei der Diskussion mit Viviane mindestens in einem Punkt recht hatte: Die Eissaison geht keineswegs zu Ende. Man braucht sich nur den kleinen Markt auf dem Platz vor der Kirche anzusehen, auch wenn er in der zweiten Novemberhälfte natürlich stark geschrumpft ist, und die Ideen für die köstlichsten Herbsteissorten kommen wie von selbst.

Etwa diese Esskastanien aus dem Var, sie sind kleiner als die aus dem Ardèche, sind weniger berühmt und tragen kein offizielles Gütesiegel: Ihre glänzende mahagonibraune Schale schimmert wunderbar, während Richard die Kastanien, nachdem er sie auf der Waage am Stand gewogen hat, in ihre mitgebrachte Stofftasche füllt. Und der Geschmack ist hervorragend, nach Wald, nussig, nach Bergbrot, süß, tröstlich, zur Verfeinerung könnte man noch ein wenig Kastanienhonig von den Blüten derselben Bäume hinzufügen, von denen sie stammen. Oder die Granatäpfel aus Bargemon, die sie gerade zwei Stände vorher gekauft hat: Mit einem kleinen Messerschnitt in die ledrige Schale hat der Verkäufer ihr die rubinroten, aneinandergepressten Kerne offenbart, leuchtend, lebendig, triefend von süßsäuerlichem Saft. Oder die Kakis, die Philippe bei Tourrettes züchtet und an seinem Stand ein wenig weiter vorne feilbietet, in Dreierpackungen, um sie zu schützen, rund und orange wie kleine Sonnen, in diesen Tagen, die immer mehr zum Schwarz-weiß neigen. Man muss nicht weit laufen, um phantastische Denkanstöße für neue Rezepte zu bekommen. Und wenn sich langsam der Winter nähert, wird die Sache immer interessanter: Dann muss man sich noch unerprobte Geschmacksrichtungen einfallen lassen und einen neuen Zugang zu den traditionellen Sorten suchen, wie zum Beispiel Bitterschokolade oder Sahneeis. Der Umsatz wird begrenzt sein, denn unter der Woche wird kaum jemand Eis kaufen, und auch am Wochenende wird man nur wenige Kunden sehen; doch zum Ausgleich wird sie ohne den ständigen Druck der Leute an der Theke viel mehr Zeit haben, um zu studieren und zu experimentieren. Ja, das Ende der Eissaison ist ein Gemeinplatz, und wie alle diese Sprüche dient er nur dazu, phantasielose Menschen zu beruhigen.

Wenn sie aber am Montag mit der Hormonbehandlung im Centre Plamondon beginnen soll, mit allem, was daraus folgt, wird sie kaum noch viel Zeit und gedankliche Energie aufbringen können, um sich mit herbst- und winterlichen Eissorten zu beschäftigen, das ist sicher. Und noch schlimmer wird es dann im Frühling und Sommer, ganz abgesehen von Herbst und Winter des nächsten Jahres. Sie wird voll in Anspruch genommen sein vom Stillen, Windelnwechseln und Breichenkochen – von wegen Eis. Nur einen Bruchteil ihrer Tage wird sie ihrer Arbeit widmen können, wenn es gutgeht; womöglich wird sie sogar gezwungen sein, fast alles Guadalupe zu überlassen, die Rezepte zu vereinfachen, auf Forschung und Experimente zu verzichten. Allein die Idee verursacht ihr Schwindel, sie stolpert beinahe, als sie an

Mariannes und Richards Stand vorbeigeht, die jeden Donnerstag aus dem Luberon mit ihrem Ziegenkäse hierherkommen.

Sie fragt sich, ob Viviane vielleicht auch deshalb so auf der Idee mit dem Kind beharrt, weil sie in Wirklichkeit gar nicht erfreut ist, dass die Eisgeschichte sie so in Anspruch nimmt. Vielleicht meinte sie am Anfang, es sei eine einfache Arbeit und eine gute Art, sie zu beschäftigen, denn dass sie sich mit solcher Leidenschaft in die Sache hineinstürzen würde, konnte Viviane ja nicht ahnen. Sie erinnert sich noch genau, wie sie die ersten wirklich guten Ergebnisse erzielte und auch erste Kunden fand, die das zu schätzen wussten; da wurde ihr klar, dass der Weg noch sehr weit war. Das hatte sie dann abends Viviane erzählt, um die Begeisterung mit ihr zu teilen. Viviane hatte zugehört, ihr zugelächelt wie einem überaufgeregten kleinen Mädchen und gesagt: »*Ma poulette*, letztlich ist ein Eis doch bloß ein *Eis*. Es reicht, wenn es gut schmeckt.« Sie hatte versucht zu erwidern, dann sei ja auch die Posturalmassage bloß eine *Massage* und es bestehe keinerlei Notwendigkeit, sich so abzustrampeln, um sie zu perfektionieren und sogar ein Buch darüber zu schreiben, mit allgemeinen Voraussetzungen und anatomischen Erklärungen und Abbildungen und Fotos und alldem. Viviane war empört gewesen, als könne man die beiden Tätigkeiten gar nicht vergleichen, als sei der Unterschied wie der zwischen einer Arbeit und einem Hobby. Vielleicht weil sie mit den posturalen Massagen angefangen hat, lange bevor sie mit dem Eismachen experimentierte, vielleicht weil sie die Massagen als Notwendigkeit betrachtet und Eis als etwas Überflüssiges. Vielleicht weil sie entschieden mehr verdient und viel regelmäßiger. Nun, da sind sie wieder bei den Rollen, die sie einander zugeteilt haben, ohne es recht zu merken: die Träumerin und die Realistin, die, die den kaum greifbaren Nuancen des Geschmacks nachspürt, und die, die für den Lebensunterhalt sorgt.

Ab einem bestimmten Punkt hat Vivianes moralische Unterstützung jedenfalls nachgelassen und sich schließlich in eine Art dumpfen Widerstand verwandelt, der sich in Zweifeln, Kritik, Einwänden und mehr oder weniger deutlichen Klagen äußert. In immer weniger scherzhaftem Ton hat sie angefangen ihr vorzuwerfen, sie vergeude zu viel Zeit damit, zu studieren und Rezepte zu perfektionieren, und gebe zu viel Geld für Zutaten aus, sie produziere zu wenig Eis, wenn die Nachfrage hoch ist, und zu viel, wenn sie sinkt. Außerdem jammerte sie auch über die Öffnungszeiten, darüber, dass sie abends so spät heimkommt und dass sie, wenn sie nicht in der Eisdiele ist, in der Bibliothek hockt und liest oder im Internet recherchiert. Und dann rückte sie mit der Kinderidee heraus. Schwer vorstellbar, dass die zwei Dinge nicht zusammenhängen: Denn sie tun es. Woher kommt dann also die Idee mit dem Kind wirklich? Handelt es sich um einen Liebesbeweis? Ein Bedürfnis, langfristige, sehr langfristige Pläne zu schmieden? Den Wunsch, eine Bindung zu schaffen, die schwer zu lösen ist? Die Angst, sie könnte ihr entwischen, hingerissen von der Leidenschaft für das Eis oder von irgendeiner anderen Leidenschaft, die sich noch nicht gezeigt hat?

Unbestreitbar ist auch, dass Viviane wachsenden Unmut über ihre Freude am Volkstanz gezeigt hat. Auch da: Zuerst amüsierte es sie, dass sie am Freitagabend bei der Tanzgruppe in Callian mitmachen wollte, sie sagte, sie finde es schön, dass Milena ihren geselligen Charakter und ihre körperliche Überschwenglichkeit auf diese Weise ausdrücken wolle. Einmal war sie mitgegangen und hatte sogar an einem bretonischen Tanz teilgenommen und ihr auf dem Heimweg gesagt, es habe ihr sehr gefallen, sie so gut tanzen zu sehen, und sie sei stolz auf sie. Dann aber hatte sich ihre Haltung verändert, fast jeden Freitagmorgen beim Frühstück ergeht sie sich inzwischen in Sticheleien und kurzen provokanten Bemerkungen: »Musst du denn unbedingt auch heute Abend zum Tanzen gehen?«; »Hast du diesen ewigen Ringelreigen nicht mal satt?«; »Die anderen werden es schon *überleben,* wenn du mal nicht kommst, weißt du.« Wahrscheinlich irritiert sie der Gedanke, dass sie das Tanzen nicht nur als Vergnügen, sondern auch als Verpflichtung auffasst, aus Loyalität gegenüber den anderen, die sich jede Woche im Saal unter dem alten Rathaus einfinden. Jedenfalls beklagt sie sich immer häufiger, dass sie nach einem anstrengenden Arbeitstag allein zu Abend essen muss, während sie irgendwo da draußen zum Rhythmus irgendeiner Musik herumhopst, als reichten nicht schon die Sommermonate, in denen sie sowieso immer spät heimkommt.

Es stimmt, dass ihre Eisdiele im Juli und August bis zehn Uhr abends geöffnet ist, und danach muss sie noch zusammen mit Guadalupe Werkstatt und Laden putzen und aufräumen, nur selten kann sie den Rollladen vor elf herunterlassen. Aber es ist ihre Arbeit, kein Zeitvertreib, keine Marotte. Und obwohl sie jeden Nachmittag nach Hause hetzt, um ihr ein schönes Abendessen herzurichten, das nur aufgewärmt werden muss, findet sie beim Heimkommen unweigerlich eine schmollende Viviane vor, die sie mit desolatem Gejammer empfängt: die leere Wohnung, das einsame Gestocher mit der Gabel vor dem Fernseher, keiner da zum Reden. So kommen zu der Müdigkeit noch das Bedauern und die Anstrengung, so zu tun, als sei nichts, auch wenn sie gleich losheulen könnte. Aber mit dem Tanzen ist es noch schlimmer, denn Viviane betrachtet es als nutzlose, kindische Spielerei, auf die sie sehr gut verzichten könnte, wenn sie sich nur ein wenig mehr um ihre Beziehung kümmern wollte (was abends im Wesentlichen darin bestünde, im Halbschlaf auf dem Sofa vor dem Fernseher zu lümmeln). Bis jetzt hat sie durchgehalten, weil das Tanzen einfach zu wichtig ist für ihr Gleichgewicht und sie die Leute in der Gruppe schätzt, aber unweigerlich hat sie jeden Freitag schreckliche Schuldgefühle, vor, während und nach dem Tanzen, wenn sie nach Hause eilt und schon weiß, dass Viviane wieder das arme Opfer spielt. Im Gespräch mit den anderen Frauen aus der Tanzgruppe ist ihr aufgegangen, dass ihre Situation keineswegs eine Ausnahme darstellt: Fast alle Partner oder Ehemänner hassen die Idee, dass ihre Frauen einen Abend pro Woche Lust auf Volkstanz haben, auf Polka und Mazurka und Walzer und Gigue, auf schottische Tänze und *contredanse*, auf *gavotte* und *bourrée* und *circoli circassi*.

Aber der Punkt ist: Wieso haben sich in ihrer Beziehung mit Viviane, die anfangs tausendmal freier war als ihre vorherigen Männerbeziehungen, zuletzt nicht nur wieder Rollen herausgebildet, sondern so *konventionelle* Rollen? Aus welchem unbegreiflichen Grund muss es auch bei ihnen einen leichten und einen schweren Part geben, eine, die sich öffnen, und eine, die zumachen will, eine, die Freiraum braucht, und eine, die die Kontrolle haben möchte? Wie ist es möglich, dass bei Viviane Eifersucht und Besitzanspruch genauso überhandnehmen konnten wie früher bei Roberto und den anderen vor ihm? Ist sie schuld, ist Viviane schuld, sind sie beide schuld, ist das Sicherheitsbedürfnis schuld, das jedes Paar quält? Ist es unvermeidlich, dass zwischen zwei Menschen, die zusammenleben, früher oder später ein Konflikt um Wünsche und Forderungen ausbricht, unabhängig vom Geschlecht der beiden Menschen?

Milena Migliari geht mit ihren Einkaufstaschen wieder zur Eisdiele hinauf, lässt sich von Guadalupe aufmachen, legt alles auf den Tisch in der Werkstatt. Guadalupe hilft ihr, die Kastanien, die Nüsse, die Kakis und die Granatäpfel auszupacken: Gleich darauf sind beide eifrig mit Schälen und Nüsseknacken und Kleinschneiden beschäftigt; sie füllen die Stahlbehälter für die ersten Verarbeitungsschritte, die zu einigen köstlichen Herbsteissorten führen werden, dem vermeintlichen Ende der Eissaison zum Trotz.

10

Warten konnte Nick Cruickshank noch nie besonders gut; im Gegenteil, Ungeduld gehört wohl eher zu seinen hervorstechenden Charaktereigenschaften. Nicht im Sinne von Ungeduld, irgendwohin zu wollen, etwas zu tun oder zu haben; mehr im Sinne von fehlender Bereitschaft, vom Rhythmus anderer abhängig zu sein, von technischen Abläufen, bürokratischen Prozeduren, betrieblichen Entscheidungen, meteorologischen Entwicklungen. Egal, ob es sich darum handelt, ein Auto vom Mechaniker oder einen Pass vom Konsulat oder eine Gitarre vom Instrumentenbauer oder einen finalen Mix vom Tontechniker oder das Erscheinungsdatum des neuen Albums von der Plattenfirma zu bekommen, wenn sie versuchen, ihn hinzuhalten, passiert es ihm manchmal, dass er wütend wird. Natürlich nur, wenn ihn die Sache interessiert; was ihn langweilt oder geistige Anstrengung kostet, könnte er ohne Ende aufschieben, es im Zustand eines elliptischen Gedankens belassen, der kurz wieder auftaucht, um erneut zu verschwinden (und dann wieder aufzutauchen, klar).

Jedenfalls ist er jetzt zehn Kilometer über die Wiesen des Anwesens gejoggt, war eine Dreiviertelstunde im Fitnessstudio, hat kurz geduscht und ein reichhaltiges Frühstück zu sich genommen, Orangensaft, Haferflocken, Brot und

Käse und ein köstliches Omelett von Madame Jeanne, weder zu trocken noch zu schlabbrig, und trotzdem ist es immer noch zu früh, um ins Aerodrom zu fahren. Ihm bleibt nichts anderes übrig, als sich in sein Studio zu setzen, den Schlüssel dreimal herumzudrehen und auf dem Klavier einen Boogie-Woogie martellato zu spielen, während der rechte Fuß den Rhythmus klopft, und zu hoffen, dass niemand kommt und ihn mit wer weiß welchen Fragen nervt.

Als er von dem Boogie genug hat und ihm allmählich vom Gehämmer auf die Tasten die Fingerkuppen schmerzen, widmet er sich langsameren Variationen über ein Thema in Es, das ihm vor einigen Tagen eingefallen ist. Es ist eine ziemlich normale Akkordfolge, ohne überwältigende harmonische Intuitionen, aber er weiß mittlerweile, dass da ein Song drinsteckt. Schwer zu erklären, woher er es weiß: Er *weiß* es eben. Manchmal spielt er Wochen (oder Monate), ohne dass er irgendeine bedeutungsvolle Spur findet, und dann irgendwann taucht eine Sequenz auf, die sich nicht mehr in nichts auflöst wie die anderen, sondern wie eine fixe Idee wiederkehrt, mit ihrer Atmosphäre, ihren Schatten, ihrem Echo. So was kann man nicht planen: Es passiert (oder auch nicht). Alles, was man tun kann, ist, sich darauf einzulassen, auf die Signale zu hören und ihnen zu folgen, wenn sie kommen, so, wie man einem Pfad durch den Dschungel folgen könnte; nur, dass sich dieser Pfad herausbildet, während man ihn geht, Schritt für Schritt. Es nützt nichts, einen Kompass zu konsultieren, Landkarten zu studieren oder Routen festzulegen: Die Route ist da, unter den Füßen.

So zumindest läuft es bei ihm, der weder Noten lesen noch Partituren schreiben kann und auch nie Komposition studiert hat. Er hat keine Ahnung, wie Bach oder Mozart oder Beethoven ihre Sachen komponiert haben: ob sie möglicherweise das Panorama der Wege, die sie einschlagen wollten, in aller Klarheit vor sich sahen, ob sie den Dschungel von einem geistigen Flugzeug aus erkundeten. Er dagegen ist mitten *im* Dschungel, mit Blättern und Ästen und allen Arten von Schlingpflanzen rundherum, die ihm Dutzende Meter über den Kopf reichen; solange der Pfad sich nicht vor ihm öffnet, kann er auch keinen Pfad erkennen. Die Akkorde stellen sich nacheinander ein, irgendwann kommt die Melodie dazu, und noch später folgen die Worte, jedenfalls die Schlüsselworte, wenn nicht alle. Erst an dieser Stelle kann er versuchen, sinnlose Abweichungen zu beseitigen, die Pausen und Verzögerungen, muss aber stets auf dem Weg bleiben, der sich ihm offenbart hat, ohne die Richtung verändern zu wollen. Es handelt sich viel eher um einen instinktiven als um einen vorüberlegten Respekt, der aus dem Bewusstsein erwächst, dass jeder Versuch, den Weg umzulenken, scheitern würde, denn der Pfad ist nun *da*. Was jetzt folgt, ist am schwersten zu erklären: die Tatsache, dass es einen Song vorher nicht gab und es danach ist, als hätte es ihn schon immer gegeben, als hätte er sich von allein geschrieben. Was natürlich nicht heißt, dass es keine Mühe gekostet hätte, denn bevor man überhaupt irgendeinen Pfad entdecken kann, muss man zwangsläufig erst *den Dschungel erschaffen;* und dann die unendliche Aufmerksamkeit bei jedem Schritt, die Anstrengung, Millimeter für Millimeter intuitiv zu erfassen, wo es langgeht, an jeder Gabelung die richtige Kurve zu kriegen, um nicht unter Kannibalen oder im Treibsand zu landen. So ist es ihm schon immer gegangen, und soweit er weiß, geht es auch den anderen so. Und es gilt für alle Songs, nicht nur für die schönen: Auch die hässlichen waren vorher nicht da, und irgendwann war es, als seien sie schon immer da gewesen. Das wahre Problem ist eigentlich nicht, zu erklären, wie sich ihm die Songs offenbaren, sondern wo sie *herkommen*. Er hat es längst aufgegeben: Er hat keine Ahnung, wo seine Songs waren, bevor er sich an ein Klavier setzte oder eine Gitarre zur Hand nahm und unter seinen Fingern etwas Überraschendes zum Vorschein kam.

Sehr seltsam ist auch, dass die Schönheit eines Songs nicht notwendig von den intellektuellen und moralischen Qualitäten des Autors abhängt. Er kennt mindestens drei oder vier ziemlich gefühllose, geistig abgestumpfte und künstlerisch fragwürdige Kollegen, denen es passiert ist, einige unglaubliche Songs zu schreiben, die Herz und Seele von Millionen Menschen berührt haben. So als wären sie ihren Autoren zum Trotz herausgekommen, wären einfach durch sie hindurchgegangen. Er hofft zwar, dass er weder gefühllos noch geistig abgestumpft noch künstlerisch fragwürdig ist, doch auch er erinnert sich genau an das ungläubige Staunen, als *Refound* auftauchte, während er an einem trostlosen Tag in East Sussex auf der Gitarre herumklimperte. Die Abfolge der Akkorde und die Melodie standen plötzlich vor ihm, als hätte eine leuchtende Kraft des Universums sie ihm ins Ohr gehaucht, als er sich in einem Zustand perfekter Aufnahmefähigkeit befand, absichtslos und ohne Ziel. Gleich darauf waren ihm die Worte eingefallen, wundersam mit der Musik verbunden, mit der gleichen verblüffenden Leichtigkeit. Er hatte keinen Rekorder dabei, deshalb hatte er das Stück vor

Angst, er könnte es vergessen, noch zwei bis drei Stunden lang immer wieder gespielt und gesungen. Danach war es so, als hätte es *Refound* schon immer gegeben, seit jeher.

Als er es dann im Aufnahmestudio in London den anderen Bebonkers vorspielte, hatte er lauernd ihre Mienen beobachtet und erwartet, sie sagen zu hören: »Das ist doch nicht von dir! Das hast du doch eins zu eins von diesem anderen abgekupfert!« Stattdessen hatten sie ihn alle drei ziemlich sprachlos angestarrt, da es unbestreitbar ein phantastischer Song war, einer von denen, die einem alle zehn Jahre zufallen, wenn man sehr gut ist und Glück hat, oder auch nie. Dennoch zweifelte er immer noch, ob das Stück wirklich von ihm stammte; er hatte John Wilcox aufsuchen und ihn fragen müssen, den Mann mit der umfassendsten musikalischen Bildung, den er kennt, einer, der dir in zehn Minuten einen Part für Englischhorn schreiben oder an einem Nachmittag ein ganzes Arrangement für Symphonieorchester raushauen kann. Voller Angst, dass Wilcox nach wenigen Tönen den Rekorder anhalten und sagen würde, es gebe ein traditionelles irisches, schottisches oder womöglich neapolitanisches Lied mit der gleichen Melodie, hatte er es ihm vorgespielt. Doch John hatte bis zum Schluss zugehört, dann lächelnd den Kopf geschüttelt und ihn gerührt angeblickt, denn er wusste, was passiert war. »Es ist *deines,* Nick.«

Ein paar (wenige) seiner Kollegen haben einen einzigen großen Song hervorgebracht, andere (sehr wenige) haben es geschafft, in verschiedenen Phasen ihres Lebens noch etwas mehr aus sich herauszuholen, wie Angler, bei denen eine gute Anzahl Fische anbeißt, während die anderen mit der Rute in der Hand am Ufer sitzen und auf ein Wunder hoffen, das nie geschieht. Methode und Disziplin sind unverzichtbar, aber das allein genügt gewiss nicht. Theoretisches Wissen oder ein abgeschlossenes Studium sind keine Garantie: Wie viele große Songs sind von Konservatoriumsabsolventen geschrieben worden und wie viele von Leuten, die keine Noten lesen und keine Partituren schreiben können, so wie er? Der Prozentsatz an Studierten ist bedauerlicherweise unglaublich niedrig. Ein wirklich tolles Lied ist ein Geschenk, und ein echtes Geschenk kann man sich nicht nehmen, es wird einem gegeben. Aber der Punkt ist: Wer gibt es dir, das Geschenk? Und dann: Wie stellst du es an, es zu behalten? Oder es wiederzubekommen, wenn du es verloren hast? Musst du dich in Not, Unglück und Verzweiflung stürzen? Denn eines steht fest: Die traurigen Songs sind schöner als die fröhlichen, und auch durch die wenigen schönen fröhlichen Songs weht ein Hauch Traurigkeit.

Einen herausragenden Song kann man einfach nicht auf die gleiche Weise zustande bringen, in der es Aileen gelingt, ihre Anti-Leder-Kreationen zu produzieren, nachdem sie Zuschneiden und Nähen gelernt und die Arbeiten der großen Stylisten studiert, eine Kostenanalyse angefertigt, Marktforschung betrieben und ein Team aus begabten, fähigen Leuten zusammengestellt hat. Wenn du probierst, einen Song auf diese Weise aus dir herauszupressen, erhältst du höchstens ein Sammelsurium von schon gehörten Klangelementen. Radio und Internet sind voll davon, und es gibt Leute, die damit einen Haufen Geld machen, sicher. Dennoch, sogar der dümmste, von der schrillsten, exhibitionistischsten Zicke mit unmöglichen Absätzen gesungene Song muss mindestens einen kleinen Anteil haben, der einfach so *gekommen* und nicht konstruiert ist, damit er die inneren Saiten von Millionen von Menschen zum Klingen bringt. Mindestens *ein* Element geheimnisvollen Ursprungs, eine kurze, nicht ganz erklärbare Sequenz.

Letztlich ist es genau so, wie wenn man sich verliebt: Das kann man nicht rational entscheiden, indem man Kriterien festlegt, nach denen eine Person einem gefallen könnte. Es passiert, oder eben nicht. Und wenn es passiert, kann man dann etwas tun, damit es so bleibt? Und was macht man, wenn es zu Ende geht, verhält man sich einfach weiter so wie vorher, als man verliebt war? Kehrt an dieselben Orte zurück? Sagt dieselben Sachen wie am Anfang? Zieht sich genauso an? In der Hoffnung, dass die Magie sich wiederholt? Auch wenn man genau weiß, dass es nicht so sein wird?

Apropos Wiederholungen: Hat schon mal jemand erforscht, was im Kopf eines Musikers passiert, der einen wunderbaren Song geschrieben hat und ihn dann dreißig Jahre lang oder länger immer wieder singen muss, Konzert für Konzert? Noch dazu bemüht, ihn jedes Mal möglichst genau so zu hinzukriegen, wie die Leute ihn in Erinnerung haben, da nur recht wenige sich wirklich freuen, nicht wiederzuerkennende Versionen à la Bob Dylan zu hören. Wenn das schon die Fans des alten Bob nicht mögen, abgesehen von denen, die ihn für das Orakel von Delphi halten, wie dann erst die Fans der Bebonkers mit ihrer fixen Idee vom sogenannten *original sound*. Was immer die Leute überhaupt für original halten, denn in den Anfangszeiten war ihr Sound unendlich viel freier und eklektischer als der, den sie jetzt so verlässlich und akkurat reproduzieren. Wahrscheinlich ist es die Formel, bei der sie irgendwann in den neunziger Jahren angelangt sind, nach einer langen Experimentierphase in unterschiedlichen Richtungen, und die sie von da an nicht mehr verändert haben. Auch Picasso hätte, als er nach der blauen und rosa Periode, der afrikanischen Periode, dem analytischen Kubismus und dem synthetischen Kubismus bei dem Stil angekommen war, den heute jeder auf den ersten Blick erkennt, sicherlich gern etwas Neues gemacht. Aber er wusste genau, dass sich das nicht auszahlen würde, und falls er es nicht wusste, haben seine Galeristen es ihm bestimmt erklärt.

Was folgt daraus? Ist er dazu verurteilt, immer und ewig dieselben Songs zu singen, um die Stimmung von damals wiederaufleben zu lassen? Auch wenn diese Stimmung längst verflogen ist? Müsste er nicht versuchen, etwas aus sich herauszuholen, das wenigstens ein bisschen das widerspiegelt, was er *heute* denkt und fühlt? Anstatt so zu tun, als sei er ein in der Zeit hängengebliebener Teenager (wie seine Mutter so treffend vorhergesagt hatte)? Findet er es nicht peinlich und bedauerlich, dass einige seiner Kollegen endlos die Rolle spielen, die sie sich am Anfang ausgedacht haben, auch wenn sie absolut nicht mehr ihrer jetzigen Rolle in der Welt entspricht? Bruce, zum Beispiel, der unaufhörlich sein energisches Gejammer über ein Außenseiter-Alter-Ego auf der Flucht durch die Vorstädte von New Jersey zum Besten gibt, während die Leute ihn auf Fotos vom Jumping International in Monaco auf der Ehrentribüne sehen können oder beim Rolex Grand Prix in Genf, wo er den Auftritt seiner zwanzigjährigen Tochter auf einem Acht-Millionen-

Dollar-Pferd (einem der zehn oder zwölf, die sie besitzt) verfolgt? Oder Mick, der mit zweiundsiebzig Jahren noch genauso auf der Bühne herumspringt und gestikuliert wie mit zwanzig; der seit den sechziger Jahren kein einziges Kilo zugenommen hat und unweigerlich jedes Konzert mit *Satisfaction* beendet, auch wenn es ihm mittlerweile zum Hals heraushängt? Doch was sollten sie denn machen, ihre Tage mit Golfspielen verbringen? Songs schreiben über ihre grässlichen, verzogenen und arroganten Kinder, die keinen Traum haben außer dem, immer neue materielle Güter anzuhäufen? Sich einen Sessel auf die Bühne stellen lassen und im Sitzen von der Belastung singen, sich alle drei Tage die Haare färben zu müssen, oder von der Schwierigkeit, Finanzberater zu finden, die mit ihrem Geld nicht nach Paraguay durchbrennen?

Sinnlose Fragen: Die Inspiration kommt, oder sie kommt nicht; die persönliche Entwicklung folgt unvorhersehbaren Wegen, und die künstlerische Integrität ist fast immer eine Haltung, wenn nicht ein Alibi für Gescheiterte. Das Beste, was man tun kann, ist, eine Handwerkerethik zu kultivieren, ehrlich zu sich selbst zu sein und Formen zu schaffen, in die wie durch ein Wunder, wenn auch selten, etwas Licht dringt; die Alternative ist, alles aufzugeben und zu verschwinden. Wenn man das nicht schafft oder nicht will, soll man sich wenigstens nicht beklagen, sich das Gejammer und das Selbstmitleid sparen, vielen Dank.

Nick Cruickshank geht an einer Glastür vorbei und sieht eine kleine Karawane von Lieferwagen vorsichtig über den Rasen vor dem Haus fahren, mit Gesten dirigiert von Aileen, der Tricia, Maggie, Tom Harlan mit seinem Assistenten und das Team von *Star Life* zur Seite stehen, während Aldino sie im Auge behält. Er zögert nur eine Sekunde, dann schlüpft er rasch wie ein Dieb aus dem Studio hinaus, den Flur entlang und entwischt durch die Hintertür, bevor ihn irgendjemand aufhalten kann.

11

Kakis kamen Milena Migliari schon immer vor wie Zauberfrüchte: so leuchtend orange an den blätterlosen Herbstbäumen, frisch gepflückt überaus herb, reif, aber von schmelzender Süße, golden und fast flüssig unter der hauchdünnen Schale. Viele Menschen mögen keine Kakis, vielleicht, weil sie so glibberig sind oder weil man, wenn man sie isst, schlürfen und dabei die Zunge vorschieben und die Lippen spitzen muss und sich Nase, Kinn und Hände verschmiert mit ihrem süßen Schleim. Kakis sind geheimnisvoll. Und innen in ihrem Kern verbergen sie winziges weißes Besteck: wirklich. Sie hat es erst vor wenigen Jahren entdeckt, dank ihrer Kindheitsfreundin Alessandra, genannt Micior; anfangs wollte sie es nicht glauben, selbst dann nicht, als Micior ihr per E-Mail einen Artikel mit Foto geschickt hat. Sie musste die Probe aufs Exempel machen, um sich zu überzeugen, dass es wirklich so ist: Wenn man den Kern quer durchschneidet, findet man innen einen weißen Keim in Form einer Gabel, eines Löffels oder eines Messers, winzig, aber haarscharf gezeichnet. Manche Bauernregeln besagen, dass man daran ablesen kann, wie der Winter wird, je nachdem, was man in dem Kakikern vorfindet: Ein Löffel bedeutet viel Schnee, ein Messer schneidende Kälte, und eine Gabel heißt nicht so schlecht. Nur schade, dass die Kakis mit Kernen immer seltener werden; wenn es den Züchtern eines Tages gelingt, die Kerne ganz zum Verschwinden zu bringen, werden die Leute denken, es habe sich um eine Legende gehandelt. Beim Kaki-Eis besteht die Herausforderung darin, es nicht allzu aufdringlich werden zu lassen, da ja die Frucht als solche schon so süß ist, und den Geschmack, die Farbe und möglichst viel von der Konsistenz zu erhalten. Kurz gesagt, Kaki-Eis herzustellen ist nicht so einfach, dafür aber umso interessanter.

Doch in diesem Moment pocht jemand an die Glastür der Eisdiele: Das anhaltende Klopfen hört man sogar in der Werkstatt, durch den hässlichen französischen Pop-Rock-Song hindurch, der aus dem Radio kommt.

Milena Migliari hat überhaupt keine Lust, den Verarbeitungsprozess mittendrin zu unterbrechen; mit dem Kopf macht sie Guadalupe, die sowieso schon unterwegs sein sollte, um bei Monsieur Deleuze einen Karton voll neuer Styroporboxen abzuholen, ein Zeichen.

Guadalupe geht nachsehen, wenige Sekunden später kommt sie in heller Aufregung zurück: Sie fuchtelt mit den Händen, findet keine Worte.

»Was zum Teufel ist denn los?« Milena Migliari verschanzt sich instinktiv.

»Es ist Nick, der Sänger der Bebonkers!« Guadalupe hüpft auf der Stelle, kann sich nicht beruhigen. »Von der Band, die am Sonntag im Aerodrom das Konzert gibt! Er ist es, ich schwör's!«

»Und was will er?« Milena Migliari findet es peinlich, dass ihre Assistentin beim Kontakt mit der Berühmtheit so ausflippt, und außerdem stört sie der Gedanke, dass jeder, berühmt oder nicht, einfach so anklopft, selbst wenn an der Glastür ein unmissverständliches Schild hängt: *Fermé*.

»Ich weiß es nicht! Er steht draußen! Hat mir Zeichen gemacht!« Guadalupe kann nicht stillhalten, wischt sich die Hände an der Schürze ab, rückt ihr Häubchen zurecht, späht erneut in den Laden.

»Beruhigst du dich bitte? Frag ihn, was er will.« Milena Migliari hört nicht auf, mit dem Löffelchen mit den gezackten Rändern die weißen Fäden aus dem Fruchtfleisch zu fischen, die leicht bitter schmecken, doch allmählich wird auch sie unruhig.

»Wie soll ich ihn denn fragen, was er will?« Guadalupe schaut sie fiebrig an.

»*Frag* einfach! Mach die Tür auf und frag, was er will!« Ja, jetzt ist sie auch aufgeregt: und noch dazu wegen einem, den sie gestern nicht einmal erkannt hat, als er auf einmal vor ihr stand, was doppelt lächerlich ist. Sie streckt eine Hand aus, um das Radio abzuschalten, denn es trägt nur zum Durcheinander bei.

Guadalupe atmet tief durch, als müsste sie sich auf wer weiß welche Aufgabe vorbereiten, und geht in den Laden zurück. Man hört das Drehen des Schlüssels im Schloss, dann eine leicht schleppende Männerstimme mit englischem Akzent. »*Bonjour, je suis desolé de vous déranger, mais je voulais …*«

»*Pas du tout! Vous nous ne dérangez pas du tout, Monsieur Nick!*« Guadalupes Stimme wird schrill vor Verzückung.

»Hey, Milena!«

»Ich kann jetzt nicht rauskommen!« Milena Migliari hat keine Lust, in die Situation hineingezogen zu werden;

sie bemüht sich, weiter auf den Kakibrei konzentriert zu bleiben.

Doch Nick Cruickshank steht schon in der Tür, die den Laden von der Werkstatt trennt: Er lächelt sie an mit seiner Miene eines vom Leben gebeutelten Jungen, der aber immer noch ein wenig spitzbübisch ist, weil er es sich erlauben kann oder weil er nicht ohne es auskommt. »Guten Tag.«

»Tag.« Milena Migliari ist sich bewusst, dass sie ganz und gar nicht herzlich klingt, aber sie fühlt sich in ihrem privaten Raum überfallen, noch dazu in einem Moment, in dem ihr Gleichgewicht nicht sehr stabil ist. Sie deutet auf den Behälter mit dem Kakibrei. »Entschuldige, aber ich arbeite.«

»Ich sehe es. Hoffentlich störe ich nicht.« Vielleicht ist Nick Cruickshank ein wenig verlegen, vielleicht auch nicht. Motorradjacke aus Leder oder Kunstleder, grünes Sweatshirt mit einem unleserlichen Symbol darauf, blutrotes Seidentuch, ausgewaschene schwarze Jeans, Schnallenstiefel: Es sieht aus wie ein schon bei vielen Auftritten getragenes Bühnenoutfit. »Ich wollte dir etwas sagen.«

»Was denn?« Aus Selbstschutz bekommt Milena Migliari einen barschen Ton, ihr Blick wird hart.

Guadalupe lehnt mit dem Rücken am Kühlschrank und leidet sichtlich: Vielleicht hoffte sie, der Rockstar würde überschwenglich empfangen, mit dem Angebot, Verschiedenes zu probieren, Komplimenten für seine Songs und sonstigen Nettigkeiten.

»Dein Eis ist unglaublich gut.« Nicks Gesicht ist so ernst, dass man nicht weiß, ob er es ehrlich meint oder ob er scherzt.

»Danke.« Milena Migliari lächelt schwach, nickt fast

unmerklich mit dem Kopf: Sie will sich nicht mit einem übertriebenen Gesichts- oder Körperausdruck exponieren.

»In Wirklichkeit ist es das *beste* Eis, das ich *in meinem Leben* gegessen habe.« Das ein wenig rauhe, eindringliche Timbre von Nick Cruickshanks Stimme klingt extrem vertraut, man hört wer weiß wie viele Songs darin nachhallen: und damit verbundene Orte, Geschichten und Augenblicke.

»Das freut mich.« Milena Migliari merkt, dass sie viel offener lächelt, als sie möchte, aber sie kann es nicht ändern, ihre Gesichtszüge lösen sich von selbst. Wie sollte man auch gleichgültig bleiben angesichts eines solchen Satzes, der noch dazu mit so hochgradiger Überzeugung geäußert wird?

Als Guadalupe sieht, dass sie weniger feindselig reagiert, entblößt sie ihre sehr weißen Zähne, streicht die Haare unter dem Häubchen zurecht, schaut Nick weiter mit schmachtenden Augen an.

»Ich sage das nicht bloß so aus Höflichkeit, es ist keine der üblichen, unerträglich *leeren Floskeln,* ehrlich.« Aus seinen Augen spricht entwaffnende, unverhüllte Aufrichtigkeit. Er riecht nach Patschuli oder Marihuana oder beidem.

»Nein?« Milena Migliari möchte sich erneut zurücknehmen, aber da ist eine Strömung, die ihren Herzrhythmus leicht verändert. Warum eigentlich? Welchen Glauben kann sie der Meinung eines Typen schenken, dessen Geschmackssinn bestimmt von haufenweise über Jahre eingenommenen Drogen dauerhaft verändert ist? Einem Typen, der gestern vor ihrem Eis höchstwahrscheinlich einen Joint geraucht hat und dem jede Süßigkeit geschmeckt hätte? Wird sie jetzt auch zum Opfer der Berühmtheit wie Guadalupe?

Nick Cruickshank macht eine Geste: Seine Bewegungen sind so fließend, aber mit kleinen Stockungen, die von plötzlichen Zweifeln oder Eingebungen verursacht zu sein scheinen, nicht wirklich ruckhaft, aber fast. »Und du *traust* dich was.«

»Wieso?« Milena Migliari ist bewusst, dass es sich anhört, als bange sie um die Antwort; sie würde die Zeit nur zu gern um ein paar Sekunden zurückdrehen und sich auf ein Schulterzucken beschränken.

Nick Cruickshank legt die Hand auf die Stirn, als hätte er Schwierigkeiten, seine Empfindungen in Worte zu kleiden. »Du bemühst dich nicht, einen Geschmack zu *vereinfachen* oder *vertrauter* zu machen, als er ist.«

»Ja?« Wieder macht sie den Versuch, ihre Gefühle zu verbergen, schafft es aber nicht.

Nick Cruickshank nickt energisch. »Es gelingt dir, das *Wesentliche* an jedem Geschmack zu erfassen, mit allen entzückenden und auch *fehlerhaften* Empfindungen und Erinnerungen und Assoziationen, die er weckt.«

Milena Migliari spürt, dass sie errötet, obwohl es das Letzte ist, was sie möchte; gleichzeitig wünscht sie sich brennend zu begreifen, wie so einer dazu kommt, ihr das zu sagen, was er gerade gesagt hat. Guadalupe blickt unsicher von ihr zu ihm. Ihr Englisch taugt nicht viel, aber es sind nicht die Wörter, die sie nicht ganz entschlüsseln kann: Es ist der *Sinn* ihres Gesprächs.

Nick Cruickshank zeigt auf die Werkstatt mit ihren Geräten. »Meinst du, ich dürfte mich mal umschauen?«

»Nur wenn du nicht mit diesen Sohlen hier reinkommst.« Milena Migliari antwortet, ohne nachzudenken, vielleicht um ihre Herrschaft über das Territorium zu betonen, dem Überfall nicht noch weiter Tür und Tor zu öffnen.

»Oh, entschuldige.« Nick Cruickshank macht einen Satz rückwärts, sehr gewandt; er streckt nur noch den Kopf herein.

Milena Migliari spürt eine Art Kitzel, so, wie wenn ihr bewusst wird, dass ihr ein Eis gelungen ist, das besser schmeckt als erwartet, oder dass sie endlich einen bestimmten Tanzschritt beherrscht. Sie macht Guadalupe ein Zeichen. »Gibst du ihm ein Paar Überschuhe?«

Guadalupe springt sofort los, holt die Schachtel aus dem Schrank, zieht zwei sterile, durchsichtige Plastik-Schuhüberzieher heraus und hält sie Nick Cruickshank hin.

Er nimmt sie, betrachtet sie von nahem, als wären es geheimnisvolle Objekte, streift sie dann sehr geschickt über; seine anfängliche Unsicherheit ist verflogen. Er geht zwei Schritte in die Werkstatt hinein, schaut auf seine Füße. »*Wow!*«

»Auch eine Haube.« Milena Migliari beharrt auf ihrer harten Linie.

Eilig zieht Guadalupe eine Haube aus Vliesstoff aus der Schachtel, reicht sie Nick Cruickshank.

Er umfasst seine teils schwarzen, teils grauen Haare, setzt die Haube auf und zieht ein ulkiges Gesicht.

»Es ist wegen der Hygienevorschriften.« Milena Migliari ist klar, dass ihre Forderungen ans Lächerliche grenzen, aber sie braucht gerade Schutzschilde jeder Art. Plötzlich stört es sie, dass Guadalupe sie mit belämmerter Miene beobachtet. Mit einer Geste bedeutet sie ihr, sie solle endlich die Boxen bei Monsieur Deleuze abholen.

Guadalupe braucht ein paar Sekunden, bis sie reagiert. »Ich geh ja schon, ich geh ja schon.« Trotzdem braucht sie ewig, bis sie aus der Werkstatt verschwindet, und ebenso lange, bis sie den Laden verlässt und die Glastür hinter sich schließt.

Nick Cruickshank deutet eine Verbeugung an und hält ihr die Hand hin. »Gestern haben wir uns gar nicht vorgestellt. Nick.«

»Milena.« Sie streckt die Hand über den Arbeitstisch und schüttelt die seine.

»Schöner Name. Mi-le-na.« Nick Cruickshank geht durch die Werkstatt, mit den durchsichtigen Schuhüberziehern und der Haube, die auf surreale Weise sein Rockeroutfit ergänzen; er studiert die verglasten Kühlschränke, den Pasteurisierer, die Rührmaschine, die Reifewannen, den Schockfroster. Sehr respektvoll, als befände er sich im Atelier eines großen Künstlers.

»Welches Eis mochtest du am liebsten?« Milena Migliari versteht nicht, warum sie ihn das fragt; Urteile von fremden Leuten einzuholen, die ihr Eis kosten, nein, das macht sie sonst nie, aber wirklich nie. Am Anfang fragte sie gelegentlich Viviane nach ihrer Meinung, aber dann hat sie es aufgegeben, da Viviane nie leuchtende Augen bekam und nur »gut« oder »ja« sagte.

Nick Cruickshank setzt eine Leidensmiene auf, als würde er gezwungen, eine zu schmerzliche Wahl zu treffen.

»Los, versuch mal, was zu sagen.« Milena Migliari weiß selbst nicht, warum sie ihn so drängt. Weil er sie so anschaut? Wegen seiner unverhüllten Neugier? Hat sie nicht vor vier Jahren beschlossen, dass sie genug hatte von den Blicken der Männer, egal, welche Absichten sie hegten? Begeistert es sie einfach, mit jemandem über ihr Eis zu sprechen, der fähig ist, nicht nur banale Kommentare und Beobachtungen zu äußern?

»Das Mandeleis war *überirdisch*.« Nick Cruickshank macht eine Wellenbewegung, hebt die Hand zur Decke. Seine Bewegungen haben etwas Theatralisches, wirken aber seltsamerweise nicht gespielt; es ist, als gehörten sie einer anderen Dimension an, einer anderen Epoche.

»Und weiter?« Sie lässt nicht locker, hält die Spannung; es ist absurd, ja, aber sie kann nicht anders.

»Das Granatapfeleis, *mamma mia*.« Mit der Hand beschreibt Nick Cruickshank einen Halbkreis. »Die Farbe, das intensive Aroma. Herzergreifend.«

»Hast du geschmeckt, dass es Granatapfel war?« Milena Migliari kann nichts mehr vertuschen, auch nicht ihre Überraschung.

Nick Cruickshank sieht sie fassungslos an. »Wie hätte ich es *nicht* schmecken sollen? Es ist dir wunderbar gelungen, den süßherben Geschmack zu erhalten, leicht säuerlich, *lebendig*. Du hast ihn nicht banalisiert, nicht gedämpft, hast seine natürliche Seele eingefangen. Du hast den Punkt genau getroffen, an dem *Wahrheit* und *Genuss* zusammentreffen.«

»Ja?« Milena ist geschockt, doch andererseits ist es das erste Mal, dass sie jemanden so über ihr Eis reden hört. Okay, sie hat Bewunderer wie Katharina und Ditmer Bouwmeester, die in der Nähe von Utrecht hochwertige handgemachte Schokolade herstellen und in ihren Ferien im Juli jeden Tag herkommen, oder diesen Liam Bradford, dessen phantastische Besprechung in seinem Blog die Engländerin dazu angeregt hat, ihre Megabestellung aufzugeben, oder Marianne O'Neil, die über ihr Eis aus wilden Pfirsichen aus Saint-Paul-en-Forêt ein Gedicht geschrieben hat. Doch niemand hat je so eindringlich und gefühlsbetont mit ihr gesprochen wie dieser englische Rockstar, mit ebenso viel Leidenschaft im Blick wie in der Stimme, in den Gesten, den Schritten, dem Atem.

»Ja. Ja. Ja.« Nick Cruickshank beugt den Oberkörper vor und breitet die Arme aus, wieder wie auf einer kleinen Bühne aus dem achtzehnten Jahrhundert, aber bei einer Probe, ohne Publikum im Saal. Sein Verhalten wirkt kein bisschen affektiert oder selbstgefällig, nur eindeutig anders als die Gepflogenheiten in der gewöhnlichen Welt.

Milena Migliari weiß nicht mehr, was sie sagen soll. Ihr fehlen die Worte. Sie schüttet eine gewisse Menge Kakibrei in den Mixer, fügt die cremige Rohmilch hinzu, die sie in Montauroux bei Didier Tornaud kauft, dem Neu-Bauern, der, bevor er sein Leben änderte, als Informatiker in Bordeaux gearbeitet hatte.

Mit raschelnden Überschuhen tritt Nick Cruickshank zu ihr. »Aber ich wollte dir noch was anderes sagen.«

»Was denn?« Milena Migliari spürt eine kleine Welle der Beunruhigung in sich aufsteigen, vom Bauch zum Herzen.

Nick Cruickshank setzt zu einer Antwort an, dann verändert sich sein Ausdruck, als sei ihm etwas anderes eingefallen. Er hat so eine rauhe Anmut, die seiner verkommenen Eleganz, der Leichtigkeit seiner Bewegungen entspricht. »Dieses Eis, das so ähnlich schmeckt wie Datteleis …«

»Das hast du nicht erkannt!« Unerklärlicherweise erleichtert es Milena Migliari geradezu, dass es ihm nicht gelungen ist, den Geschmack zu identifizieren; ein bisschen enttäuscht ist sie aber schon. Doch die Erleichterung überwiegt, wer weiß warum.

»Hey, wer sagt denn, dass ich es nicht erkannt habe?« Plötzlich reagiert Nick Cruickshank wütend wie auf einen absolut ungerechten Vorwurf.

»Datteleis mache ich um Weihnachten herum.« Auf einmal hat sie es unheimlich eilig, die begeisterte Wahrheitssuche abzublocken, die ihn umzutreiben scheint, und ihn als oberflächlichen, eingebildeten Mann abzuhaken, der meint, er könne über die Vielschichtigkeit eines Geschmacks reden, ohne ihn wirklich erfasst zu haben.

Nick Cruickshank sieht sie mit flammenden Augen an. »Ich *weiß*, was es war. Brustbeere. *Ziziphus jujuba*.«

Die Überraschung haut sie schier um. Dann bekommt sie einen Lachkrampf, lacht wie verrückt.

Nick Cruickshank ist einen Moment lang verwirrt, dann lacht auch er, klopft mit dem Absatz seines in dem Plastiküberzug steckenden Stiefels auf den Fußboden.

Sie lachen beide aus unerfindlichen Gründen, können sich überhaupt nicht mehr einkriegen; sie brauchen Sekunden, bis sie wieder ernst werden.

Milena Migliari bemüht sich, zu der Haltung aus Misstrauen und kontrollierter Neugier zurückzufinden, die sie hatte, als er kam, schafft es aber nicht. »Was weißt du denn von Brustbeeren?«

Nick Cruickshank zuckt lächelnd die Achseln. »Du hast wohl eine genaue Vorstellung davon, was ich wissen kann und was nicht, oder?«

»Aber nein.« Sie schüttelt den Kopf, dabei hat sie natürlich durchaus eine Vorstellung, und dass ihm überhaupt die *Existenz* der Brustbeere bekannt sein könnte, war darin gar nicht vorgesehen.

Nick Cruickshank richtet sich die Haube auf dem Kopf: Er zieht an dem Gummi und lässt ihn zurückschnalzen. »Weißt du, in der *Odyssee,* als Odysseus und seine Männer auf der Insel der Lotophagen an Land gehen und der Versuchung nachgeben, von den Zauberfrüchten zu essen, die sie ihre Frauen, Familien und sogar das Heimweh vergessen lassen …«

»Das waren wilde Brustbeeren!« Milena Migniari spürt, wie ihr Herz hüpft, ihr Gesicht juckt.

»*Ziziphus lotus!*« Nick Cruickshank macht vor Aufregung einen kleinen Satz.

»Ja!« Ihre Stimmen überlagern sich: Beide wirken gleich erstaunt.

Milena Migliari tritt einen Schritt zurück, schüttelt langsam den Kopf. »Kein Mensch kennt die Brustbeeren, *niemand.* Es sind praktisch vergessene Früchte.«

»In Sussex habe ich einen uralten Jujube-Baum.« Nick Cruickshank macht eine Handbewegung, als wollte er auf Sussex zeigen. »Früher dachten die Leute, er würde dem Haus Glück bringen.«

»Ja.« Milena Migliari spricht lauter, als sie möchte, aber ihre ganze Selbstwahrnehmung ist durcheinander.

Nick Cruickshanks Blick ist dagegen weiterhin extrem fokussiert. »Die Früchte sind so einfach und so seltsam. Wenn sie noch hell und ein bisschen unreif sind, schmecken sie nach Apfel, oder? Ihren echten Geschmack bekommen sie erst, wenn sie nachdunkeln und runzlig werden.«

Sie nickt viel zu heftig. »Und sie sind zuckersüß, doch die Blätter enthalten einen Stoff, der den süßen Geschmack *neutralisiert*. Ziziphin heißt er.«

Er fixiert sie stumm, wie verzaubert.

Sie will den Blick nicht abwenden, doch ihr Gesicht juckt immer noch; aus Verlegenheit versucht sie, eine ungeduldige Miene aufzusetzen, ist aber sehr unsicher, ob es ihr gelingt. »Wolltest du mir noch was sagen?«

Er legt die Hand auf die Augen, wie um sich an die Frage zu erinnern; dann blickt er sie erneut an. »Nicht sagen, *fragen*.«

»Also, was wolltest du mich fragen?« Wieder fühlt sie diese Welle der Beunruhigung in sich aufsteigen.

»Warum ist das Wunder *fast* perfekt?« Er sieht sie erwartungsvoll an.

Soll sie ihm nun eine genaue Antwort geben oder bloß eine lockere Bemerkung hinwerfen? Schließlich sagt sie ganz spontan: »Weil es nicht von Dauer ist.«

Er mustert sie nachdenklich; sein Blick verwirrt sie, weil er so offen, so unverfälscht und vorurteilsfrei wirkt. »Es vergeht. Zusammen mit dem Staunen, der Neugier, der geschärften Aufmerksamkeit, dem Spaß, dem Genuss, der *Freude,* die es enthielt.«

»Nimm ein *richtig* gutes Eis.« Sie merkt, dass sie ihn ähnlich anschaut wie er sie, dass sie in einem ähnlichen Ton spricht, er hat sie irgendwie angesteckt. »Im ersten Augenblick ist es so köstlich, kalt, perfekt ausgewogen, nicht zu weich und nicht zu fest. Du bist so glücklich, während du es in der Hand hältst und kostest. Im nächsten Augenblick ist es jedoch schon zu Ende, basta. Du kannst nicht einmal noch eins nehmen, weil du genau weißt, dass es nicht mehr dasselbe wäre.«

Er fixiert sie immer noch; dann lächelt er, aber nur ein bisschen. »Weißt du, dass du noch überraschender bist als dein Eis?«

»Du bist auch ziemlich überraschend, würde ich sagen.« Wieder antwortet sie, ohne nachzudenken, schon von Anfang an lief ihr Gespräch so, ohne Selbstzensur. Sofort denkt sie, das hätte sie ihm nie sagen dürfen; aber nun hat sie es gesagt, es ist passiert.

Sein Blick ist so konzentriert, dass es beinahe schmerzt. »Und die Sprüche, die du auf diese mit rotem Faden zusammengebundenen Zettelchen schreibst? Meiner hat unglaublich gut *gepasst*.«

»Wirklich?« Es fällt ihr immer schwerer, ruhig zu bleiben: So, wie wenn man versucht, sich einem starken Wind zu widersetzen, der einen wegweht.

Er kommt noch näher, seine Bewegung wirkt unaufhaltsam. »Du hast einfach etwas wirklich *Besonderes*.«

Sie spürt, wie ihre Beunruhigung sich in Angst verwandelt, die in die Lunge dringt und ihr den Atem nimmt.

Er legt seine Hände an ihre Schläfen, tritt auf sie zu und küsst sie auf die Stirn.

Sie nimmt den Luftzug wahr, die feuchten Lippen auf der Haut, die Körperwärme, den Geruch nach Patschuli oder Marihuana oder beidem zusammen, das Rascheln der Plastikhauben, die sich berühren. Vor Überraschung muss sie schon wieder lachen, als er sich von ihr löst; ihr Gesicht glüht, ihr Herz klopft unregelmäßig.

Auch er lacht, wenige Zentimeter von ihr entfernt, und

sein Gesicht strahlt eine kindliche, wilde Mitteilungsfreude aus.

Sie schwankt zwischen widersprüchlichen Gefühlen und Gedanken: War dieser Kuss nun das Unschuldigste oder das Gefährlichste auf der Welt? Kann sie sich ihm gegenüber weiter ganz natürlich verhalten? Müsste sie so schnell wie möglich auf Distanz gehen?

Nick Cruickshank lächelt noch immer, aber jetzt wirkt er auch ein bisschen verunsichert. Er macht eine seiner Gesten. »Ich neige einfach dazu, *körperlich* zu werden, wenn mir jemand gefällt.«

Milena Migliari denkt, dass es ihr genauso geht: Immer packt sie andere spontan am Handgelenk, drückt ihren Arm, klopft ihnen auf die Schulter, streichelt ihnen über den Kopf, gibt ihnen einen kleinen Schubs. Schon öfter gab es deswegen Auseinandersetzungen mit Viviane, denn sie behauptet, Körperkontakt sollte ausschließlich den Intimbeziehungen vorbehalten bleiben, vielleicht auch, weil ihre Arbeit ja darin besteht, jeden Tag fremde Körper anzufassen. Doch hier handelt es sich nicht bloß darum, körperlich zu sein, wie immer man es drehen und wenden mag: Er hat sie gepackt und geküsst, wenn auch auf die Stirn. Ihre Körper haben sich aneinandergelehnt, haben einander gespürt, wenn auch nicht mehr als zwei bis drei Sekunden. Wie unschuldig kann so eine Geste von Seiten eines Mannes sein, noch dazu eines Mannes, der höchstwahrscheinlich über Jahrzehnte ein Serienverführer gewesen ist?

Nick Cruickshank muss ihre Gedanken erahnen, denn er wirkt jetzt leicht verlegen. Aus der Hosentasche zieht er eine alte Zwiebeluhr, die mit einer dünnen Silberkette an einer der Gürtelschlaufen befestigt ist, wirft einen Blick darauf, als hätte er es plötzlich eilig. »Ich muss gehen.«

Milena Migliari versucht zu verstehen, was gerade eben passiert ist und was jetzt passiert, kommt aber zu keinem Schluss.

Nick Cruickshank bewegt die ausgestreckte Hand durch die Luft. »Ich gehe zum Fliegen. Mit dem Segelflugzeug.«

»Ach, das muss schön sein.« Milena Migliari weiß, wie floskelhaft das klingt, aber ihre Gefühle und Gedanken reihen sich weiter wirr aneinander.

»Ja, sehr.« Nick Cruickshank deutet auf den Kakibrei im Mixer, der noch nicht mit der cremigen Milch vermischt ist. »Das wird bestimmt auch wieder ein Wunder.«

»Hoffentlich.« Milena Migliari nickt wenig überzeugt.

Von der Ladentür her hört man Geräusche: Guadalupe kommt zurück und kichert mit jemandem. Gleich darauf betritt sie die Werkstatt, stellt den Karton mit den Styroporboxen auf dem Boden ab und richtet ihre leuchtenden dunklen Augen auf Nick Cruickshank, noch aufgeregter als vorher. »Entschuldigung, aber draußen steht eine Freundin von mir, die mich umbringt, wenn du dich nicht mit ihr fotografieren lässt.«

Ihre Freundin Delphine, die Verkäuferin aus der Bäckerei nebenan, erscheint in der Werkstatttür: Kaum sieht sie Nick Cruickshank, fängt sie an, Grimassen zu schneiden und zu piepsen. »*Mon Dieu, c'est lui! Je ne peux pas le croire, c'est génial!*«

Nick Cruickshank lächelt mit langerprobter Freundlichkeit; er nimmt die Plastikhaube ab und schüttelt die Haare.

Milena Migliari will die zwei Mädchen schon ermahnen, ihn gefälligst in Ruhe zu lassen, hält sich aber zurück. Warum sollte sie einen schützen, der mitten in ihre Arbeit hineingeplatzt ist und sie dazu noch mit einem Kuss überrumpelt hat, sei es auch nur auf die Stirn?

Nick Cruickshank zieht die Überschuhe aus, dann folgt er Guadalupe und Delphine in den Laden und stellt sich mit dem Rücken an die Wand wie zu einer Exekution.

Hinter ihrem Arbeitstisch beobachtet Milena Migliari halb vom Türrahmen verborgen das Geschehen; früher hätten sich die beiden Mädels mit einem Autogramm begnügt, um es aufzuheben und vielleicht ein paar Freundinnen zu zeigen, denkt sie, jetzt verlangen sie einen Fotobeweis, den sie unmittelbar mit einer unbeschränkten Anzahl Personen teilen.

Guadalupe und Delphine pressen sich an Nick Cruickshank, Hüfte an Hüfte, Schläfe an Schläfe, blecken für ein, zwei Aufnahmen mit jedem ihrer Handys lächelnd die Zähne, dann umarmen sie ihn bebend vor Aufregung und küssen ihn auf die Wangen. Probleme mit Körperkontakt haben sie jedenfalls keine.

»*Salut, je m'en vais.*« Höflich, aber bestimmt beendet Nick Cruickshank routiniert die Situation. Er schaut zur Werkstatt herein, winkt zum Abschied theatralisch. »Tausend Dank für den Besuch. Und noch mal, Kompliment, ehrlich. Ciao.«

»Ich danke dir.« Milena Migliari lächelt, so zurückhaltend sie kann; sie wartet, bis sie die Ladentür ins Schloss fallen hört, bevor sie sich ihrem Mixer zuwendet. Wäre er länger geblieben, wenn Guadalupe nicht ihre Freundin mitgeschleppt hätte und auf die geniale Idee gekommen wäre, ein paar Selfies mit ihm zu machen? Doch worüber hätten sie noch reden sollen, nachdem das Gespräch schon von diesem Kuss auf die Stirn verdorben war? Hätten sie wenigstens geklärt, was diese Geste bedeutete? Hätte sich herausgestellt, dass es einfach eine impulsive Anwandlung ohne besondere Ausrichtung war oder der automatische Reflex eines Machos, der es gewohnt ist, bei allen Frauen, denen er begegnet, Bestätigungen für seine Verführungskraft zu suchen, auch bei denen, die ihm nicht gefallen oder sich nicht für ihn interessieren? Wieso verschwendet sie jetzt überhaupt ihre Zeit damit, darüber nachzudenken? Und wieso ist sie immer noch so lächerlich aufgeregt? Warum zittern ihr leicht die Knie und auch die Hände?

Guadalupe verabschiedet Delphine mit noch mehr Gekicher, schließt die Ladentür ab, kommt, noch immer ganz aufgedreht, zurück in die Werkstatt. »Hast du gesehen, wie nett er ist? Toll, oder? Und trotz seines Alters ist er immer noch der coolste von allen! Lass mich nur kurz eine Minute die Fotos posten, dann helfe ich dir.«

»Mach nur, mach nur.« Milena Migliari schaltet den Mixer ein, der Kakibrei vermischt sich mit der cremigen Milch; in ihrem Kopf dagegen drehen sich Nick Cruickshanks Kuss auf ihre Stirn und seine Gesten und Worte im Kreis und sorgen für den gleichen Aufruhr.

12

Das Aerodrom von Fayence-Tourrettes umfasst eine
Fläche von fünfundvierzig Hektar; es hat Rasen-
pisten, die größte achthundertdreißig Meter lang und fünfundvierzig Meter breit. Nick Cruickshank hat es vor Jahren
entdeckt, als er auf der Suche nach den besten Segelflug-
plätzen durch Europa reiste; es gefiel ihm so gut, dass er
schließlich wenige Kilometer von hier ein Anwesen kaufte
und den ursprünglichen Gutshof durch nachfolgende Er-
werbungen angrenzender Grundstücke erweiterte. Das war
nicht schwer, denn zu einem bestimmten Zeitpunkt fingen
alle an, ihr Land in Parzellen aufzuteilen, um es für den
Bau von Villen und Bungalows im neoprovenzalischen Stil
zu verkaufen. In kürzester Zeit füllte sich die Ebene mit
ziemlich hässlichem Zeug und die Hügel ebenso; bereitwil-
lig vereinfachen die Gemeinden die Voraussetzungen für die
Baugenehmigungen und kassieren so viel Grundsteuer, wie
sie nur können. Doch dafür hat er jetzt ein wenig Luft rund
ums Haus, ein paar Hektar Grün, wo niemand kommen und
ihn nerven kann. Daher ist es entschieden paradox (schon
wieder), dass jetzt *er* die Störer *aktiv anlockt,* indem er ihnen Essen und Übernachtung, alkoholische Getränke und
verschiedene andere Annehmlichkeiten bietet. Aber Aileen
hat ihn Monate und Monate unaufhaltsam bedrängt, auf ihre

charmante, aber beharrliche Art, ohne je lockerzulassen. Auch war es ihre Idee, das private Fest im Abstand von einem Tag mit dem Benefizkonzert zu einem Doppelpack zu schnüren, der sich an *Star Life,* an die Lokalverwaltung, an die Bewohner der Gegend, an die anderen Bandmitglieder, ja sogar an ihn selbst verkaufen lässt.

So werden heute Gäste über Gäste eintreffen und morgen noch mehr. Da es in der Gegend recht wenige Hotels gibt, hat Aileen alles angemietet, was sie an Villen und Wohnungen im Dorf finden konnte. Ein sicheres Rezept, um bei Dutzenden von gefräßigen Egomanen Befriedigung oder Beleidigung auszulösen: Sie werden die Qualität ihrer Unterbringung als Maßstab nehmen, sich in Lager spalten, vergleichen, wer in Les Vieux Oliviers beherbergt wird und wer nicht. Es wird welche geben (wie Noël), die aus Prinzip lieber bei einem befreundeten russischen Oligarchen in Saint-Tropez übernachten oder (wie Kate) von Cannes herüberfahren und wieder zurück (auch wenn Cannes zu dieser Jahreszeit Verzweiflung pur ist) oder (wie Reina) so tun, als gäben sie sich problemlos mit einer mittelmäßigen Unterkunft zufrieden, sich hinterher aber noch monatelang darüber beklagen. Zu schweigen von der perversen Mischung aus wahren und angeblichen Freunden, Bekannten, Mitarbeitern und Geschäftspartnern, aus Schaulustigen und Leuten, die kommen, um zu sehen und gesehen zu werden, zu fotografieren und zu filmen. Dazu noch seine Kinder, die auf eigene Faust anreisen oder von Betreuerinnen hergeschleppt werden, damit diese auch eifrig jedes kleinste Detail registrieren und den Müttern berichten, das sich in der Zukunft als Erpressungswaffe benutzen lässt. Und natürlich das Team von *Star Life,* das mit der Anmaßung dessen, der zahlt, alles tun wird, um die Suppe so umzurühren und zu würzen, dass sie für sein klatschgieriges, voyeuristisches Publikum möglichst schmackhaft ist. Schöne Aussichten, wahrhaftig.

Außerdem gilt es natürlich noch herauszufinden, wie zum Teufel die Bebonkers die Zeit und die richtige Stimmung für eine Probe finden sollen, die nicht bloß ein Soundcheck vor dem Konzert ist, da sie ja seit mindestens fünf Monaten nicht mehr zusammen gespielt haben und die Hälfte von ihnen nach dem Fest am Samstag brutal verkatert sein wird. Und das Konzert am Sonntag ist ja keine Kleinigkeit: Der wohltätige Zweck und die krankhafte Neugier werden eine Unmenge Leute mit hochgeschraubten Erwartungen anlocken samt nationalen und lokalen Radio- und Fernsehsendern. Dazu Tausende von Handys, die mit ihrem digitalen Zoom die sorgfältig von Jimmy Rose ausgeklügelten Lichteffekte zu fürchterlichen Leuchtstreifen verwischen und mit ihren Drei-Cent-Mikrophonen die Arbeit dieses besessenen Heiligen Jamie Cullingham am Mischpult grauenvoll verzerren werden. Schon eine halbe Stunde nach dem Ende des Konzerts werden Fans aus der halben Welt sich auf YouTube stürzen, um jede Sekunde der eineinhalb Stunden unter die Lupe zu nehmen, um Vergleiche mit den Konzerten des letzten Jahres und denen von vor zwanzig oder dreißig Jahren anzustellen, bereit, gerührt zu sein, sich zu empören, ihren Stolz auf die Zugehörigkeit zu einer Gemeinschaft zu erneuern, herzzerreißende Wehmut zu empfinden, sich mit Groll aufzuladen. Bestimmt werden die einen sagen, die Bebonkers seien wunderbar, weil sie jedes Stück so spielen wie immer, die anderen werden sagen, sie seien pathetisch, weil sie ewig so weitermachen wie bisher; die einen werden sagen, sie seien eine lebende Legende, die anderen werden sagen, sie seien Dinosaurier. Es wird auch eine Armee von richtigen Hassern geben, abtrünnige Fans oder Leute, die sie nie richtig gemocht haben und nur gierig nach Bestätigungen dafür suchen, dass die Bebonkers zu einem kommerziellen Produkt wie Coca-Cola geworden sind, eine Gruppe von schweinischen Millionären, denen der ursprüngliche Geist ihrer Musik scheißegal ist, obwohl sie immer noch versuchen, ihr rebellisches Image aufrecht-zuerhalten. Er kann sich schon genau die wahllos geposteten Anklagen vorstellen, die sich auf dem riesigen Müllhaufen des Internets ablagern werden: der standardisierte Sound, der verlorene Zeitgeist, die verratenen Ideale, die Berech-nung hinter der guten Sache, bla, bla, bla. Millionen von frustrierten Leuten, die nichts Bemerkenswertes oder auch nur Akzeptables zustande bringen und vor ihren Bildschir-men oder Handydisplays sitzen, um nichtexistente oder kaum wahrnehmbare Fehler anzuprangern: *Unerhörter Missgriff von Nick bei 2.24!*, oder: *Wally Thompson hat den Touch verloren, ist ihm aber völlig egal*, oder: *Ernsthaft?*, oder *Möchte mal wissen, wo das Geld von diesem sogenann-ten Scheiß-Wohltätigkeitskonzert wirklich ankommt*, oder: *WTF???* Und so weiter. Je länger er daran denkt, umso mehr wird das Benefizkonzert am Sonntag zu einer Art Alptraum. Und das Fest am Samstag wird noch schlimmer sein.

Das Einzige, worauf er jetzt Lust hat, ist, sich in den Se-gelflieger zu setzen, sich hinaufziehen zu lassen und krei-send in den Himmel aufzusteigen, dieses Tal und die Hügel und Berge so lange von oben zu betrachten, bis die Häuser und die Straßen und die Menschen so winzig werden, dass sie in der Bedeutungslosigkeit verschwinden.

Jean Leblanc erwartet ihn schon neben der Glaser-Dirks DG-303, die er aus dem Hangar geholt hat: Wie gewohnt drückt er ihm demonstrativ fest die Hand, seine blauen Augen leuchten in dem langen Gesicht: »*Salut, Nick!*«

»*Salut, Jean!*« Sie kennen sich seit etwa zwölf Jahren und freuen sich jedes Mal, wenn sie sich sehen, reden aber nie viel miteinander. Zur Kontrolle gehen sie einmal gemeinsam um den Segelflieger: linke Rumpfseite, linker Tragflügel, Höhenleitwerk, Landekufe, Trimmruder, rechte Rumpfseite. Sie überprüfen den Haken für das Schleppseil, den Luftdruck im Reifen, alles mit dieser Mischung aus Beiläufigkeit und Aufmerksamkeit, die man sich erlauben kann, wenn man eine Sache schon oft gemacht hat, die aber jedes Mal wieder von grundlegender Wichtigkeit ist. Lucien, genannt *le Petit*, weil er so jung und dünn ist, bringt den Fallschirm. Im Unterschied zu Jean, den Musik überhaupt nicht interessiert, ist er ein Bebonkers-Fan: Jedes Mal, wenn er ihn sieht, verfolgt er aufgeregt sein Mienenspiel und seine Bewegungen.

Nick Cruickshank legt den Fallschirm an, zurrt selbst die Gurte fest, obwohl *le Petit* ihm unbedingt helfen will. Er öffnet die Plexiglashaube, steigt ein und macht es sich auf dem Sitz bequem, kontrolliert den Verschlusshebel, überprüft Steuerknüppel und Pedale, testet die Hebel der Luftbremsen und den Knopf zum Ausklinken des Schleppseils. Er liebt diese Vorbereitungen: Sie lösen den gleichen schnellen Wechsel von Nervosität und Beruhigung in ihm aus, den er empfindet, wenn er in seiner Garderobe hinter der Bühne mit dem Bühnenleiter die technische Liste durchgeht, auch wenn er genau weiß, dass dieser sich mit seinem Team schon gründlichst um jeden Punkt gekümmert hat.

Es geht los: Jean schiebt das Segelflugzeug, *le Petit* hält den rechten Tragflügel, damit er den Rasen nicht berührt. Ungefähr zwanzig Meter hinter der Robin DR 400, die schon schleppbereit wartet, bleiben sie stehen. Der Pilot hebt grüßend die Hand, kommt und kontrolliert das Schleppseil, hängt es ein, testet den Notausklinker, überprüft das Sicherungsblech des Segelflugzeugs. Er winkt, geht und setzt sich ins Cockpit, lässt den Motor an.

Nick Cruickshank schließt die Plexiglashaube, klinkt die Sicherheitsgurte ein, kontrolliert die Ballastbehälter, noch einmal Steuerknüppel und Pedal, stellt die Trimmruder auf Start, schließt und blockiert die Störklappen. Er prüft von links nach rechts zuerst oben, dann unten die Instrumente: Anemometer, Variometer, Höhenmesser mit doppeltem Zeiger, Wendezeiger, Magnetkompass. Er stellt den Höhenmesser auf null, macht das Radio an und stellt die richtige Frequenz ein. Seine innere Spannung steigt im gleichen Maße, wie wenn er aus der Garderobe kommt und mit den anderen von der Band hinter die Bühne geht, im Vorgefühl auf eine schon bekannte Erfahrung, die ihm höchstwahrscheinlich intensive Glücksmomente bescheren wird, bei der aber die Möglichkeit eines Desasters allgegenwärtig ist. Vor vielen Jahren hat ihm einmal einer seiner Fluglehrer gesagt, dass es für einen Segelflugzeugpiloten dreimal wahrscheinlicher ist, bei einem Flugzeugunglück umzukommen als bei einem Autounfall, und dass Unkonzentriertheit, Ignoranz und Dummheit beim Segelfliegen die größten Gefahren darstellen, mehr als bei jeder anderen Tätigkeit. Dieser Hinweis hatte ihm gefallen und gefällt ihm noch immer; ihn in der Praxis zu beherzigen scheint ihm nützlich, ein Fall, bei dem das Risiko entschieden den Einsatz lohnt. Er wirft einen Blick auf den schlaffen Windsack am Mast, hebt den Daumen: Er ist startklar.

Die Robin DR 400 rollt langsam an, das dreißig Meter lange Schleppseil wickelt sich ab und spannt sich, das Segelflugzeug fängt an, sich auf dem Rasen zu bewegen. *Le Petit* geht nebenher und stützt den rechten Flügel, er geht immer schneller, rennt, lässt los. Jean steht weiter hinten und sieht mit verschränkten Armen zu. Nick Cruickshank umfasst fest den Steuerknüppel und legt ihn zurück; sein Herz schlägt ein bisschen schneller. Genauso wie bei den letzten Schritten, bevor er ins Rampenlicht tritt, wenn der primitivere Teil seines Gehirns bewirkt, dass sich alle Muskeln seines Körpers verkrampfen in der Erwartung, gleich mit Tausenden von Menschen konfrontiert zu sein, die extrem gespannt auf ihn warten; während der andere höher entwickelte Teil seines Gehirns ihn dazu zwingt, Gesichtsausdruck und Bewegungen zu lockern, um zum x-ten Mal als *Cruickshank cool* dazustehen.

Das Schleppflugzeug wird schneller, die Flügel durchschneiden die Luft und bekommen Auftrieb, die Glaser-Dirks hüpft immer höher über das Gras. Dann hebt der Segler von der Erde ab, kurz bevor die Robin DR 400 abhebt; verbunden durch das Schleppseil und die stärker werdenden Vibrationen, steigen beide auf. Nick Cruickshank behält die Instrumente im Auge, bewegt den Steuerknüppel, um sich etwas über dem Propellersog des Schleppflugzeugs zu halten, damit keiner von beiden aus der Balance gerät. Es ist ein Spiel gegensätzlicher Kräfte, ein Kampf zwischen der Schwerkraft, die einen hinunterziehen will, und der Luftdichte, die einen trägt: ein heftiges Schwanken zwischen naturgemäß und nicht naturgemäß. Der Höhenmesser zeigt sechzig, achtzig, hundert Fuß, die Zahlen steigen parallel zum zunehmenden Rauschen der Plexiglaskuppel. Das Grün des Rasens bekommt erst langsam, dann immer schneller klare Umrisse, die Straßen durch die Ebene werden sichtbar und schrumpfen schon, wie auch die darauf fahrenden Autos, die Häuser, die blauen Swimmingpools, die Gärten, die Werkhallen mit den asphaltierten Freiflächen daneben. Hundertvierzig Fuß, hundertachtzig, zweihundert, zweihundertzwanzig: Bald werden die Einzelheiten der Landschaft ihre gewöhnliche Bedeutung verlieren, und auf Ausklinkhöhe sind sie dann nur noch Zeichen auf der Erdoberfläche, die mit weiter ansteigender Höhe immer schwieriger zu entziffern und ernst zu nehmen sind.

Plötzlich gibt es einen lauten Knall: Die Spannung des Schleppseils lässt nach, von einem Moment auf den anderen fällt die Geschwindigkeit. Das Schleppseil hat sich ausgeklinkt oder ist gerissen, das Schleppflugzeug macht einen Satz und dreht nach links ab. Nick Cruickshank fühlt, wie sein Herz stockt und das Blut kalt wird; sofort drückt er den Steuerknüppel nach vorn, ein Reflex, der ihm von den Notfallsimulationen geblieben ist, geht auf Sturzflug, um Schnelligkeit zu gewinnen und einen Sackflug zu verhindern, und dreht nach rechts ab. Der Unterschied ist der, dass er in keiner seiner Simulationen je weniger als dreihundert Fuß von der Erde entfernt war, jetzt ist er fast schon auf zweihundert Fuß und sinkt weiter: Die Landschaft kommt ihm mit rachsüchtiger Geschwindigkeit entgegen, ihre Einzelheiten gewinnen Sekunde um Sekunde ihre gewöhnliche Bedeutung zurück. Aus dieser Höhe bringt der Fallschirm rein gar nichts, es gibt nur zwei Optionen, eine Landung auf Messers Schneide oder die Katastrophe. Fünfundfünfzig Meilen pro Stunde, wird er noch langsamer, vermindert sich der Handlungsspielraum und damit die Möglichkeit, ohne katastrophale Folgen davonzukommen, beträchtlich.

Es ist seltsam: Nick Cruickshank konzentriert sich voll und ganz auf die Berechnungen und die notwendigen Handgriffe für eine Hundertachtzig-Grad-Wende, um mit ein wenig Glück in entgegengesetzter Richtung auf der Rasenpiste des Flugplatzes zu landen, doch gleichzeitig kommen ihm Gedanken, die ihm bei diesem Manöver absolut nicht helfen, im Gegenteil. Zum Beispiel, dass das Gefühl des nahen Endes gestern Morgen im Olivenhain in Wirklichkeit eine Vorahnung *dieses* Ereignisses war; dass ein Flugzeugabsturz wenige hundert Meter von dem Ort entfernt, wo am Sonntag das Konzert stattfinden sollte, ein wunderbarer Abschluss der legendären Biographie wäre, die man ihm zuschreibt; dass es auch eine perfekte Methode wäre, das Fest am Samstag ausfallen zu lassen; dass er das Lied nicht mehr beenden könnte, an dem er gestern Abend gearbeitet hat; dass er Milena, die italienische Eisfrau, nicht mehr wiedersehen und kein neues Eis mehr probieren und sie auch nicht noch einmal auf die Stirn küssen könnte. Es sind eher Bild- und Gefühlsfetzen als echte Gedanken: Wie Blitze fahren sie ihm durch einen Teil des Gehirns, während der andere, davon getrennte Teil sich weiterhin um Geschwindigkeitskontrolle, Flughöhe, Manöverwinkel und den ganzen Rest kümmert. Beide Teile, einer warm und einer kalt, funktionieren parallel und unabhängig voneinander in dem extrem komprimierten Zeitraum, der sich immer schneller reduziert, genau wie der physische Raum, der ihn vom Aufprall trennt.

Nick Cruickshank ist wenige Dutzend Meter über dem Boden und noch im Abdrehen, noch steht es auf der Kippe, ob er es um Haaresbreite schafft oder ob er absackt und dort unten auf der Straße zerschellt oder gegen die Bäume knallt, die den Flugplatz säumen; doch einen Augenblick später ist er über dem Rasen, hat keine Hindernisse mehr vor sich, es gelingt ihm, ins Gleichgewicht zu kommen, er gleitet ein paar Meter, berührt nicht einmal allzu brüsk den Boden, holpert über das Gras, bis er steht.

Er bleibt regungslos sitzen, ohne die Sicherheitsgurte zu lösen oder die Kuppel zu öffnen. Er atmet langsam, wartet, bis sein Herz wieder normal schlägt, beobachtet, wie Jeans alter kaffeebrauner vw Käfer über den Rasen auf ihn zufährt. Dieses Mal tut es ihm nicht leid, dass er nicht so lange wie möglich hoch oben in der Luft schweben konnte, dieses Mal ist er ziemlich froh darüber, wieder auf dem Boden zu sein.

13

Viviane holt sie mit dem Auto an der Eisdiele ab, um nach Grasse ins Centre Plamondon zu der Untersuchung bei Doktor Lapointe zu fahren. Wenn sie zusammen reisen, fährt immer Viviane: nicht, dass sie es je so entschieden hätten, es passiert einfach. Vielleicht, weil Viviane die Gegend besser kennt und mehr Zeit am Steuer verbringt. Jedenfalls fährt sie ihren Peugeot ziemlich aggressiv, schert plötzlich aus, gibt Gas, bis sie fast die Stoßdämpfer der Autos vor ihr berührt, bremst im letzten Moment, schaltet runter, beschleunigt abrupt, um zu überholen und auf der nun freien Straße weiterzurasen. Milena Migliari denkt, dass Vivianes Fahrstil sie in den Anfangszeiten beinahe ebenso nervös machte wie beruhigte, da er ihr vorkam wie ein Ausdruck innerer Spannung, aber auch zweckmäßig und zielstrebig, ohne dabei je dem Zauber der Landschaft zu erliegen. Doch jetzt macht er sie vor allem nervös, sie stemmt die Füße auf den Boden, krallt sich mit den Händen am Sitz fest, presst den Rücken an die Lehne.

Viviane wirft ihr einen raschen, prüfenden Blick zu. »Alles in Ordnung?«

»Ja, ja.« In Wirklichkeit ist nichts in Ordnung, denkt Milena Migliari, kann sich aber nicht vorstellen, ihrer Freundin zu erklären, warum. Ihr scheint, es wäre gemein und unfair, und außerdem unglaublich spät. Doch in diesem Moment wäre sie am liebsten in der Eisdiele und würde das Kastanieneis vollenden, anstatt nach Grasse zu rasen, direkt auf die Katastrophe zu. Es stimmt, dass Guadalupe mittlerweile jeden Arbeitsschritt kennt und sicher gut allein zurechtkommt, aber die Vorstellung, ein Eis halbfertig stehenlassen zu müssen, schmerzt sie, noch dazu, um ein bescheuertes Ärztezentrum aufzusuchen und über Verfahren zur künstlichen Befruchtung zu sprechen. Dabei fällt ihr sofort wieder ein, dass sie dann ja gerade im Hochsommer nicht mehr arbeiten kann, wenn die Leute an ihrer Theke und auch noch vor der Eisdiele Schlange stehen. Vielleicht muss sie sogar schon Mitte Juli aufhören, denn wenn alles planmäßig verliefe, wäre sie dann im achten Monat schwanger, und Doktor Lapointe hat sie schon (mit gönnerhaftem Lächeln) darauf hingewiesen, dass der sprunghafte Temperaturunterschied zwischen der Kälte in ihrer Werkstatt und der Hitze draußen nicht gerade das Beste wäre für eine Spätgebärende wie sie. Als sie diese Bezeichnung hörte, musste sie lachen, doch Lapointe hat ihr erklärt, sie könne noch froh sein, denn in den siebziger Jahren wurden Frauen, die um die achtundzwanzig ein Kind bekamen, als Spätgebärende betrachtet, heute die um die fünfunddreißig. Was allerdings nicht bewirkte, dass sie den Ausdruck weniger schrecklich fand, wie überhaupt die ganze Terminologie, die sie und Viviane sich bei den Gesprächen mit den Ärzten und im Internet angeeignet und zu Hause wer weiß wie oft nachgeplappert haben wie zwei Papageien; x-mal haben sie stur rekapituliert, was ab jetzt in den nächsten Monaten (und Jahren, und Jahrzehnten) in ihrem Leben passieren soll.

Wenn man zusammen mit der Person, die man liebt, etwas plant, und noch dazu etwas, das gesellschaftlich nicht ganz akzeptiert und in einigen Staaten sogar illegal ist, sieht man die Dinge zuletzt aus der Perspektive eines U-Boot-Fahrers, um einen Ausdruck ihres Vaters zu gebrauchen, den sie bis vor einiger Zeit schwer verständlich fand. Jetzt dagegen scheint es ihr, dass er sehr gut umreißt, was zwischen zwei Menschen passieren kann, die gemeinsam ein Gehäuse aus Absichten, Überzeugungen und Erwartungen errichten, bis sie plötzlich darin gefangen sind und felsenfest glauben, nicht mehr herauszukönnen, ohne vom äußeren Druck erschlagen zu werden. Und da sitzen sie nun, im U-Boot ihres Mutterschaftsprojekts; schon allein bei der Vorstellung, herauszuwollen, fühlt sie sich wie eine Verräterin. Doch was sollte sie tun, allein aus blinder Loyalität weitermachen? Weil sie mittlerweile eine Verpflichtung eingegangen ist? Um Viviane eine Freude zu machen? War es reiner Zufall, dass sie gestern auf eines der Zettelchen für die Eisboxen der Engländer diesen Satz von Oscar Wilde geschrieben hat, dass das Leben zu kurz sei, um es der Verwirklichung der Träume der anderen zu widmen? Müsste dieser Traum nicht auch *ihrer* sein?

Wenn sie ganz ehrlich zu sich selbst ist: nein. Ihr Traum ist das nicht. Ganz ehrlich gesagt, ist sie überhaupt nicht sicher, ob sie ein Kind bekommen will und noch dazu auf diese so wenig spontane und unnatürliche Weise. Eigentlich findet sie es absurd und auch anachronistisch, sich in der Situation einer Legehenne mit programmiertem Schicksal wiederzufinden. Mit all der körperlichen und moralischen Verantwortung, die daraus folgt, dem Druck der geliebten Person, der anderen, der Gesellschaft. Wenn sie darüber nachdenkt, ist auch unter ihren früheren Beziehungen keine einzige dabei, in der ihr jeweiliger Freund sie nicht früher oder später ihre Rolle als Gebärerin spüren ließ: entweder weil er fürchterliche Angst hatte, dass sie schwanger werden könnte, oder weil er genau das für das eigentliche Ziel ihrer Beziehung hielt. Betrachtet man die Sache mit etwas Abstand und Humor, ist das unannehmbar. In der Steinzeit war es vielleicht anders, da das Leben der Menschen noch von einem Kampf zwischen Absichten und Umständen bestimmt war und die Umstände fast immer über die Absichten siegten. Oder in den folgenden Jahrtausenden, als die Frauen keine Wahl hatten, wenn sie nicht von allen bedauerte alte Jungfern oder Hexen oder verrückt werden wollten. Aber heute?

Ein Knall: Das Auto holpert, gerät ins Schleudern, zieht mit einem grässlichen Schleifgeräusch auf die Gegenfahrbahn hinüber, wo ein Lastwagen direkt auf sie zukommt.

»Heeey!« Sie schreit und stemmt die Füße gegen den Boden, starrt entsetzt auf den Kühlergrill, der ihr entgegenkommt, immer größer, immer näher.

»Scheiße!« Viviane reißt das Steuer mit Gewalt nach rechts herum, wirft sich drauf, lässt die Reifen quietschen und schafft es gerade noch rechtzeitig wieder auf die andere Straßenseite.

Der Laster hupt wütend, fährt donnernd vorbei, die Luftverdrängung seiner riesigen Flanke bringt den Peugeot zum Schwanken.

Viviane umklammert weiter das Steuer, um die Kontrolle nicht zu verlieren, sie bremst, lenkt an den Straßenrand, hält an.

Milena Migliari hat rasendes Herzklopfen, jede Menge Adrenalin im Blut. »Was ist passiert?«

»Wir haben einen Platten.« Viviane rückt die Brille auf der Nase zurecht, atmet tief ein, zählt an den Fingern: eins, zwei, drei. Sie ist erstaunlich ruhig, in Anbetracht der Tatsache, dass sie soeben einen Frontalzusammenstoß vermieden hat, bei dem sie beide todsicher zu Rührei geworden wären. Sie legt den ersten Gang ein, fährt schleifend und holpernd ganz langsam ein paar Dutzend Meter und parkt an einer unasphaltierten Ausbuchtung an der Straße. Sie steigen beide aus: Das rechte Vorderrad ist vollkommen zerfetzt.

»Und jetzt?« Milena Migliari schwankt zwischen Schrecken und Erleichterung, da sie gerade einer entsetzlichen Gefahr entronnen sind, sie aber andererseits weiß, dass die Termine im Centre Plamondon genau abgestimmt sind und dass schon wenige Minuten Verspätung genügen, damit der Termin auf wer weiß wann verschoben wird. Sie fragt sich, ob der geplatzte Reifen ein Zeichen des Schicksals ist, um die ganze Geschichte mit der künstlichen Befruchtung über den Haufen zu werfen. Oder ist das Zeichen des Schicksals, dass sie nicht an dem Lastwagen zerschellt sind? Wie soll man das deuten, was gerade geschehen ist? Und hat es einen Sinn, diese Dinge zu deuten, anstatt eine rationale Wahl zu treffen, ohne Tipps von außen zu brauchen?

»Jetzt wechseln wir den Reifen, verdammte Scheiße.« Viviane öffnet den Kofferraum: Sie zieht den Ersatzreifen heraus, rollt ihn seitlich am Auto entlang. Dann holt sie den Wagenheber und die Tasche mit dem Werkzeug und legt alles auf den Boden.

Milena Migliari fühlt sich keineswegs unfähig, praktische

Reparaturen zu bewältigen: Sie wartet regelmäßig die Geräte in der Eisdiele, es ist ihr sogar gelungen, die Eisrührmaschine allein zu reparieren, als deren Rührblatt klemmte. Doch am Auto einen Reifen zu wechseln, nein, das hätte sie nie gekonnt; Gewicht, Widerstand, nötiger Kraftaufwand, wenn sie etwas benennen soll, das man besser den Männern überlässt, dann das. »Sollen wir nicht den Abschleppwagen rufen?«

»Ach was, Abschleppwagen. Der bräuchte allein schon eine halbe Stunde, um herzukommen.« Der Reifenwechsel scheint Viviane überhaupt keine Sorgen zu bereiten, sie wirkt nur sehr ungeduldig wegen der möglichen Streichung des Termins. Sie zieht den Schraubenschlüssel, oder wie das Ding heißt, aus der Tasche, steckt ihn auf eine Schraube am Rad, drückt mit aller Kraft auf den Hebel, nichts rührt sich.

»Tu dir nicht weh!« Milena Migliari wird bewusst, dass sie es zum Teil aus echter Besorgnis sagt, zum Teil aber, weil sie hofft, dass der Reifenwechsel sich als viel komplizierter herausstellen wird, als Viviane annimmt.

»Mit ihren Druckluft-Schrauber-Pistolen ziehen sie die Dinger in der Werkstatt immer viel zu fest an! Diese Stümper!« Viviane hält sich am Autodach fest, tritt mit aller Kraft auf den Hebel, springt richtig drauf, schafft es, die Schraube zu lockern. Sie dreht ein paarmal, dann wiederholt sie den Vorgang bei der nächsten: Sie setzt den Schlüssel an, springt auf den Hebel, lockert die Schraube, dreht sie ein Stück heraus.

Milena Migliari schaut ihr dabei zu, halb bewundernd, halb bestürzt, wie schnell sie die wirksamste Methode herausgefunden hat und wie wutentbrannt sie sie anwendet.

Viviane macht weiter wie eine Kriegsmaschine, ohne Pause: Sie lockert alle Schrauben, dann schiebt sie den Wagenheber unters Auto, dreht rasch an der Kurbel; das Auto beginnt, sich zu heben.

Milena Migliari ist hin- und hergerissen zwischen dem Impuls, ihre Hilfe anzubieten, und der Hoffnung, dass irgendein Hindernis die Sache noch bedeutend in die Länge ziehen könnte. »Was kann ich tun?«

»Nichts.« Viviane schüttelt den Kopf; sie nimmt den Reifen bereits ab, ersetzt ihn durch den Ersatzreifen, dreht die Schrauben hinein, kurbelt den Wagenheber wieder herunter, springt erneut auf den Hebel des Schraubenschlüssels, bis die Schrauben festsitzen.

Mit großer Anstrengung hebt Milena Migliari den kaputten Reifen hoch, um wenigstens einen minimalen Beitrag zu leisten. Sie bugsiert ihn in den Kofferraum, kämpft mit dem Gewicht und mit ihren Schuldgefühlen, weil sie sich wünscht, in dieser Parkbucht festzusitzen und auf den Abschleppwagen zu warten, der nicht kommt, bis es nicht nur für den Termin im Centre Plamondon zu spät ist, sondern bis auch die Vorstellung, dass man ihn bräuchte, definitiv untergegangen ist.

Viviane zieht den Wagenheber unter dem Auto hervor, klappt ihn wieder zusammen, schiebt den Schraubenschlüssel in seine Hülle, trägt alles zurück in den Kofferraum, säubert sich die Hände mit einem Lappen. »Fahren wir.«

»Du warst ja blitzschnell.« Es tut Milena Migliari leid, dass ihre Bestürzung die Bewunderung überwiegt, aber so ist es nun mal, sie kann es nicht ändern.

Eine Hand in die Seite gestemmt, hält Viviane inne und

mustert sie, als wollte sie ihr etwas vorwerfen; stattdessen lächelt sie, beugt sich vor und gibt ihr einen Kuss.

Milena Migliari ist so überrumpelt und so voller widerstreitender Gefühle, dass ihre Augen sich mit Tränen füllen.

Viviane wischt auch ihr mit dem Lappen die Hände ab, die ein wenig schmutzig geworden sind. »Los, fahren wir, sonst ist der Termin futsch.«

Im Nu sind sie wieder auf der Straße, rasen weiter, als wäre nichts passiert. Kaum zehn Minuten sind vergangen, seit der Reifen geplatzt ist, höchstens eine Viertelstunde.

»Wir schaffen es, wir schaffen es.« Viviane fährt weiter auf ihre aggressive Art, schaltet durch bis in den höchsten Gang; sie scheint die Situation im Griff zu haben, wie immer.

»*Unglaublich,* wie du das mit dem Reifen geregelt hast.« Milena Migliari meint es ernst, auch wenn sie das Gefühl hat, erneut auf die Katastrophe zuzusteuern. Aber das ist genau die Seite an Viviane, die sie am Anfang so beruhigend fand: ihre Fähigkeit, Probleme mit der gleichen Energie anzupacken und zu lösen, mit der sie ihre Posturalmassagen macht. Ohne Unsicherheit, ohne Zögern, ohne Zweifel. So ist es ihr gelungen, den Kredit für das Haus in Seillans zu bekommen, trotz des Misstrauens der Bank; so hat sie sie überzeugt, sich trotz ihrer Ängste in das Unternehmen Eisdiele zu stürzen.

Viviane sieht sie ab und zu von der Seite an, lächelt, rückt ihre Brille auf der Nase zurecht.

Auch Milena Migliari lächelt, während sie sich zwischen ihrer Zuneigung zu einem so vertrauten Profil und der Nervosität, die ihr die inneren Organe zusammenpresst, hin und her windet. Als sie sich gefunden haben, denkt sie, gehörte die Vorstellung, wenn man mit einer Frau und nicht mit einem Mann zusammen sei, müsse man sich nicht mehr mit der Kinderfrage auseinandersetzen, zu dem, was ihr mit am besten daran gefiel. Sie war überzeugt, sich endlich befreit zu haben: Schluss mit dem Reigen aus Erwartungen, Erklärungen, Rechtfertigungen vor sich selbst und den anderen, Vorausplanungen und folgenschweren Hypothesen, basta. Aber irgendwann hat sich die Frage dann doch wieder gestellt, und zwar dringlicher und entschiedener als in jeder ihrer heterosexuellen Beziehungen. Wie konnte sie das bloß nicht rechtzeitig merken, um dann ehrlich ihre Haltung darzulegen, anstatt sich unentschlossen, aber im Großen und Ganzen für alles offen zu zeigen? Als gelte es zuallererst, Streit und Enttäuschungen zu vermeiden, als könnte die Frage auf unbestimmte Zeit im Raum stehenbleiben oder, noch besser, sich in nichts auflösen. Vielleicht war sie ja *wirklich* für jede Möglichkeit offen, aber eben viel eher theoretisch als praktisch: Die Sache mit der Befruchtung schien ihr bedenkenswert, nichts weiter. Ist das eine Form von Unreife? Eine Unfähigkeit, Verantwortung zu übernehmen, die nicht nur das Heute betrifft, so wie die, Tag für Tag köstliches Eis herzustellen? Jedenfalls waren sie und Viviane zuerst freie Frauen und glücklich, zusammen zu sein, entschlossen, so zu leben, wie sie wollten, ohne sich von irgendwem beeinflussen zu lassen, am allerwenigsten voneinander; und gleich darauf waren sie mit absurdem Missionseifer eingeschlossen in ihrem U-Boot aus scheinbar gemeinsamen Absichten. Wie kann es sein, dass zärtliche, diffuse Gefühle sich in eine wiederkehrende Idee verwandelt haben, die wiederkehrende Idee in einen Plan, der Plan in eine immer genauere Marschtabelle und dass sie beide jetzt auf seine Verwirklichung zustürzen, ohne weiter über die Gründe und den Sinn zu diskutieren? Ohne überhaupt noch darüber reden zu können?

»Woran denkst du?« Viviane sieht sie kurz an, schaltet durch, beschleunigt ruckartig.

»An nichts.« Milena Migliari bemüht sich erneut, ihr zuzulächeln, aber dieses Mal ist die Anstrengung zu groß. Sie betrachtet die Tätowierung innen auf ihrem linken Handgelenk, zwei umgedrehte A, verbunden von einer kleinen Schlange, die sich auf den Querstrichen auf und ab ringelt, sie stehen für *Arte* und *Amore*. Mit zwanzig hatte sie das stechen lassen, zusammen mit ihrem Freund Luca, der drei Jahre später bei einem Motorradunfall in Spanien umgekommen ist. (Sie waren kein Paar, waren sich aber so ähnlich, so nah.) Viviane hat das Schlänglein nie gefallen, ihrer Meinung nach lassen sich die Leute tätowieren, weil sie Charakter zeigen wollen, aber keinen haben, und jemanden mit Tätowierung zu massieren, sagt sie, stört sie sehr. Als Folge davon kommt es Milena Migliari vor wie ein Teil von sich, den sie verteidigen muss wie alle anderen.

»Sind dir Zweifel gekommen?« Viviane dreht den Kopf noch mehr, achtet aber auf die Straße, fährt weiter schnell.

»Warum fragst du?« Milena Migliari sucht nach den richtigen Worten, um zu antworten, ja, ihr seien Zweifel gekommen; sie schafft es nicht.

»Na ja, das ist doch klar.« Vivianes graue Augen funkeln hinter der Brille.

»Aber nein.« Milena Migliari betrachtet die immer dichter stehenden Häuser hinter den Gitterzäunen und Hecken, die die Straße säumen.

»Wenn du willst, drehen wir sofort um.« Viviane verlangsamt, als wäre sie wirklich bereit, anzuhalten und kehrtzumachen. »Ich rufe an und sage, dass wir es uns anders überlegt haben.«

»Nei-in.« Milena Migliari bemüht sich, mehr Überzeugung in die Stimme zu legen, und schüttelt zusätzlich den Kopf; sie fühlt sich schrecklich unaufrichtig, unehrlich, gegenüber sich selbst und der Welt.

14

Als Nick Cruickshank nach Les Vieux Oliviers zurückkehrt, parken hinter dem Haus, an der Ostseite und auf dem Rasen davor Autos und Lieferwagen in allen Farben und Größen. Zwischen den Autos, unter dem Schutzdach, steht auch der türkisfarbene Bentley Continental von Rodney Ainsworth, so schräg geparkt, dass er zwei Plätze besetzt.

Nick Cruickshank versucht, unbemerkt ins Haus zu schlüpfen, aber Tricia hält ihn kurz hinter der Tür auf, außer Atem, als käme sie von der vordersten Linie irgendeiner Front. »Aileen sucht dich schon seit Stunden!«

»Ich war in der *Luft*, okay?« Nick Cruickshank macht eine etwas müde Geste; ein Gefühl von Abstand erfüllt ihn, als hinge ein Teil von ihm noch ein paar Dutzend Meter über dem Boden, als sei es noch in der Schwebe, ob er die Landung schafft oder nicht.

»Ja, aber Aileen braucht dich!« Tricia sieht aus, als meinte sie nicht einfach eine bestimmte Notwendigkeit, sondern etwas Umfassenderes, das mit Aileens emotionalem Gleichgewicht zu tun hat, vielleicht gar mit ihrem Überleben.

»Und wo ist Aileen?« Aus dem Wohnzimmer dringen Stimmen und Gelächter, man hört Wallys kehliges Krächzen heraus und Rodney, der klingt wie ein Blechesel.

»Auf dem Rasen vor dem Haus!« Tricia betrachtet die Aufgabe, ihn zum Rapport zu zitieren, als echte Mission, das ist klar.

»Darf ich vielleicht vorher noch meine Freunde begrüßen, die Tausende von Kilometern zurückgelegt haben, um hierherzukommen?« Nick Cruickshank zeigt auf das Wohnzimmer, ist sich aber keineswegs sicher, ob er sie wirklich begrüßen will.

Tricia nickt, wenn auch äußerst verdrossen.

Im Wohnzimmer lungern Rodney, seine Frau Sadie, Todd und seine Frau Cynthia, Wally und Kimberly mit einem Glas in der Hand um die Hausbar herum; sie wenden sich zu ihm um, als sei es gleichzeitig die schönste und hässlichste Überraschung auf der Welt, ihn zu sehen, oder auch gar keine Überraschung.

Als Erstes geht Nick Cruickshank zu Rodney, umarmt ihn mit dem gleichen, gespielt lässigen Schwung wie schon ein paar tausend Mal zuvor.

Rodney packt ihn mit seinem klassischen Nackengriff, so fest, dass ihm die Halswirbel wehtun. Er lässt wieder los, schaut ihn prüfend an, wie gewohnt mustern sie sich gegenseitig von oben bis unten. Seine Haare sind geheimnisvollerweise dichter als beim letzten Mal in London, vor dem Sommer; und im Unterschied zu Wally ist er im Großen und Ganzen immer noch so schlank wie in den Anfängen der Bebonkers. Wahrscheinlich sieht er für einen eingefleischten Fan aus ein paar Dutzend Metern Entfernung zur Bühne oder auch auf der Großleinwand noch genauso aus wie damals, als sie die erste Platte aufgenommen haben, damals, vor einem halben Leben.

Sadie kommt, um sich auch umarmen zu lassen, drückt sich ungestüm an ihn: das Gesicht prall wie ein Apfel, gekleidet in ihrem aggressiven Sadomasostil, mit viel zu viel Parfüm, als könnte ihr all das dabei helfen, den Hang zur Untreue ihres Gatten einzudämmen. Rodneys zwei vorherige Frauen glichen ihr praktisch aufs Haar, was zumindest eine Kontinuität im Geschmack beweist und Sadie vielleicht nützlich sein kann, um die möglichen Rivalinnen rechtzeitig zu erkennen.

Sofort danach die Umarmung mit Todd: Brust- und Schulterkontakt, kräftiges Rückenklopfen im oberen Bereich.

Todd lächelt auf seine friedliche Art, nie zu sehr involviert. »Na, wie geht's?«

»Wie geht's dir?« Nick Cruickshank *freut* sich, ihn zu sehen, auch wenn ihm bewusst ist, dass sie sich nicht viel zu sagen haben. Schon seit Jahren beschränken sich die Beziehungen der Bandmitglieder untereinander auf telefonischen Informationsaustausch über Daten und Orte von Aufnahmen oder Konzerten oder darauf, in einem Studio oder auf einer Bühne zusammen zu spielen; alles andere erledigen die Agenten und die Rechtsanwälte.

»Ziemlich gut.« Todd ist im Grunde ein ausgeglichener Mann, er hat sich nie von der Idee überwältigen lassen, ein Rockstar zu sein. Er ist der einzige Bebonker, dem es fast immer gelungen ist, mit beiden Beinen auf dem Boden zu bleiben, auch wenn die anderen berauscht durch die Stratosphäre des Welterfolgs taumelten.

»Ein Glück.« Nick Cruickshank klopft ihm noch einmal auf den Rücken. Ja, Todd mag er: Ohne den kraftvollen, immer gleichbleibenden Beat seines Schlagzeugs wären wer weiß wie viele Konzerte der Bebonkers im Klangchaos untergegangen, und ohne seinen gesunden Menschenverstand wären wer weiß wie viele Meinungsverschiedenheiten in wilde Schlägereien ausgeartet.

Auch Cynthia umarmt ihn auf ihre ein wenig hölzerne Art; sie ist die einzige Überlebende der ersten Ehefrauengeneration der Bebonkers und hat deshalb logischerweise keine besonders herzliche Beziehung zu den zweiten oder gar dritten Gattinnen der anderen, auch wegen des Altersunterschieds.

Wally kann die Gelegenheit, sich ins Getümmel zu stürzen, natürlich nicht ungenutzt verstreichen lassen: er drängelt sich durch die Männer, gibt den Frauen einen Klaps auf den Hintern. Dann schafft er sich mit den Ellbogen Platz, hebt die Arme zur Decke und lässt sein irres keltisches Kriegsgeschrei los. »*Be-bo-be-bo-be-bonk! Bebonkers for ever!*« Bei Konzerten schafft er es immer, einen anschwellenden, rhythmischen Chor daraus zu machen, in den Tausende von Menschen mit einstimmen in der Überzeugung, einer denkwürdigen Gemeinschaft anzugehören, aber hier lässt es sich natürlich niemand im Traum einfallen mitzuschreien.

Einige Minuten bezeugen sie sich noch gegenseitig ihr Staunen und Bedauern darüber, dass sie sich so lange nicht mehr gesehen haben, obwohl sie ja genau wissen, dass sie sich jederzeit hätten treffen können, wenn sie nur gewollt hätten; jemand mit mehr Freizeit und bequemeren Reisemöglichkeiten ist schwerlich vorstellbar. In Wirklichkeit haben sie kaum noch etwas gemeinsam, abgesehen von der

Musik, die sie zusammen machen, haben sie sich längst auseinanderentwickelt, was Interessen, Freundschaften und Wohnorte betrifft. Es ist wie in jeder sehr langen, sehr engen Beziehung: Jeder kennt die Fehler des anderen so gut, dass schon eine Geste oder ein Wort oder sogar eine Veränderung des Gesichtsausdrucks maßlose Reaktionen auslösen kann. Einander aus dem Weg zu gehen ist eine Frage des Überlebens: für die Band und für jedes einzelne Mitglied. Wahrscheinlich würden sie nicht einmal mehr zusammen spielen, wenn sie nicht ständig neue Geldspritzen bräuchten, um ihren teuren Lebensstandard zu halten, und wenn nicht die Tatsache wäre, dass sie nur zusammen die Stadien füllen und überschäumende Wellen der Begeisterung ernten können.

»Wie war die Fahrt?« Nick Cruickshank versucht, die Unterhaltung auf die laufenden Ereignisse zu beschränken, um möglichst keine Konflikte heraufzubeschwören.

»Was?« Nach Jahrzehnten furioser Gitarrensoli auf seiner Les Paul ist Rodney halb taub geworden. Ein paarmal haben sie die Lautstärke unten vor ihrer Bühne gemessen, dabei kam heraus, dass sie je nach Stück zwischen hundert und hundertzwanzig Dezibel schwankt: Das entspricht ungefähr dem Lärm eines Presslufthammers. Schon wenige Minuten können dem Gehör schaden, wie sehr dann erst geschlagene eineinhalb bis zwei Stunden, multipliziert mit Tausenden von Konzerten, und dazu noch unzählige Proben und Kopfhörer-Sessions, bei denen sie die Musik ebenfalls dermaßen aufdrehen, dass einem das Trommelfell platzt. Es stimmt schon, diese Lautstärke ist berauschend, aber sobald ihm klarwurde, dass das Pfeifen und Summen in den Ohren nach den Konzerten noch die ganze Nacht und bis zum späten

Vormittag anhielt, hat Nick Cruickshank begonnen, Ohrstöpsel zu benutzen, als das noch keiner machte. Mittlerweile verwendet er ein In-Ear-Monitoring-System der neuesten Generation, das ihm die Töne perfekt austariert direkt vom Mixer zuspielt. Der Ohrenarzt, der in London regelmäßig Kontrollen durchführt, sagt, sein Gehör sei nicht bei hundert Prozent, aber alles in allem auch nicht so schlecht. Rodney und Wally dagegen waren immer stolz darauf, ohne den geringsten Schutz direkt in der Schusslinie der Lautsprecher zu stehen: Vermutlich kommen sie sich ein wenig so vor wie mythologische Helden, wenn sie ihre Gehörgänge in der allgemeinen Beschallungsschlacht opfern. Als Folge davon müssen sie jetzt sowohl auf der Bühne als auch im normalen Leben ein Hörgerät tragen, wenn sie nicht bei einem Song danebengreifen oder am Familientisch nur jedes vierte Wort mitkriegen wollen; ein Glück, dass sie das nötige Kleingeld haben, um sich die modernste akustische Verstärkungstechnologie leisten zu können, die es auf der Welt gibt. Todds Ohren dagegen sind gar nicht so mitgenommen, vielleicht, weil die Natur ihm extrastarke Trommelfelle beschert hat oder weil sein Schlagzeug immer etwas hinter den Boxen steht. Wie auch immer, ein Rockmusiker wird mit der Zeit nicht nur wegen seiner Kriegsverletzungen schlechter: Wally zum Beispiel hat nicht bloß wegen seiner Schwerhörigkeit einen Teil seiner Phantasie am Bass eingebüßt, sondern auch wegen seiner generellen Abgestumpftheit, seiner Disziplinlosigkeit, weil ihn an der Musik einzig das Geld interessiert, das er noch herausholen kann. Für die Band ist das kein Problem, da er durch seine legendäre, hämmernde Ausdauer an den Saiten alles weidlich ausgleicht.

»Wie war die *Fahrt*?« Nick Cruickshank mimt für Rodney die Haltung am Steuer, obwohl er genau weiß, dass er ihn damit reizt.

»Bestens, aber darf man vielleicht erfahren, wo zum Teufel du dich herumgetrieben hast? Da pilgert man bis hierher, und der Hausherr lässt sich nicht blicken!« Rodney reagiert sofort giftig: In seiner gespielten Empörung klingt echter Groll durch. Wallys Anwesenheit ist da gewiss auch nicht gerade hilfreich; auf der letzten Amerikatour haben sie sich bei mehreren Gelegenheiten in der Garderobe angespuckt, und wenn die Security sie auf der Party nach dem Konzert in Seattle nicht getrennt hätte, wäre es sicher böse ausgegangen.

»Ich bin ge-flo-gen!« Statt klein beizugeben, legt Nick Cruickshank noch nach, breitet die Arme aus und mimt zwei Flügel. Er kann einfach nicht anders: Je deutlicher ihm die gefährlichen Folgen einer Provokation bewusst sind, umso mehr muss er provozieren.

»Schluss jetzt, du Arschloch!« Früher war Rodneys Humor nicht übel, aber jetzt gibt er nicht mehr viel her, wie der ganze Rest von ihm.

Nick Cruickshank erinnert sich, wie nah Rodney und Todd und er einander am Anfang waren: mehr als Freunde, mehr als Brüder. Auch wenn sie vom Charakter und der Familie her verschieden waren, die Musik einte sie so stark, dass sie gleich fühlten, gleich dachten und redeten und sich sogar gleich bewegten. Wenn sie die Instrumente in der Hand hielten oder zusammengepfercht im Minibus von einem Konzert zum anderen fuhren oder bei einer Pressekonferenz am Tisch saßen, brauchten sie nicht abzusprechen, was sie machen oder sagen wollten, sie mussten nur ihrem kollektiven Instinkt vertrauen. Bevor sie sich begegneten, hatte jeder von ihnen sich über Jahre von seiner Familie abgesondert, von der Schule, von den Altersgenossen, vom Leben im Allgemeinen, und Nachmittag für Nachmittag allein in seinem Zimmer gesessen, um die Blues- und Rock-Größen zu hören, und dabei versucht, sein Instrument zu lernen, indem er hartnäckig, wenn auch ungenau Ton für Ton kopierte. Dann hatten sie sich kennengelernt und die Band gegründet, und nach ein paar Monaten, in denen sie sich an den Klassikern abarbeiteten, hatten sie entdeckt, dass sie einen eigenen Sound entwickelt hatten, der durch die Kombination der Vorzüge und Fehler jedes Einzelnen von ihnen entstand. Es war, wie im Garten vor dem Haus zu graben und plötzlich Erdöl hervorschießen zu sehen: Ihr sich noch im Rohzustand befindliches Talent hatte sie unaufhaltsam zu den ersten eigenen Songs geführt, zu immer stärkeren Reaktionen der Zuhörer, zu Konzerten in immer größeren Räumen.

Wally war als Letzter dazugestoßen, nach einer Reihe von Bassisten, die nicht gut genug waren oder nicht genug an die Band glaubten. Beim ersten Treffen war er niemandem besonders sympathisch, doch er besaß einen Fender-Precision-Bass und einen Fender-Bassman-Verstärker mit zwei Fünfzehn-Zoll-Lautsprechern, spielte schon in Klubs und verdiente genug, um davon zu leben, als sie noch halbe Dilettanten waren. Sein Charakter war unangenehm, seine Technik jedoch hervorragend, und sobald sie anfingen, mit ihm zu spielen, wiederholte sich das Wunder. Nach ein paar Wochen waren er und Todd zum Rückgrat der Bebonkers geworden, zum rhythmischen, pulsierenden, mitreißenden

Fundament, dem die anderen zwei blind vertrauen konnten. Sie waren mehr als nur eine Band, sie waren eine kleine Gang, verbunden durch Blutsbrüderschaft. (Buchstäblich: Einmal hatten sie sich alle vier mit einer Stecknadel in den Finger gestochen, hatten die Tropfen rituell vermischt und sich Loyalität bis zum Tod geschworen. Wenn man jetzt daran denkt, ist es ein unglaublicher Beweis ihrer damaligen Naivität, ihrer völligen Unkenntnis auch der Folgen gänzlich anderer Nadeln.) Die ersten zwei, drei Jahre der Bebonkers kommen Nick Cruickshank heute vor wie die einzige Phase seines Lebens, in der ihm war, als lebte er die Art von Freundschaft, die ihn als Jungen beim Lesen der *Drei Musketiere* von Alexandre Dumas begeistert hatte. »Einer für alle, alle für einen«: Es war wirklich so, sie vier gegen den Rest der Welt. Doch dann war der große Erfolg gekommen, das große Geld, der große Druck, es waren professionelle Manager gekommen, Agenten, Heerscharen verzückter Fans, und da hatten die Konflikte begonnen, die Machtspielchen, die Vergleiche, um festzustellen, wen die Mädchen mehr anbeteten, wer musikalisch begabter war, wer die Macht hatte, den anderen zu sagen, was sie tun sollten. Der Geist der Anfänge hatte sich mit dem wachsenden Ruhm verflüchtigt; je mehr die Fans sie als eine Gruppe wunderbarer Freunde sahen, geeint im Erleben eines phantastischen Abenteuers, umso weniger Lust hatten sie, zusammen zu sein. Und doch stehen sie jetzt alle hier in diesem Wohnzimmer: die ursprüngliche Besetzung der Band, eine wirkliche Ausnahme in der Welt der Rockmusik, entgegen jeder realistischen Erwartung. Haben sie aus Eigennutz durchgehalten? Aus geistiger Faulheit? Weil es niemand von ihnen geschafft hat, eine wahre Identität außerhalb der Bebonkers zu finden (obwohl alle es früher oder später probiert haben)? Weil es einfacher ist, ein Rollenspiel durchzuhalten, obwohl man mit den anderen zerstritten ist, sich aber wie in einer gescheiterten Ehe dennoch dafür entscheidet, zum Wohle der Kinder zusammenzubleiben? Und wo ist der Geist des Anfangs geblieben? Ist er auf andere Bands übergegangen? Hat er sich in Luft aufgelöst? Müssen sie sich wirklich immer mit dem Gespenst dessen vergleichen, was sie in ihren goldenen Zeiten gewesen sind?

»Wann kommen denn die anderen Leute?« Kimberly sieht sich im Wohnzimmer um, beobachtet durch die Glastüren das Hin und Her der Gärtner und Arbeiter auf dem Rasen vor dem Haus.

»Baz müsste bald eintreffen, er hat vor einer Stunde aus Nizza angerufen.« Nick Cruickshank macht eine Handbewegung, auch wenn er nicht hundertprozentig sicher ist, ob die Richtung stimmt.

Seine Gäste nicken, die einen erfreut, die anderen weniger, nur Kimberly ist Baz Bennett völlig egal: Sie starrt Nick weiter an, als wollte er ihr wer weiß welches Geheimnis verschweigen.

Nick Cruickshank zeigt in die Runde, um ihr eine Vorstellung von der Vielfalt an Menschen zu vermitteln, die zwischen heute Abend und morgen eintreffen werden. »Es wird eine echte Invasion geben, Kim, nur keine Angst.«

Doch Kimberly hat drei oder vier spezielle Namen im Kopf, die ihrer Meinung nach den Anlass qualifizieren, die Reise wert zu sein. »Wann kommt Kate?« Ach, da ist sie ja. »Brad und Angelina? George und Amal? Die Beckhams?«

»Frag Aileen, sie hat den Überblick, wer wann anreist.« Nick Cruickshank wendet Kimberly den Rücken zu, peilt eine der Glastüren an. Tricia heftet sich an seine Fersen wie ein Apportierhund, folgt ihm hinaus auf den Rasen.

Aileen steht am Pool, redet und gestikuliert, umringt von einer Truppe, zu der Tom Harlan, die Chefredakteurin, die Journalistin, der Kameramann und der Fotograf von *Star Life* und noch ein paar andere gehören, von denen er keine Ahnung hat, wer sie sind. Unterdessen schleppen die Arbeiter und Gärtner Holzteile herbei, graben Löcher, warten auf Anweisungen. Aldino dreht den Kopf hin und her, um die verschiedenen Bewegungen zu kontrollieren, auch wenn die Aufgabe ihn bei diesem Durcheinander anscheinend etwas überfordert.

»Hast du mich gesucht?« Nick Cruickshank tritt zu Aileen. Ihm fällt ein, wie sehr ihre Gesten ihn am Anfang faszinierten: Es war, als malte sie mit den Händen Bilder in die Luft, sie war voller überraschender Fähigkeiten.

»Allerdings!« Aileen dreht sich um, das Gesicht vor Wut verzerrt, entspannt sich aber gleich wieder und lächelt; ihr ist nur zu bewusst, wie viele Leute sie um sich hat. »Wir versuchen gerade, tausend Sachen zu entscheiden! Dein Beitrag wäre sehr erwünscht!«

»Zu Diensten.« Nick Cruickshank lächelt ebenfalls, obwohl er am liebsten allein durch den Wald laufen würde, so weit weg wie möglich.

15

Milena Migliari gefällt es überhaupt nicht, sich auf diese Weise durchwühlen, untersuchen und vermessen zu lassen. Sogar die klinischen Ausdrücke findet sie grässlich: Es ist kein einziger dabei, unter dem man sich auch nur im Entferntesten etwas Schönes vorstellen könnte. Die Situation wäre schon schlimm genug, wenn sie krank wäre, aber so, als Gesunde, erscheint sie ihr entschieden absurd. Und noch mehr stört sie der Gedanke, dass selbst bei diesem Frauenprojekt ohne männliche Mitwirkung dennoch ein Mann ihr seine Pfoten da unten reinstecken muss. Sie zieht sich wieder an, Slip, Hose, Schuhe: rot im Gesicht, genervt. Der teilnehmende Blick von Viviane dort auf dem Stuhl neben dem Schreibtisch des Arztes bringt sie nur noch mehr auf.

Doktor Lapointe hat die Latexhandschuhe abgestreift, spricht schon über die Hormonbehandlung zur Anregung der Eierstöcke und zum Aufbau von endometrialem Gewebe, die sie am Montag beginnen muss und die ein paar Wochen dauert. Die Spritzen kann ihr problemlos Viviane verabreichen, und sie dürften auch nicht schmerzen, da die Injektionsnadeln so fein sind wie die für das Insulin bei Diabetikern. Nach der ersten Woche ist alle zwei Tage ein Ultraschall nötig, um die Anzahl der Follikel und die Dicke der Gebärmutterschleimhaut zu überprüfen; wenn dann die Follikel einen bestimmten Durchmesser und eine bestimmte Anzahl erreicht haben, beginnt die Vorbereitung auf den *pick-up*. Benutzt Lapointe das englische Wort, um zu zeigen, wie fortschrittlich sein Zentrum ist? Um der Prozedur einen leichten Science-Fiction-Anstrich zu geben?

Bei den vorhergehenden Terminen hat sich Viviane in ihrem beigefarbenen Heft schon viele detaillierte Notizen gemacht, doch nun vervollständigt und korrigiert sie sie gewissenhaft. In Ruhe stellt sie alle wichtigen Fragen, lässt es Lapointe nicht durchgehen, ins Ungefähre abzugleiten oder sich hinter einem obskuren Jargon zu verstecken, sie fühlt sich selbstbewusst, weil ihre Arbeit sie beinahe als Kollegin ausweist; und dass sie Französin ist wie er, ist noch ein weiterer Pluspunkt. Milena Migliari dagegen überkommt jedes Mal, wenn sie sich in einer unangenehmen, komplizierten Situation wie dieser befindet, das Gefühl, nicht über alle sprachlichen Mittel zu verfügen, die sie bräuchte. Vielleicht ist es ja nur eine Frage der Zeit, aber nach dreieinhalb Jahren Frankreich denkt sie allmählich, dass sie es vielleicht nie so weit bringen wird, sich mit der gleichen Gewandtheit auszudrücken wie im Italienischen. Vor allem meint sie das, wenn sie mit jemandem auf der Bank oder mit einem Inspektor des Gesundheitsamts reden muss; oder auch wenn sie sich mit Viviane in eine Diskussion über Politik, Kunst oder ihre Beziehung verstrickt. Viviane und Doktor Lapointe scheinen ihr auf derselben Seite zu stehen: zwei gegen eine. Sie weiß genau, dass es nicht so ist, dass Viviane sie über die Maßen liebhat und sich nur wegen ihres gemeinsamen Traums so verhält et cetera. Bleibt aber die Tatsache, dass *sie* gerade vermessen und untersucht worden ist, dass *sie* die Hormonbehandlung und den *pick-up* der Eizellen in Barcelona über sich ergehen lassen muss, sechsunddreißig Stunden nach der Verabreichung von humanem Choriongonadotropin. Auf Nachfrage von Viviane erklärt der Arzt, es sei unbedingt notwendig, die Termine genau einzuhalten, denn wenn der Eingriff auch nur zwei Stunden später oder früher stattfinde, könnte das die Ablösung der Follikel und das Scheitern des gesamten Zyklus verursachen.

»Bei der Entnahme wird doch ein Ultraschall gemacht, nicht wahr?« Viviane hat zwar nicht Medizin studiert, hat aber jeden Tag mit Ärzten zu tun: Sie schicken ihr die Hälfte ihrer Patienten. Und auch sie verordnet manchmal einen Ultraschall, wenn sie nicht riskieren will, ein Gelenk zu gefährden oder einen angeknacksten Wirbel zu beschädigen.

»Selbstverständlich. Die spanischen Kollegen versetzen sie zur Beruhigung in eine leichte Narkose.« Lapointe würde gern darauf verzichten, von einer Pseudokollegin gelöchert zu werden, doch andererseits ist die Klinik, für die er arbeitet, ein kommerzielles Unternehmen, was ihn zu einer gewissen Geduld verpflichtet.

Milena Migliari fragt sich, wie wirksam diese leichte Narkose wohl sein mag, denn im Internet hat sie gelesen, dass in manchen Fällen eine Vollnarkose angebracht ist. Und was weiß denn Lapointe überhaupt davon, wie viel Schmerz es ihr verursachen wird? Würde er sich mit einer »leichten Beruhigungsnarkose« zufriedengeben, um sich mit einer Nadel in die Hoden stechen zu lassen?

»Und die Auswahl des Spermas?« Viviane hebt kaum den Kopf von ihrem Heft.

»Die treffen die spanischen Kollegen nach strengen Kompatibilitätskriterien.« Lapointe scheint sehr stolz darauf zu sein, dass er sich in einem binationalen Milieu bewegt. »Die Lieferung erfolgt am selben Tag wie die Eizellenentnahme.«

Milena Migliari hätte mehrere Fragen im Kopf, aber Viviane kommt ihr jedes Mal zuvor; was auch logisch erscheint angesichts ihrer anatomischen Kenntnisse und ihrer Beherrschung der Terminologie.

»Dann werden die Eizellen und die Spermien in einer Nährflüssigkeit zusammengebracht, für vierundzwanzig Stunden.« Viviane liest die Notizen, die sie sich gemacht hat, mit gezücktem Stift, um etwaige Korrekturen vorzunehmen.

»Genau.« Lapointe nickt bestätigend, auch wenn er allmählich etwas genervt wirkt. »Anschließend überprüfen die spanischen Kollegen die Anzahl und Qualität der Vorkerne. Durchschnittlich werden etwa sechzig Prozent der Eizellen befruchtet, wenn Eizellen und Spermien von guter Qualität sind.«

»Das heißt?« Viviane ist entschlossen, alles zu klären, jeden möglichen Zweifel auszuräumen.

Lapointe lächelt ein wenig gezwungen, gibt aber weiter geduldig Auskunft. »Es gibt vier Einstufungen. Von sehr gut bis ungenügend.«

Milena Migliari fragt sich, ob ihre Eizellen von sehr guter oder nur guter oder gar ungenügender Qualität sind, womöglich aufgrund ihres unsteten Lebenswandels oder sogar ihrer falschen Einstellung. Bei der ersten Untersuchung hat der Arzt ihr schon erklärt (nur nebenbei, um sie nicht unter Druck zu setzen), dass sie besser nicht mehr so lange warten solle, da ihr »Eizellenvorrat« nicht unbegrenzt sei, was Menge und Qualität betreffe, er nehme Jahr für Jahr unaufhaltsam ab. Seine Worte. Sie fragt sich, wie sehr ein mögliches Scheitern des Vorhabens an der ungenügenden Qualität ihrer Eizellen Viviane enttäuschen würde; vielleicht würde sie es ihr sogar heimlich vorwerfen, ein Gedanke, der stets im Hintergrund lauern und jedes Gespräch zwischen ihnen überschatten würde. Schon bei der Vorstellung wird sie wütend: auf Viviane, aber vor allem auf sich selbst, weil sie ohne wirkliche Überzeugung in diese Sache eingestiegen ist, sich von dem verdammten Gefühl der Alternativlosigkeit hat hinreißen lassen.

»Und wenn die Eizellenqualität ungenügend wäre?« Viviane rückt ihre Brille zurecht, sieht den Arzt auf ihre herausfordernde Art an.

Lapointe zieht die Muskeln um den Mund etwas zusammen. »Wir könnten die Eizellen einer anonymen Spenderin nehmen, die natürlich eine schriftliche Einwilligung für die Verwendung unterschrieben hat.«

»Und die Spenderin könnte ich auch selber sein.« Das ist keine vage Vermutung von Viviane: Es ist das Ergebnis langer abendlicher und morgendlicher Diskussionen, in denen sie alle Möglichkeiten durchgespielt haben.

»Rein hypothetisch, ja«, bestätigt Lapointe.

Milena Migliari hat keine Lust, die Diskussion über diesen Aspekt erneut aufzurollen, aber die Idee, ihre Gebärmutter (und damit ihren gesamten Körper) einer fremden, vom Sperma von wer weiß wem befruchteten Eizelle zur Verfügung stellen zu müssen, gefällt ihr in Wirklichkeit überhaupt nicht. Mehr als einmal hat sie es Viviane deutlich gesagt: Wer die Eizelle zur Verfügung stellt, muss dasselbe auch mit der Gebärmutter tun. Allerdings haben sie beide eine Gebärmutter; aber so steht es auch im Gesetz. Worauf Viviane (wie immer) geantwortet hat, sie sei diejenige, die am meisten zum Haushaltsgeld beiträgt, und mit einem Riesenbauch könne sie ihre Posturalmassagen bestimmt nicht mehr machen.

»Bis hierhin ist alles klar, oder?« Viviane zieht es vor, nicht zu sehr auf diesem Detail herumzureiten.

»Hm.« Eine bessere Antwort fällt Milena Migliari nicht ein. Ist sie ein Unmensch, weil sie sich derart in die Enge getrieben fühlt? Weil sie aus diesem bescheuerten Ärztezentrum weglaufen und verschwinden möchte? Es gibt so viele Sachen, die sie in den nächsten Monaten lieber machen würde, als ein Kind zu kriegen: neue Zutaten aufspüren, neue Geschmacksrichtungen verfolgen, neue Rezepte erfinden, das Buch über Eis schreiben, über das sie schon so lange nachdenkt. Sie hat überhaupt nichts gegen Kinder oder Leute, die welche haben wollen; ihr würde es vollauf genügen, wenn niemand das von ihr verlangen würde, wenn man sie in Ruhe lassen würde.

»Gut.« Lapointe hat es jetzt eilig, den Termin zu einem Ende zu bringen; im Wartezimmer sitzen noch mehrere andere Fortpflanzungswillige.

»Und dann?« Viviane denkt nicht daran, das Gespräch zu beenden, bevor alle Punkte durchgesprochen sind.

»Dann werden die befruchteten Eizellen mit einem Katheter in die Gebärmutter übertragen.« Ja, Lapointe hat es sichtlich satt, er hat Mühe, es zu verbergen. »Zwei bis drei Tage nach dem *pick-up*.«

»Im Durchschnitt sind es drei Eizellen, nicht wahr?« Viviane schaut ihn fragend an, bereit, das, was sie schon mit ihrer runden, gleichmäßigen Schrift in ihrem Heft festgehalten hat, zu unterstreichen oder zu korrigieren.

Lapointe nickt. »Tendenziell nimmt man lieber nicht mehr, um die Gefahr von Zwillingsschwangerschaften zu verringern.«

»Die besteht aber trotzdem, oder?« Wenigstens das muss Milena Migliari fragen, obwohl sie die Antwort schon kennt, sie haben schon darüber gesprochen.

»Zugegebenermaßen, ja. Doch man kann sie ebenso gering halten.« Lapointe schreibt etwas auf einen Rezeptblock, um zu betonen, dass ihre Zeit nun überschritten ist.

Milena Migliari stellt sich vor, wie sie auf einmal zwei oder drei außerirdische Wesen im Bauch hat, die ihr den Lebenssaft aussaugen: Das ist schon nicht mehr Science-Fiction, das ist ein echter Horrorfilm.

»Okay.« Viviane findet, dieser Punkt sei abgehakt, will den Arzt aber immer noch nicht gehen lassen. »Nebenwirkungen beim *embryo-transfer*?«

»Keine.« Lapointe schüttelt den Kopf, hebt nicht einmal mehr den Blick. »Die einzige Empfehlung lautet, vier bis fünf Tage nicht zu arbeiten, nichts Schweres zu tragen, keine Gymnastik zu machen, keine Treppen rauf- und runterzurennen oder Ähnliches.«

»Bei uns zu Hause gibt es *nur* Treppen.« Milena Migliari klingt hoffnungsvoll, als erwartete sie zu hören, dass es dann wohl besser sei, auf die ganze Prozedur zu verzichten, dass man gar nicht mehr darüber reden müsse. »Wir haben nur ein Zimmer pro Stockwerk. Von der Küche zum Wohnzimmer, vom Schlafzimmer zum Bad, vom Arbeitszimmer zur Terrasse, *überall* muss man Treppen steigen.«

»Man darf es halt nicht übertreiben. Es ist eine Frage des gesunden Menschenverstands.« Ohne sie auch nur anzusehen, bedenkt Lapointe sie mit einem herablassenden Lächeln.

»Genau. Dann dauert es noch ein paar Wochen, bis die Schwangerschaft bestätigt wird, nicht wahr?« Viviane steckt den Stift ein, schließt das beigefarbene Notizbuch mit dem Gummiband.

»Ja.« Lapointe unterschreibt das Rezept. »Die Kontrollen machen wir hier im Zentrum. Schwangerschaftstest mit Blutabnahme, Ultraschalluntersuchung nach zwei Wochen, um den Zustand der Fruchtblase zu prüfen.«

Milena Migliari denkt, dass es ihr vor Ausdrücken wie »Fruchtblase« graut. Warum misst man einem Begriff wie diesem so viel Gewicht bei, hässlich, wie er ist? Wegen all dem, was er impliziert? Ist ihre instinktive Weigerung, als Zuchtstute herzuhalten, etwas, das sie stolz einfordern kann, oder muss sie sich dafür schämen?

»Alles klar.« Viviane ist schon aufgestanden, wirft mit beinahe derselben Bewegung wie Lapointe einen Blick auf die Uhr, aus beinahe identischen Gründen. Auch sie hat Patienten, die in ihrer Praxis in Draguignan auf sie warten; dieser Ausflug nach Grasse kostet sie gute zwei bis drei Arbeitsstunden, die sie später nachholen muss.

Lapointe geleitet sie zur Tür, drückt beiden die Hand. »Wie schon gesagt, die Erfolgsaussichten liegen beim ersten Versuch bei etwa vierzig Prozent. Also müssen wir jetzt die

Daumen drücken und im Zweifelsfall bereit sein, es noch mal zu versuchen.«

»Klar.« Viviane hebt zum Abschied das Kinn.

»Ja.« Auch Milena Migliari macht ein Zeichen mit dem Kopf.

Viviane drückt ihr die Hand auf die Schulter, schiebt sie fast die Treppe hinunter.

Wie soll sie das nun deuten? Zeigt sich darin Vivianes Beschützergeist oder Überheblichkeit? Wird die Tatsache, dass die Eisdiele noch kein Plus macht und dass Viviane die zehntausend Euro für die ganze Prozedur und auch noch die Reise und den Aufenthalt in Spanien allein bezahlen muss, sich noch stärker auf ihre Rollenverteilung auswirken? Zu viele Fragen? Oder vielleicht doch nicht? Besteht die Gefahr, sich in einem Dschungel von Vermutungen zu verirren, aus dem sie nicht mehr herausfindet? Wäre es nicht besser, die Zweifel ein für alle Mal beiseitezuschieben und sich vertrauensvoll auf dieses gemeinsame Projekt einzulassen? Aber müssten sich solche Sachen nicht von ganz allein ergeben, aus einer beidseitigen Begeisterung heraus? Hat sie nur Angst, wie Viviane behauptet, oder läuten bei ihr zu Recht die Alarmglocken? Sollte sie nicht vielleicht besser auf sie hören?

16

Gewöhnlich lässt Nick Cruickshank niemanden in sein Studio außer Annette, der Putzfrau, wenn es einfach nicht mehr anders geht. Es sind zwei durch eine Tür verbundene Zimmer, im kleineren stehen ein Schreibtisch, ein Stuhl und das provenzalische Sofa, das Aileens radikalem Austausch der Einrichtung entgangen ist. Im größeren befinden sich der Steinway-Flügel, die akustischen und elektrischen Gitarren und die anderen Saiteninstrumente auf ihren Ständern, die Mikrophone auf ihren Stangen, die Lautsprecher, die Monitore, der Mixer. Es ist der einzige, wirklich private Ort im Haus, den er für sich hat, um nachzudenken, zu schreiben und zu jeder Tages- und Nachtzeit zu spielen, wenn er nicht schlafen kann oder keine Lust hat, irgendwen zu sehen, oder sich zu einem Song inspiriert fühlt. Noch so ein Paradox in seinem Leben: Je größer das Haus, das er sich kauft, umso geringer der Raum, in dem er ungestört ist.

In diesem Fall allerdings hat er die Störung selbst herbeigeführt, denn Baz Bennett möchte schon seit Monaten die Sachen hören, an denen er gerade arbeitet, und auch Nick Cruickshank selbst ist mittlerweile an einer anderen Meinung interessiert. Doch sie haben eine Ausrede erfinden müssen, um nur zu zweit herzukommen, ohne dass Wally und Rodney und Todd ihnen folgen wollten.

Baz sieht sich um, zeigt große Achtung vor der kreativen Klause des Künstlers, gemischt mit der Unruhe herauszufinden, ob der fragliche Künstler etwas Brauchbares zustande bringt oder ins Leere läuft. Seit zwanzig Jahren ist er der Manager der Bebonkers, seit Stu Abrahams in L. A. ertrunken in seinem Jacuzzi aufgefunden wurde; er hat ihre Finanzen in Ordnung gebracht, er hat sie durch tausend regelmäßig wiederkehrende Krisen hindurch zusammengehalten, er ölt die Maschine der Verträge, Aufnahmen und Konzerte. Zweifellos hat er entscheidend dazu beigetragen, sie reich zu machen, und ist durch sie auch selbst reich geworden, aber man muss anerkennen, dass seine Arbeit nicht leicht ist, ganz und gar nicht.

Nick Cruickshank schaltet den Mac und den Verstärker an, stellt in Pro Tools Verschiedenes ein, spielt das Stück ab, das er von den Sachen, die er gerade in Arbeit hat, am gelungensten findet. Die Melodie ist ihm an der Oktavmandoline gekommen, statt an der Gitarre oder am Klavier, sie ist auf die gleiche geheimnisvolle Weise aufgetaucht wie seine besten Songs. Das Problem ist, dass sie nicht viel mit dem Repertoire der Bebonkers zu tun hat, wenn man nicht bis zu den ersten beiden Alben zurückgehen will, als sie noch mit verschiedenen Sounds und Instrumentierungen experimentierten und keine Angst hatten, auch Streifzüge in Gefilde zu unternehmen, die ihrer Rock-Blues-Basis fernlagen. Bevor sie beschlossen, dass es viel leichter war, sich auf wenige Akkorde zu konzentrieren, gespielt von zwei Elektrogitarren, Bass und Schlagzeug, ab und zu auch etwas Klavier oder Hammondorgel, da ihnen das so gut gelang und es die große Mehrheit ihrer Fans begeisterte. Bevor sie sich selbst und anderen weismachten, es handle sich um Treue zu den Wurzeln, auch wenn der wahre Grund war, dass Versuche in andere Richtungen sie viel mehr Anstrengung gekostet hätten und höchstwahrscheinlich von den Massen viel weniger geschätzt worden wären. Bevor sie die Einengung des Horizonts als bewunderungswürdige Entscheidung verkauft hatten. Aber haben es nicht alle anderen letztlich genauso gemacht? Welche wirklich erfolgreiche Gruppe wiederholt nicht endlos die Formel, die funktioniert, die jeder schon bei den ersten Tönen erkennen kann (bevor er es satthat)?

Baz macht ein paar Schritte, während er zuhört, Hände in den Hosentaschen, und scheint mit großer Aufmerksamkeit das Nussholzparkett zu studieren.

Nick Cruickshank ist sonnenklar, dass er seit jeher eine spielerische Haltung zu dem hat, was er macht, zumindest mehr als ein Bankdirektor oder ein Ingenieur oder ein Politiker, und gewiss war er nie der Typ, der öffentlich in seinem Leiden als Künstler geschwelgt hat. Das Problem besteht darin, dass die Leute (einschließlich der Fans, einschließlich Baz, der ja besser als alle anderen wissen müsste, wie die Dinge liegen) gerne meinen, seine Arbeit sei im Wesentlichen ein Vergnügen, Frucht einer köstlichen, mühelosen Inspiration. Manchmal fragt er sich, ob er der Außenwelt nicht doch eine Vorstellung davon vermitteln sollte, welche Qual hinter jedem seiner Songs steckt, auch ohne so weit zu gehen, sich ein Image als leidender Künstler aufzubauen wie manche seiner Kollegen (meist mittelmäßige Leute, die sich von Anfang an so dargestellt haben); doch zuletzt findet er immer, dass es sehr uncool wäre und überhaupt nicht zu ihm passt.

Das Lied ist zu Ende; Baz räuspert sich, als wollte er etwas sagen, sagt aber nichts.

Im nun stillen Studioraum sieht Nick Cruickshank ihn forschend an. »Also, was sagst du?«

Baz Bennett hebt den Kopf, verzieht den Mund zu einem schmalen Lächeln. »Oh, interessant. Ein bisschen irischer Folk, ein bisschen Delta Blues, barocke Einflüsse, getragen von ethnischen Stammesrhythmen. Und gleichzeitig absolut deins, klar.«

»Findest du? Es ist mir einfach so gekommen.« Dabei stimmt das eigentlich gar nicht, denkt Nick Cruickshank, hinter der Melodie stecken jahrelange Recherchen, jahrelanges Zuhören, Experimente, Versuche.

»Sehr eindrucksvoll.« Baz fixiert ihn mit dem Pokerface einer ägyptischen Sphinx.

»Aber?« Nick Cruickshank schlägt einen schärferen Ton an, weil klar ist, dass sich hinter Baz' Worten ein *aber* verbirgt.

»Was hast du damit vor?« Baz spricht ultragelassen; er weiß ganz genau, dass er im Handumdrehen einen sehr viel aggressiveren Nick Cruickshank vor sich haben könnte.

»Wie meinst du das?« Nick Cruickshank spürt eine gefährliche Strömung in sich aufsteigen, beherrscht sich aber. »Den Text zu Ende schreiben und den Song für die nächste Platte aufnehmen. Ich habe noch ungefähr vier weitere in diesem Stil.«

»Für die nächste Platte der Bebonkers?« Baz nickt zwar sachte mit dem Kopf, aber es ist, als meinte er nein.

»Wieso, findest du es so *undenkbar,* dass wir mal was anderes machen als sonst?« Nick Cruickshank ist kurz davor loszuschreien, irgendeinen Gegenstand durchs Zimmer zu schleudern.

Baz breitet die Arme ein wenig aus, sein Ausdruck bleibt weiter neutral. »Nun, du müsstest den Song erst mal die anderen hören lassen, rausfinden, was die davon halten.«

»Ich will wissen, was *du* denkst!« Es ist passiert, jetzt schreit er: aber weswegen? Wegen Baz? Wegen den anderen? Wegen sich selbst? »Wenn die anderen diese Musik nicht interessiert, mache ich die Platte eben allein!«

Baz zuckt kaum merklich mit den Schultern. »Es ist ein sehr eindrucksvolles Stück, das habe ich dir schon gesagt. Es ist echt wunderschön.«

Nick Cruickshank will erneut losschreien, doch plötzlich erfasst ihn ein Gefühl der Vergeblichkeit, das sich über seine Wut legt wie eine nasse Decke. Den Weg der Soloplatte ist er schon gegangen, genau wie die anderen, und es hat nicht funktioniert, weder bei ihm noch bei den anderen. Jeder von ihnen war überzeugt, die Popularität der Bebonkers gelte für jedes einzelne Mitglied: Sie dachten, sie könnten sich von der Gruppe emanzipieren, zeitweise oder auch endgültig, und sich der Musik widmen, die sie wirklich interessiert. Stattdessen mussten sie feststellen, dass nur ein Bruchteil ihrer Fans bereit ist, ihnen auch auf ihren individuellen Wegen zu folgen. Die Leute wollen die Bebonkers, Punkt. Jeder Versuch, sich von der Gruppe zu entfernen, wird als Verrat gesehen oder zumindest als egozentrische Episode, im besten Fall noch als Beschäftigungstherapie, um die tote Zeit zwischen den neuen Platten und den Konzerten der Band zu füllen.

»Aber passt es wirklich zu den Bebonkers, Nick?« Baz

weiß, dass er nichts hinzufügen muss; im Grunde ist er ein guter Manager, gerade weil er keine große Persönlichkeit ist. Nick Cruickshank und die anderen haben eine Weile gebraucht, bis sie verstanden haben, dass es keinen Sinn hatte, einen phantastischen Freund zu suchen, um die Kontakte zu den Plattenfirmen und den Konzertorganisatoren zu pflegen. Man denke nur an Tim Hotchinson, der so viel dafür getan hatte, ihnen die ersten Engagements zu besorgen, und sie mit seinem alten Ford-Bus durch halb England kutschiert hatte: Sobald es darum ging, sich mit den Haien der Branche herumzuschlagen, hat er die Krise gekriegt. Oder Stu Abrahams, den sie lange als fünftes Bandmitglied betrachtet hatten; als er gestorben ist, war er auf dem besten Weg gewesen, sie aus lauter Freundschaft in den Ruin zu treiben. In Wahrheit müssten sie Baz jeden Tag danken, auch wenn es zur Gewohnheit geworden ist, sich ständig über ihn zu beklagen. Sicher, wenn Baz Bennett für jedes Pfund, jeden Euro, jeden Dollar Prozente kriegt, die Nick Cruickshank mit seiner Musik verdient, dann kann er nicht darüber jammern, dass Baz ihn in Richtung Mainstream drängt. Allerdings in Maßen, denn Baz weiß genau, dass es Grenzen gibt, dass die Bebonkers einen Ruf zu verteidigen haben, die sogenannte künstlerische Integrität, die ihre Fans so schätzen. Er weiß genau, dass er das Produkt gezielt auswählen muss, wenn er einen ihrer Songs für einen Werbespot verkaufen will, um keinem katastrophalen Bumerangeffekt ausgesetzt zu werden. Eine Automarke passt gut, eine andere überhaupt nicht; eine Supermarktkette ja, die andere nein; immer geht es ums Gleichgewicht im Verhältnis von Geld und Image, es muss mit größter Sorgfalt austariert werden, und Baz Bennett gelingt das besser als jedem anderen, das lässt sich nicht leugnen.

Ebenso wenig lässt es sich leugnen, dass Geld der eigentliche Grund ist, aus dem sie ihn seit zwanzig Jahren nur zu gerne machen lassen, auch wenn es schöner klingt zu behaupten, dass sie in erster Linie so viele Leute wie möglich erreichen wollen. Was im Grunde auf dasselbe hinausläuft: Am Ende wirkt sich alles auf die Zahlen aus, Downloads und verkaufte Eintrittskarten, die sich wiederum auf die Zahlen auf den Bankkonten auswirken, und die wirken sich auf die jährliche Anzahl an teuren Champagnerflaschen aus, die Wally in sich reinkippen kann, als wäre es Bier (natürlich erst, nachdem er sie andächtig fotografiert und auf Instagram gepostet hat). Auch Rodney ist schwer vom Geld abhängig, wie früher jahrzehntelang von Sex und Kokain (was ihn übrigens sehr viel kostete); er könnte längst nicht mehr auf seine Rolls-Royces und Bentleys und Ferraris verzichten, auf seine Boote, auf seine Klamotten, auf seine Gitarren mit massivgoldenen Wirbeln und Verzierungen aus schwarzen Perlen. Selbst Todd, der normalste von allen, der wahrscheinlich noch nie einen Fuß nach Monte Carlo gesetzt hat, sogar Todd liebt schöne, komfortable Wohnungen, liebt es, wertvolle Bilder zu sammeln, Golf zu spielen, maßgeschneiderte Anzüge aus der Savile Row zu tragen.

Und er selbst? Welches Verhältnis hat Nick Cruickshank zu materiellen Gütern? Auch wenn er es vor sich selbst nicht zugeben will, er ist ein ernsthafter Investor geworden, wie die anderen. Es stimmt, dass er oft behauptet, er schätze Geld nur wegen der Freiheit, die es ihm schenke, und er könne auf neunzig Prozent dessen, was er hat, verzichten, aber manchmal zweifelt er daran. Zum Glück ist in seinem Metier die Außendarstellung alles, und die gelingt ihm so gut, dass er glaubwürdig bleibt, auch wenn das reale Leben ihm widerspricht. Doch wer kennt es schon, sein reales Leben? Die Leute sehen das Bild, das er auf der Bühne von sich zeigt, nehmen den Ton seiner Interviews wahr, alles so charakteristisch, dass manchmal die Gefahr besteht, ihn zum Stereotyp zu machen. (Buchstäblich: Voriges Jahr erhielt Baz eine Anfrage von DreamWorks Pictures, sie wollten eine nach ihm gestaltete Figur in einen Animationsfilm einbauen; Baz hat wochenlang verhandelt, bevor er alles abgeblasen hat, weil sie nicht genug bezahlten.) Alle scheinen sich einig zu sein, dass er immer noch sehr viel sogenannten rebellischen Geist rüberbringt, was auch immer das heute bedeutet; noch ist er nicht so weit gesunken, sich verzweifelt an eine unhaltbare Maske zu klammern. Es gibt einfach nicht viele, auch nicht unter den jüngeren *frontmen,* die es schaffen, mit der gleichen Intensität die gleichen Gefühlswallungen hervorzurufen. Auch wenn er sich mit absolut unbarmherzigen, kritischen Augen betrachtet, scheint ihm sein Charisma nicht getrübt. Seine Stimme ist noch intakt, sein Timbre hat sich nicht verschlechtert, die Lautstärke hat sich nicht verringert. Er bewegt sich noch durchaus elastisch, seine Kondition hat nicht abgenommen: Er kann zwei Stunden auf der Bühne stehen und hemmungslos singen, ohne Zusammenbrüche oder peinliche Momente zu riskieren.

Ja, aber welchen Sinn hat es, so weiterzumachen? Aus welchen angeblichen *Gründen*? Wie überzeugend können Songs wie *Hard Hard Hard* oder *One Push Too Far* oder *On*

The Brink noch sein für jemanden, der sie hört, ohne schon im Voraus wegen des Namens der Band dafür eingenommen zu sein? Alle diese Schilderungen pubertärer Stimmungen, vom sexuellen Frust über soziales Aufbegehren bis hin zum kindischen Gejammer, klingen sie nicht lächerlich aus dem Mund eines reifen Mannes, nachdem eine Gesellschaft, gegen die er am Anfang mit bilderstürmerischer Wut anrannte, ihn überreich belohnt hat? Wie können achtzehnjährige Mädchen und Jungen von heute seine (allgemeine) Kritik an den herrschenden Zuständen und seinen (ebenso allgemeinen) Aufruf zur Revolte noch ernst nehmen? Und doch passiert es, so unglaublich es ist. Vielleicht findet bei seinen Auftritten mit den Bebonkers etwas Ähnliches statt wie beim Wrestling: Das Publikum weiß sehr wohl, dass jeder Schlag, jeder Sturz und jede Äußerung von Wut oder Schmerz gespielt sind, und trotzdem brüllt es, trampelt mit den Füßen, klatscht und weint und begeistert sich, weil die Urteilsfähigkeit zeitweilig außer Kraft gesetzt wird.

Aber so einfach ist es nicht, denn auch wenn sie schon seit einer ganzen Weile eine kommerzielle Maschine geworden sind, jedes Mal, wenn er mit den anderen Bebonkers auf einer Bühne steht und sie anfangen, ihre Songs von vor zwanzig, dreißig oder fünfunddreißig Jahren zu spielen, *glauben sie daran.* Nicht unbedingt gleich beim ersten Song, aber spätestens beim zweiten oder dritten. Nach einer gewissen Aufwärmphase zerrt die Musik ihre ursprüngliche Seele ans Licht, beinahe mit derselben Intensität wie damals: die Sturheit, die Empörung, die zornige Lust auf eine andere Welt. Trotz allem, trotz dem, was aus ihnen geworden ist, trotz der unendlich viel schwächeren Songs, die sie jetzt schreiben. Wenn sie ihre Paradestücke spielen und singen, glauben nicht nur die Zuhörer daran, sondern auch sie selbst. Sicher, das hält nur so lange vor, wie das Konzert dauert, alles endet mit dem letzten Beifall; dann ist Schluss, und man geht wieder zum Alltag über.

Ab und zu fragt sich Nick Cruickshank, ob die Bebonkers die globale Bühne, die ihnen immer noch offensteht, nicht nutzen könnten, um etwas Bedeutsames über die Missstände in der *heutigen* Welt auszusagen, anstatt in alle Ewigkeit den Aufstand von vor drei Jahrzehnten zu feiern. Er fragt sich, ob sie nicht Songs schreiben sollten, in denen viel spezifischere Sachen angeprangert werden: die korrupten, unfähigen Politiker, die Fundamentalisten der verschiedenen Religionen, die multinationalen Konzerne des Onlinegeschäfts, die Giganten der Telekommunikationsbranche, die Erdölgesellschaften und die Tabaklobby, die Waffenfabrikanten, die Großbanken, die das Geld der Bürger verprassen, die Konglomerate, die den Planeten verwüsten und ausplündern. Würden sie eine konkrete Wirkung damit erzielen? Ihre Zuhörer zu irgendeiner Form von Boykott auf breiter Basis bewegen, dazu, sich kollektiv von den geltenden Spielregeln zu distanzieren?

Er ist mittlerweile sehr geschickt darin, auf solche Fragen zu antworten, gleich, ob er selbst sie sich stellt oder irgendein Uraltfan, der durch die Kontrollen schlüpfen konnte, oder auch ein Journalist, der versucht, aus der Spur der Stereotypen auszuscheren, die Hunderte seiner Kollegen vor ihm hinterlassen haben. Natürlich schlägt er einen ironischen Ton an, unterstreicht, dass es in der heutigen Gesellschaft unmöglich geworden sei, sich gegen die Regeln aufzulehnen, weil die Regeln nun mal flexibel und ihre Übertretung zu einem Konsumprodukt geworden seien und auf jedem Computerbildschirm, Tablet oder Smartphone und in jedem Supermarktregal zum Kauf angeboten würden wie alles andere auch. Er erkennt praktisch an, wie unbedeutend er ist, auch wenn er es schafft, den Eindruck zu erwecken, als übe er Kritik an der Gesellschaft, und sich als eine Art Dissident hinzustellen, eine Stimme außerhalb des Mainstreams. Doch mittlerweile sind seine Stimme und die der Bebonkers längst *Teil des Mainstreams,* auch wenn ihre Fans sich das nicht eingestehen wollen. Als *Enough Isn't Enough* herausgekommen war, hatte der Song fast als revolutionäre Hymne gegolten, so dass die BBC sich geweigert hatte, ihn auszustrahlen; heute gehört er zum kollektiven Soundtrack. Vor einigen Monaten wollten sie ihn sogar für die Fernsehwerbung eines Herstellers von Keksen und Frühstücksflocken!

Da begreift man unschwer, dass man besser die Finger davon lässt, irgendwelche aufwieglerischen Songs zu schreiben, die viel pointierter wären als die alten. Wen würden sie denn wirklich interessieren, ganz abgesehen von den Prozessen und Shitstorms, die sie damit auf sich ziehen würden, und davon, dass sie unter musikalischen Gesichtspunkten vielleicht nicht mal besonders gut wären? Eine winzige Minderheit von Idealisten? Von Utopisten? Von Fanatikern? Könnte die Band in der öffentlichen Meinung etwas damit bewegen? Das ist sehr schwierig zu sagen; selbst wenn die anderen Bebonkers bereit wären, sich mit ihm in so ein Unternehmen zu stürzen (was sehr unwahrscheinlich ist), und es ihnen gelänge, Baz' Widerstand zu überwinden (was praktisch unmöglich ist), wäre das kommerzielle Ergebnis ziemlich sicher ein Reinfall. Und beinahe ebenso sicher würde man sie nicht einmal ernst nehmen: Es sähe bloß aus wie eine clevere Marketingaktion, ein zynischer Versuch, sich reinzuwaschen, eine Spekulation mit den Wunden des Planeten, um ihr Image aufzupolieren. Man braucht sich ja nur die unhaltbaren Anschuldigungen und die bescheuerten Kommentare anzusehen, die es im Zusammenhang mit der Legitimität des Benefizkonzerts vom Sonntag hagelt.

Vor allem: *Warum* sollten sie ihre Musik dazu nutzen, über einen rituellen Kontext hinaus potentiell verheerende Kräfte zu wecken, außerhalb des sicheren Bereichs eines Stadions oder einer Veranstaltungshalle? Weil in der Welt so einiges im Argen liegt? Weil es so viele Dinge gibt, die falsch und unannehmbar sind? Sie haben doch mittlerweile alle vier lange genug gelebt, um zu begreifen, dass Instabilität nicht *unbedingt* besser ist als Stabilität, vor allem, wenn es sich um komplexe Gesellschaftssysteme handelt. Ein Blick auf den Nahen Osten und Nordafrika genügt, um sich zu erinnern, dass ein despotischer Staat immer noch besser ist als ein zusammengebrochener Staat, in dem der fürchterlichste Bürgerkrieg wütet; und in der westlichen Welt muss man sich sagen, dass eine fehlerhafte Demokratie immer noch besser ist als eine Demokratie, die von irgendwelchen dahergelaufenen, geifernden Populisten drangsaliert wird. Hinter jeder Massenbewegung lauern Fanatiker und Möchtegern-diktatoren mit ihren Morddrohungen und Geheimplänen. Es ist äußerst unwahrscheinlich, dass sie es besser machen würden als die, die sie ersetzen wollen.

Also? Also nichts: Die Bebonkers werden weiter mit

zorniger Entschlossenheit *Enough Isn't Enough* spielen, solange sie dazu in der Lage sind, und Zigtausende von Menschen werden weiter zu hundertzwanzig Dezibel mit fuchtelnden Armen und roten Gesichtern auf Tribünen oder Rasen herumspringen und die ganze Frustration rauslassen, die sich in ihrem Leben angestaut hat; am Abend werden sie dann erschöpft und zufrieden heimkehren und am nächsten Tag zur Arbeit erscheinen und den Kollegen erzählen, dass sie beim Konzert der Bebonkers waren, die nach all den Jahren noch kein bisschen von ihrer ursprünglichen Wut eingebüßt haben, im Gegenteil.

»Meinst du, ich könnte eventuell einen Tee mit Zitrone bekommen?« Baz schenkt ihm sein liebenswürdigstes Lächeln, das aber immer noch eiskalt ist.

»Ich denke schon.« Nick Cruickshank ist erleichtert, dass er einen Vorwand hat, um aus diesen Gedanken und diesem Studio zu flüchten; er geht zur Tür, öffnet sie und schiebt Baz auf den Flur.

17

Zügig geht Milena Migliari die obere Straße entlang, die auf dem Rücken des Vorgebirges von Seillans nach Fayence führt, obwohl sie weiß, dass das Licht bald schwinden wird. Aber sie hat das Lieferauto auf dem Parkplatz oberhalb des Ladens abgestellt und nicht die geringste Lust, daheim zu bleiben, wie Viviane ihr, bevor sie zu ihrer Praxis in Draguignan geeilt ist, geraten hat, als würde sie sich an eine Kranke wenden, die mit ihrer Energie haushalten muss. Außerdem will sie unbedingt überprüfen, wie das Kastanieneis geworden ist; auch wenn Guadalupe ihr am Telefon gesagt hat, sie habe gewissenhaft alle Anweisungen befolgt, muss sie es sehen und kosten, um sicher zu sein. Und auch wenn es höchst unwahrscheinlich ist, dass am späten Donnerstagnachmittag jemand kommt, der ein Eis möchte, man weiß ja nie; bei ihrer augenblicklichen Verunsicherung könnte sie dringend eine Bestätigung gebrauchen, dass das, was sie macht, einen Sinn hat.

Es gefällt ihr, so konzentriert zu gehen, weil es alle Muskeln ihres Körpers in Bewegung setzt und sie dabei tausendmal besser denken kann als im geschlossenen Raum. Und es bestärkt sie auch in der Überzeugung, die Gegend mittlerweile gut zu kennen, Meter für Meter, Trockenmäuerchen für Trockenmäuerchen, Baum für Baum, Hecke für Hecke,

Kurve für Kurve. Ja, inzwischen fühlt sie sich hier ziemlich zu Hause, wenn auch nicht ganz. Andererseits fühlt sie sich nirgendwo *wirklich* zu Hause: auch nicht in Verona, wo sie geboren ist, auch nicht in Padua, wo sie Sprachen studiert hat, auch nicht in den anderen Städten, wo sie Monate oder Jahre verbracht hat, um zu studieren, zu arbeiten oder die Welt zu entdecken. Sie hat sich oft gefragt, ob sie vielleicht an einem Syndrom der Heimatlosigkeit leidet, von dem sie sich nie befreien wird, oder ob sie früher oder später doch einen Platz findet, der ihr ganz entspricht, natürlich und mühelos. Manchmal befürchtet sie, dass die Vertrautheit mit den Orten ebenso unbeständig ist wie die mit den Personen, den Gegenständen und sich selbst: eine Illusion, geboren aus der Wiederholung, die die Dinge vorhersehbar macht und beruhigend wirkt. So wie jetzt auf dieser Straße, die sie schon so oft entlanggegangen ist, dass sie sie auswendig kennt; doch kaum würde ihr jemand aus einem vorbeifahrenden Auto eine Schweinerei zurufen oder ein bellender, knurrender Hund zähnefletschend aus einem Garten herausschießen, würde sie sich wieder verloren fühlen, orientierungslos.

Seit sie sich erinnern kann, hat sie zwei wiederkehrende Träume, einen schönen und einen schrecklichen. In dem schönen Traum taucht sie langsam ins Meer ein, und wenn ihr Kopf unter Wasser ist, spürt sie, dass sie trotzdem sehr gut atmen kann. Da überkommt sie ein Gefühl unendlicher Gelassenheit und Euphorie bei dem Gedanken, sich ungestört Erkundungen, Unterwasserspielen und Pirouetten hingeben zu können, ohne vom Land aus gesehen zu werden. In dem schrecklichen Traum dagegen befindet sie sich in einer Stadt oder einem Dorf, die sie überhaupt nicht kennt, und merkt, dass ihre Handtasche mitsamt Portemonnaie, Handy und ihren ganzen anderen Sachen verschwunden ist und sie keine Ahnung hat, wohin sie gehen soll, woher sie kommt und warum sie hier ist; sie merkt, dass sie sich an keinen einzigen Namen einer Freundin oder eines Freundes oder Bekannten erinnert, die sie um Auskunft oder Hilfe bitten könnte; nicht einmal ihren eigenen Namen weiß sie. Jedes Mal, wenn sie das träumt, wacht sie schweißgebadet und mit wild klopfendem Herzen voller Panik auf, so erschrocken, dass sie nicht mehr einschlafen kann. Gewöhnlich träumt sie die zwei Träume abwechselnd im Abstand von einigen Monaten, doch in letzter Zeit ist der schreckliche häufiger. Man muss keinen Psychologen befragen, um die Zusammenhänge mit den Zweifeln und Ängsten ihres realen Lebens zu erkennen, mit dem Gefühl von Fremdheit und Verwirrung, das sie ständig überfällt.

Und doch, als sie in dem Sommer, in dem sie sich kennengelernt haben, mit Viviane zum ersten Mal hierhergekommen ist, *schien* ihr, als fühlte sie sich zu Hause: Auch bevor sie dann das jetzige, eigene Haus gefunden haben und noch in der kleinen Mietwohnung über dem Kurzwarenladen von Madame Voclain lebten. Obwohl sie in einem einzigen Zimmer mit Kochecke zusammengepfercht waren und das Bad so winzig war, dass sie unter der Dusche die Arme nicht ganz ausbreiten konnte und ihr der geblümte Plastikvorhang am nassen Körper klebte. Nie hat sie sich in dieser Phase mehr Platz gewünscht oder eine bessere Aussicht als die auf den kleinen Hof mit dem Feigenbaum in einer der Ecken. Zu Hause sein hieß damals einfach, mit

Viviane zusammen zu sein, *sie beide* waren das Haus. Und sie hat sich auch weiter zu Hause gefühlt, als sie in die Zweizimmerwohnung im Stockwerk darüber umgezogen sind, wo es dann eine richtige Küche gab, in der sie ohne ständige Balanceakte ihr Eis zubereiten konnte.

Genau betrachtet hat sie aufgehört, sich zu Hause zu fühlen, als sie das Haus *gekauft* haben: das Haus mit dem Patio, so viel schöner und solider und geräumiger als ihre vorherigen Wohnungen und das sie als Gefäß für ein unbefristetes Zusammenleben ausgesucht haben, nicht nur für einige Wochen oder Monate. Was heißt das? Dass das einzige Haus, in dem sie sich zu Hause fühlen kann, kein gegenständliches, sondern ein *geistiges* Haus ist? Ein *emotionales* Haus? Ein prinzipiell nicht berührbarer, nicht dauerhafter Ort, der von schwankenden Empfindungen und Gefühlen abhängt?

Ist ihr Zuhause demnach ihr Charakter? Ihre sogenannte Persönlichkeit? Sind es ihre Träume, so unbestimmt sie sind? Oder ihr Körper, auch wenn sie sich so oft gewünscht hätte, dass er anders wäre? Ihre Weiblichkeit mit allen schönen und unannehmbaren Folgen, die sie mit sich bringt? Ihre Arbeit? Ihre Leidenschaft für Eis, die Zeit und die Recherchen, die sie dafür aufwendet, die Freude und die Sorgen, die ihr diese Leidenschaft bereitet? Wäre sie ein Mann, würde sie es vermutlich bejahen: Männer identifizieren sich total mit ihrem Tun, wie Schildkröten, die ihren Panzer überallhin mitnehmen. Sie kaufen Häuser, sich aber darum kümmern, nein, das überlassen sie den Frauen. Und die Frauen übernehmen den Auftrag, aus Pflichtgefühl oder weil es ihnen Spaß macht oder aus einer Art natürlicher Berufung heraus, auch wenn sie tausend andere Verpflichtungen haben. Sie verwenden unglaublich viel von ihrer Zeit und Energie darauf, am meisten für die Pflege: Sie putzen und räumen auf und machen es gemütlich, Zimmer für Zimmer, Möbel für Möbel, Gegenstand für Gegenstand. Doch ihr geht es ja nicht um Häuser, sondern darum, sich zu Hause zu *fühlen*, mit einem kleinen Stück Welt total vertraut zu sein: Das hat sie nie gehabt. Auch nicht als Kind, auch nicht, als ihre Eltern noch zusammen waren und es ihr schien, als hätte sie einen gewissen Schutz, etwas Greifbares in der unendlichen Formlosigkeit des Universums. Schon immer kam es ihr, egal, wo sie war, so vor, als könne ihre Beziehung zu Orten nicht von Dauer sein. Das war keineswegs nur schlimm; zu wissen, dass sie einen Ort oder eine Situation früher oder später hinter sich lassen könnte, hat ihr wer weiß wie oft weitergeholfen; hat ihre Neugier und ihre Entdeckungslust wachgehalten.

Aber: Wie könnte man, wenn man sich nirgends wirklich zu Hause fühlt, die Verantwortung übernehmen, einen anderen Menschen in die Welt zu setzen? Um auch ihn (oder sie) zu verurteilen, sich nirgends wirklich zu Hause zu fühlen? Oder könnte es eine Möglichkeit sein, sich wirklich zu Hause zu fühlen? Könnte die Lösung sein, eine Familie zu gründen? Doch würde sie sich dann nicht in der Falle fühlen, ohne Ausweg, auf Jahre? Wie es ihr mit Roberto und den anderen Männern vor ihm gegangen ist, als sie nur zu zweit waren und gelegentlich und rein hypothetisch über eine Familie redeten? Wie es ihr jetzt mit Viviane geht, lange bevor der sogenannte neue Mensch überhaupt beginnt, sich in eine Realität zu verwandeln? Wie hat das angefangen, als sie und Viviane das Haus gekauft haben und sie aufgehört hat, sich zu Hause zu fühlen?

Ihr scheint, dass das für die übergroße Mehrheit der Leute kein Problem darstellt: Abgesehen von denen, die kein Haus haben, weil es zerbombt wurde, oder die rausmüssen, weil sie die Miete nicht mehr zahlen können, fühlen sich Millionen von Menschen wirklich da zu Hause, wo sie sind. Auch in den hässlichsten und traurigsten Häusern, in den prächtigsten, konventionellsten oder trostlosesten, in solchen, die den wüsten Verkehr einer breiten Großstadtstraße oder einen herzförmigen Swimmingpool oder die Nordseite eines Tals, wo nie die Sonne hinkommt, vor der Tür haben. Sie hat es zwar noch nie ausprobiert, ist aber sicher: Würde sie irgendjemanden hier fragen, ob er sich in seiner Wohnung zu Hause fühle, würde er mit Ja antworten. Und sie bestimmt anschauen wie eine Verrückte und zur Revierverteidigung stolz und herausfordernd seine Identifikation mit der Wohnung unterstreichen, dem sichtbaren und greifbaren Beweis, berechtigterweise ein kleines Stückchen Welt zu besetzen.

Vielleicht ist das Problem, dass sie kein normaler Mensch ist: dass sie im Grunde nicht anpassungsfähig ist, mit dem Kopf voller Ideen, die nie mit der realen Welt übereinstimmen. Und die reale Welt merkt das und brät ihr eins über, sobald sie kann, um sie daran zu erinnern, wer der Stärkere ist; oder versucht, eine Mauer um sie zu ziehen oder ihr die Tür vor der Nase zuzuschlagen, wenn sie instinktiv hinauslaufen will, um freie Luft zu atmen und den Himmel zu betrachten.

Solche Überlegungen hat sie schon so oft angestellt, und

sie haben nie zu einer brauchbaren Schlussfolgerung geführt. Milena Migliari steckt all ihre Energie in die Beinmuskeln, eilt vorwärts, so schnell sie kann. Fayence ist schon in Sichtweite, mit seinen sich an den Hang klammernden Häusern, bewohnt von Leuten, die nicht den geringsten Zweifel daran haben, dass sie sich dort zu Hause fühlen.

18

Um zehn Uhr abends steht Nick Cruickshank mit der Entschuldigung, er müsse telefonieren, vom Tisch auf, bevor das Essen zu Ende ist. Er überhört Wally, der ihm ein paarmal hinterherruft: »Telefonieren? Mit wem?«, zieht sich draußen ein Sweatshirt und die Jacke an und schleicht sich so leise aus dem Haus, dass nicht einmal Aldino etwas bemerkt. Er hat kein bestimmtes Ziel, ihn interessiert nur, all diesen Augen, Lippen und Händen zu entkommen, die ständig in Bewegung sind, den beharrlichen, völlig irrelevanten Behauptungen, Forderungen und Bemerkungen, die seinen Lebensraum besetzt haben.

Er schlüpft in den kleinen Mazda, fährt langsam ohne Licht über den Platz und die Zufahrtsallee hinunter bis zum Tor, drückt die Fernbedienung. Sobald er draußen ist, fühlt er sich befreit wie ein Ausbrecher, schaltet die Scheinwerfer ein, fährt auf der engen Straße zwischen Steinmäuerchen auf der einen und Bäumen auf der anderen Seite langsam bis zur Gabelung zwischen Mons und Callian. Kurz zögert er, ob er bergauf ins dunkelste Dunkel fahren soll oder abwärts Richtung Ebene ins hellere Dunkel, dann biegt er rechts ab nach Callian. Er schaltet nicht in einen höheren Gang, drückt mit der Fußspitze nur ganz leicht aufs Gaspedal. Trotzdem ist er nach zehn Minuten schon im Dorf: kein Mensch weit und breit, als wäre es viel später, als es ist. Ohne sich bewusst dafür zu entscheiden, fährt er weiter, lenkt träge die Kurven hinunter. Er kann keinen klaren Gedanken fassen, empfindet aber das gleiche Gefühl von Nichtzugehörigkeit, das er schon als Kind, als Jugendlicher und dann auch als Erwachsener jedes Mal verspürt hat, wenn er sich unvermittelt einer Situation entzog, aus Ungeduld oder aus Ärger, aus Langeweile, aus dummen oder soliden Gründen, wegen einem Missverständnis, einem Fehler oder aus Prinzip.

Er erreicht die untere Straße, fährt nach rechts, als folgte er einer Strömung, unterhalb an Tourrettes und Fayence vorbei, will erst geradeaus weiter Richtung Draguignan und biegt dann doch im letzten Moment rechts ab, lenkt mit der gleichen Trägheit die kurvige Straße hinauf, mit der er vorher bergab fuhr. Er gelangt ins Dorf, fährt unter dem Rathausbogen durch und weiter bis zu dem offenen Parkplatz auf mehreren Ebenen, der im Sommer für die vielen Touristenautos nie ausreicht und jetzt fast leer ist. Eine Sekunde lang fragt er sich, ob er die Runde fortsetzen und wieder nach Hause fahren soll, doch dann wendet er sich nach links und parkt auf irgendeinem der vielen freien Plätze.

Er steigt aus: Es ist feucht, die Temperatur ist stark gesunken, leichter Dunst liegt in der Luft. Nick Cruickshank geht die Treppen zum Dorf hinunter, vorbei an den Schaufenstern der Sommerbar mit den riesigen Abbildungen von Hamburgern und Toast und Eisbechern in surrealen Farben; vorbei an den Schaufenstern eines der vielen Immobilienbüros mit Fotos von größeren und kleineren pseudoprovenzalischen Villen mit sehr blauem Swimmingpool im Vordergrund.

Fayence ist genauso menschenleer wie zuvor schon Callian: kein einziges Auto auf der Hauptstraße, die er vor drei Minuten heraufgefahren ist. Das Einzige, was offen hat, ist die Bar neben dem Geschäft für vermeintlich lokale Spezialitäten, dort bewegen sich ein paar Gestalten hinter den erleuchteten Scheiben; in wenigen Häusern flimmert das Licht eines Fernsehers durch die Latten der geschlossenen Fensterläden. Der winterschlafähnliche Zustand, in den die gesamte Gegend außerhalb der Saison verfällt, wird nachts noch deutlicher, die Stille ist schier undurchdringlich. Doch morgen kommen sicherlich einige der Gäste, die für das Fest am Samstag anreisen, auf der Suche nach etwas Lokalkolorit hierher: Sie werden sich ein, zwei Restaurants aufschließen lassen, bringen ein bisschen Geld, Stimmen und Gesten. Bestimmt kommen auch ein paar Journalisten und Fotografen auf der Suche nach interessanten Leuten, am besten in berauschtem Zustand und mit den falschen Partnern. Und bestimmt sind ein paar Fans da, die auf eine wundersame Begegnung hoffen, und ein paar Neugierige aus der Gegend, ein paar Stalker. Am Samstag treffen dann unten auf dem Rasen des Aerodroms diejenigen ein, die sich einen Tag vorher auf der Konzertwiese niederlassen wollen, sie platzieren ihre Zelte und Schlafsäcke möglichst nah an der Bühne. Trotz der Verfügung des Bürgermeisters, der behauptet, aus Hygiene- und Sicherheitsgründen wolle er das nicht, der aber wie seine Kollegen aus den anderen Dörfern des Landkreises hocherfreut ist, Teil eines so aufsehenerregenden Events zu sein, mit so vielen Menschen, Fernsehaufnahmen, Aufmerksamkeit, dem Namen des Ortes, der um die Welt geht.

Die Eisdiele von Milena, der Italienerin, ist zu, Schaufensterbeleuchtung abgeschaltet; der Juwelier- und Modeschmuckladen, etwas weiter unten, zu, Schaufensterbeleuchtung abgeschaltet, die Pizzeria noch weiter unten ebenso. Auf dem Marktplatz, wo drei Tage in der Woche Stände mit Obst, Gemüse und Käse aufgebaut werden, tauchen Bodenstrahler die Platanen und die Kirchenfassade in warmes Licht. Und in der Mitte des Platzes stehen etwa ein Dutzend Menschen im Kreis: Sie wippen auf den Beinen und schlagen sich mit den Händen auf die Arme, wie bei einem sehr gedämpften Eingeborenentanz ohne Musik.

Nick Cruickshank setzt automatisch die Kapuze des Sweatshirts auf, wie immer, wenn er einmal die seltene Gelegenheit nutzt, allein unter Leute zu gehen. Er fragt sich, aus welchem Grund sich dieser Personenkreis da unten versammelt hat: Ist es ein Flashmob? Ein Protest? Eine Ehrung? Wofür? Wogegen? Und welchen Sinn hatte denn ein Flashmob an einem Ort, wo niemand zuschaut außer ihm, der die Szene ungesehen von oben beobachtet, den Rücken an die Wand eines alten, feucht-morschen Gebäudes gelehnt. Außer es sind Bebonkers-Fans, die *drei* Tage vor dem Konzert angereist sind und die sich irgendwie aufwärmen und sich die Wartezeit verkürzen wollen. Das kommt vor: Sie schlafen nächtelang auf dem Boden, bei Kälte und sogar bei Regen, nur um das Privileg zu genießen, das Revier vor den anderen zu markieren, ein Vortrittsrecht zu erwerben, sich mit Erwartung aufzuladen. Doch wenn es sich um Bebonkers-Fans handelte, hätten sie bestimmt eine tragbare Stereoanlage dabei, um ihre Songs zu hören, oder wenigstens ein Handy mit kleinen Bluetooth-Lautsprechern oder eine Gitarre, auf der sie klimpern könnten; selbstverständlich würden sie die üblichen bröckelnden Chöre anstimmen, Bierdosen und Flaschen, Joints und Bongs herumgehen lassen. Diese Leute dagegen sind mucksmäuschenstill, völlig im Einklang mit sich, völlig versunken.

Mit größter Vorsicht steigt Nick Cruickshank weiter zum Marktplatz hinunter, hält sich so weit wie möglich im Schatten. Aldino würde wahnsinnig, wenn er es wüsste: Er würde ihm die übliche Predigt halten, welchen Sinn es denn habe, ihn fürstlich zu bezahlen, damit er für seine Sicherheit sorge, wenn er mit seinen Alleingängen dann alles zunichtemache und sich grundlos verdammt realen Gefahren aussetze. Er würde antworten, Aldino übertreibe, so real seien die Gefahren gar nicht, auch wenn er genau weiß, dass sie real *sind:* Verrückte Fans, deren Verehrung plötzlich in Hass umschlägt, gibt es. John ist mit fünf Pistolenschüssen ermordet worden, von einem, der alle seine Songs auswendig kannte und ihn nur wenige Stunden zuvor um ein Autogramm gebeten hatte. George ist zu Hause in Friar Park mit einem Sieben-Zoll-Messer von einem Fan angegriffen worden, der seine Lunge verletzt hat und ihn bestimmt umgebracht hätte, wenn es seiner Frau Olivia nicht gelungen wäre, einen Kronleuchter auf seinem Kopf zu zertrümmern. Pauls Bus ist in Mexiko-Stadt plötzlich von kriminellen Fans umringt worden, und wer weiß, wie es ausgegangen wäre, wenn nicht rechtzeitig die Polizei gekommen wäre. Doch mit einem Bodyguard unterwegs zu sein ist auch keine wirkliche Garantie: Eine Menge nahöstlicher Despoten wurde von Kugeln durchlöchert, während sie von ganzen Scharen bewaffneter Wachen umgeben war. Absolute Sicherheit gibt es nicht, das Leben ist grundsätzlich gefährlich und schwer vorhersehbar.

Die Leute da im Kreis auf dem leeren Platz wirken jedenfalls nicht wie gefährliche Verrückte; ein bisschen komisch müssen sie allerdings schon sein, wenn sie um diese Zeit und an diesem Ort das machen, was sie machen. Nick Cruickshank geht noch ein paar Schritte näher, mustert sie genauer: Es sind junge Leute um die zwanzig, zur Hälfte Jungen, zur Hälfte Mädchen. Falls sie trotz allem Bebonkers-Fans wären, könnten sie ihn höchstens umringen und ihr Handy für ein Selfie mit ihm zücken oder ein Autogramm auf einem T-Shirt verlangen. Keiner von ihnen hat die Physiognomie oder die Haltung eines potentiellen Mörders. Sie haben ihre Taschen in der Mitte des Kreises auf den Boden gelegt, um mehr Bewegungsfreiheit zu haben, aber Mäntel, Schals und Mützen haben sie zum Schutz gegen die abendliche Kälte und Feuchtigkeit anbehalten. Ein langer Dünner ist dabei, der sie anzuleiten scheint, zumindest macht er als Erster die Bewegungen, die alle anderen daraufhin nachmachen. Sicher, keine großartige Choreographie: Sie stehen da, wippen ein bisschen in den Knien, drücken die Hände auf die Augen und nehmen sie wieder weg, drücken erneut. Auch diese Variation dauert ein paar Minuten, wie die vorhergehenden; als sie fertig sind, sehen sie sich wieder ernst und aufmerksam an. Der lange Typ lässt seinen Blick über die Gruppe schweifen, dann dreht er sich ein wenig und entdeckt Nick, lächelt ihm zu. Mit einem Wink lädt er ihn zum Mitmachen ein, zeigt auf eine Stelle im Kreis: Stell dich da hin, stell dich da hin.

Erst jetzt wird Nick Cruickshank klar, dass er keine zwei

Meter mehr entfernt ist, also viel zu nah. Aber besonders beunruhigt es ihn nicht, auch weil niemand von den Jungen und Mädchen ihn zu erkennen scheint, wahrscheinlich wegen der Dunkelheit und dem Dunst, dem Licht der gelben Strahler und der Kapuze, die er aufhat. Auch die wohlwollende Art des langen Typs, der ihn auffordert, in den Kreis zu treten, ist eher diffus als auf ihn speziell gemünzt; zumindest kommt es ihm so vor. Außerdem ist der Blickkontakt nun hergestellt, er fände es unhöflich und auch feige, nicht mitzumachen; sowieso hat er ja gerade nichts anderes zu tun, als weiter die engen, menschenleeren Straßen hinunterzuwandern oder wieder zum Parkplatz hinaufzugehen, sich ins Auto zu setzen und ziellos herumzukurven oder heimzufahren zu Dutzenden von Leuten, die er nicht sehen will. Also nimmt er seinen Platz im Kreis ein: Füße fest auf dem Boden, Hände in der Jackentasche, Kapuze tief in die Stirn gezogen.

Der Lange nickt ihm anerkennend zu, dann wendet er sich an alle, mit so leiser Stimme, dass man ihn kaum hört. »Jetzt sehen wir jemanden im Kreis an und lächeln ihm zu.« Er verhält sich nicht wie ein Gruppenleiter, noch scheinen die anderen ihn als solchen zu betrachten. Es ist, als hätte er einfach die Aufgabe übernommen, die Abfolge der Übungen aufzuzeigen, vielleicht weil er sie besser kennt als die anderen, vielleicht weil er vorgeschlagen hat hierherzukommen, vielleicht nur, weil man ihn wegen seiner Größe besonders gut sieht.

Die sechzehn, nein, achtzehn Personen im Kreis sehen und lächeln sich paarweise an, ob sie sich gezielt oder zufällig gefunden haben, ist nicht klar. Nick Cruickshank lächelt aufs Geratewohl ein blasses, schlaksiges Mädchen in blauer Wollmütze und grauem Mantel mit vielen Knöpfen an. Das Mädchen lächelt zurück: Sie hat ein glattes, sauberes Gesicht, die Augen sind unglaublich klar, ohne jeden Hintergedanken. Er schaut sich unauffällig um, ob ihn jemand erkannt hat, aber sie sind alle in ihr Lächeln versunken, schenken ihm keinerlei besondere Aufmerksamkeit. Ein paar Dutzend Sekunden geht es noch so weiter: Im Kreis stehend, Hände in den Taschen, die Gesichter vom gelben Schein der Strahler erhellt oder in den Schatten getaucht, lächeln sie sich an.

Der Lange senkt den Kopf, auch diese Übung ist abgeschlossen; er wirkt weder zufrieden noch unzufrieden über die Ergebnisse, seine Haltung ist neutral. Ohne Nachdruck macht er eine Handbewegung. »Jetzt gehen alle zu einer anderen Person im Kreis und umarmen sie.«

Nick Cruickshank fragt sich, ob die magische, unwirkliche Situation plötzlich direkt vor der Umarmung kippen könnte. (»Aber du bist doch *Nick Cruickshank*! Hey, Leute, das ist *Nick* von den *Bebonkers*!«)

Der Lange schaut ihn an, als wollte er ihn ermutigen, aber ohne zu drängen. Er wendet den Blick fast sofort wieder ab, geht ein sehr kleines Mädchen umarmen, beugt sich ein bisschen plump herunter, um sie zu drücken.

Nick Cruickshank macht ein paar Schritte, und auch von der anderen Seite ist ein Junge losgegangen, sie treffen sich in der Mitte, sehen sich in die Augen: Zum Glück gibt es keine plötzliche Veränderung. Wieder hat er den Eindruck, ein außerordentlich unverdorbenes Gesicht vor sich zu haben: Der Junge macht nicht den geringsten Versuch, ein Bild von sich zu vermitteln, er schlägt keinerlei Tauschhandel vor. Sie umarmen sich und verharren eine Weile in dieser Umarmung zwischen Männern, die Oberkörper berühren sich, Becken und Beine nicht; sie klopfen sich ein paarmal auf die Schulter. Dann kehren sie wie die anderen an ihren Platz im Kreis zurück; erneut wippen alle in den Knien, bewegen ganz leicht die Arme.

Der Lange nickt auf seine gemäßigte, milde Art. Er ist kein Missionar, kein großer Redner, kein Eiferer; er begnügt sich damit, dort im Kreis zu stehen und ein paar Hinweise zu geben. »Jetzt umarmen wir jemand anderen, aber ohne vorher hinzuschauen, und versuchen, ihm den *Sinn* unserer Umarmung mitzuteilen. Erst *danach* sehen wir den anderen an und lächeln ihm zu.«

Nach seinen Worten entsteht eine allgemeine Denkpause, dann hört man es rascheln, tastend beginnen die Menschen im Kreis aufeinander zuzugehen, mit geschlossenen Augen und vorgestreckten Händen, um jemandem zu begegnen, ohne ihn zu suchen.

Nick Cruickshank macht es genauso: Er schließt die Augen, geht vorsichtig ein paar Schritte, bis er jemanden berührt, der, dem ersten Eindruck und dem Geruch nach zu urteilen, eine Frau ist; aber er zwingt sich, nicht hinzuschauen, wie der Lange es empfohlen hat. Blind umarmen sie sich, drücken sich, wenn auch nicht sehr fest, mit der Intimität, die zwei völlig Fremde erreichen können, die sich dennoch ihrer gegenseitigen Formen bewusst sind. Dass es sich um eine so absichtslose, nicht durch eine Anziehung oder irgendwelche Bindungen motivierte Umarmung handelt, löst eine seltsame Lawine von Empfindungen und Gedanken aus. Ihm ist, als durchliefe sein Körper eine endlose Reihe von Umarmungen, wie in einem *time-lapse:* begleitet von einer Vielzahl von ausgesprochenen und unausgesprochenen Forderungen, die sich nacheinander zeigen und auflösen. Ist das der *Sinn,* von dem der Lange gesprochen hatte?

Die Umarmung dauert entschieden länger als vorher mit dem Jungen, schwer zu sagen, ob wegen der Mischung von harten und weichen Oberflächen oder weil sie sich vorher nicht angeschaut haben oder weil man bei jedem Ritual eine bestimmte Abfolge erwartet und diese blinde Umarmung sehr wahrscheinlich den großen Abschluss bildet. Wie auch immer, diese Welle der Rührung, die in ihm aufsteigt, hatte Nick Cruickshank nicht erwartet, dieses rückhaltlose Aufgeben der Abwehr. Fast als würde man ohne ersichtlichen Grund in der Öffentlichkeit zu weinen anfangen, mit einem grenzenlosen Gefühl von Verlust oder von Wiederfinden oder beidem. Als er versucht, sich zu lösen, schafft er es nicht, entweder weil die Frau ihn weiter an sich drückt oder weil er sich nicht wirklich lösen will, da ihm scheint, als sei die Sache noch nicht zu Ende, als hielte sie eine seltsame Kraft zusammen. Was die anderen machen, ist auch nicht klar; man hört kein Rascheln, keine scharrenden Füße und noch weniger abschließende Worte. So liegen er und die Frau sich noch eine unbestimmte Zeit lang in den Armen, vertieft in den Druck und die Körperwärme, in den Sinn, den sie einander mitteilen wollen, welcher auch immer das sein mag.

Schließlich trennen sie sich langsam, als erwachten sie aus einem unerwarteten Schlaf; sie treten einen Schritt zurück, sehen sich endlich an, und Nick Cruickshank traut seinen Augen nicht, es ist Milena, die Italienerin mit der Eisdiele: Die Überraschung trifft ihn wie ein elektrischer Schlag, ist ebenso heftig und ungefiltert wie die Empfindungen davor, sie nimmt ihm den Atem.

Milena reagiert ähnlich: Ruckartig weicht sie zurück, macht ein erschrockenes Gesicht.

Nick Cruickshank überlegt kurz, ob er ihr erklären soll, dass er keine Ahnung hatte, wer sie sei, zweifelt aber gleichzeitig, ob er es nicht doch irgendwie wusste, wenn auch nur mit der Ungenauigkeit eines Blinzelns zwischen halbgeschlossenen Wimpern bei schlechtesten Lichtverhältnissen.

Sie wechseln kein Wort, gehen beide rückwärts, bis sie wieder an ihrem Platz im Kreis angelangt sind. Aber das Kreisspiel, oder wie immer man es nennen will, ist zu Ende: Der Lange nickt und sieht dabei ein bisschen traurig aus. »Jetzt könnt ihr durchs Dorf gehen und umarmen, wen ihr wollt.« Die Jungen und Mädchen sammeln ihre Taschen und Rucksäcke vom Boden auf; sie schauen sich um und merken sehr schnell, dass weit und breit keiner da ist, den man umarmen könnte.

Nick Cruickshank bleibt unsicher stehen, dann geht er zu dem langen Typ. »Woher kommt ihr?«

Der Lange sieht ihn einige Sekunden lang an, als passte die Frage nicht recht zum Stil des Spiels. »Digne-les-Bains.«

»Und ihr macht diese Treffen an mehreren Orten?« Nick Cruickshank zeigt auf den Platz, wo bis vor zwei Minuten Menschen im Kreis standen, die jetzt in verschiedene Richtungen verschwunden sind.

Der Lange nickt, lächelt schwach. Er greift nach seinem Rucksack und geht eine der steilen Dorfgassen hinunter. Andere, die noch nicht gegangen sind, folgen ihm schweigend.

Nick Cruickshank dreht sich zu der Stelle um, wo Milena, die Italienerin mit dem Eis, gestanden hatte, doch sie ist nicht mehr da. Der Marktplatz ist menschenleer, als sei nie jemand da gewesen, die Kirchenfassade und die Platanen im Dunst von den gelben Scheinwerfern angestrahlt. Er steigt die Treppengasse hinauf, die auf die Hauptstraße führt, bei jedem Schritt atemloser: nichts. Er erreicht die Hauptstraße, schaut nach rechts und nach links, die Atemnot wird immer größer, er kann es sich nicht erklären: nichts, nichts.

Freitag

19

Am Morgen scheinen die Charakterunterschiede zwischen ihr und Viviane am stärksten herauszukommen: Milena Migliari hat das schon länger beobachtet, aber die Sache wird immer deutlicher. Für sie muss der Übergang vom Schlaf zum Erwachen allmählich erfolgen: Sie muss sich erst auf die Bettkante setzen und kurz nachdenken, dann langsam ein Stockwerk tiefer ins Bad gehen, im Spiegel ihr Gesicht betrachten, einen Moment schwanken, bis sie akzeptiert, dass es wirklich ihres ist. Anschließend pinkeln, sich das Gesicht waschen, die Zähne putzen, wieder ins Schlafzimmer raufgehen, sich anziehen, ins Erdgeschoss hinuntersteigen, den orangefarbenen Vorhang beiseiteschieben, um aus dem Küchenfenster zu schauen, das auf die Gasse hinausgeht. In aller Ruhe die Espressokanne füllen, auf die Herdplatte stellen, Haferflocken in ein Schälchen schütten, Sonnenblumenkerne und Apfelstückchen oder Bananenscheibchen hinzufügen, Sojamilch und einen Schuss Ahornsirup darübergießen, alles noch halb im Traum. Insgesamt ist es vielleicht eine Viertelstunde, aber die ist ihr wichtig; wenn sie darauf verzichten muss, leidet sie.

Viviane dagegen schleudert, kaum aufgewacht, die Decke weg und springt vom Bett auf, nimmt die Kleider vom Stuhl, zieht sich an und zählt dabei mit vollem Durchblick Namen von Patienten, anzugehende körperliche Probleme und Termine auf. Sie läuft hinunter, schließt sich im Bad ein und ist fünf Minuten später schon im Erdgeschoss, gewaschen und gekämmt, bereit für den Tag, gierig nach ihrem Milchkaffee mit Roggenkeksen. Häufig schlechtgelaunt, existierenden oder auch nur hypothetischen Schwierigkeiten zugewandt, voller Ansprüche an das Gesundheitssystem oder das Finanzsystem oder das Straßeninstandhaltungssystem. Es ärgert sie, ihre Lebensgefährtin noch ein wenig verträumt zu sehen, noch nicht ganz aus Morpheus' Armen entlassen: Sie stellt ihr schroffe Fragen, stachelt sie an, um genaue Antworten zu bekommen. Dann steht sie ruckartig vom Tisch auf, hält Tasse, Teller und Besteck mit fahrigen Bewegungen im Spülbecken unters Wasser, nimmt die Autoschlüssel aus der chinesischen Schale auf dem Schränkchen im Eingang, verlässt das Haus und geht zu dem Platz, wo sie ihr Auto geparkt hat, um schnell nach Draguignan zu fahren.

Am Anfang ihrer Beziehung war ihr Erwachen gar nicht so verschieden: Wenn sie beide Zeit hatten, ließen sie es gemächlich angehen, wenn eine es eilig hatte, beeilte sich auch die andere. Es geschah vollkommen instinktiv, ohne Forderungen, ohne Druck. Den Tag gemeinsam zu beginnen war eine Freude, eine Gelegenheit, zusammen zu lachen, sich Sachen zu sagen, die sie in anderen Momenten nicht gesagt hätten. Verbarg sich hinter diesem scheinbar so mühelosen Einklang eine Anstrengung, sich anzupassen? Machten sie ein Experiment? War es die natürliche Ansteckung, die zwischen zwei sich plötzlich sehr nahen Menschen stattfindet?

Sicherlich war Viviane viel weniger pessimistisch als jetzt und viel weniger drängend; minutenlang betrachtete sie wie verzaubert das Mienenspiel und die Gesten ihrer Partnerin, staunte darüber, kommentierte sie. Schon damals arbeitete sie viel, aber der Spaß an den Aufgaben überwog bei weitem die Notwendigkeit, sie zu machen; und kaum hatte sie frei, teilte sie mit ihr die Abenteuerlust, die Freude am Ausscheren, am gemeinsamen Risiko. Im Übrigen war die gegenseitige Anziehung wahnsinnig groß, sie verzehrten sich vor Neugier auf das, was sie von der anderen noch nicht wussten, begeistert über jede winzige Entdeckung. Praktische Probleme schienen zweitrangig oder gaben ihnen die Gelegenheit, ihre kreativen Fähigkeiten einzusetzen; sie gingen jede Schwierigkeit gelassen an und meisterten sie. Sogar über die feindseligen Blicke und halblauten Kommentare der Einwohner von Seillans amüsierten sie sich, anstatt sich darüber zu ärgern; sie fühlten sich dadurch wie zwei freie Frauen, die die Konvention herausfordern, die sich jeden Tag spielerisch das Leben erfinden, das sie wollen. Wann hat diese Stimmung begonnen, sich zu verändern? Wann haben *sie* begonnen, sich zu verändern? Oder haben sie einfach aufgehört, so zu sein, wie sie gern gewesen wären, und sind wieder so, wie sie eben *sind*? An welchem Punkt hat sich das Erfindungsspiel in die Anstrengung verwandelt, etwas aufzubauen, Verpflichtung um Verpflichtung, Belastung um Belastung? Wann hat sich die Leichtigkeit in Schwere verwandelt?

Sicher ist, dass die tägliche Wiederholung auch das unschuldigste Verhalten aufbauscht, bis man es nicht mehr übersehen kann. Zum Beispiel Vivianes trockenes Hüsteln, wenn sie sich räuspert, weil sie nervös ist, oder ihre Gewohnheit, die Brille abzunehmen und sie mit dem Pullover, einer Serviette, dem Tischtuch zu putzen. Oder ihre meisterliche Fähigkeit, einen Apfel so zu schälen, dass die Schale am Schluss wie eine leere Hülle auf dem Tisch liegen bleibt, aus wer weiß welchem Prinzip. Oder ihr nächtliches Schnarchen, ausdauernd wie das Geräusch eines Elektrogeräts. Oder ihre Art, einem mit kaum merklichen, kleinen Rucken nach und nach die Decke wegzuziehen. Bis vor einiger Zeit störte sie das alles keineswegs, sondern weckte sogar ihre Zärtlichkeit, ihre Fürsorge. Und dann?

»Bon, ich bin dann weg, wir sehen uns heute Abend.« Viviane hüstelt zwei-, dreimal, schon an der Tür, schon aus dem Haus. Ist sie beunruhigt wegen einer dieser finanziellen Fragen und Komplikationen bei der Arbeit, von denen sie schon seit heute früh redet? Ist sie sauer, weil sie ihren Mangel an Begeisterung für die ganze Befruchtungsangelegenheit spürt, für die kurz-, mittel- und überaus langfristigen Pläne, die sie ab Montag gemeinsam in Angriff nehmen müssen?

Milena Migliari denkt, dass auch der Sex zwischen ihnen nicht mehr so verspielt und unbeschwert ist wie am Anfang: Er ist nur noch eine Abfolge von zielsicheren Handlungen, um möglichst wirkungsvoll (und schnell) einen Zweck zu erfüllen. Die mechanische Seite überwiegt längst die emotionale; die Überraschung ist weg, es gibt nicht mehr die geringste Verwirrung beim Denken. Anfangs fand sie es revolutionär, die Ansprüche eines Mannes abgeschüttelt zu haben, seine dumpfen Forderungen, die hündische Beharrlichkeit, die dauernd drohende Erpressung, die am Grund jeder Geste schlummernde Gewalt, die Stimme, die unvermittelt losschreien und dominieren kann, die Beschützerangebote, hinter denen Bevormundung steckt. Sie empfand es als eine solche Erleichterung, nicht mehr Millimeter für Millimeter abgetastet zu werden, äußerlich, in ihrer Art, sich zu kleiden, in der Sorgfalt für Details und der Auswahl ihrer Accessoires, im ständigen Wechsel von Bewunderung und Enttäuschung. Sie konnte es kaum glauben, nicht mehr andauernd mit einem Katalog von Frauen verglichen zu werden, die größer und dünner waren, mehr Sexappeal, längere Beine und einen größeren Busen hatten, einer Collage aus Filmen, Werbung, Pornoseiten, Arbeitsmilieu, Pubertätsphantasien, Gesprächen mit Kollegen, Kommentaren von Freunden. Sie war so glücklich, sich nicht mehr der Vorhersehbarkeit und Aufdringlichkeit eines Sexualorgans anpassen zu müssen, das jede Entscheidung und jedes Verhalten seines Besitzers bestimmt und manchmal eine Waffe, dann wieder ein schwer zu handhabendes Gerät oder ein peinlicher Zeuge von Schwäche ist. Mit Viviane hatten sie so viel über diese dummen, anatomischen Auswüchse geredet und gelacht, über die unverhältnismäßige Bedeutung, die sie im Leben der Männer einnehmen, in ihren Gedanken, in dem permanenten Vergleich mit ihren Geschlechtsgenossen, in den pathetischen Prahlereien, in der lauernden Unsicherheit, in der aufreibenden Bemühung, seinen Platz in der Rangordnung zu behaupten oder zu verbessern. Nur zu gern hatte sie auf die Kraftproben verzichtet, die sich mit Feigheitsbeweisen abwechselten, auf die verzehrende Egozentrik, die mit Einbrüchen des Selbstvertrauens einhergeht, auf die Besserwisserei, die Bestürzung hervorruft, das Prahlen mit Fachkenntnissen, gefolgt von Eingeständnissen der Unwissenheit, die Rationalität, hinter der sich emotionale

Unfähigkeit verbirgt. Mit Viviane hatte sie sich zum ersten Mal frei gefühlt, einfach nur sie selbst zu sein, mit ihren Vorzügen und Fehlern, zusammen mit einer anderen Person, die endlich ihre geistigen und emotionalen Beweggründe wirklich verstand (und nicht nur in Krisenmomenten drei Minuten lang so tat, als würde sie verstehen), weil sie auch eine Frau war. Unglaublich, dass sie nicht früher daran gedacht, nie die Möglichkeit erwogen hatte, dass es ja noch etwas anderes geben könnte, als jedes Mal wieder in dieselbe Falle zu tappen.

Ganze Monate hatten sie verbracht, ohne Pläne zu machen, höchstens von einem Tag zum anderen, manchmal von einer Stunde zur anderen. Nachts redeten sie, liebten sich, lachten, malten sich Reisen und die unwahrscheinlichsten Tätigkeiten aus. Viviane war noch damit beschäftigt, ihre Posturalmassage zu perfektionieren, arbeitete in verschiedenen Ärztezentren und Fitnessstudios des Landkreises oder bei den Patienten zu Hause. Sie dagegen hatte vorübergehend eine Stelle in einer Konditorei in Fayence gefunden, und wenn sie Zeit hatte, probierte sie in ihrer kleinen Mietwohnung mit einer rudimentären Eismaschine neue Rezepte aus. Sie hatten sehr wenig Geld, doch das kümmerte sie beide nicht, sie waren sicher, dass sie immer eine Möglichkeit finden würden, sich zu beschaffen, was sie brauchten.

Und was ist dann passiert? Zwischen ihnen? *Mit* ihnen? Was zum Teufel ist passiert? Und worauf steuern sie nun zu, unter Aufschwüngen und Widerständen und schleppendem Zögern? Auf eine gefestigte Familie, nicht so verschieden von denen, aus denen sie stammen? Auf eine immer klarere und dauerhaftere Rollenverteilung? Lässt es sich nicht vermeiden, dass sich zwischen zwei Frauen, die zusammen sind, im Lauf der Zeit eine ähnliche Beziehung herausbildet wie zwischen einer Frau und einem Mann, weil es eine reine Überlebensfrage ist? Da zwei Frauen in einer Männerwelt immer verletzlich bleiben, so freizügig und emanzipiert und unabhängig und rebellisch sie auch sein mögen? Kann es sein, dass eine der beiden, um sich von den Männern nicht unterkriegen zu lassen, wenigstens ein bisschen selbst zum Mann werden muss, auch wenn sie nicht die geringste Lust dazu hat? Um sich auf den Kriegspfaden durchzuschlagen, die die Männer geschaffen haben, und es wenigstens der anderen zu ermöglichen, *nicht* zum Mann zu werden?

Man muss sich nur umsehen, um zu begreifen, dass die Welt stets am Rande eines Rollbacks balanciert, was Verhaltensweisen, Sprache und geistige Bilder angeht, und dass die Frauen dabei garantiert immer am schlechtesten wegkommen. Ganze Religionen beschäftigen sich rund um die Uhr damit, den Frauen ihre Rechte abzustreiten oder, falls sie schon welche errungen haben, sie ihnen zu beschneiden oder abzuerkennen, um sie in die Lage von Dienerinnen und Gebärerinnen zurückzujagen. Es gibt ganze militärische Organisationen, terroristische und andere, deren Hauptziel es ist, die zwischenmenschlichen Beziehungen auf ein Unterdrückungssystem zu reduzieren, in dem die Frauen unweigerlich auf der untersten Stufe landen werden. Ganze Industriezweige produzieren mit voller Unterstützung ihrer jeweiligen Staaten Waffen, die sie bei jedem Konflikt an alle Beteiligten verkaufen, damit die Männer sich mit Töten und Zerstören verlustieren können, mit der freudigen Grausamkeit von Kindern, die körperlich gewachsen, aber im Geist stehengeblieben sind. Es gibt ganze obskure Netzwerke, die Migrationen in Gang setzen und steuern und daran mehr verdienen als mit Heroin und die Hunderttausende von Männern, die innerlich im Mittelalter leben, dazu anstacheln, ein leichteres Leben zu suchen in Ländern, deren Werte sie verachten, angefangen bei der Freiheit der Frauen. Ganze politische Parteien reagieren auf die drohende Barbarei mit Slogans, die barbarischer nicht sein könnten. Bei der kleinsten Gelegenheit wird die steinzeitliche Männlichkeit herausgekehrt: auf die Brust trommelnde Hände, aufstampfende Füße, dröhnende, kehlige Stimmen, martialische Uniformen und Truppenverbände, Bärte und Turbane, zur Einschüchterung geschwungene Fäuste, Stöcke, Pistolen und Gewehre.

Also? Wird es sich weiterhin nicht umgehen lassen, dass Viviane Flegeln, die sich am Bahnhof vordrängeln, mit dem Ellbogen einen Stoß in die Rippen versetzt, Grapschern im Supermarkt einen Tritt in die Eier verpasst und Angeber, die ihr die Parklücke wegschnappen wollen, laut anschreit? Und dass sie, wenn sie dann heimkommt, ihre Lebensgefährtin auf ganz ähnliche Weise unterdrückt wie ein Mann?

Milena Migliari nimmt noch einen Löffel voll Müsli, wischt sich mit dem Handrücken die Sojamilch von den Lippen. Sie kaut langsam, versucht, sich auf die Konsistenz und den Geschmack der Haferflocken, Rosinen und Haselnüsse zu konzentrieren, aber es gelingt ihr nicht: kein bisschen.

20

Immer wieder übt Nick Cruickshank die ersten Takte der Sonate in C-Dur für Mandoline und Klavier von Beethoven, die er vielleicht morgen auf dem Fest spielen könnte, wenn seine Stimmung und das allgemeine Klima und das Verstärkersystem wunderbarerweise zusammenpassten (was sehr unwahrscheinlich ist). Es ist ein schnelles Stück, und das verdammte Arpeggio in C-Dur zwingt einen, die Hand so weit wie möglich zu spreizen, die Finger rasch über den Sattel springen zu lassen und aufzupassen, keine unreinen oder stumpfen Töne zu produzieren. Für einen klassischen Mandolinisten ist das vielleicht nicht sonderlich schwierig, außer man will es in doppelter Geschwindigkeit spielen wie dieser bescheuerte Virtuose, den man auf YouTube sehen kann. Doch für einen Rhythmusgitarristen, der so langsam lernt wie er, ist es eine Herausforderung und kostet ihn einen Haufen Mühe. Wahrscheinlich gefällt ihm die Mandoline auch deshalb, nicht nur, weil sie so klein und handlich zu transportieren ist: weil sie ihn zwingt, aus seiner Komfortzone herauszutreten, die Reflexe abzulegen, die er beim Gitarrespielen hat.

Schon in der Zeit der ersten Platten der Bebonkers faszinierte ihn eine Vielzahl von Instrumenten, und oft schmuggelte er das eine oder andere in ihre Arrangements hinein, auch wenn er jedes Mal den dumpfen Widerstand der anderen überwinden musste. Einmal waren sie im Studio und arbeiteten an einem sehr gestrafften Boogie-Woogie, und er schnüffelte zwischendurch im Nebenraum herum, wo für eine andere Aufnahme ein Xylophon herumstand. Er probierte, mit den Schlägeln auf die Holzstäbchen zu schlagen, ohne genau zu wissen, was er da tat, und wie durch Zauberei kamen ihm einige interessante Ideen. Daraufhin kehrte er zu den anderen zurück und sagte, als sei er sich total sicher: »Ich spiele ein *Xylophon* drüber.« Die anderen kicherten und schüttelten den Kopf, das Xylophon passe doch überhaupt nicht zu einem Boogie, und außerdem könne er es sowieso nicht spielen. Er blieb stur und zwang sie, es auszuprobieren, und beim zweiten oder dritten Versuch funktionierte es: Das Xylophon brachte einen anderen Sound hinein, der sich von dem der zahllosen Bands mit der gleichen Instrumentierung unterschied. In fast allen Bebonkers-Songs der goldenen Jahre ist ein ungewöhnliches Instrument dabei, das der Atmosphäre Farbe verleiht und überraschende Schatten und Reflexionen zaubert: eine Bouzouki, ein Dulcimer, eine Sitar, eine keltische Harfe, eine Tenorblockflöte, eine Oboe.

Ist seine neueste Passion für die Mandoline ein Versuch, zu dem freieren und kreativeren Selbst der ersten Platten zurückzukehren, obwohl es eigentlich längst zu spät ist? Jetzt mit vollem Bewusstsein noch einmal zu machen, was er vor fünfunddreißig Jahren rein instinktiv machte, ohne wirklich darüber nachzudenken? Sich von den Schuldgefühlen zu befreien, Rodney, Wally und Todd ab einem bestimmten Punkt unterstützt und sich ebenfalls mit dem sogenannten

Bebonkers sound begnügt zu haben? Den Platzbedarf seiner Instrumente auf das Minimum zu beschränken, während sich sein Leben insgesamt in die entgegengesetzte Richtung zu entwickeln scheint? Ist es nicht paradox (schon wieder, schon wieder), dass er sich jahrelang halb totgearbeitet hat, um Songs zu schreiben und aufzunehmen und eine Platte nach der anderen auf den Markt zu werfen und ohne einen Tag Atempause auf Tour von einem Termin zum anderen zu rasen, bis er sich eine Kollektion von Instrumenten kaufen konnte, die mehrere Zimmer in mehreren Häusern an verschiedenen Orten in verschiedenen Ländern einnimmt, jetzt aber fast nur noch auf einer kanadischen Mandoline spielt, die so wenig wiegt und so wenig Platz beansprucht? Die Hornhaut an den Fingerkuppen und die Beweglichkeit der Finger erhält ihm das jedenfalls. Doch beim Konzert am Sonntag wird er sie zu Hause lassen, wohlverwahrt in ihrer Hülle; kein Bebonkers-Fan wird sich wundern müssen, dass er ihn auf der Bühne mit etwas anderem sieht als mit seinen Stratocastern und Telecastern.

Aber welchen Sinn hat es, Beethoven oder Bach oder O'Carolan auswendig zu lernen, indem er sich die Stücke dutzendmal wieder und wieder in verschiedenen Ausführungen anhört, weil er keine Partitur lesen kann, indem er sich allein die Griffe und Handstellungen ausdenken und intuitiv Verbindungen zwischen Tonleitern und Arpeggios erfassen muss, die ihm nicht vertraut sind? Kann es sein, dass irgendwann einige dieser Elemente in Form eines verblüffend schönen Songs wieder auftauchen? Wären die anderen Bebonkers, falls es geschähe, überhaupt damit einverstanden, den Song zu spielen, da er ja sicher aus ihrem aktuellen Repertoire herausstechen würde? Baz' gestrige Reaktion war mehr als deutlich: Nein, sie würden es keinesfalls akzeptieren. Und ebenso wenig die Fans, die offenbar entschlossen sind, für immer und ewig ein *replay* ihrer Klassiker zu fordern. Ist dieses Eintauchen in eine Musik, die nicht die seine ist, mit einem Instrument, das nicht das seine ist, nur der soundsovielte Versuch, nicht zu akzeptieren, wozu er endgültig geworden ist, anstatt sich immer weiter auszumalen, zu welchem *anderen* er hätte werden können?

Es klopft an der Tür. Nick Cruickshank bemüht sich, es zu überhören, und spielt weiter. Als es nicht aufhört, geht er schließlich verärgert öffnen.

Draußen steht Aldino mit halb finsterem, halb verlegenem Gesicht, wie immer, wenn er ihm etwas vorzuwerfen hätte, sich aber nicht traut, es zu sagen. Gestern Nacht ist er schier übergeschnappt, als er bemerkt hat, dass Nick das Anwesen auf eigene Faust verlassen hatte; bei seiner Rückkehr wartete er mit einer Taschenlampe in der Hand hinterm Haus, so aufgeregt wie selten.

»Ich musste mal allein eine Runde drehen, okay.« Angriff ist die beste Verteidigung.

Aldino schüttelt den Kopf. »Ich wollte nicht über gestern Abend reden, sondern über morgen.«

»Über welchen Aspekt von morgen? Da gibt es verschiedene.« Nicht, dass Nick Cruickshank nicht an morgen dächte: Seit *Wochen* spukt ihm der Gedanke an den morgigen Tag durch den Kopf, mit allem, was daran hängt. Seit *Monaten.*

»Na ja, über die Sicherheit, oder?« Seit acht Jahren arbeitet Aldino nun für ihn; inzwischen sind sie ein eingespieltes Team, die Sturheit des Schützlings und die Geduld des Beschützers.

»Was gibt es denn für Probleme mit der Sicherheit?« Nick Cruickshank scheint, dass von allen morgigen Problemen die Sicherheit das einzige ist, was ihn einen Dreck kümmert.

»Oh, jede Menge.« Es gelingt Aldino fast nie, optimistisch an eine Sache heranzugehen: Vielleicht macht er deshalb seinen Job so gut. »Demnächst kommt Allard aus Monte Carlo zur Besichtigung vorbei, aber wir wissen schon, dass wir Männer am Tor brauchen, hinter den Hecken, im Haus, auf dem Rasen vor dem Haus und am Waldrand. Dann ist da noch die Frage mit der örtlichen Polizei. Personalbestand gleich null, Ausrüstung ebenso. Falls wir, Gott bewahre, eine böse Überraschung erleben sollten, weiß ich nicht ...«

»Was meinst du denn damit?« Einen Moment lang scheint ihm die Idee, es könnte eine böse Überraschung geben, fast *wünschenswert,* eine Hoffnung, an die man sich klammern kann.

Aldino hebt das Kinn, macht eine ergebene Geste. »Vom einzelnen irren Unglücksraben, der aus dem Wald springt, bis zum Kommando von drei bis vier gutausgebildeten Männern, die mit einem gepanzerten Van das Tor niederwalzen, Kalaschnikows im Anschlag, Granaten und so weiter.«

»Heilige Mutter Gottes, Aldino!« Nick Cruickshank muss lachen, weil ihm seine paranoide Reaktion auf die Olivenpflücker von vorgestern Morgen einfällt: Wie dumm er sich danach vorgekommen war.

»Da gibt's gar nichts zu lachen.« Aldino verzieht keine Miene, und zum Glück, dafür wird er ja bezahlt. »Am Sonntag im Aerodrom wird es noch schlimmer sein, denn dort reden wir natürlich von viel, viel mehr Leuten, auf einem völlig ungeschützten Platz. An jeder Seite eine Straße, über die jeder kommen und gehen kann, wie es ihm gerade passt.«

Nick Cruickshank bemüht sich, wieder ernst zu werden; er nickt, presst die Hände in die Taschen seiner Jeans. Er denkt daran, wie die Bebonkers ihre ersten Tourneen ohne jeden Privatschutz unternahmen und auf irgendwelche lokalen Polizisten vertrauen mussten, die völlig unvorbereitet waren, wenn die Jungen und Mädchen regelrecht die Bühne stürmten, blind entschlossen, jedem Bandmitglied, das ihnen in die Finger geriet, die Kleider zu zerfetzen, Haare oder *Körperteile* auszureißen. Er denkt an die hysterischen Schreie, an die irren Blicke, an das besessene Gefuchtel vor der offenen Bühne; daran, wie all das sich in Zündstoff für seine Performance verwandelte, in einen Fluss ursprünglicher Energie, die hin und her wogte. Als Frontman war er die Hauptzielscheibe, aber auch Rodney hatte seine außer Rand und Band geratenen kannibalischen Anbeter, und auch Todd und Wally; mehr als einmal konnten sie sich nur dank ihrer schnellen Beine retten, in die Autos entwischen und sich gerade noch rechtzeitig in die Hotels flüchten. Doch damals hätten sie sich nie darüber beklagt: Es gehörte untrennbar zur Mystik des Rock, die sie schließlich dorthin getrieben hatte, wo sie heute waren. Bevor die Jagd auf den Menschen sich in eine ständige Sorge und dann in einen echten Alptraum verwandelte, fanden sie alles aufregend, es war ihre endgültige Weihe zu gefeierten Stars.

Heute haben sich die Dinge mächtig geändert, sie haben Mannschaften von untereinander per Funk verbundenen

Bodyguards, erhöhte Bühnen, eiserne Absperrgitter, Sicherheitsabstände. Der Preis für die Sicherheit war der Verlust des Kontakts zum Publikum, nicht nur während der Konzerte, sondern auch vorher und nachher: immer. Nick Cruickshank denkt, dass er mittlerweile permanent vom Publikum abgeschirmt ist, der aufregende, gefährliche Körperkontakt, der jeden Augenblick in Aggression umschlagen kann, ist längst passé. Er bedauert es also gar nicht so sehr, dass nun ausnahmsweise zwei Tage lang ein paar Risiken mehr bestehen; damit muss Aldino sich abfinden.

21

Milena Migliari arbeitet an einer neuen Mischung für das Kastanieneis, da das gestrige sie kein bisschen begeistert hat. Nicht, weil Guadalupe ihre Anweisungen nicht richtig befolgt hätte, sondern weil sie sich zu genau daran gehalten hat, ohne so frei zu sein, eine persönliche Note hinzuzufügen. So ist es eben, den praktischen Teil eines Vorgehens kann man mehr oder weniger jedem beibringen, aber die nötige Phantasie nicht, da kommt es auf den jeweiligen Charakter an, auf die spezielle Kombination von Vorzügen und Fehlern, darauf, wie jemand auf die Umstände reagiert. Eines Morgens wacht man vielleicht mit einer Abneigung gegen einen Geschmack auf, gegen die Atmosphäre und die Geschichten, die damit zusammenhängen, oder man entdeckt, dass einem eine Zutat fehlt und man keine Zeit hat, sie zu besorgen, also nimmt man etwas anderes, wagt eine andere Mischung, verändert das Gleichgewicht insgesamt. Auf diese Weise sind ihr einige ihrer besten Eissorten gelungen, deshalb braucht sie beim Arbeiten immer ein wenig Freiraum zum Improvisieren: Alles kann inspirierend wirken, was sie sieht, was sie riecht, das Klima, die Temperatur, die Laune des Augenblicks, die Gedanken, die ihr durch den Kopf gehen, sogar die Musik, die aus dem Radio kommt.

Jetzt zum Beispiel spielen sie gerade *Enough Isn't Enough*

von den Bebonkers mit Nick Cruickshanks etwas heiserer, aber warmer Stimme über dem drängenden Rhythmus von Bass und Schlagzeug und den schrägen Akkorden der Elektrogitarren, und ohne zu überlegen, fügt sie der Mischung eine Prise Salz hinzu und auch ein wenig weißen Pfeffer als Kontrast zur süßen Sahne. Wie immer benutzt sie keine Waage, sondern schüttet das frischgemahlene Gewürz auf einen kleinen Teller und misst die Mengen mit einem langstieligen Löffelchen ab. Einschneidende Veränderungen ergeben nie ein interessantes Resultat: Es sind eher die kleinen Abweichungen von der Norm, die kaum wahrnehmbar sind, die man aber doch schmeckt.

Guadalupe beobachtet sie verunsichert, wie jedes Mal, wenn sie sieht, dass ihre Chefin sich nicht genau an ein geglücktes Rezept hält. Sie hat noch nicht verstanden, warum sie mit dem Eis von gestern nicht ganz zufrieden war, obwohl es keine offensichtlichen Mängel aufwies und ihr sogar sehr gelungen zu sein schien. (»Was soll das heißen, es ist gut, aber nicht *interessant*?«, hat sie sie am Spätnachmittag gefragt, als Milena Migliari in aller Ruhe ein Löffelchen voll probiert und ihren Kommentar abgegeben hatte. »Dass ich es *schon kenne*«, hat sie erwidert, wohl wissend, dass ihre Antwort ein bisschen rätselhaft klang.)

Milena Migliari beugt sich vor und stellt das Radio aus, weil der Rhythmus des Songs sie jetzt stresst. Vielleicht auch der Text, oder die Stimme. Oder der Song hat gar nichts damit zu tun, und der Stress stammt noch von gestern, von dem Termin im Centre Plamondon, von den Gedanken, die vorauseilen zum Montag, zum nächsten Sommer, zu einer Zukunft, die sie nicht mehr als die ihre empfindet. Sie versucht, sich ausschließlich auf das zu konzentrieren, was sie gerade tut: auf die Gesten und Arbeitsschritte, das langsame Verschmelzen der Zutaten.

Doch dann klopft es an die Tür der Eisdiele wie vorgestern; ihr Herz schlägt plötzlich schneller. Ihr ist, als hätte sie es erwartet, befürchtet; seit vorgestern, seit gestern Nacht. Sie sieht Nick Cruickshank schon vor sich, wie er den Kopf in die Werkstatt hereinsteckt, sie auf diese Art anlächelt, die so spontan wirkt, vielleicht aber sorgfältig einstudiert ist, um Eindruck zu schinden. Sie hört schon, wie dieselbe Stimme, die vorhin so wütend im Radio sang, interessante Bemerkungen über ihr Eis und über das Leben macht, die scheinbar ehrlich sind, vielleicht aber auch einer gelangweilten Intelligenz entspringen, die es nicht gewohnt ist, die persönlichen Grenzen zu wahren.

»Da ist jemand an der Tür.« Guadalupe zeigt auf den Laden.

»Ich hab's gehört. Vergiss es.« Milena Migliari streut eine Prise Dill in die Mischung für das Kastanieneis; sie tut so, als sei nichts, aber ihr Herz schlägt weiterhin unregelmäßig.

»Was soll das heißen, vergiss es?« Guadalupe legt den Kopf schief, sie begreift nicht.

»Das ist hier schließlich kein Plaudersalon, verdammt!« Milena Migliari klingt etwas zu hart, aber sie ist aufgeregt und wütend auf sich selbst. Welchen Sinn hatte die Umarmung mit Nick Cruickshank gestern Nacht auf dem Marktplatz? War das auch völlig unschuldig, so wie der Kuss auf die Stirn am Nachmittag? Danach zu urteilen, wie sie sich jetzt fühlt: nein. Oder danach, wie sie sich zu Hause fühlte, während sie sich im Bett wälzte, Kopf und Körper voller widerstreitender Impulse. Die Dynamik der Umarmung bleibt ihr unklar, obwohl sie sich immer wieder bemüht, sie genau zu rekonstruieren; was sich vielleicht zum Teil damit erklären lässt, dass sie beide die Augen geschlossen hatten. Vorher waren sie aber offen. Hatten sie sich, als sie fröstelnd dort im Kreis standen, im Dunst zwischen den Schatten und Lichtern wirklich nicht erkannt? Sie waren etwa zwanzig Leute, welche Wahrscheinlichkeit bestand da, dass ausgerechnet sie beide in der Umarmung aufeinandertreffen würden? Ist er gezielt auf sie zugegangen? Womöglich ist *sie* auf ihn zugegangen, ohne sich dessen bewusst zu sein? Hat sie sich von einem dummen magnetischen Strom anziehen lassen, da sie von zwei intensiven Stunden Volkstanz im Saal unter der Gemeinde noch ganz benommen war? Und was hatte Nick Cruickshank bei den Umarmern von Digne-les-Bains zu suchen? War er auf Anmache aus? Und warum sollte einer wie er es ausgerechnet auf eine wie sie abgesehen haben, bei all den viel passenderen und willigeren Opfern, die gewiss bei ihm Schlange stehen? Aus der leicht perversen Laune heraus, es bei einer zu probieren, die keine Männer mag? Auch wenn er das in Wirklichkeit gar nicht wissen konnte? Auch wenn sie fand, an ihrer Umarmung sei überhaupt nichts pervers gewesen? Auch wenn sie fand, es sei die unschuldigste Umarmung, die sie je erlebt hat?

Von der Glastür der Eisdiele her kommt weiter das Geräusch von Fingerknöcheln, die immer beharrlicher an die Scheibe trommeln: Es hört und hört nicht auf.

»Was machen wir?« Jetzt schaut Guadalupe fast erschrocken, natürlich, sie spürt ihre Aufregung.

»Geh nachsehen, wer es ist, sag, wir hätten geschlossen. Schließlich hängt sogar ein Schild draußen, verdammt.« Milena Migliari ist wütend, dass sie so durcheinander ist, kann sich aber einfach nicht beruhigen. Vielleicht hat der Gedanke an all das, was ab Montag auf sie zukommt, sie noch mehr erschüttert, als sie dachte, und ihr ganzes inneres Gleichgewicht gesprengt. Gestern hatte sie ständig Stimmungsschwankungen, und jetzt spinnt ihr Herzschlag, sie kriegt kaum Luft.

Guadalupe geht in den Laden, hält sich aber nicht an die Anweisung, sondern öffnet die Tür. Eine Stimme sagt: »Wolltet ihr mich aussperren?«

Und es ist keineswegs die Stimme von Nick Cruickshank: Es ist Vivianes Stimme. Gleich darauf erscheint sie in der Werkstatttür: lächelnd, superherzlich. »Hey, *ma poulette*! Wie geht's?«

»Gut.« Milena Migliari ist echt verblüfft, denn sie wähnte Viviane seit mindestens einer Stunde in ihrer Praxis, außerdem ist es bei ihnen nicht üblich, sich einfach so überraschend zu besuchen, und sie fühlt absurderweise eine völlig ungerechtfertigte Enttäuschung.

»Ich wollte dir was zeigen!« Viviane wedelt immer noch lächelnd mit der Hand vor ihrer Nase: total aufgedreht, was gar nicht typisch für sie ist.

»Was denn?« Milena Migliari weicht einige Zentimeter zurück, weil sie beinahe sicher ist, dass es mit ihrem Termin am Montag im Centre Plamondon zu tun hat und mit allem, was daraus folgt. »Schau mal hier! *Hier!* Vor deiner Nase!« Viviane verlangsamt die Bewegung, hält ihr das Handgelenk hin: Auf der Innenseite, an der gleichen Stelle wie bei ihr, hat sie die gleiche Tätowierung, die zwei spiegelbildlichen A, verbunden von einer kleinen Schlange, die sich wellenförmig über die Querlinie windet. Es ist eine echte Tätowierung, nicht zum Spaß mit Kugelschreiber aufgemalt; und ganz frisch, mit ein wenig schmerzstillender Salbe darauf, um die von der Nadel gereizte Haut zu schützen.

Milena Migliari fehlen die Worte: Alles hätte sie von Viviane erwartet, bloß das nicht, nach allem, was sie sich so oft über die Hässlichkeit von Tätowierungen und die Dummheit der Gründe, sich welche machen zu lassen, hat anhören müssen. Sie haben sogar mehrmals gestritten, wenn sie dann ihre Tätowierung verteidigte, mit der Idee, es könne doch schön sein, ein dauerhaftes Zeichen auf seinem Körper zu tragen, um einen Charakterzug oder einen Teil von einem Traum zu offenbaren.

»*Arte e Amore*, nicht wahr?« Immer noch hält Viviane ihr das linke Handgelenk hin, lächelt und lächelt. Sie versucht, locker zu wirken, aber ihre Augen glänzen hinter den Brillengläsern: Sie ist so gerührt wie selten.

Milena Migliari will etwas antworten, aber die Vorstellung, dass Viviane aus Liebe zu ihr etwas tun konnte, was ihr so sehr gegen den Strich geht, trifft sie wie ein Schwall kaltes Wasser. Es ist eine kleine Tätowierung, an einer ziemlich verborgenen Stelle des Körpers, aber was sie erschüttert, ist der Grad an Hingabe, den sie enthüllt. Ihre Augen füllen sich mit Tränen; sie beginnt, hemmungslos zu weinen.

»Hey!« Viviane umarmt sie, drückt sie fest an sich. »Wenn ich gewusst hätte, was für eine Wirkung das auf dich hat, hätte ich es mir zweimal überlegt!«

Milena Migliari schüttelt den Kopf, schluchzt, ringt nach

Luft: Sie weiß genau, dass Viviane es sich nicht zweimal, sondern tausendmal überlegt hat, bevor sie den Widerstand ihrer tiefverwurzelten Ansichten überwunden und sich dazu entschlossen hat. Sie lehnt die Stirn an ihre Schulter, versinkt mit dem Gesicht zwischen Mantel und Pullover, weint weiter. »Das hättest du nicht tun müssen.«

»Es hat mir aber Spaß gemacht.« Viviane schiebt sie von sich, um sie anzusehen: Auch ihr laufen ein paar Tränen über die Wangen, sie fährt mit zwei Fingern unter die Brille, um sie fortzuwischen. »Ich dachte, es wäre schön. Gerade jetzt, oder? Ich bin zu diesem Patienten von mir gegangen, der in Callian ein Tattoo-Studio hat, und habe ihm ein Foto von deinem Handgelenk gezeigt, das ich auf dem Handy hatte!«

Milena Migliari möchte zu weinen aufhören, schafft es aber nicht; je länger sie daran denkt, umso mehr weint sie.

»Es ist genau wie deines, oder?« Viviane nimmt sie am linken Handgelenk, hält ihres zum Vergleich daneben.

»Ja.« Milena Migliari nickt schniefend: Tatsächlich, die zwei Tätowierungen sind fast identisch, auch wenn ihre im Lauf der Zeit leicht verblasst ist und Vivianes ein wenig kleiner zu sein scheint, mit etwas schmaleren A, vielleicht wirkt es aber auch nur so, weil ihr Handgelenk breiter ist.

»Bon, ich muss los, sonst erschlagen mich meine Klienten!« Viviane lässt ihre Hand los, gibt ihr einen Kuss, schüttelt die Rührung ab. Sie winkt Guadalupe, die am Kühlschrank stehen geblieben ist und stumm zugeschaut hat; in wenigen Schritten stürmt sie aus der Werkstatt, aus dem Laden.

Milena Migliari nimmt ein Papiertaschentuch aus der

Schachtel, trocknet sich Augen und Wangen, putzt sich die Nase.

Guadalupe schaut zu, auch sie hat etwas feuchte Augen. »Das hätte ich mir ja nie vorstellen können, dass Viviane sich eine Tätowierung machen lässt.«

»Ich auch nicht.« Milena Migliari putzt sich noch einmal die Nase, blickt hinauf an die Decke, um die Tränen zurückzuhalten. Ist ihre Reaktion übertrieben? War sie vielleicht gar nicht so gerührt, sondern mehr von Schuldgefühlen überwältigt, weil sie selbst nicht bereit ist, im Namen eines gemeinsamen Projekts ihre natürlichen Widerstände aufzugeben? Und sind es überhaupt wirklich natürliche Widerstände, oder sind es bloß Ängste, vom Egoismus diktierte Ausreden?

»Jedenfalls ist es eine unglaublich romantische Geste. Echt.« Guadalupe fächelt sich mit der Hand Luft zu, als wollte sie die Rührung verscheuchen.

»Ja, das ist es.« Seltsamerweise kommt ihr genau in dem Moment, in dem sie das sagt, der Gedanke, ob Vivianes Geste womöglich gar keine romantische Anwandlung war, sondern ein Akt der *Aneignung*. Dieser plötzliche Wechsel ist so radikal, beutelt sie so heftig, dass ihr beinahe der Rührlöffel aus der Hand fällt.

»Alles in Ordnung?« Guadalupe sieht sie besorgt an.

»Gehst du bitte die Ladentür abschließen? Bevor noch jemand reinkommt?« Milena Migliari versucht, sich wieder auf ihre Eismischung zu konzentrieren, aber es gelingt ihr nicht. Erneut übermannt sie die Rührung, sofort steigen ihr wieder die Tränen in die Augen, und eine Sekunde später weicht die Rührung erneut der Ratlosigkeit und die Ratlosigkeit der Wut. Einige Minuten ist ihr, als könne sie Vivianes Geste sowohl positiv als auch negativ deuten, so wie bei diesen schillernden Postkarten, bei denen sich das Bild ändert, je nachdem, aus welchem Winkel man es betrachtet. Doch je länger sie darüber nachdenkt, umso mehr verdrängt die zweite Interpretation die erste. Sie dreht ihr Handgelenk um und sieht es an: Diese beiden spiegelbildlichen A gehören zu ihrem Leben vor dem Eis, vor Frankreich, vor der Begegnung mit Viviane in jenem glühend heißen Sommer voll lärmender Zikaden. Sie zeugen von einem Teil von ihr, der bei Viviane Unverständnis, wenn nicht gar Feindseligkeit hervorruft, vielleicht weil sie nie wirklich etwas davon wissen wollte. Eigentlich hat Viviane diese Tätowierung immer *gehasst,* auch wenn sie behauptete, sie hasse Tätowierungen im Allgemeinen; und zu Recht, denn den Teil von ihr, zu dem diese Tätowierung gehört, wird sie nie bekommen können. Sicherlich wäre ihr lieber gewesen, ihre Lebensgefährtin hätte ihre Tätowierung entfernen lassen, anstatt sie ihr nachmachen zu müssen: Ein paarmal hat sie es ihr sogar vorgeschlagen, indem sie ihr beiläufig von einem ihrer Klienten erzählte, der in Nizza ein Studio habe, wo sie Tätowierungen mit *Q-Switch*-Lasern entfernten, ohne dass etwas zurückblieb.

Milena Migliari mahlt noch einige Körnchen Kardamom in die Mischung für das Kastanieneis, noch einmal etwas weißen Pfeffer. Je länger sie hin und her überlegt, umso verworrener sind ihre Gedanken. Im einen Augenblick meint sie, Vivianes Geste sei mindestens eine emotionale Erpressung, eine Sekunde später meint sie, es sei wohl doch ein Zeichen außergewöhnlicher Großmut. Einmal kommt sie sich vor wie das Opfer eines kannibalischen Übergriffs, dann wieder wie ein undankbares Monster. Atemlos und unsicher springt sie von einer Deutung zur anderen.

»Hast du jetzt nicht zu viel Pfeffer drangetan?« Guadalupe wirkt immer besorgter.

»Keine Ahnung.« Milena Migliari tunkt ein Löffelchen in die Mischung, führt es zum Mund und kostet. O ja, allerdings: zu viel Pfeffer, zu viel Kardamom, zu viel Salz; der Kastaniengeschmack ist dahin. Selbst wenn man es für eine unkonventionelle Variante halten will, es funktioniert einfach nicht, es schmeckt nicht, es ist eklig. Sie nimmt den Behälter, kippt den Inhalt ins Waschbecken, öffnet den Wasserhahn und spült alles den Abfluss hinunter.

Guadalupe sieht bestürzt zu, als handle es sich um einen Anfall von Wahnsinn.

Zur Verteidigung nimmt Milena Migliari eine herausfordernde Haltung an, dabei fühlt sie sich völlig entmutigt. »Man kann sich ja mal irren, okay?! Und nicht nur einmal!«

Guadalupe nickt; wahrscheinlich denkt sie, dass sie eine ganz schön labile Arbeitgeberin hat.

22

Hinter dem kaum merklich zur Seite geschobenen Vorhang an einem der Fenster seines Studios schaut Nick Cruickshank hinaus: Auf dem Rasen vor dem Haus geht es mittlerweile zu wie auf einer hektischen Baustelle, Arbeiter, Gärtner und Elektriker montieren Pavillons, Festzelte, Bögen, Blumenrabatten, Tische, Bartheken, eine kleine Bühne, Heizpilze, Lampen, Projektoren, Lautsprecher. Aileen läuft hin und her, von hier nach da, zeigt, erklärt, sammelt Grüppchen von Personen um sich, scheucht sie wieder los, tuschelt mit ihrer holistischen Beraterin namens Fiona, mit ihrem Architektenfreund, der heute Morgen aus Antibes gekommen ist, mit der Chefin des Caterings aus Nizza, mit Tom Harlan, mit dem Team von *Star Life,* mit Nishanath Kapoor, der gleich nach seiner Ankunft tausend Forderungen gestellt hat, was seine morgige Rolle anbelangt. Weiter hinten schreitet Aldino gemeinsam mit seinem Kollegen aus Monte Carlo den Bereich zwischen Rasen, Wald und Olivenhain ab; dass er sich unwohl fühlt, solange die Verstärkung nicht eintrifft, ist verständlich, denn die Lage scheint schwer kontrollierbar zu sein.

Nick Cruickshank wird bewusst, dass ihn Aileens Fähigkeit, sich mit so viel Engagement um so viele verschiedene Sachen gleichzeitig zu kümmern, zur Hälfte mit Bewunderung, zur Hälfte mit Angst erfüllt. Aber ist es möglich, dass sich die beiden Gefühle die Waage halten, dass das erste nicht eindeutig das zweite überwiegt? Und warum sollten ihn Eigenschaften von Aileen plötzlich ängstigen, die er bisher immer geschätzt hat, etwa ihre ungewöhnliche Ausdauer, ihre Fähigkeit, keines der Ziele, die sie verfolgt, je aus den Augen zu verlieren? Was hatte er denn erwartet? Dass sie einen On- / Off-Schalter im Kopf hätte, um von der multifunktionalen Hektik, mit der sie sich in der Außenwelt bewegt, auf eine gedankenverlorene, sogar ein wenig zerstreute Ruhe umzuschalten, wenn sie mit ihm zu Hause ist? Ist es der einzelgängerische Teil seines Gemüts, der sich belagert fühlt, der sich häufig irgendwo einigelt und den Kontakt zum Rest der Welt abbricht mit der Ausrede, für seine kreative Arbeit brauche er Ruhe?

Wie hätte Aileen denn sein müssen, um ihm hundert Prozent zu gefallen und nicht nur fünfzig? Zugewandter? Aber sie ist ihm ja *extrem zugewandt:* Sie löst jedes praktische Problem im Handumdrehen, verjagt mit wenigen Worten jeden künstlerischen Zweifel. Ruhiger? Aber eine ruhige Aileen ist einfach undenkbar: Wenn er sie am Rand des Pools auf einem Liegestuhl eingenickt sähe, würde er sofort ihren Arzt anrufen oder wenigstens ihre holistische Beraterin. Müsste sie es schaffen, wenigstens ab und zu ihre Berufung zur Superorganisatorin abzulegen? Aber niemand ist ja in der Lage, sich zu ändern, das weiß er selbst doch am besten: Er hat sogar einen seiner besten Songs darüber geschrieben, *Stop Looking For A Stripeless Zebra (You'll Only Get A Donkey).*

Aber wieso hat er überhaupt ohne jede Diskussion die

Idee vom großen Fest hier in Les Vieux Oliviers akzeptiert? Bloß mit ein bisschen Widerstand am Anfang. Sogar mit sehr *viel* Widerstand am Anfang, aber angesichts Aileens Beharrlichkeit hat er ihn bald samt und sonders aufgegeben. Um sie nicht zu enttäuschen? Um des lieben Friedens willen? Wieso hat er ihr denn nicht im Gegenzug eine einfache, heimliche Trauung vorgeschlagen, vielleicht auf einer kleinen griechischen Insel? Weil er wusste, dass sie das als Affront aufgefasst hätte, als Statuseinbuße gegenüber seinen zwei vorherigen Ehefrauen (die sich bei ihrer Hochzeit gewiss nicht verstecken wollten)? Kann es sein, dass er ihr, unbewusst, nur entgegengekommen ist, damit er es irgendwann nicht mehr aushält? Eines ist sicher, auf der kleinen griechischen Insel hätte Aileen ihre unerschöpfliche Unternehmungslust, der sie jetzt da draußen auf dem Rasen freien Lauf lässt, nicht austoben können. *Star Life* wäre nicht als Sponsor dabei und würde nicht jedes Detail in alle Winde ausposaunen, es gäbe keine berühmten Gäste (jedenfalls nicht die, die er hasst), es gäbe nicht das ganze Gerede, das um sie beide und um das Anti-Leder gemacht werden wird. Doch Aileen ist gewiss keine Opportunistin, keine Karrieristin: Ihr familiärer Background ist mehr als solide, sie war schon längst total weltgewandt, bevor sie mit ihm zusammen war, und inzwischen ist sie eine sehr erfolgreiche Unternehmerin. Sie braucht dieses Schaufenster nicht, um noch mehr Reklame für sich zu machen. Oder doch?

Plötzlich fällt Nick Cruickshank der Umarmungskreis von gestern Nacht wieder ein: die kantenlose, verblüffende Unschuld der Gesichter, die Blicke ohne Hintergedanken, die Abwesenheit jeder Angeberei und aller Ansprüche. Na gut, es waren junge Leute um die zwanzig, die höchstwahrscheinlich noch bei den Eltern wohnten, noch nicht in den Arbeitskreislauf eingespannt waren, noch ohne drückende Verantwortung, ohne sich mit all dem auseinandersetzen zu müssen, was im realen Leben mühsam und hässlich ist. Man müsste sie in fünf bis zehn Jahren wiedersehen, die Umarmer: Wahrscheinlich wirken sie dann nicht mehr so friedvoll, falls sie nicht zu Landstreichern oder Heiligen geworden sind. Mag ja sein, dass einige von ihnen echte Idealisten sind, nicht nur vorübergehende, und dass sie nie die Gier nach materiellen Gütern oder gesellschaftlicher Anerkennung welcher Art auch immer entwickeln werden; aber Idealisten sind langweilig. Sie protzen mit ihrer moralischen Überlegenheit, haben den anderen immer etwas beizubringen, auf Dauer sind sie unerträglich. Wie Milton Jernigan, der in den siebziger Jahren zwei oder vielleicht drei schöne traurige Songs und etwa zwanzig mittelmäßige traurige Songs geschrieben hat und dem es geglückt ist, eine Kultfigur zu werden, weil er sich ab einem bestimmten Punkt weigerte, die Tantiemen zu kassieren, und fortan wie ein Penner lebte, bevor er sich an einem Baum im Kinver Forest erhängt hat.

Und Milena, die Italienerin mit dem Eis? Sie ist keine zwanzig mehr, wird nicht von ihrer Familie ausgehalten und wirkt auch nicht wie eine Idealistin mit dem Kopf voller moralischer, politischer und künstlerischer Klischeevorstellungen. Und doch sah sie gestern Abend ebenso unprätentiös aus wie die anderen; auch sie schien nichts zu fordern, keinen Tauschhandel anzubieten. Genau wie am Vortag, als er sie in ihrer Eisdiele besucht hat, um ihr zu sagen, dass er noch nie im Leben so gutes Eis gegessen hatte. Ja, sie hatte gelächelt, aber ganz und gar nicht selbstgefällig; rasch hatte sie das Thema beendet und von anderem gesprochen. Doch was weiß er denn wirklich von ihr? Dreimal hat er sie gesehen: Beim ersten Mal haben sie sich kaum gegrüßt, beim zweiten haben sie wenige Minuten miteinander gesprochen, beim dritten haben sie geschwiegen. Ist er dabei, einer Fremden imaginäre Eigenschaften zuzuschreiben, bloß weil sie in keine der menschlichen Kategorien passt, die er kennt? Nur weil er in diesem Augenblick das Gefühl hat, das Wasser stehe ihm bis zum Hals?

Mehr als einmal ist es ihm schon passiert, unbegründete Erwartungen an eine Frau zu haben, mit der er kaum (oder noch nie) ein Wort gewechselt hatte, allein wegen ihrer Gesichtszüge, ihrer Art, einem Blick, einer Geste oder sogar einem unkonventionellen Kleidungsstück. Womöglich, ohne sie je aus der Nähe gesehen zu haben, bloß hingerissen von dem, was er auf die Schnelle wahrzunehmen meinte, aus meterweiter Entfernung. Wie viele verflixte Fehlurteile hat er da schon erlebt? Wie viele sinnlose Aufschwünge? Es ist eine kindische Haltung, ohne jeden Zweifel, die schon zu mehreren peinlichen und einigen entschieden bedauerlichen Situationen geführt hat. Nur zu gut erinnert er sich an das bittere Erwachen, wenn die Realität ans Licht kam, an die gegenseitige Enttäuschung; die ausufernde Ratlosigkeit, das Gefühl, er sei der größte Dummkopf auf Erden.

Diese Milena mag ja ein ungewöhnliches Verhältnis zu ihrer Arbeit und vielleicht auch zur Welt haben, aber als er sie in ihrer Eisdiele auf die Stirn geküsst hat, hat er deutlich gespürt, wie sie erstarrte. Auch gestern Abend, als sie sich rein zufällig auf dem Marktplatz von Fayence umarmt und dann die Augen geöffnet und erkannt haben, wer sie waren, wirkte sie kein bisschen erfreut. Sobald man ihr zu nahe kommt, ist da ein Widerstand in ihrem Blick und in ihren Gesten: Es ist so. Zu anderen Zeiten hätte er das womöglich als Herausforderung aufgefasst und versucht, diesen Widerstand zu überwinden, aber jetzt nicht. Schon längst ist er nicht mehr der Gefühlspirat, der sich schwierige Frauen aussucht, sie erobert und am nächsten Tag vergisst, ohne sich um die Folgen zu kümmern. Falls er überhaupt je so gewesen ist. Warum ist ihm Milena jetzt wieder eingefallen? Und vorher? Wegen des merkwürdigen Zufalls, ausgerechnet sie umarmt zu haben? Aber ihre Eisdiele liegt ja gleich hinterm Marktplatz, es ist überhaupt nicht seltsam, dass sie dort vorbeigegangen ist, nachdem sie zugemacht hatte. Und sie waren achtzehn Personen in dem Kreis, mit ihm: Die Wahrscheinlichkeit, gerade sie zu umarmen, war gar nicht so gering. Oder weil er sie vorgestern, als sie mit ihrem Lieferauto das Eis brachte, dort neben Aileen stehen sah und die beiden ihm wie zwei absolut gegensätzliche Frauen vorkamen, im Aussehen, im Charakter, im Verhalten, in der Kleidung, in allem? Weil ihm schien, wenn auch nur für einen Augenblick, dass zwischen diesen beiden gegensätzlichen Formen von Weiblichkeit seine Sympathien alle zu *ihr* hinströmten anstatt zu Aileen? Dass sie zu ihr *eilten*, rein instinktiv, ganz unüberlegt. Was war das, noch ein Ausdruck seiner lächerlichen Vorstellung, es könne irgendwo eine Art wundersamer Begegnung auf ihn warten, irgendwann? Das ist auch ein Symptom des Wasser-bis-zum-Hals-Syndroms, zweifellos.

Nick Cruickshank schlüpft aus seinem Studio, geht möglichst lautlos den Flur hinunter, darauf bedacht, nicht von den Gästen gesehen zu werden, die im Wohnzimmer quasseln, kichern und süffeln, und sich in die Küche zu flüchten, ins geschützte, tröstliche Reich von Madame Jeanne.

Aber natürlich sehen ihn die Gäste doch, als er gerade denkt, er sei schon fast heil davongekommen: Wally richtet den Zeigefinger auf ihn. »Hey, Nick! Wo willst du hin?!«

»Ich muss was kontrollieren.« Nick Cruickshank zwingt sich, in freundlichem Ton zu antworten, obwohl er gute Lust hätte, Wally zu sagen, er solle sich um seinen eigenen Mist kümmern, weiter seinen achtzehn Jahre alten Jameson in sich reinkippen und ihm nicht auf die Nerven gehen.

Wally grinst hämisch; er war schon immer die aufdringlichste, beharrlichste Person, die er kennt. Es handelt sich dabei nicht einfach um Sturheit, gemischt mit mangelndem Taktgefühl: Wenn Wally etwas will, fängt er an zu bohren und zu bohren und hört nicht mehr auf, bis er es bekommen hat, ungeachtet jedes Gegenvorschlags. Es ist die Eigenschaft, die ihn zu dem Bassisten gemacht hat, der er ist, mit diesem gehetzten, fetzigen, obsessiven Stil, der ihm den Spitznamen »The Wall« eingetragen hat. Auf diese Weise hat er alles erreicht: Mitglied bei den Bebonkers zu werden, obwohl die anderen ihn nicht mochten, seine Ideen bei den Arrangements einzubringen, auch wenn die anderen nicht überzeugt waren, sein Geld in überraschend gewinnbringenden Aktienpaketen anzulegen, auch wenn sein Finanzberater nicht einverstanden war, mit Hunderten, wenn nicht Tausenden von armen Goupies ins Bett zu gehen, die jeden anderen aus der Band vorgezogen hätten, dreimal hintereinander zu heiraten, und zwar praktisch identische Frauen, die ihn zumindest am Anfang widerlich fanden. Seine ungewöhnliche Aufdringlichkeit und Beharrlichkeit haben ihm so lange so gute Ergebnisse eingebracht, dass er jetzt keinen Grund hat, sie aufzugeben: keinen einzigen. »Was ist mit dem verdammten Ausritt, den du uns versprochen hast? Wann machen wir den?«

»Oh, keine Ahnung.« Am liebsten würde Nick Cruickshank ihn beiseitestoßen, so wie Rodney auf der letzten Tour; dieses Bedürfnis kommt von ganz allein, wenn man es mit einem wie Wally zu tun hat.

Jetzt nähert sich auch seine Frau Kimberly mit ihrem ewigen Kaugummi im Mund. »Sind neue Leute gekommen?«

Nick Cruickshank denkt, dass es bald drinnen wie draußen nicht mehr auszuhalten ist. »Los, zieht euch was Passendes an, dann reite ich eine Runde mit euch.«

Wally und Kimberly nicken schwach: Wahrscheinlich ärgert es sie, dass sie so schroff um die Möglichkeit gebracht werden, weiter zu insistieren.

Nick Cruickshank geht auf der Rückseite des Hauses hinaus, sucht nach René, der die Pferde satteln soll, auch wenn Aileen ihn bestimmt längst für ihre Zwecke eingespannt hat wie alle anderen.

23

Milena Migliari steht neben dem Rührgerät, wie gebannt vom Geräusch der Spachtel, die wieder und wieder die neue Mischung durchrühren; nachdem sie das missglückte Kastanieneis weggeworfen hatte, hat sie sich einem Fiordilatte-Eis gewidmet. Fiordilatte ist der Geschmack, zu dem man zurückkehrt, wenn man nach einem gescheiterten oder enttäuschenden Experiment einen *Reset* braucht, es ist der Punkt des Neubeginns. Fiordilatte ist wie eine weiße Leinwand, wie eine unbeschriebene Seite, die tausend mögliche Geschichten enthält oder auch keine, je nachdem. Der Geschmack ist einem so vertraut und doch so schwer in Worte zu fassen. Cremig: genügt nicht. Süß: erfasst es nicht richtig. Soft, weich, ursprünglich, unverfälscht, weiß wie Schnee? Homogen: Ja, es hüllt die Zunge ein, schafft eine Patina, die sich jedoch bald wieder auflöst, sie bleibt nicht. Nichts ist selbstverständlich am Fiordilatte: Seine scheinbare Schlichtheit öffnet sich plötzlich zu einem Universum von weichen, samtigen Nuancen, die Zunge und Gaumen streicheln und Erinnerungen an unbedarfte Gedanken wachrufen, an frische Eindrücke, an unschuldige Tast- und Geruchserfahrungen. Wenn irgendein Eis das Vorurteil widerlegen kann, dass es eine Eissaison gebe, dann Fiordilatte. Dieses Eis passt im Frühling, im Sommer, im Herbst und im Winter, bei jedem Wetter, an jedem Tag, zu jeder Zeit. Wie bei jeder Sorte kommt es auch hier auf die Qualität der Zutaten an und darauf, wie man sie zur Geltung bringt, statt sie zu vergällen. Größtenteils verwenden die Eishersteller Milch und Sahne aus dem Supermarkt; andere verwenden Schweinereien wie H-Milch, die nichts Natürliches mehr hat, oder, noch schlimmer, rehydriertes Milchpulver oder Kondensmilch. Um den üblen Geschmack zu überdecken und vertrauenerweckender zu machen, geben sie kiloweise Zucker in die Mischung, sei es Kristallzucker, Fruchtzucker, Traubenzucker oder Maissirup mit hohem Fruchtzuckeranteil, egal; dann fügen sie Vanillin oder andere synthetische Aromen hinzu und im besten Fall Johannisbrotmehl als Verdickungsmittel. Dadurch gehört das kommerzielle Fiordilatte-Eis zu den widerlichsten, klebrigsten und unnötigsten Sorten, die es gibt. Zum Schluss wird es so fade, dass es nach gar nichts mehr schmeckt, ein Eis für den, der nicht weiß, welche Sorte er wählen soll.

Sie dagegen verwendet nur die Milch von Didier, der seine braunen Alpenkühe auf den Weiden bei Montauroux hält, wo sie sich von frischem Gras oder sonnengetrocknetem Heu ernähren, je nach Jahreszeit. In den Unterstand gehen sie nur, wenn sie Lust haben, und auch dort bietet er ihnen größtmöglichen Komfort, einschließlich Musik, die er ab und zu auf der Drehleier spielt. Sie geben viel weniger Milch als die im Stall zwischen Eisenstangen eingeschlossenen, mit industriellem Viehfutter vollgestopften Kühe, aber dafür ist sie so cremig, dass man keine Sahne beifügen muss, und schmeckt wundervoll nach Kräutern und Blumen, jeden Tag ein wenig anders, süßsäuerlich, honigsüß, lebendig. Diese Milch ist die Basis für alle ihre Sorten und der Grund, warum sie beschlossen hat, sich ausschließlich dem Eis zu widmen und die Sorbets fallenzulassen. (Das ist eine ganz andere Welt: Sorbets sind wässrig, zuckrig, körnig, sie schmelzen im Mund, ohne die Zunge mit der köstlichen, einhüllenden, nachhaltigen Cremigkeit von Eis zu befriedigen.) Da das Pasteurisieren jeden Geschmack verändert, macht sie es nur ganz kurz und bei niedriger Temperatur, sechzig Grad minus für höchstens dreißig Sekunden. Zum Süßen nimmt sie Traubensaftkonzentrat, manchmal Akazienhonig, manchmal Agavensirup, anschließend fügt sie Bourbonvanille von der Insel Réunion hinzu; und jede dieser Zutaten trägt subtil, aber spürbar etwas zum endgültigen Charakter des Eises bei. Fiordilatte ist eine der Sorten, an denen man am besten den Unterschied zwischen einem langweiligen und einem interessanten Eis ermessen kann, zwischen einem, das du nach wenigen Löffeln satthast, und einem, das dich zum Weiteressen verführt, bis es alle ist. Es hat sie viel Zeit und viele Versuche gekostet, bis ihr ein unvergleichliches Fiordilatte-Eis gelang, aber dennoch scheint ihr, es gebe noch mehr zu entdecken. Wirklich; es ist keine Redensart.

Wie auch immer, der Rührprozess ist vielleicht die Herstellungsphase, die sie am meisten fasziniert: Dabei wird Luft in die flüssige Mischung eingearbeitet, und sie verwandelt sich allmählich wie durch Zauberhand in eine dichte, duftige, pastose Creme. In wenigen Minuten wird ein Eis herauskommen, das seiner endgültigen Form schon sehr nahe ist, doch bei einer Temperatur um die acht Grad minus ist die Struktur noch recht instabil: Ein Blackout wie der von Mittwoch früh würde genügen, damit es schmilzt. Ihr Rührgerät fasst fünf Liter, der Behälter wird mit der Hand herausgezogen; sie hat es gekauft, weil ihr Geld nicht für ein größeres reichte und weil sie sowieso nur kleine Mengen für den Tagesbedarf herstellt. Es gibt Eisproduzenten, die viel größere und raffiniertere Maschinen verwenden, andere arbeiten mit Flüssigstickstoff, aber nicht, um besseres Eis zu machen, sondern um schneller mehr zu produzieren. »Das Verfahren optimieren« heißt das dann auf den Internetseiten oder »den Ertrag maximieren«. Sie ist immer gespannt auf neue technische Entwicklungen, doch selbst wenn sie das Geld hätte, sähe sie absolut keine Veranlassung, ihre Werkstatt in eine Art Raumfahrtzentrum zu verwandeln, mit computergesteuerten Robotern, die auf vorhersehbare Weise all das erledigen, was sie von Hand und jedes Mal ein klein wenig anders macht. Sie mag die Idee, Fehler machen zu können wie eben bei dem Kastanieneis; sie mag es, dass das Risiko zum Spiel gehört.

Außerdem überzeugt sie die Geschichte mit dem Flüssigstickstoff dieser Tage noch viel weniger als sonst, weil ihr dabei einfällt, was Dr. Lapointe über die Frauen gesagt hat, die sich vor ihrem dreißigsten Lebensjahr einen Vorrat an Eizellen herausnehmen und sie bei ultraniedrigen Temperaturen konservieren lassen, eben mit Flüssigstickstoff, um die Sicherheit zu haben, auch fünf oder gar zehn Jahre später noch eine Familie gründen zu können. *Social egg freezing*, nennt Lapointe das, weil es den Zweck hat, einem noch einige unbeschwerte Jahre als Single zu bescheren, in denen man sich ganz der Karriere, Partys oder exotischen Reisen widmen und das Kinderkriegen aufschieben kann, bis ein Mann auftaucht, der welche möchte, oder bis die finanzielle Situation optimal und das Leben zu zweit gefestigt ist (und vielleicht kurz davor, in Langeweile zu versinken). Der Gedanke macht sie traurig; aber wahrscheinlich ist sie es, die verkehrt ist, oder nein, ganz gewiss ist es so. Jedenfalls hat sie absolut keine Lust, sich mit diesem Thema zu beschäftigen; doch die Gedanken drängen sich ihr von selbst immer wieder auf.

Als der Rührprozess beendet ist, lässt sie sich von Guadalupe helfen, das Fiordilatte-Eis in den Stahlbehälter umzufüllen und diesen in den Schockfroster zu schieben, der die Temperatur innerhalb weniger Minuten von minus acht auf minus zwanzig Grad senkt, um den nicht gefrorenen Wasseranteil zu senken, durch den die Masse weniger cremig und die Menge reduziert wird. Dann füllen sie das Fiordilatte-Eis an der Theke in die Wanne neben dem Kaki-Eis. Nebeneinander sehen diese zwei Sorten wundervoll aus: weiß und orange, eine phantastische Herbstkombination.

Plötzlich kommt es Milena Migliari so vor, als habe sie nicht mehr viel zu tun: Die Eisdiele ist leer, das Dorf wie ausgestorben, auf der Hauptstraße oben fahren kaum Autos vorbei, an der Theke gibt es nur vier Eissorten. Noch zwei Tage, dann ist Montag. Sie zählt sie an den Fingern ab, völlig unnötigerweise: Samstag, Sonntag. Eins, zwei. Dazu noch heute, aber der Tag vergeht schon wie im Flug.

24

Nick Cruickshank geht im Paddock drei Pferde holen, da René wie vorhergesehen von Aileen zur Vorbereitung des morgigen Fests herangezogen wurde. Er packt sie nacheinander am Halfter, bindet sie an der Stange fest: Tusk, Muck und Michelle. Energisch streicht er ihnen mit dem Striegel den angetrockneten Schlamm von Rücken, Flanken, Bauch und Beinen und bürstet ihnen anschließend noch den Staub ab, angetrieben vom Widerwillen gegen die Invasion in Haus und Garten. Aus dem Stall holt er Zaumzeug, Sättel und Decken, macht ein Pferd nach dem anderen fertig, die Reihenfolge der Handgriffe kennt er auswendig, obwohl er es nun schon seit Jahren gewohnt ist, sie startbereit vorzufinden; er zieht den Sattelgurt fest an, richtet die Steigbügel nach Augenmaß aus.

Als er ins Haus zurückkommt, hat das Durcheinander noch zugenommen: Neue Gäste sind eingetroffen, Stimmen und Gesten überlagern sich ununterbrochen. Im Wohnzimmer klimpert Aileens luxemburgischer Rechtsanwalt *Summertime* auf dem Klavier; dass ihm echte Musiker zuhören, geniert ihn offenbar nicht. Baz spricht mit Nishanath Kapoor über indische Musik, und Beth Bolton schaut zu, als wären sie zwei Götter, die durch ein Wunder auf demselben Sofa gelandet sind. Rodney tut so, als hörte er einem langweiligen Paar zu, bei dem es sich um Investoren von Aileen oder Partner bei den Wohltätigkeitsprojekten handeln muss. Doch außerdem sind noch mindestens zwanzig andere Leute da, die sich affektiert umsehen; alle Köpfe wenden sich ihm zu, mit mehr oder weniger großem Interesse. Nick Cruickshank schließt sie aus seinem Gesichtsfeld aus, konzentriert sich auf Wally, der beharrlich versucht, Todd seinen Whisky aufzudrängen, auch wenn Todd seit über zehn Jahren nicht mehr trinkt. Kimberly klebt an der Journalistin von *Star Life,* als wären sie enge Freundinnen: Sie kichert, fuchtelt in der Luft herum. Wie durch ein Schlachtfeld geht er direkt auf sie zu, lässt sich von keinem Blick aufhalten. »Gehen wir? Die Pferde sind bereit.«

»Pferde?« Die Journalistin von *Star Life* schaut sich sofort suchend nach dem Fotografen und dem Kameramann um. »Wartet einen Augenblick, ich rufe Ed und Simon.«

Nick Cruickshank würdigt sie keiner Antwort; er zerrt Kimberly am Arm weg und treibt mit wütenden Gesten Wally an, der wie immer mehrere Sekunden braucht, bis er reagiert.

Hinter dem Haus hinkt Kimberly kläglich auf ihren hochhackigen Musketierstiefeln. Blaue Shearling-Jacke, innen mit weichem weißem Fell, weiße, enge, kurze Hose, nur knapp bis zur Leiste, schwarze, halb durchsichtige, am Knie dunklere Strümpfe: Es ist ihr nicht im Traum eingefallen, sich ein klein wenig passender anzuziehen.

»So willst du ausreiten?« Nick Cruickshank zeigt auf ihre Beine; er fasst es nicht, dass er derart enge Beziehungen zu solchen Leuten hat.

»Du hast mir ja keine Zeit gelassen, mich umzuziehen!«

Kimberly ist absolut überzeugt, dass sie recht hat, kaut demonstrativ heftig auf ihrem Kaugummi herum.

»Ja, echt, du hast uns praktisch rausgezerrt, verdammt!« Wally pflichtet ihr sofort bei, während er zwei Schritte hinter ihnen her schlurft und den Reißverschluss der silbernen Daunenjacke schließt, die er im Vorbeigehen mitgenommen hat.

Dennoch denkt Nick Cruickshank, dass Wally und Kimberly nicht einmal zu den widerwärtigsten Menschen gehören, mit denen er sich dieser Tage wohl oder übel abgeben muss: Sie haben so krasse Fehler, dass sie beinahe beruhigend sind, und er kennt sie so gut. Ihm fallen Dutzende von anderen sogenannten Freunden und Bekannten ein, die ihm viel mehr auf die Nerven gehen mit ihren Spiegeln im Kopf, ihren lichtundurchlässigen Blicken. »Los, macht schon, bevor uns diese Schakale von *Star Life* finden.«

Unwillig folgen ihm die beiden Thompsons bis zu dem Holzgebäude der Sattelkammer. Auf den unteren Wandborden sind sieben oder acht Paar Reitstiefel verschiedener Größen aufgereiht, gut eingefettet und poliert von René, der das bestimmt für eine Verschwendung hält, da sie so wenig benutzt werden. Wally probiert ein Paar, das ihm zu eng ist, eines, das zu weit ist, der dritte Versuch passt. Er marschiert in dem kleinen Raum hin und her; wie ein ermatteter Reservist, der aber noch voller kriegerischer Instinkte ist, stampft er über die Holzbohlen.

»Willst du dir nicht auch ein Paar raussuchen?« Nick Cruickshank mustert Kimberlys Musketierstiefel mit den dekorativen Reißverschlüssen an der Seite; dann späht er hinaus in der Befürchtung, vom Haus her jemanden kommen zu sehen.

»Nein, die sind doch prima.« Kimberly schlägt ein paarmal die Hacken zusammen, verzerrt das Gesicht, weil es weh tut, könnte man meinen, doch vielleicht ist es nur ein Teil der Mimik, die sie und Wally benutzen, um ihre intellektuell leeren Tage zu füllen.

Nick Cruickshank zieht seine Stiefel an, nimmt zwei rote, in der Größe ungefähr für die Thompsons passende Trekkinghelme vom Haken, hält sie den beiden hin.

Kimberly drückt ihren vorsichtig auf die Föhnfrisur, zurrt lustlos den Kinnriemen fest. Mit dem beengten Kiefer ist es mühsamer, Kaugummi zu kauen, aber sie kaut trotzdem weiter.

Wally dagegen grinst, weicht halbgebückt zurück, als wollte er beweisen, dass er solche Scherze rechtzeitig erkennen kann. »*Neee*. Was soll ich denn damit? Ich reite schließlich schon viel länger als du, mit Verlaub!«

Das stimmt, denkt Nick Cruickshank: Als die Bebonkers begannen, richtig Kohle zu verdienen, so etwa nach Erscheinen des dritten Albums, war Wally der Erste, der systematisch Statussymbole erwarb vom Ferrari über die prächtige Residenz in Kent bis zu den Rennpferden, auf denen man sich von Illustrierten fotografieren und sogar vom Fernsehen interviewen lassen kann. Die anderen folgten nach und nach, der eine kaufte sich ein größeres Haus in Chelsea, um mehr im Zentrum des Geschehens zu sein (Nick), der andere stürzte sich auf Luxussegelyachten (Rodney), der Dritte fing an, die Versteigerungen bei Christie's zu besuchen (Todd); von da an ging es nur noch darum, weiter Güter anzuhäufen. Auch wenn sie die Sachen nicht wirklich brauchten, auch wenn sie ihnen nicht wirklich gefielen.

Andererseits geben fast alle sogenannten Stars, die er kennt, Unmengen Geld aus, um Dinge zu tun, die sie eigentlich *hassen,* etwa sich Häuser auf tropischen Inseln zu kaufen, wo sie unter dem Klima leiden, oder in Städten, wo sie wie eingesperrt leben, Kunstwerke zu sammeln, von denen sie nichts verstehen, ihre Wohnungen mit Möbeln, Tafelsilber und Porzellan zu füllen, die sie selbst grauenhaft finden, bedeutende Jahrgänge französischer Weine zu horten, die sie nur mit Mühe runterkriegen, sich extremen Sportarten zu widmen, die sie nur entmutigen können, quer durch die Welt zu reisen, um auf das Fest von irgendjemand zu gehen, mit dem sie keine echte Freundschaft verbindet. Das tun sie aus sozialer Unsicherheit und Sammelgier, klar, aber hauptsächlich, um ihren Eltern, Nachbarn, Kollegen, Rivalen und Millionen von völlig Fremden, die sie von weitem beobachten, einen sichtbaren Beweis ihres Erfolgs zu liefern. Noch einmal geht es darum, die Erwartungen anderer nicht zu enttäuschen; je höher die Erwartungen, desto größer der Aufwand, um sie nicht zu enttäuschen. Was die perverse Neugier der Massenmedien angeht, die ständige Schnüffelei und die aufgrund des Anscheins herausposaunten Urteile: Wie Rodney einmal in einem Interview gesagt hat, das Einzige, was noch schlimmer ist, als dauernd aller Leute Augen auf sich gerichtet zu haben, ist, in Ruhe gelassen zu werden, weil du allen scheißegal bist.

»Also, wo sind die Pferde?« Wally fängt wieder an zu drängen, nachdem er bis jetzt nur hinterhergeschlurft ist.

Nick Cruickshank führt die Thompsons zum Paddock, wo die drei Rappen mit ihren langen Mähnen und Schwänzen gesattelt an der Stange angebunden stehen.

»Die da?« Wally fängt an zu lachen, dreht sich zu Kimberly und zu ihm um. »Das sind doch bescheuerte Ponys!«

»Das sind Mérens-*Pferde*. Sie heißen auch Ariégeois.« Nick Cruickshank wusste ganz genau, wie Wally reagieren würde; dennoch macht es ihn wütend.

»Das sind *Ponys*, tut mir leid, dass ich dich enttäuschen muss.« Wally verbringt sein Leben damit, das, was er hat, mit dem, was die anderen haben, zu vergleichen; eine endlose Übung. Und da es ihm völlig an Intelligenz und gutem Geschmack mangelt, sind seine einzigen Maßstäbe der Preis und die Größe. Die ganze Zeit vergleicht er: seine elektrischen Bässe, seinen Schwanz, seine Bankkonten, die Aufmerksamkeit der Fans, die Anzahl der Interviews, die armen Mädels, die er ins Bett zerren konnte, die, die er geheiratet hat, die Häuser, die Autos. Fällt das Urteil zu seinen Ungunsten aus, was häufig der Fall ist, entwickelt er einen beträchtlichen Groll; wenn er im Vorteil zu sein meint, führt er sich auf wie ein Brüllaffe.

»Es sind *Pferde*. Wenn du eine Bestätigung brauchst, schau doch mal ins Internet.« Nick Cruickshank legt nicht viel Nachdruck in die Stimme, denn auf Wally Thompsons Vergleichsspiel einzugehen wäre zu entwürdigend.

»Nein, mein Lieber, *meine* sind Pferde. Hannoveraner, direkt aus Sachsen importiert, mit einem ellenlangen Stammbaum, Stockmaß ein Meter fünfundsiebzig.« Dieser Sturkopf von Wally: Er wird sich nie ändern.

»Und fühlst du dich deshalb als besserer Mensch? Fühlst du dich größer? Bedeutender?« Nick Cruickshank hätte wahnsinnige Lust, ihm gegen das Schienbein zu treten oder in die Eier.

»Was zum Teufel soll das jetzt heißen?« Wally kichert auf seine ordinäre Art zwischen Kehle und Nase; er dreht sich wieder zu seiner Frau um. »Bimba, was meinst du, sind das Pferde? Mal ehrlich?«

Kimberly kaut ihren Kaugummi und schüttelt den Kopf. »Na ja, ziemlich klein und hässlich sind sie schon.« Sie dagegen sieht aus wie ein Riesenbaby mit ihrem vom Botox geschwollenen Gesicht oder was immer sie sich hat spritzen lassen, ein Dickkopf mit rotem Schutzhelm.

»Wollt ihr nun reiten oder nicht?« Nick Cruickshank muss sich schwer zusammenreißen, um nicht auszuflippen. »Seit zwei Tagen geht ihr mir schon mit diesem bescheuerten Pferdetrip auf den Wecker.«

»Ja, mit *Pferden*.« Wally besitzt null Gefühl für Maß; am schlimmsten ist, dass er mittlerweile denkt, er kann es sich erlauben.

»Also kommt schon, gehen wir.« Nick Cruickshank öffnet das Gatter des Paddocks, schiebt sie hinein. Er zieht bei Tusk den Sattelgurt fest und hält Kimberly die Zügel hin, hilft ihr beim Aufsitzen, verschiebt ihre Waden, um die Steigbügel zu richten, da sie sich nicht träumen lässt, es selbst zu machen.

»Hey, grapsch nicht so viel an meiner Frau rum, ja?!« Wally lässt die Gelegenheit natürlich nicht aus: Er zwinkert und grinst.

»Keine Sorge.« Wieder kostet es Nick Cruickshank Mühe, nicht so zu antworten, wie er eigentlich möchte.

Kimberly lässt sich bedienen wie von einem Stallburschen, sitzt tatenlos im Sattel, es fällt ihr gar nicht ein, sich zu bedanken. Man kann sich nur vorstellen, wie diese zwei

Kanaillen mit den Leuten umgehen, die für sie arbeiten: die unübersehbare Dreistigkeit, die demonstrative Arroganz. Ist es möglich, dass sie ihm immer noch das *geringere* Übel zu sein scheinen im Vergleich zum Rest der Invasionstruppe im Haus und darum herum und zu der Verstärkung, die bis morgen früh noch dazukommen wird?

Skeptisch mustert Wally Muck und Michelle, als wären sie seiner absolut unwürdig. »Und welchen von diesen beiden Eseln wolltest du mir geben?«

Nick Cruickshank zögert, denn am liebsten würde er erwidern, nichts werde er ihm geben, er solle verschwinden und sich woanders als protziger Flegel aufführen. Doch sie sind nun einmal hier, und damit beschäftigt zu sein, zwei Gäste zu unterhalten, ist in Aileens Augen sicher eher zu rechtfertigen, als sich allein zu verdünnisieren. »Na gut, nimm Michelle.«

»Michelle? Aber die hat ja einen Bart!« Wally äugelt auf seine schreckliche Art.

»Scheiße, das Biest ist aber irre nervös!« Kimberly schwankt auf Tusk hin und her: Auf ihren Hannoveranern reitet sie wahrscheinlich nie oder dreht höchstens ein paar Runden an der Longe, unter den Augen eines hochbezahlten und stets sprungbereiten Reitlehrers.

»Er ist kein bisschen nervös. Lockere mal etwas die Zügel.« Nick Cruickshank muss seine ganze Geduld aufbieten, und das war noch nie seine Stärke.

Wally zieht Michelles Sattelgurt allein fest, eine Demonstration oberflächlicher Kompetenz; er zieht ihn fast zu stramm.

»Nicht so fest, das stört sie.« Nick Cruickshank hat diese

Rasse auch deshalb gewählt, weil sie früher von Schmugglern eingesetzt wurde, um auf den unwegsamsten Pfaden übers Gebirge zu reiten, diese Geschichte hatte ihm gefallen.

Wally überhört ihn geflissentlich; er schließt die Schnalle, schiebt den linken Fuß in den Steigbügel, stemmt sich mit den Armen hoch, klatscht mit seinem schweren Hintern auf den Sattel. Michelle reagiert natürlich gereizt, bäumt sich leicht auf, hebt den Kopf. Blöd, wie er ist, zieht Wally die Zügel kichernd hierhin und dahin. »*Woah!* Die ist beleidigt, weil sie gehört hat, was ich vorhin über sie gesagt habe!«

»Idiot.« Nick Cruickshank versucht, die Stimme zu dämpfen, während er Mucks Sattelgurt anzieht, aber so ganz gelingt es ihm nicht.

»Was hast du gesagt?« Wally muss sein Hörgerät gut eingestellt haben, er kriegt viel zu viel mit; er gibt der Stute die Ferse, lässt sie im Kreis gehen.

»Nichts. Los geht's.« Nick Cruickshank sitzt auf und reitet vorneweg aus dem Paddock heraus.

»Idiot hast du mich genannt, ich habe es genau gehört! Scheißkerl!« Mit gerötetem Gesicht trottet Wally hinter ihm her.

»Hey, Kimberly!« Einige Meter vom Lattenzaun entfernt kommt Rodneys Frau Sadie angelaufen, mit riesiger Sonnenbrille, Schneeluchsjacke und Stiefeletten mit Bleistiftabsätzen, auf denen sie noch wackeliger geht als Kimberly, eine riesige Gucci-Tasche über der Schulter. »Wir fahren jetzt nach Saint-Tropez, zu Dimitri und Vanessa!«

»Nach Saint-Tropez?« Kimberly zieht an Tusks Zügel, als wollte sie ihm den Kopf abreißen, panisch macht er ein paar Schritte rückwärts.

»Mhm. Willst du mitkommen?« Auch Sadie kaut Kaugummi, so ausdauernd, als widmete sie sich einer produktiven Tätigkeit.

»Ja, ja. Wartet auf mich.« Kimberly versucht schon, auf die verkehrteste Weise abzusitzen, die es gibt, und Tusk fängt an, im Kreis zu gehen.

»Was zum Teufel soll das heißen, Bimba?« Wally reißt gewaltsam am Zügel, um zu ihr zu kommen. »Machst du etwa diesen verdammten Ritt hier nicht mit?«

»Ich fahre lieber mit Sadie, wir müssen auch noch ein paar Geschäfte anschauen.« Erneut versucht Kimberly, das rechte Bein vorn über den Sattel zu schwingen.

»Scheiße, Bimba! Lässt du mich hier einfach allein?« Wally schneidet eine Grimasse wie ein großes, verzogenes Kind: Er bläht die Backen auf und schnauft.

Nick Cruickshank steigt rasch ab, bindet Mucks Zügel mit wütenden Handgriffen am Lattenzaun fest, hilft Kimberly vom Pferd, bevor sie sich noch ein Bein bricht.

»Wehe, du nutzt das aus, um meiner Frau den Arsch zu tätscheln, du!« Da ist er wieder, der Wally-der-die-Wiederholung-genießt. Und noch schlimmer ist, dass er es ernst meint: Er überwacht ihn tatsächlich, während er sie gezwungenermaßen stützt, bis sie mühsam die Füße auf den Boden setzt.

Sofort reißt Kimberly sich den Helm ab, fährt sich mit den Händen durch die Haare, lockert sie auf, schnauft ungehalten, macht zu ihrem Mann gewandt eine Kreisbewegung mit dem Zeigefinger. »Bis später, Darling!«

»Leck mich, Bimba.« Voller Groll sieht Wally zu, wie sie sich mit Sadie entfernt.

Nick Cruickshank hasst die zwei, merkwürdigerweise nötigt es ihm aber trotzdem eine Art Bewunderung ab, dass sie eindeutig durch die gleichen Fehler verbunden sind: Sie sind wie füreinander geschaffen. Es ist ein bestürzendes Gefühl, durch das er sich noch einsamer und umzingelter fühlt als sowieso schon.

»Los, komm!« Wally drängelt ihn schon wieder.

»Warte.« Nick Cruickshank nimmt Tusk, der recht froh zu sein scheint, dass er Kimberly nicht herumtragen muss, den Sattel, die Decke und das Zaumzeug ab; er hängt alles an den Lattenzaun, schwingt sich rasch wieder auf Muck, reitet vorneweg aus dem Paddock hinaus.

»Oh, wie weckt man diese Eselin denn mal auf?« Wally treibt Michelle mit den Fersen an, um ihn zu überholen.

Nick Cruickshank antwortet nicht; er schlägt gleich den Pfad zwischen den Steineichen ein, um den Leuten von *Star Life* zu entkommen, die bestimmt nach ihnen suchen, und um nicht von Aileen und der ganzen Truppe gesehen zu werden, die auf dem Rasen vor dem Haus zugange sind.

Im Schritt reiten sie zwischen den Bäumen, weichen den Stämmen aus, in der Feuchte des Unterholzes und dem Geruch nach Pilzen und faulendem Holz; nach einigen Minuten kommen sie an der Lichtung heraus, wo die geheime Hütte steht. Nick Cruickshank hatte sich auf den ersten Blick in das Häuschen verliebt, noch bevor er entdeckte, dass es zum Nachbargrundstück gehörte, was ihn zu einem weiteren Kauf veranlasste. Allerdings wollte er es nie so renovieren wie das große Haus, sondern hat nur das Dach und die Fenster reparieren lassen und es mit dem Nötigsten eingerichtet. So gefällt es ihm: ein einfacher, unschuldiger

Ort, an den er sich flüchten kann, wenn ihm danach zumute ist.

»Was zum Teufel ist das denn?« Wally deutet auf das Häuschen und schlägt weiter auf Michelles Flanken ein.

»Nichts.« Nick Cruickshank beabsichtigt nicht, es ihm zu erklären.

»Was heißt hier ›nichts‹? Es ist doch bestimmt deine geheime Lasterhöhle, gib's zu!« Wally wirft ihm einen aufdringlichen Blick zu. »Mit wem kommst du hierher? Mit der Kleinen, die das Essen bringt?«

»Würdest du es bitte unterlassen, deine abscheulichen Gepflogenheiten auf mein Leben zu projizieren?« Wie schon öfter wächst sein Ekel vor Wally bei dem Gedanken, ganze Jahrzehnte mit ihm verbracht zu haben, mit allem, was dazugehörte.

»Abscheulich, ich?! Unerhört! Du Scheißkerl!« Wally gibt Michelle die Ferse, um ihn einzuholen. Unglaublich, dass es ihn beleidigen kann, wenn jemand ihn als abscheulich bezeichnet, wo er doch ununterbrochen alles tut, um abscheulich zu sein. »Wie heißt denn das kleine Dienstmädchen? Wenn sie dich nicht interessiert, kann ich's ja mal probieren, solange Kim weg ist!«

»Du bist zum Kotzen, Wally.« Nick Cruickshank denkt mit Entsetzen daran, dass sie dieses widerliche Verhalten zumindest ansatzweise eine Zeitlang alle draufhatten, es als revolutionär und freigeistig ausgaben und damit prahlten wie triumphierende, barbarische Krieger nach der Plünderung. Er und Rodney haben einige Songs darüber geschrieben, die noch heute zu den Lieblingssongs ihrer Fans gehören, unglaublicherweise auch der weiblichen.

»Ah, klar, du bist über so was natürlich erhaben!« Wally schreit hinter ihm her, treibt Michelle weiter an, die in einen leichten, nervösen Trott verfällt, so dass er sich im Sattel zurechtsetzen muss.

Nick Cruickshank lässt auch Muck im Trott gehen, um nicht überholt zu werden; sie überqueren die Lichtung, tauchen wieder in den Wald ein. Zwischen den Steineichen hindurch reiten sie weiter auf den zwei Pferden, die inzwischen schnaubend und bebend miteinander wetteifern.

Anstatt Michelle zu beruhigen, gibt Wally ihr weiter die Ferse, auch wenn es ihm schon so kaum noch gelingt, den Zweigen auszuweichen, die ihm gefährlich ins Gesicht schlagen könnten.

»Hey, mach langsam!« Um Unannehmlichkeiten zu vermeiden, lenkt Nick Cruickshank Muck zwischen den Bäumen Richtung Felder; er zieht den Kopf ein, duckt sich nach rechts oder links, je nachdem, was ihm entgegenkommt. Als er ins Freie gelangt, reitet er im Trott am Waldrand entlang auf den Olivenhain zu.

Aber Wally hetzt ihn mit der gleichen Besessenheit, mit der er in den achtziger Jahren seine endlosen Basssolos abspulte: Er schlägt mit den Beinen und schüttelt die Zügel, bis Michelle es endgültig leid ist, so einen unangenehmen Reiter auf dem Rücken zu haben, und in einen sehr schnellen Trott verfällt.

Nick Cruickshank hat keine andere Wahl, er muss mit Muck in den Galopp wechseln, um Wally hinter sich zu halten.

Wally lässt sich natürlich nicht abhängen: Er treibt Michelle noch hektischer an, keucht, grunzt, streckt sich vor.

»Lauf, lauf, lauf! Lauf zu, du verdammte Missgeburt!«

»Vorsicht! Mach keinen Blödsinn!« Um ihn aufzuhalten, streckt Nick Cruickshank den linken Arm aus und bewegt ihn auf und ab.

Wally begreift das natürlich als Herausforderung und verdoppelt die Beschleunigungsbemühungen: Er rast auf ihn zu wie ein Irrer, brüllt heiser. Nach wenigen Sekunden stürmen die zwei Pferde in frenetischem Galopp dahin, erregt, da sie schon mehrere Tage nicht geritten wurden und wahrscheinlich auch von zu viel Hafer, den René an sie verfüttert, um eine gute Figur zu machen. Nick Cruickshank versucht, Muck zurückzuhalten, was Wally nutzt, um ihn zu überholen, flach über den Hals der Stute gebeugt, Kopf unten, Hintern in der Höhe: Als müsste er wer weiß wem etwas beweisen, so wie immer. Genau in dem Moment raschelt es zwischen den Zweigen, und das schwarze Alpaka schießt aus dem Wald hervor, unmittelbar gefolgt von den beiden weißen. Mitten im Galopp scheut Michelle zurück, schlägt aus, bäumt sich wild auf. Wally fliegt in hohem Bogen durch die Luft im Stil eines Kanonenmannes: Nach ein paar schwebenden Sekunden landet er unsanft auf der Erde, rollt ein Stück wie ein Kartoffelsack und bleibt dann reglos auf dem Rücken liegen.

Nick Cruickshank muss sich verdammt anstrengen, um Muck zu zügeln, der instinktiv hinter Michelle herjagen möchte, so schnell er nur kann.

Wally liegt wie leblos da im Gras, mit seiner silbernen Daunenjacke und seinen Markenjeans, seinen Schuhen mit ultratechnologischen Sohlen.

Nick Cruickshank steigt hastig ab, zieht Muck am Zügel hinter sich her, während das Pferd immer noch bebt und die Ohren zu seiner Freundin hinstreckt, die erst jetzt allmählich langsamer wird, gute zwei- bis dreihundert Meter weiter vorne. »Hey? Wall?« Er geht in die Hocke, um ihn von nahem zu betrachten und die Situation einzuschätzen.

Wally gibt ein Röcheln von sich, sein Bauch bewegt sich auf und ab. Tot ist er nicht, aber verletzt ganz bestimmt.

»Bleib ruhig, Wall, rühr dich nicht.« Nick Cruickshank versucht, im Geist den Flug noch einmal zu wiederholen, aber obwohl erst zwei Minuten her, ist es eine konfuse Sequenz, er kann nicht mehr sagen, ob Wally mit dem Kopf aufgeschlagen ist oder nicht.

»Aaargh.« Wally stöhnt, bewegt ein Bein, was bedeutet, dass er sich die Halswirbel nicht gebrochen haben dürfte, doch seine Augen sind geschlossen, der Atem ist verlangsamt, aus der Nase dringt ein hässliches Pfeifen.

»Wall, hörst du mich?« Mit der Linken hält Nick Cruickshank die Zügel, mit der Rechten tastet er vorsichtig Wallys Beine und Arme ab, um herauszufinden, ob etwas gebrochen ist. In Wirklichkeit hasst er Wally gar nicht, denkt er: Er hasst das, was Wally *darstellt*. Aber sie haben eine zu lange gemeinsame Geschichte, haben zu viel miteinander durchgemacht, Höhen und Tiefen. Er gehört einfach zu seinem Leben, dieser Wirrkopf; der Gedanke, dass er von einem Augenblick auf den anderen Teil seiner Vergangenheit sein könnte, schneidet ihm ins Herz.

Wally gibt noch ein Röcheln von sich, bewegt kaum merklich den Kiefer: Es scheint ihn wirklich schwer erwischt zu haben.

»Hey, Wall?« Nick Cruickshank fühlt, wie Verzweiflung in ihm aufsteigt, von wegen *Cruickshank cool*. »Wall?« Er tastet ihm den Hals, die linke Schulter, die rechte Schulter ab.

»Scheiißeee!« Plötzlich setzt Wally sich ruckartig auf, mit dem gleichen Gesichtsausdruck, den er in seinen schlimmsten Zeiten allgemeinen Missbrauchs hatte, wenn er wieder einmal zum Leben erwachte, nachdem er gesnifft, jede erdenkbare Pillenmischung geschluckt und allen Alkohol in sich reingeschüttet hatte, der in Reichweite war, wonach er dann in irgendeiner Hotelsuite wie tot auf dem Fußboden zusammensackte.

»Willkommen im Diesseits, Wall! Du hast mich fürchterlich erschreckt!« Nick Cruickshank fühlt sich unendlich erleichtert, das hätte er sich nie vorstellen können; vorsichtig legt er Wally erneut die Hand auf die Schulter.

»Aaauaaaa!« Wally gräbt die heiserste, elendeste Stimme seiner wüstesten Stunden aus.

Nick Cruickshank lacht, vergisst beinahe, Mucks Zügel festzuhalten, damit er nicht wegläuft. Und sogleich weicht die Erleichterung einem Katastrophenfilm, der in seinem Kopf abläuft: Ambulanzen mit heulenden Sirenen, Krankenhäuser, wo man sich nur schwer verständlich machen und noch viel weniger um Diskretion bitten kann, Gips, Kimberly wütend, Fest morgen ruiniert, Aileen wütend, Sonntagskonzert geplatzt, Baz Bennett wütend, Fans wütend.

»Dieses verdammte Scheißpony ist schuld, dass ich mir die Schulter gebrochen hab!« Wally hält sie sich mit der Hand: vor Schmerz schneeweiß im Gesicht oder vielleicht weil er in einen seiner berüchtigten Zustände geraten ist, in denen er sich selbst etwas einredet, so wie damals, als er in

Albuquerque nach einem Konzert einen Trip eingeworfen hatte und überzeugt war, die Fingerkuppen seiner linken Hand seien riesig geworden. Stundenlang hatte er die anderen von der Band und jeden, der zufällig vorbeikam, angeschrien: »Ich bin ein verdammter *Gecko* geworden!« Jetzt sitzt er dort im Gras, ohne jede Spur von frechem Konkurrenzgehabe, wie ein professionelles Opfer.

»Hey, ganz ruhig, Wall. Du hast dir nichts gebrochen.« Nick Cruickshank ist keineswegs sicher, er sagt es nur zur Beruhigung. *Ein bisschen* hasst er ihn in Wirklichkeit doch, nachdem die Erleichterung verflogen ist und er weiß, dass Wally weder im Sterben liegt noch lebenslang gelähmt ist.

»Steck dir deine Ruhe in den Arsch, verdammt noch mal! Du hast mich doch auf dieses Scheißpony gesetzt!« Wally brüllt fast in der vollen Lautstärke seiner bemerkenswerten Stimmkraft, hält sich weiter die Schulter, schneidet Grimassen.

»Du bist wie ein Verrückter losgeprescht! Zehn Mal habe ich dir gesagt, du sollst aufpassen!« Tja, Nick Cruickshank spürt erneut eine wahnsinnige Wut auf Wally und noch mehr auf sich selbst, weil er sich in diese Lage gebracht hat.

»Woher zum Teufel hätte ich wissen sollen, dass du diese gottverdammten Lamas in deinem Wald hältst?!« Wally ist grundsätzlich unfähig, das Offensichtliche zu erkennen, seit jeher: wie dann erst in einem Augenblick wie diesem.

»Das sind *Alpakas*! Und du bist ein Idiot!« Obwohl Nick Cruickshank sich immer wieder sagt, er müsse die Nerven behalten, sprudeln die Worte von selbst aus ihm heraus, unaufhaltsam.

»Und du bist ein mieses Arschloch, lässt mich auf dieses

gemeingefährliche Viech aufsteigen und sagst nicht, dass du hier einen verfluchten Safarizoo hast!« Wallys Gesicht drückt eine Mischung aus Schmerz und Groll aus, unmöglich, darin die Wahrheit von der Übertreibung zu unterscheiden.

»Aber du hast mir doch tagelang mit diesem bescheuerten Ausritt in den Ohren gelegen! Du hast doch noch nie den geringsten Sinn für Maß gehabt!« Nick Cruickshank weiß genau, dass er die Dinge damit nur verschlimmert, dass er gar nicht hinhören dürfte, sondern Hilfe holen müsste; aber es ist stärker als er.

»Du Hurensohn! Du hast dich ja schon immer für was Besseres gehalten, weil du ein paar Bücher gelesen hast und der verdammte Scheißsänger der Band bist!« Wally brüllt so hemmungslos wie in seinen brutalsten Momenten bei den ätzendsten Zugaben der Bebonkers, wenn das Publikum das Hässliche vom Schönen längst nicht mehr unterscheiden kann.

Doch diesmal reißt sich Nick Cruickshank zusammen, konzentriert sich nur noch auf das, was zu tun ist, und zieht das Handy aus der Tasche. »Rühr dich nicht. Ich ruf jemanden.«

Auch Wally zieht mühevoll sein iPhone mit dieser lächerlichen Hülle aus Walnusswurzelholz und dem massiven Goldrand aus der Daunenjacke; er ruft Kimberly an wie ein dummes, quengeliges Kind, das bei jedem kleinen Wehwehchen die Mama ruft.

25

Direkt aus dem Behälter in der Theke nimmt sich Milena Migliari ein Löffelchen voll Fiordilatte-Eis, lässt es langsam auf der Zunge zergehen, schluckt: Ja, es ist gut geworden. Sehr gut sogar; es ist mit das beste Fiordilatte-Eis, das sie je gemacht hat, vielleicht das beste überhaupt. Cremig, aber nicht zu fett, reichhaltig, aber doch luftig, ein idealer Hauch von Süße, der zarte Vanillegeschmack, der das Blumen- und Kräuteraroma der Milch abrundet. Eigentlich ein Wunder, wenn sie überlegt, in welch aufgelöstem Zustand sie war wegen Vivianes Tätowierung und all der verunsichernden Gedanken, die ihr immer noch durch den Kopf gehen und ihr Herz bewegen. Man könnte es als eine Gelassenheitsbotschaft aus dem Universum deuten; oder als eine Warnung, bevor alles den Bach runtergeht, je nachdem.

Wie auch immer, es ist nahe an dem Fiordilatte-Eis dran, das ihr vorschwebte, während sie es machte, und überrascht sie doch durch kleine, unerwartete Unterschiede. Das passiert nur, wenn ein Eis besonders gut gelingt, so dass ihr die Tränen kommen: vor Freude, den Abstand zwischen dem, was sie gesucht, und dem, was sie gefunden hat, buchstäblich *schmecken* zu können. Es ist einfach und kompliziert, so einfach und kompliziert wie jeder Geschmack, und einfach und kompliziert sind auch die Verbindungen, die man bei jedem Geschmack herstellt, die Gründe, warum er einen erfreut oder traurig macht, befriedigt oder beunruhigt. Dieses Fiordilatte-Eis enthält die Essenz der Dinge, die sie erlebt oder auch nur gestreift oder sich vorgestellt hat; eine Gesamtheit von unbestimmten, ungreifbaren Elementen, die für sie das Wesen des fast perfekten Wunders ausmachen.

Doch nun bräuchte sie dringend eine Bestätigung von außen, und hier in der Eisdiele herrscht gähnende Leere, und es ist auch nicht wahrscheinlich, dass in den nächsten Stunden jemand hereinkommt. Wenn aber niemand da ist, der das Wunder zu schätzen weiß, wozu hat sie es dann überhaupt vollbracht, falls es ihr denn wirklich gelungen ist? Wer kann ihr sagen, ob sie es hingekriegt hat oder nur einer Täuschung erlegen ist? Zwischen heute Abend und morgen müssten zwar ein paar Leute ins Dorf kommen, und Sonntag sind bestimmt Tausende unten im Aerodrom beim Konzert der Bebonkers, aber kaum jemand wird sich für ihr Eis interessieren oder gar in der Lage sein, eine so empfindsame, intelligente und ausführliche Meinung zu äußern, wie sie es bräuchte. Außerdem bräuchte sie sie *jetzt,* solange das Fiordilatte-Eis noch ganz frisch ist, eben fertig geworden, auf dem Höhepunkt seiner Ausdrucksfähigkeit.

Guadalupe säubert gerade noch das Rührgerät und das Zubehör unter dem Wasserhahn am Spülbecken und dreht sich sofort um, als sie wieder in die Werkstatt tritt.

»Könntest du kurz mitkommen und mir deine Meinung über das Fiordilatte-Eis sagen?« Milena Migliari spürt die Nervosität in ihrer Stimme, in ihren Gesten.

»In fünf Minuten.« Guadalupe sieht sie ein wenig ratlos

an; wahrscheinlich begreift sie nicht, welche andere Meinung jetzt noch von ihr erwartet wird, da sie die Mischung doch schon während der Herstellung probiert und gesagt hat, sie fände sie ausgezeichnet.

»Nein, sofort! Bitte!« Milena Migliari wird klar, dass ihr Bedürfnis nach Bestätigung weiterwächst.

Guadalupe dreht den Wasserhahn zu, trocknet ihre Hände ab und folgt ihr in den Laden. Sie schiebt das Löffelchen Fiordilatte in den Mund, das Milena ihr hinhält, überlegt einige Sekunden, lächelt. »Köstlich.«

»Sagst du das nicht nur, damit ich zufrieden bin?« Milena Migliari betrachtet sie forschend, sucht vergeblich nach Anzeichen für Staunen und Freude.

»Aber nein. Es ist hervorragend. Ich schwör's.« Guadalupe ist mit Sicherheit ehrlich, sie hat nicht die Angewohnheit, leere Komplimente zu machen; dennoch wirkt sie weder besonders beeindruckt noch bewegt von unaufhaltsamen Empfindungen, von mentalen Bildern, die sich nacheinander einstellen.

»Wirklich?« Milena Migliari sieht sie immer noch viel zu besorgt an, sie weiß es, sie weiß es.

»Ja sicher, Milena.« Guadalupe weiß nicht, wie sie sie überzeugen soll: Sie nickt demonstrativ, bewegt sogar den Oberkörper und die Hände, um ihre Worte zu unterstreichen. »Es ist perfekt, einfach vollkommen.«

»Vollkommen bedeutet gar nichts!« Statt sich zu beruhigen, wird Milena Migliari immer hektischer, zeigt aufgeregt auf das Schaufenster. »Hast du etwa vergessen, wie diese Eisdiele heißt?!«

»Oh, entschuldige, ich wollte sagen, es ist sehr gut so.«

Guadalupe macht sich allmählich wieder Sorgen. »Ich wollte sagen, es hat keine Fehler.«

»Keine Fehler zu haben ist doch kein *Verdienst*!« Milena Migliari hebt die Stimme, obwohl sie es nicht möchte, aber ihre Nervosität artet langsam in Panik aus. »Keine Fehler zu haben ist der allerschlimmste Fehler! Es bedeutet, keinen *Charakter* zu haben, nichts, was irgendjemanden im Herzen rühren kann!«

Guadalupe tritt einen Schritt zurück, sieht ihre Chefin beunruhigt an.

Milena Migliari hat weder Lust noch Zeit herauszufinden, warum sie sich so fühlt; sie weiß nur, dass ihr Bedürfnis nach einer Antwort sie zu überrollen droht wie eine Welle. Kurzatmig, mit heftigem Herzklopfen und schweißnassen Händen läuft sie zwischen Werkstatt und Laden hin und her. Sie fühlt sich in der Falle, gefangen, ohne Ausweg.

»Hey, was ist los? Milena?« Guadalupe ist jetzt entschieden beunruhigt: In den zwei Jahren, die sie nun hier arbeitet, hat sie Milena in verschiedenen Stadien von Aufgeregtheit erlebt, aber immer aus erkennbaren Gründen und nie so wie jetzt.

»Ich muss hier raus, das ist los!« Milena Migliari kann einfach nicht mehr stillhalten: Sie nimmt eine Styroporbox für fünfhundert Gramm aus dem Regal, öffnet die Deckel der Behälter mit dem Fiordilatte- und dem Kaki-Eis, beginnt, mit dem Spachtel zu arbeiten. Trotz ihrer Erregtheit sind ihre Bewegungen präzise, wenn auch schneller als normal: Sie schafft es, die richtigen Mengen umzufüllen, weder Luftlöcher zu lassen noch zu fest zu drücken. Als die Box voll ist, schiebt sie sie in den Schockfroster, wartet ein paar

Minuten, zieht sie wieder heraus, legt ein Blatt Wachspapier auf das Eis, stülpt den Deckel darüber, befestigt ihn mit Klebestreifen und verstaut das Ganze in einer weichen Kühltasche. In einem Körbchen wühlt sie zwischen den Zettelchen mit den Sprüchen, die darauf warten, zusammengerollt und mit rotem Faden zugebunden zu werden, aber nichts überzeugt sie, deshalb gibt sie es schließlich auf. Sie verteilt eine kleine Auswahl von Bechern, Waffeln, Eistüten und Löffelchen auf drei kleine Pappschachteln, steckt sie ebenfalls in die Kühltasche, zusammen mit einem Eisspachtel; sie nimmt Plastikhaube und Schuhhüllen ab, zieht Jacke und Mütze an.

»Wo gehst du hin?« Guadalupe weiß nicht mehr, was sie denken soll.

»Das sag ich dir später.« Milena Migliari ist schon draußen und geht mit schnellen Schritten in Richtung ihres Lieferwagens.

26

Nick Cruickshank denkt, dass sein Haus gar nicht mehr sein Zuhause ist, falls es das überhaupt je war, seit diese vielen Leute hier ein und aus gehen, Türen öffnen und schließen, Möbel verrücken, durch die Gänge spazieren, lachen, Spülungen betätigen, sich gegenseitig rufen, herumlaufen, drauflosplappern oder sehr spezielle Wünsche äußern.

Das Zimmer der Thompsons wäre eigentlich sehr ruhig, doch nun ist Dr. Angénieux da, der überraschend schnell mit seinem Assistenten, dem mobilen Röntgengerät und dem tragbaren Ultraschallgerät aus Draguignan eingetroffen ist, denn Wally ins Krankenhaus zu bringen wäre wahrscheinlich wegen der Schakale, die in Vorfreude auf morgen und Sonntag schon die Gegend verpesten, keine gute Idee gewesen.

Wally sitzt schmerzgeplagt und tief enttäuscht von der Diagnose in seinem Zimmer auf der Bettkante.

Der Arzt zeigt ihm erneut die Röntgenaufnahmen der rechten Schulter, des Schlüsselbeins, des Oberarmknochens und des Handgelenks, die er mit dem Fujifilm-Digitalgerät erstellt hat, und schüttelt den Kopf. »*Pas de fractures.*«

»Nichts gebrochen.« Nick Cruickshank übersetzt nun vielleicht zum dritten Mal, und in seinem Tonfall hat die

Ungeduld unüberhörbar die anfängliche Erleichterung verdrängt.

»Und warum habe ich dann so verdammte Schmerzen?!« Dass nichts gebrochen ist, kann Wally selbst sehen, aber er akzeptiert es nicht, weil es ihm das selbstmitleidige Bild ruiniert, das er um jeden Preis abgeben möchte. »Irgendwas muss auf jeden Fall kaputt sein.«

Aileen tritt wieder ins Zimmer, gefolgt von Tricia und Fiona, der holistischen Beraterin; sie besteht darauf, ebenfalls die Röntgen- und Ultraschallaufnahmen zu begutachten, studiert sie aufmerksam, betrachtet Wally. Dann fragt sie Dr. Angénieux, ob es sich nicht eventuell um eine Verletzung an der *coiffe des rotateurs* handeln könne.

Dr. Angénieux kann es kaum glauben, dass sie den genauen anatomischen Terminus kennt, und noch dazu auf Französisch; er mustert sie mit einer Mischung aus Argwohn und Bewunderung.

Aileen erklärt, dass ihr Bruder einmal einen ähnlichen Unfall hatte, als er in der kanadischen A2-Liga Eishockey spielte, in Montreal.

Nick Cruickshank ist beinahe ebenso erstaunt wie der Arzt, auch wenn er es längst gewohnt sein müsste, dass Aileen einen schier unerschöpflichen Schatz an Erfahrungen und Kenntnissen hat, der noch beeindruckender wird durch ihre Fähigkeit, superschnell Verbindungen herzustellen, in mehreren Sprachen, in jedem Moment, während jeder Tätigkeit, ohne sich je in Ungenauigkeiten zu verheddern oder ins Allgemeine abzugleiten. Sie hat auch die Situation in die Hand genommen, als er und Aldino im Defender Wally heimbrachten, der schrie und jammerte, als würde er gleich sterben. Und sie hat auch alle ein bisschen beruhigt, obwohl sie tausend andere Dinge zu tun hatte, das mobile Röntgenzentrum in Draguignan aufgetan und Dr. Angénieux davon überzeugt, dass es sich um einen dringenden Notfall handelte.

»*Non, Madame.*« Dr. Angénieux findet sie vermutlich immer noch sonderbar, weiß aber sehr wohl, dass die reichen, sonderbaren Ausländer die besten Patienten sind, die man in diesem Departement finden kann, deshalb behandelt er sie mit ausgesuchter Höflichkeit. Er gibt seinem am Monitor sitzenden Assistenten einen Wink, zeigt auf zwei oder drei spezifische Punkte auf den Ultraschallbildern, tritt zu Wally, drückt ihm an den entsprechenden Stellen zwei Finger auf die Schulter und bewegt ziemlich unsanft seinen Arm. »*Vous voyez? Pas de rupture.*«

»Aua! Hände weg! Ich bin doch kein Versuchskaninchen, verdammt!« Wally ist empört, dass er als Demonstrationsobjekt benutzt wird und noch dazu erneut hören muss, seine Verletzungen seien ja nicht so schlimm.

Aileen ist erleichtert bei dem Gedanken, dass der Notfall größtenteils gelöst ist; ihre Gedanken wenden sich schon wieder anderem zu. Sie lächelt Dr. Angénieux und dessen Assistenten liebenswürdig an: »*Merci infiniment, docteur.*« Gefolgt von Tricia und Fiona, dreht sie sich im Hinausgehen zu Nick Cruickshank um: »Ich müsste ein paar Sachen mit dir besprechen.«

»Ja, wenn ich hier fertig bin.« Nick Cruickshank fühlt sich sofort in die Enge getrieben; er zeigt auf Wally als lebenden Beweis dafür, dass er im Augenblick ganz bestimmt nicht wegkann.

Aileen wirkt nicht sehr überzeugt, nickt aber; sie geht mit Assistentin und Konsulentin im Gefolge hinaus.

Teilweise um zu zeigen, dass seine Anwesenheit tatsächlich notwendig ist, fragt Nick Cruickshank Dr. Angénieux, was man für Wallys schmerzende Schulter tun kann.

Der Arzt schreibt rasch ein Rezept, ohne sich darüber klar zu sein, dass Wallys Dauerkonsum von Opiaten und dergleichen ihn gegen die meisten in normaler Dosierung verabreichten Schmerzmittel ziemlich unempfindlich macht.

»Wird er denn am Sonntag spielen können?« Nick Cruickshank mimt die Haltung eines Bassisten mit den Fingern der linken Hand, die die Saiten herunterdrücken, und denen der rechten, die rhythmisch zupfen.

Der Arzt lässt die Arme sinken, er scheint keine große Lust zu haben, irgendwelche Prognosen abzugeben, auch weil er höchstwahrscheinlich keine Ahnung hat, was es bedeutet, E-Bass zu spielen.

»Ich werde auf keinen Fall spielen können, verfluchter Mist!« Wally kocht schon wieder. »Nicht mal *bewegen* werde ich mich können, verdammte Scheiße!«

»Reiß dich zusammen, schließlich habe nicht ich dich vom Pferd geworfen, oder?« Nick Cruickshanks Selbstkontrolle lässt schon wieder zu wünschen übrig. »Du hast dich als angeberischer Idiot aufgespielt!«

»Idiot?!« Wally wird knallrot im Gesicht, er vergisst beinahe die Opferhaltung und bläht sich drohend auf. »Wer ist hier der Idiot?!«

»Spiel lieber weiter den Schwerverletzten, wird besser sein!« Nick Cruickshanks sowieso schon sehr beschränkter Geduldsvorrat ist aufgebraucht.

»Scheißkerl! Ich verklage dich!« Die Sache ist die, dass Wally ganze *Jahrzehnte* Groll angehäuft hat: bei jedem schrecklichen Song, den er den Bebonkers umsonst vorgeschlagen hat, bei jeder abgelehnten Idee für ein mieses Arrangement, bei jeder ausdrücklichen Beschränkung auf die paar blöden Witze, die in einem Gruppeninterview erlaubt sind, bei jedem Foto der Band, auf dem er im Hintergrund stehen muss.

»Weswegen? Weil ich dir deine Dummheit offenbart habe?« Nick Cruickshank weiß, dass er die Situation verschlimmert, aber wie zum Teufel soll man so einem Kerl gegenüber unbeirrbar diplomatisch bleiben? »Dumm zu sein ist ja nicht bloß ein Fehler, es ist eine *Schuld*! Die *Welt* müsste *dich* dafür verklagen, dass du dazu beigetragen hast, sie *schlechter* zu machen, wenn auch nur wenig!«

»Bastard! Hurensohn!« Wally ist hochrot, versprüht Speichel beim Schreien. »Schließlich war das deine Idee mit dem Ausritt vorgestern!«

»Das habe ich nur vorgeschlagen, weil du so *abgeschlafft* warst!« Auch Nick Cruickshank schreit fast so laut wie im Konzert, denn jetzt sind schon mehrere seiner Zen-Sicherungen durchgebrannt. »So ohne jeden *inneren Antrieb*!«

Dr. Angénieux schaut sich verlegen im Zimmer um; es ist unübersehbar, dass er am liebsten verschwinden und in die gelassene Atmosphäre seiner Praxis und zu normaleren, ruhigeren Patienten zurückkehren würde. »Man könnte es mit ein, zwei Massagebehandlungen versuchen.«

»Was? Wie?« Wally bellt wie eine Bulldogge, er zittert vor Wut, klammert sich mit der linken Hand an die Bettkante.

»Es gibt da eine sehr gute Massagetherapeutin, die wir in

solchen Fällen empfehlen.« Der Arzt zieht den weißen Kittel aus, in den er gleich beim Eintreten geschlüpft war wie in ein Bühnenoutfit, faltet ihn zusammen, fischt das Handy aus der Tasche seines Jacketts. »Wenn Sie wollen, kann ich sie anrufen und ihr erklären, dass ein Notfall vorliegt.«

Wally scheint ihn verstanden zu haben, denn er kreischt: »Ich will von niemandem mehr angefasst werden, verdammte Scheiße!« – »Ich will keine verfickte Massagetherapeutin sehen!«

Nick Cruickshank wendet ihm den Rücken zu, um ihn aus seinem Gesichtsfeld auszuschließen, und macht dem Arzt ein Zeichen anzurufen.

27

Ausgerechnet jetzt, nachdem Milena Migliari bei der vorletzten Kurve der Straße angelangt ist, überfallen sie hinterrücks die Zweifel: Von einem Augenblick zum anderen dämpft sie die unaufhaltsame Dringlichkeit, mit der sie aus der Eisdiele gelaufen und bis hierher gefahren ist. Plötzlich findet sie die Idee, die ihr bis vor einer Sekunde schön und natürlich vorgekommen war, schrecklich verkehrt. Sie begreift nicht mehr, warum sie nicht gleich gemerkt hat, dass nicht der geringste Anlass für einen solchen Spontanbesuch gegeben ist; dass Nick Cruickshanks überraschendes Auftauchen in der Eisdiele gestern Morgen und die Umarmung auf dem Marktplatz gestern Nacht nicht nur keine echte Vertrautheit zwischen ihnen geschaffen haben, sondern sie vielmehr durcheinandergebracht und mit tiefem Unbehagen erfüllt haben.

Dass sie zurzeit sowieso nicht hundert Prozent durchblickt, rechtfertigt nur teilweise die Dummheit, sich in eine so unausgegorene Unternehmung zu stürzen, ohne auch nur einen Moment zu überlegen: Ist es möglich, dass sie sich wirklich nicht vorstellen konnte, wie es sein würde, *tatsächlich* hierher zurückzukommen? Nach der Verlegenheit von vorgestern, als sie doch wenigstens herkam, um eine Bestellung zu liefern? Ja, die Umarmung gestern Nacht war seltsam intensiv, ein Austausch ungefilterter Gefühle, der sie zu Tränen gerührt hat. Auch war es ihr vorgekommen, als sei es für ihn genauso, nach seinem Atem und der Kraft zu urteilen, mit der er sie an sich drückte. Doch gleich darauf hatte sich die Rührung in pure Hilflosigkeit verwandelt, und ohne sich auch nur zu verabschieden, ohne irgendeine Geste sind sie auseinandergegangen. Was hätten sie auch sagen oder tun sollen, da die Umarmung ja nicht durch seine oder ihre Initiative zustande gekommen war, sondern Teil des kleinen Rituals dieser Spinner aus Digne-les-Bains war? Eine Umarmung zwischen einer Frau, die sich nicht für Männer interessiert, und einem Mann, der sich für einen ganz anderen Typ Frauen interessiert? Was zum Teufel ist in sie gefahren, vor etwa zwanzig Minuten? In was für einem geistigen und emotionalen Zustand ist sie bloß? Vielleicht hat Viviane ja recht, und sie *müsste* Beruhigungsmittel nehmen.

Mittlerweile ist das große Tor direkt vor ihr, kaum noch zwanzig Meter entfernt: Milena Migliari spürt, wie ihr Magen sich verkrampft. Sie verlangsamt, bringt das Lieferauto zum Stehen. Das Beste ist, sie kehrt um, das scheint ihr ganz klar zu sein, fährt zurück und vergisst, dass sie je eine so dumme Idee hatte und dann auch noch so nah dran war, sie in die Tat umzusetzen. Und zwar jetzt sofort, bevor sie von der Überwachungskamera über dem Tor erfasst wird, bevor der Mann in Jackett und Krawatte, der aussieht wie ein Bodyguard, dort am Eingang ihr Kennzeichen notiert und es an die Behörden weitergibt, um eine verrückte Eislieferantin mit Stalking-Problem überprüfen zu lassen.

Allerdings ist die Straße an dieser Stelle so schmal, dass

Wenden zwischen dem Steinmäuerchen auf der rechten und dem baumbestandenen Graben auf der linken Seite unmöglich ist. Milena Migliari probiert im Geist verschiedene Möglichkeiten: nein, ausgeschlossen. Sie legt den Rückwärtsgang ein, dreht den Kopf, um ein paar Dutzend Meter zurückzufahren bis zur ersten Verbreiterung, sieht aber hinter sich einen weißen Kastenwagen, der rasch näher kommt. Es sind sogar *zwei* hintereinander und außerdem so groß, dass sie bestimmt nicht an ihr vorbeipassen. Unter Gefahr, an den Steinen den Kotflügel zu zerkratzen, fährt sie so nah an das Mäuerchen, wie es nur geht, aber mehr als eineinhalb Meter kann sie dadurch links nicht freimachen, da hilft alles nichts. Sie dreht die Scheibe herunter, beugt sich hinaus, gestikuliert verzweifelt, um zu erklären, dass sie umkehren muss, sie sollen bitte auch zurückfahren. Doch der Kastenwagenfahrer blendet völlig verständnislos mehrmals auf. Sie fühlt sich in der Falle: Ängstlich mustert sie das Tor vor ihr und sieht, dass es sich öffnet. Der Bodyguard an der Zufahrt winkt, um ihr zu bedeuten: Komm schon, komm schon. Da sie nicht reagiert, gestikuliert er jetzt energischer mit beiden Händen, los, Beeilung.

Milena Migliari beugt sich erneut hinaus, um die zwei Kastenwagen hinter ihr anzuschauen, die Stoßstange des vorderen berührt schon fast die ihre; der Typ am Steuer blendet erneut auf und hupt sie sogar kurz an. Sie zuckt zusammen: Sie hat keine Wahl, schaltet in den ersten Gang und fährt langsam auf das nun offene Tor zu wie auf das Maul eines alles verschlingenden Ungeheuers. Sie kann es nicht fassen, dass sie sich selbst in so eine Lage gebracht hat, dass sie auf den ganzen zwölf Kilometern von Fayence hierher nicht einmal überlegt hat, was sie da eigentlich macht, und erst auf den letzten Metern wieder zu denken begonnen hat. Von den zwei Kastenwagen bedrängt, fährt sie weiter, so aufgeregt und verlegen wie noch selten in ihrem Leben. Gleich hinter dem Tor öffnet sie auch das rechte Fenster, beugt sich hinüber, um dem kräftigen Mann in Jackett und Krawatte zu sagen, dass sie nur gezwungen ist hereinzufahren, um die anderen hinter ihr nicht zu blockieren, dass sie wieder rausfährt, sobald sie wenden kann, man solle das Tor offen lassen.

Doch der Mann beachtet sie kaum: Zu Schlitzen verengte Augen, im Nacken und an den Schläfen ausrasierte Haare, geht er völlig in seiner Rolle auf. Er liest die Aufschrift der Eisdiele auf der Flanke, winkt sie durch, verlagert seine Aufmerksamkeit auf die zwei Kastenwagen hinter ihr. Milena Migliari wartet darauf, dass er wiederkommt, um ihm alles zu erklären, doch er fuchtelt wütend mit den Händen, als er sie immer noch da stehen sieht. »*Allez! Allez! Dépêchez-vous!*«

Also fährt sie die Allee hinauf, gescheucht von dem Kastenwagen, der ebenfalls sofort die Kontrolle passiert hat, und fühlt sich unglaublich dumm. Was könnte sie sagen, wenn sie nun dem riesigen italienischen Bodyguard von vorgestern begegnete, der schon so misstrauisch war, als sie die Bestellung geliefert hat: dass man sie gegen ihren Willen hineingedrängt hat?

Die zwei Kastenwagen bleiben ihr bis zu dem Platz hinterm Haus dicht auf den Fersen. Heute parken hier viel mehr Autos als vorgestern, mehrere Lieferwagen, ein Lastwagen; es herrscht ein ständiges Hin und Her von Männern, die Pflöcke und Holzbretter, Lampen, Stühle, Bänke, Zitronenbäume, ganze Kisten voll blühender Alpenveilchen ausladen und wegtragen. Sie weiß nicht, ob sie sich in dem Durcheinander wenigstens ein bisschen unauffälliger fühlen soll oder noch deutlicher als Eindringling erkennbar; sie will sofort wenden, um zurückzufahren und so schnell wie möglich zu verschwinden. Sie bemüht sich, niemanden anzuschauen aus Angst, man könne sie fragen, was zum Teufel sie hier mache. Doch je mehr sie sich anstrengt, nicht zu schauen, umso mehr schaut sie; und gerade, als sie gewendet hat und hinten am Haupthaus vorbeifahren will, geht die Tür auf, und heraus kommt ein junger Typ mit Brille, der ein Gerät auf Rädern schiebt, eine Art Mittelding zwischen Staubsauger und Fotokopierer. Gleich hinter ihm kommt ein reiferer Mann mit grauem Schnurrbart heraus, danach folgt Nick Cruickshank.

Milena Migliaris Herz klopft bis zum Hals; sie bremst, obwohl es das Letzte ist, was sie möchte. Dann hofft sie eine Sekunde lang, sie könne sanft beschleunigen und wieder die Zufahrtsallee erreichen, ohne dass er Zeit hätte, sie zu sehen; doch im selben Augenblick bemerkt er sie oder erkennt zumindest ihr Auto. Er senkt den Kopf, um durch das geöffnete Fenster ins Innere zu schauen. »Hey!«

Milena Migliari fühlt sich wie eine Diebin, die auf frischer Tat ertappt wird: völlig gelähmt.

Nick Cruickshank steckt den Kopf in das Lieferauto hinein und lächelt. »Was machst du denn hier?«

Milena Migliari hat keine Ahnung, was sie antworten oder was für eine Miene sie aufsetzen soll. Sie macht ein fahriges, völlig bedeutungsloses Zeichen.

»Hat Aileen wieder Eis bei dir bestellt?« In diesem Licht ist Nick Cruickshanks Gesicht entschieden mehr gezeichnet, als es gestern Nacht den Eindruck machte; und er ist bunter: mit seinen Armbändern und Silberringen, dem goldenen Ohrring, dem blauen Halstuch, dem orangefarbenen Hemd und dem roten Jackett mit lila Streifen. Er gleicht mehr einem Schauspieler aus dem sechzehnten als einem aus dem achtzehnten Jahrhundert, ohne Kompanie und ohne Bühne, in eine Welt geworfen, die nicht die seine ist, wo er sich zwar ziemlich gut zurechtfindet, aber auch nur bis zu einem gewissen Grad.

»Nein.« Milena Migliari überlegt immer noch, aus welchem plausiblen Grund sie hier sein könnte, aber ihr fällt nichts ein.

»*Eh bien, nous allons, Monsieur.*« Der Typ mit Schnurrbart wendet sich an Nick Cruickshank und zeigt auf den Jüngeren, der den seltsamen Apparat gerade in einen Lieferwagen mit der Aufschrift *Diagnostics Mobiles* bugsiert.

Nick Cruickshank zieht eine Rolle Banknoten aus der Tasche, zählt einige Scheine ab, drückt ihm die Hand; sobald der Typ gegangen ist, wendet er sich wieder ihr zu. »Nun?«

Wäre sie wirklich eine Diebin, die hergekommen ist, um etwas zu stehlen, denkt Milena Migliari, würde sie sich wahrscheinlich unbefangener fühlen, da es aber nicht so ist, gibt es eigentlich nur zwei Möglichkeiten: Entweder sie lächelt rätselhaft und fährt weg, oder sie sagt die Wahrheit. Sie atmet tief durch, versucht, sich zu beruhigen. »Ich wollte dich etwas fragen. Hast du fünf Minuten Zeit?«

»Ja?« Nick Cruickshank scheint neugierig zu sein, belustigt.

Der Assistent des Arztes kommt mit gezücktem Handy zurück. *»Monsieur Crucsànc, un selfie, s'il vous plaît?«*

Nick Cruickshank erklärt sich bereit dazu, mit einem Hauch von Ungeduld: Er dreht sich ins rechte Licht, hält seinen Kopf neben den des Assistenten. Er verabschiedet sich sofort, schaut wieder durchs Autofenster. »Worum handelt es sich denn? Um Berufliches? Um Privates?«

Milena Migliari spürt, dass sie errötet, auch wenn sie nicht sicher ist, ob er es bemerken kann. »Um den Geschmack von zwei Eissorten.«

Nick Cruickshank tritt zurück, macht eine einladende halbkreisförmige Bewegung mit der Hand, als wollte er ihr den prächtigsten Parkplatz für ihr Lieferauto zum Geschenk machen.

Obwohl ein Teil von ihr lieber direkt zur Zufahrtsallee durchstarten würde, solange noch Zeit dazu wäre, folgt Milena Migliari der Einladung: Sie fährt ein paar Meter vor, hält neben der Hauswand. Kaum ist sie ausgestiegen, fühlt sie sich noch schutzloser als befürchtet, plötzlich so ganz ohne Fluchtmöglichkeiten. Zum Ausgleich geht sie sofort um den Kangoo herum, nimmt die Kühltasche heraus und hält sie vor sich wie einen Schild.

Der ungeduldige, gemeine Kerl, der sie bis hierher getrieben hat, lädt einen großen Lautsprecher aus seinem Kastenwagen aus, schiebt sie auf einen Karren; als er Nick Cruickshank erkennt, bleibt ihm der Mund offen.

»Was für Sorten?« Nick Cruickshank ignoriert das ganze Tohuwabohu um ihn herum und sieht sie auf diese extrem eindringliche Art an, genau wie gestern, als er so überraschend in die Eisdiele kam.

»Das sage ich dir lieber nicht.« Nun ist es sowieso zu spät, denkt Milena Migliari, da kann ich auch gleich so sein, wie ich eben bin. »Um dich nicht zu beeinflussen.«

Nick Cruickshank denkt ernsthaft darüber nach; er nickt. »Richtig. Aber um das Eis zu probieren, bräuchte man einen ruhigen Ort, oder? Weit weg von diesem Zirkus hier?«

Auch Milena Migliari nickt, auf eine sehr ähnliche Art wie er: Erneut ist es, als steckten sie sich gegenseitig an, es ist schwer zu erklären.

Vielleicht fällt es auch Nick Cruickshank auf, denn er fixiert sie einen Augenblick regungslos; dann, während all die Leute rundherum irgendwelches Zeug ausladen und wegtragen, zeigt er in die entgegengesetzte Richtung und geht los.

Milena Migliari folgt ihm, denkt aber plötzlich, dass sich die Eisverkostung jetzt womöglich in einen Offenbarungseid verwandeln könnte, also das Gegenteil von dem, was sie im Sinn hatte, als sie dem absurden Impuls nachgegeben hat hierherzukommen, um ihn nach seiner Meinung zu fragen. Sie hatte sich vorgestellt, ihm ohne viele Umstände einen Becher oder eine Waffel zu füllen und sich seine Eindrücke anzuhören; anscheinend ist es ihr gelungen, eine von Anfang an verkehrte Idee noch mehr zu verhunzen.

Nick Cruickshank geht vor ihr her bis zum Ende des Westflügels des Hauses, doch statt eine Tür zu öffnen, macht er ihr nur ein kurzes Zeichen und geht weiter mit seinem seltsamen, federnden, schaukelnden Gang. Sie überqueren eine Wiese, kommen an einer Koppel mit einigen kleinen, dunklen Pferden vorbei, die an den Lattenzaun traben, um sie zu beäugen. Gleich dahinter beginnt ein dichter Steineichenwald.

Milena Migliari würde ihm gern sagen, dass es nicht nötig ist, zum Probieren so weit zu laufen, dass irgendein etwas ruhigeres Zimmer völlig ausreicht; doch sie schweigt und folgt ihm, den Henkel ihrer dummen geblümten Kühltasche fest in der Hand.

Je tiefer sie in den Wald vordringen, umso mehr fragt sich Milena Migliari, ob er ihre Bitte um seine Meinung zu den zwei Eissorten nicht völlig falsch aufgefasst hat: Letztlich ist er immer noch ein männliches Raubtier ersten Ranges und wahrscheinlich gewohnt, jede Frau zu vernaschen, die zufällig in seine Nähe kommt. Aber ganz sicher ist sie sich nicht; und so geht sie hinter ihm her, getragen von einer Strömung, in der sich Ratlosigkeit und Neugier fast die Waage halten.

Sie gehen schweigend und flott; ein paarmal dreht Nick Cruickshank sich um, ob sie ihm noch folgt, lächelt ihr im Schatten des Waldes kaum merklich zu. Unter ihren Füßen rascheln Blätter, Äste knacken, es riecht nach Rinde, Moos, Pilzen. Milena Migliari fällt ein Artikel ein, den sie gelesen hat, über »Waldbäder« und den geistigen und körperlichen Nutzen vom Gehen zwischen Bäumen, der nicht einfach nur der sauberen Luft und der Entfernung zur bebauten und bewohnten Welt geschuldet ist, sondern einigen flüchtigen organischen Verbindungen, die die Bäume absondern, um sich vor Schimmel und Bakterien zu schützen. Zwei japanische Forscher haben Experimente mit Stadtbewohnern durchgeführt und entdeckt, dass nach einer Wanderung im Wald ihr Blutdruck und die Herzfrequenz niedriger waren, ebenso ihr Adrenalinspiegel. Man weiß nicht, ob das wirklich stimmt, doch sie fühlt sich tatsächlich lockerer als noch vor ein paar Minuten. Zwar hat sich ihre Unsicherheit nicht ganz gelegt, ist aber gedämpft, leicht, beinahe angenehm: Sie ist nun eher gespannt als verwirrt. Sie folgt Nick Cruickshank, der mit seinem seltsamen Gang und seinem lebhaften, bunten Äußeren zwischen den einfarbigen Baumstämmen hindurchwandert, ab und zu denkt sie, dass sie sich die Situation auch bloß einbilden könnte, wäre da nicht das sehr reale Gewicht der Kühltasche, die sie in der Hand trägt. Sie denkt auch, dass sie gern mal ein Waldeis machen möchte: kein Eis mit Waldfrüchtegeschmack, sondern mit *Waldgeschmack*. Sie fragt sich, wie sie das bewerkstelligen könnte, ohne auf das Klischee der Nadelbaumessenzen zurückzugreifen. Das ist alles andere als einfach: Wie schmeckt ein Wald?

Es scheint ihr, als sei der Weg endlos, doch plötzlich treten sie auf eine Lichtung hinaus, eine helle, kreisrunde Wiese, an deren Rand ein kleines Steinhaus steht. Mit einem merkwürdig scheuen Ausdruck zeigt Nick Cruickshank darauf.

Wieder möchte Milena Migliari etwas sagen, um nicht weiter zu irgendeinem wie auch immer zustande gekommenen Missverständnis beizutragen; doch wieder schweigt sie, betrachtet das kleine Haus.

Nick Cruickshank geht schnurstracks auf die Tür zu, beugt sich hinunter und stöbert in einem Busch, zieht einen Schlüssel hervor, schließt auf, dreht sich um und macht eine einladende Geste.

Mit zögernden Schritten geht Milena Migliari hinein; es ist fast dunkel, abgesehen von einigen schmalen Lichtstreifen, die weiter hinten durch die Ritzen fallen. Es riecht nach Zitronengras, feuchtem Holz, nach Rauch vom Kaminfeuer, nach gerauchten Joints. An einem Kleiderhaken hängen ein Anorak und eine Wachsjacke, auf den groben Dielen steht ein Paar Gummistiefel.

Nick Cruickshank öffnet an drei kleinen Fenstern die Läden und lässt Licht herein: Das Zimmer ist spartanisch eingerichtet, ein steinernes Spülbecken, ein Campingkocher auf einem Bord, ein alter Bauerntisch, drei strohgeflochtene Stühle, ein Sessel im provenzalischen Stil, ein Klavier, in der Ecke ein Ofen und Holzscheite in einem Korb.

Milena Migliari stellt ihre Kühltasche auf den Tisch, versucht, ihre Gedanken zu ordnen. Sie möchte Nick Cruickshank sagen, dass die Atmosphäre hier zu dicht ist, wodurch die Eisprobe eher verwirrend als erhellend ausfallen könnte. Aber sie sagt es nicht.

»Das ist der einzige vor der Invasion sichere Ort.« Nick Cruickshank sieht sie an und macht überhaupt nicht den Eindruck eines männlichen Raubtiers ersten Ranges, dem es soeben gelungen ist, ein Weibchen in seine Höhle zu locken: Im Gegenteil, auch er wirkt höchst verlegen. Er öffnet ein Fenster, blickt in Richtung seines großen Hauses, doch alles, was man sieht, sind die Lichtung und die Bäume. Man hört nur ein paar entfernte, vom Wald gedämpfte Geräusche: Sägen, Elektrobohrer, ein paar Rufe.

Milena Migliari liegt es auf der Zunge, ihn zu fragen, wieso er sie nicht auch als Teil der Invasion betrachtet; dann denkt sie, dass sie es gar nicht wissen will.

Nick Cruickshank schließt das Fenster wieder und öffnet die Ofentür: Es ist schon alles vorbereitet, mit Papier, Kleinholz und größeren Scheiten. Er zündet ein Streichholz an, bläst auf die ersten Flämmchen, bis das Feuer brennt.

Fasziniert bleibt er vor dem Ofen hocken und schaut hinein.

Milena Migliari geht zum Fenster und wieder zurück, zum Spülbecken und wieder zurück. Sie bemüht sich, einen Abstand zwischen ihnen zu wahren, obwohl sie sich fragt, ob das überhaupt nötig ist; ebenso fragt sie sich, ob es nötig ist, für die Eisprobe den Ofen anzuzünden: Sie deutet auf die Kühltasche auf dem Tisch. »Wir brauchen bloß fünf Minuten.«

Nick Cruickshank nickt, zeigt aber sofort auf eine hölzerne Treppe in einer Ecke des Zimmers. »Willst du mal raufschauen?«

Milena Migliari denkt, nein, lieber nicht, doch er geht schon die knarrenden Stufen hinauf, also folgt sie ihm. Vorsichtig späht sie in den oberen Raum, schaut zu, wie er an weiteren drei kleinen Fenstern die Läden öffnet; im Nachmittagslicht kommen das Blau eines Bettüberwurfs zum Vorschein, die gelben, roten und grünen Rücken einiger Bücher in zwei Regalen, das Schwarz und Weiß der Hüllen einer Gitarre und eines kleineren Instruments, die oxidierte Kupferfarbe des Ofenrohrs, das knackt, während das Feuer es von unten erwärmt.

Nick Cruickshank macht eine Handbewegung, als wollte er sagen: »Das ist alles«; erneut lächelt er mit diesem seltsamen Anflug von Schüchternheit, die bei einem wie ihm so unwahrscheinlich wirkt.

»Also, machen wir jetzt die Kostprobe?« Milena Migliari versucht, zum Grund ihres Überfalls zurückzukehren, aber sie muss sich dazu zwingen, denn sie befindet sich in einem Zustand extremer Anfälligkeit, jede Kleinigkeit lenkt sie ab.

Über die hölzernen Stufen kehrt sie in das untere Zimmer zurück.

Nick Cruickshank folgt ihr fast sofort; am Fuß der Treppe bleibt er abwartend stehen.

Milena Migliari öffnet die Kühltasche auf dem alten Walnusstisch, der ein bisschen wurmstichig und rissig, aber so standfest wie der Baum ist, aus dem er gefertigt wurde. Sie holt die Styroporbox heraus, die Spachtel, die Pappschachteln mit den Waffeln, Bechern und Löffelchen. Alles ordentlich hinzulegen erinnert sie an ihre Absicht und mildert ihren innerlichen Aufruhr: Sie atmet durch, reißt das Klebeband über dem Deckel ab.

Nick Cruickshank nähert sich ein paar Schritte, bleibt stehen, betrachtet die Box, betrachtet sie.

»Schau noch nicht hin.« An diesem Punkt, denkt sie, kann sie auch ganz auf ihren Instinkt vertrauen und aufhören, komplizierte Überlegungen anzustellen.

»Okay.« Er hebt die Hände und hält sich die Augen zu.

»Warte.« Sie ist überrascht, wie fließend die Kommunikation zwischen ihnen abläuft, sobald sie die Vernunft beiseitelassen. »Was möchtest du, Waffel oder Becher?«

Er lässt die Hände wieder sinken, blickt sie an. »Das ist ein großer Unterschied, oder?«

Sie nickt ernst; auch wenn ernst zu bleiben ihr jetzt vorkommt wie ein Spiel, genau wie alles andere.

»Erklär es mir.« Er lächelt, erwartet aber tatsächlich eine Erklärung; seine Geduld steht in erstaunlichem Widerspruch zu der Dringlichkeit, die er ihr die anderen Male vermittelt hat.

»Es fängt schon damit an, dass man für die Waffel nur

eine Hand braucht.« Schon oft hat sie diese Überlegungen angestellt, aber nie mit jemandem darüber gesprochen. »Wenn du dein Eis beim Spazierengehen essen willst, während du dich unterhältst und die Gegend anschaust, passt das prima.«

»Es ist also die *oberflächlichste* Entscheidung?« Wie er sie anschaut: als erwartete er nicht irgendeine Antwort, sondern die *Wahrheit,* und nicht nur bezogen auf die Waffel.

»Nicht unbedingt.« Sie schüttelt den Kopf; dass er ihr die Verantwortung überlässt, freut sie ungemein, genau wie die bedingungslose Aufmerksamkeit, mit er sie beobachtet.

»Weil du nichts außer der Waffel brauchst, oder?« Er sieht sie immer noch unverwandt an; sie sind auf derselben Wellenlänge.

»So hast du den *unmittelbarsten* Kontakt zwischen deinem Mund und dem Eis.« Sie merkt, dass sie manche Wörter auf die gleiche Weise betont wie er, aber nicht, weil sie ihn nachäfft: Sie hat es schon immer so gemacht, schon als kleines Mädchen. Darin sind sie sich ähnlich.

»Wie unsere Vorfahren, die die Früchte direkt vom Baum aßen, ohne sie vorher zu pflücken.« Er bewegt die Hand, als zöge er einen Zweig zu seinem Mund heran, und stülpt die Lippen vor wie ein naschender Urmensch.

Sie lacht; eigentlich dürften sie seine mimischen Fähigkeiten nicht überraschen, denkt sie, bei der Arbeit, die er macht, und doch staunt sie darüber. »Oder wie ein Baby, das am Busen Milch trinkt.«

Auch er lacht, wird aber gleich wieder ernst. »Dann ist der Becher die Art, bei der am meisten *vermittelt* wird?«

Die Bemerkung über das Kind am Busen hätte sie sich

sparen können, denkt sie und schüttelt den Kopf. »Nicht unbedingt.«

Er legt den Kopf schief: Man sieht, dass er die Frage aus jedem möglichen Blickwinkel betrachtet, verblüffend vorurteilslos. »Es kommt auch darauf an, welches Löffelchen du benutzt, oder?«

»Ja, klar.« Sie nickt energisch. »Es ist zum Beispiel etwas ganz anderes, ob deine Zunge über Plastik gleitet oder die Kälte des Metalls mitschmeckt. Der Unterschied ist sehr groß.«

»Ja, *riesig*.« Bei dem Nachdruck in seiner Stimme könnte man meinen, er veralbert sie, doch man braucht ihm nur in die Augen zu sehen, um zu wissen, dass es nicht so ist. »Und was hast du lieber?«

»Holz.« Es macht ihr Spaß, sofort zu antworten, ohne nachzudenken. »Leicht porös, damit die Zunge ein bisschen daran reiben muss, während sie den Geschmack verfolgt.« Es ist wie bei einer Kontaktsportart: wie wenn man sich an den Armen fasst und ein bisschen hin und her rangelt, mit Kraft, aber freundlich.

Er zieht an einer seiner Haarsträhnen. Sein Körper ist ungewöhnlich elastisch: biegt sich vor, zurück, zur einen Seite, zur anderen. Trotzdem steht er fest auf seinen zwei Beinen. »Also, was sind die Vorteile des Bechers gegenüber der Waffel?«

Auch sie legt den Kopf schief, praktisch auf die gleiche Weise wie er; schon oft hat sie darüber nachgedacht, ist aber nie zu einem endgültigen Schluss gekommen. »Sicherlich musst du dich mehr auf das Eis *konzentrieren*. Es auch mehr *anschauen*.«

Mit einer unwahrscheinlichen Naivität, die aber echt sein muss, legt er die Hände an die Augen, wie um etwas anzusehen. »Du merkst auch eher, wenn es alle wird.«

»Ja. *Ja*.« Sie fühlt, dass sie seit wer weiß wann ein schreckliches Bedürfnis hatte, sich auf diese Weise mit jemandem auszutauschen. Praktisch *schon immer*. Oder zumindest seit sie die Grundschule besuchte und mit ihrer Freundin Tania ganze Nachmittage mit Reden, Lachen und Spielen verbrachte; was sehr seltsam ist, aber irgendwo auch ganz normal. »Das Holzlöffelchen kratzt unten auf der gewachsten Pappe, und der leere Becher macht ein Geräusch wie ein kleiner, krächzender Lautsprecher.«

»Er *ist* ein kleiner Lautsprecher!« Er strahlt, seine Augen leuchten. »Als Kind, in Manchester, bettelten mein Bruder und ich so lange, bis uns unsere Eltern ab und zu zwei Becher von diesem scheußlichen Industrieeis kauften, und wenn wir es gegessen hatten, bohrten wir ein Loch in den Boden der Becher, zogen eine Schnur durch, befestigten sie mit einem Knoten und spannten sie, das war unser *Telefon*!«

»Das habe ich auch gemacht, mit meiner Freundin Tania!« Sie ist überwältigt bei der Vorstellung, dass sie beide die gleiche Erfahrung gemacht haben, in so großem räumlichem und zeitlichem Abstand; und wieder ist ihr, als könnte es gar nicht anders sein.

»Nimmst du dagegen eine Waffel, wird das Eis *allmählicher* alle, oder?« Er bleibt in diesem filterlosen, fröhlichen Kommunikationsfluss. »Deine Zunge erwischt immer noch ein bisschen Eis, auch wenn es so scheint, als sei nichts mehr da.«

»Und irgendwann vermischen sich der Geschmack und die Konsistenz vom Eis mit denen von der Waffel.« Sie schmeckt und fühlt es allein schon beim Reden deutlich auf der Zunge.

»O ja!« Er hüpft vor ihr herum, wie besessen von den Empfindungen, die sie gerade beschreiben. »Und wenn das Eis wirklich alle ist, kannst du noch die übrige Waffel knabbern, bis zur Spitze. Dann hast du noch eine Minute länger was davon. Du kannst das Stückchen leere, angenagte Waffel aber auch noch *eine Stunde* lang in der Hand halten, wenn du willst.«

»Ja, aber das Eis ist auf jeden Fall weg.« Sie möchte noch etwas anfügen, kann sich aber nicht entscheiden zwischen den vielen verschiedenen Impulsen, die ihr durch den Kopf gehen.

Sie stehen beide da und schweigen, sehen sich halb verstohlen an, in dem kleinen Haus mitten im Wald, in der feuchten Luft, die sich allmählich durch das Feuer im Ofen erwärmt.

»Und wenn man das Eis aus einem *Kristall*kelch isst?« Er macht eine *gewollt* theatralische Geste, zitiert sich gewissermaßen selbst. »Mit einem *Silber*löffel?«

»Bäääh.« Ihr Gesicht verzieht sich angeekelt, und es ist nicht gespielt. »Das ist das Allerverkehrteste, was man tun kann, wenn du meine Meinung wissen willst.«

»Natürlich will ich.« Er lächelt und lächelt. »Es ist doch ein *gleichberechtigter* Austausch, du hast mich ja auch um meine Meinung gebeten, oder?«

»Mhm.« Sie fragt sich allerdings, worüber genau sie seine Meinung hören möchte. Über ihr Fiordilatte- und ihr Kaki-

Eis? Welchen *Sinn* es hat, es zu machen? Über das, was am Montag passieren soll? Über danach? Über jetzt?

»Vorgestern Abend habe ich dein Eis jedenfalls direkt aus der Styroporbox gegessen.« Er lacht. »Im Gegensatz zu den anderen, die es in Kristallkelchen serviert bekamen.«

Ihr wird bewusst, dass sie ganz vergessen hat, warum sie hier sind; mit einem Ruck reißt sie sich zusammen und nimmt den Deckel von der Box ab.

Er weicht zurück, statt sich zu nähern. »Wir haben noch gar nicht entschieden, wie ich es versuchen soll.«

Sie schüttelt den Kopf. »Das musst du selbst entscheiden. Ich kann es dir bestimmt nicht sagen.« Dieses Spiel hat seinen Reiz, ist aber auch gefährlich, ist so harmlos und doch wieder nicht.

Er legt die Hand an die Stirn: eine Geste, die sie schon vorgestern in der Eisdiele bei ihm gesehen hat und auch in dem Videoclip eines Songs vor etlichen Jahren. Er schließt die Augen. »Becher. Nein. Waffel.«

»Also was jetzt?« Sie drängelt ihn, auch das macht ihr Spaß.

»Ich weiß es nicht.« Er schüttelt den Kopf. »Mir scheint, jede der zwei Möglichkeiten beinhaltet einen unerträglichen Verzicht.«

Sie spürt ein elektrisierendes Kribbeln in sich aufsteigen, freut sich diebisch. »Wer sagt denn, dass es nur *zwei* Möglichkeiten gibt?«

Er wirkt plötzlich verunsichert; an seinem Blick ist zu erkennen, dass seine Gedanken rasch in unterschiedliche Richtungen schweifen. »Meinst du, ich könnte es direkt aus der Box probieren?«

»Nein.« Ja, ja: Es stimmt, sie genießt dieses prickelnde Hin und Her, wünschte, es würde nie aufhören. »Das wäre ungefähr so wie aus dem Becher, nur größer.«

»Was dann?« Er sieht sie an, als wäre ihre Antwort lebenswichtig für ihn.

Sie bekommt Herzklopfen vor Aufregung, dass es ihr gelingt, ihn in diesem Spiel zu verblüffen. Sie nimmt eine Pappschachtel vom Tisch, öffnet sie. »Also, da gibt es noch das *Waffelkörbchen*! Das Beste der zwei Welten!«

Er scheint beeindruckt wie bei einer Offenbarung: Er nähert sich, um das gewellte Waffelschälchen in ihrer Hand zu betrachten, und sieht sie an: »Du bist eine Frau voller Überraschungen!«

Sie lächelt; und natürlich freut es sie, wenn er so etwas sagt, aber was sie so elektrisiert, ist sein Tonfall. »Außerdem gäbe es auch noch den Waffel*becher*, die flachen Waffeln und die Waffel*rollen*.«

Er betrachtet ihre Hände aus nächster Nähe, scheint verzaubert von ihren Gesten.

Sie zieht den Mantel aus, um mehr Bewegungsfreiheit zu haben und auch weil ihr allmählich zu warm wird. Einen Moment lang denkt sie, dass ihr grüner Pullover schon ziemlich verwaschen und am Hals ausgeleiert ist; dann denkt sie, dass es ihr egal ist. Sie zieht das Wachspapier ab, welches das Eis in der Box schützt: das Weiß und das Orange von Fiordilatte und Kaki, wunderbar, lebhaft. Sie hält das Waffelkörbchen vorsichtig in der Linken, steckt die Spachtel ins Fiordilatte-Eis: Auch die Konsistenz ist genau so, wie sie sein sollte. Sie füllt eine Portion Fiordilatte hinein und darauf eine Portion Kaki, gibt dem Ganzen mit zwei, drei Strichen die Form, die sie am liebsten hat, rund, aber nicht explodiert wie ein Atompilz und auch nicht gepresst. Sie reicht ihm das Körbchen und ein Bambuslöffelchen.

Er betrachtet es mit ausgestrecktem Arm, dann aus der Nähe, er schließt halb die Augen, leckt mit ausgestreckter Zunge an dem Kaki-Eis.

Milena Migliari beobachtet seinen Gesichtsausdruck und merkt, dass sich unversehens wieder ein rationaler Gedanke in ihrem Kopf meldet, trotz der seltsamen Überspanntheit, die ihn bisher besetzt hat: Sie fragt sich, ob sie die Sache nicht zu sehr aufgeblasen hat, so dass die Enttäuschung praktisch für beide vorprogrammiert ist.

Nick Cruickshank öffnet die Augen wieder, dreht das Eiskörbchen zwischen den Fingern; er fährt mit dem Löffelchen hinein, führt es zum Mund. Er wirkt nachdenklich, schweigt, sieht sie nicht an. Er geht zum Fenster und schiebt sich das Löffelchen extrem langsam zwischen die Lippen.

Milena Migliari denkt, dass ihn die erste Kostprobe enttäuscht haben muss und die folgenden ebenso: Seine begeisterten Eindrücke von vorgestern sind unhaltbar angesichts dieses mittelmäßigen Ergebnisses, das noch dazu von zu viel Theorie und Philosophiererei begleitet ist. Vielleicht liegt es an dem mittlerweile welken Gras, das Didiers Kühe fressen, oder am zu frischen Heu; oder an ihrer Stimmung, an ihrer Unfähigkeit, wirklich professionell zu arbeiten, ohne sich von den Ereignissen in ihrem Privatleben beeinflussen zu lassen.

Mit dem Rücken zu ihr schleckt Nick Cruickshank das Eis mit der Zunge, greift dann wieder zum Löffelchen, ohne etwas zu sagen und ohne sie anzusehen. Vermutlich sucht er nach schonenden Worten, um ihr zu sagen, dass ihr Fiordilatte- und ihr Kaki-Eis recht banal sind und dass das Waffelkörbchen auch nur ein fauler Kompromiss zwischen Waffel und Becher ist. Er wird meinen, dass er sich getäuscht hat, als er glaubte, das beste Eis der Welt gegessen zu haben. Vielleicht lag es ja nur an dem Hunger, den er verspürte, nachdem er einen Joint geraucht hatte: Der Geruch nach Marihuana war unverkennbar, als er gestern in die Werkstatt kam, wenn auch gemischt mit Patschuli. Er wird sich blöd vorkommen, dass er ihr so viele unbegründete Komplimente gemacht hat; womöglich reagiert er jetzt genau deswegen mit brutaler Ehrlichkeit wie in dem Song, den sie gestern im Radio gebracht haben.

Milena Migliari fragt sich, was zum Teufel ihr bloß eingefallen ist, sich in so eine demütigende Lage zu bringen. War das wirklich nötig? Welche dumme Bestätigung suchte sie denn? Wollte sie hören, dass er und sie einer außerordentlich kreativen Künstlerwelt angehören? Letztlich hat Viviane vielleicht auch in diesem Punkt recht, wenn sie sagt, ein Eis kann einfach gut oder schlecht sein, es hat keinen Sinn, so viel Theater darum zu machen.

Schwer zu sagen, wie viel Zeit vergeht; jede Wahrnehmung scheint in diesem Zimmer gedämpft wie der hektische Lärm rund ums Haupthaus, der kaum hörbar durch den Wald dringt, übertönt vom Knistern und Fauchen des Ofens.

Milena Migliari legt das Wachspapier wieder über das Eis, schließt den Deckel, stellt die Box in die Kühltasche zurück, legt die Spachtel und die Pappschachteln mit den Waffeln, Körbchen und Löffelchen dazu. Vielleicht, denkt sie, wäre

es am besten, sich jetzt zu verabschieden oder einfach gruß-
los zu gehen, um die Peinlichkeit und den Schaden auf ein
Minimum zu begrenzen.

Nick Cruickshank knabbert jetzt an dem Waffelkörbchen, wahrscheinlich demonstrativ, um zu betonen, dass er
es trotzdem geschafft hat, das Eis aufzuessen. Er dreht sich
um, kommt auf sie zu mit einem Gesichtsausdruck, den sie
bisher noch nicht an ihm gesehen hat; das Bambuslöffelchen
legt er auf den Tisch.

»Hör zu, du brauchst mir gar nichts zu sagen, okay?«
Milena Migliari nimmt die Kühltasche vom Tisch, schaut
zur Tür. Den Weg durch den Wald müsste sie auch allein
wiederfinden, obwohl sie sich schwer angeschlagen fühlt.

Nick Cruickshank schüttelt leise den Kopf; immer noch
liegt in seinem Verhalten nichts Theatralisches, was den
Augenblick noch trauriger macht.

Erneut schaut Milena Migliari zur Tür. Sie findet es ein
bisschen feige, dass sie einfach so wegrennt, ohne ihn wenigstens zu fragen, warum ihm das Eis nicht geschmeckt hat.
Sie wird wütend, aber nicht so sehr auf ihn, sondern auf die
Welt im Allgemeinen: Warum hat sie bloß ihre Erwartungen
so aufgeblasen, dass sie jetzt in sich zusammenfallen wie
ein Ballon, aus dem die Luft entweicht. »War es nicht gut?«

Wieder schüttelt Nick Cruickshank den Kopf.

Milena Migliari spürt die Wucht der Enttäuschung, auch
wenn sie überzeugt war, sie hätte sie schon geschluckt und
teilweise verkraftet. Sie fühlt, dass ihr Gesicht glüht, aber
ihr Blut ist kalt, ihr Magen schmerzt. Sie umklammert den
Henkel der Kühltasche, dreht sich um: In den Beinen spürt
sie schon die Schritte bis zur Tür, zurück durch den Wald,

bis zu ihrem Lieferauto, und nichts wie weg von diesem bescheuerten Anwesen.

Unvermittelt packt Nick Cruickshank sie am Arm, dreht sie zu sich herum; in seinen Augen funkelt eine Dringlichkeit, die sie erschreckt. »*Alles* hast du eingefangen in diesem Fiordilatte-, in diesem Kaki-Eis. Das Innen und das Außen, das Wiederfinden und den Verlust, die wundersame Freude eines Augenblicks, der vergeht. Wie in einem großartigen Gedicht. Wie in einem großartigen *Song*.«

Diese Worte treffen sie so unvorbereitet, dass ihr die Luft wegbleibt, sie schließt die Finger noch fester um den Henkel der Kühltasche. Sie versucht, eine Mauer zu errichten zwischen seinen Worten und der Welle von Emotionen, die sie auslösen, doch die Mauer bröckelt und bricht sofort zusammen: Ihr Herz schlägt langsamer, ihre Augen füllen sich mit Tränen.

Er sieht sie an, ist ganz nah, und gleich darauf zieht er sie mit beiden Händen an sich, drückt seine vom Eis noch kalten Lippen auf ihren Mund.

Sie presst die Lippen zusammen, so fest sie kann, öffnet sie aber sofort wieder, als sie das Fiordilatte-Eis schmeckt, die zunehmende Wärme spürt; mit unkontrollierbarer Ungeduld gleiten ihre Zungen übereinander, lösen innerliche Wellen aus, die sich bis in jeden Winkel ihres Körpers fortpflanzen. Die Kühltasche gleitet ihr aus der Hand und fällt auf die Holzdielen: Sie registriert das Geräusch, als käme es aus einer anderen Dimension als der, in der sie sich mit wachsender Geschwindigkeit immer weiter von sich selbst entfernt.

Oder zumindest von dem Selbst, das sie kennt, dem Selbst

der jahrelangen Umarmungen und Küsse von Viviane. Die Vertrautheit fällt von ihr ab und bildet sich neu, während ihr Körper und ihr Geist seine Formen, seine Beschaffenheit und seinen Atem aufnehmen, die so fremd sind und zugleich so bekannt.

Er drückt sie, sieht sie versunken mit diesem dunklen, warmen Licht in den Augen an. Dann küsst er sie noch einmal, seine Lippen so viel weicher, als sie sich vorgestellt hatte, und doch genau so, wie sie erwartet hatte. Er streicht ihr mit den Händen über die Stirn, über die Augenbrauen, über die Schläfen, über die Haare und wieder über die Stirn; der ununterbrochen neue Kontakt löst eine Flut von Impulsen aus, die jede Frage, jeden Versuch einer Definition fortschwemmt. Sie macht die gleichen Bewegungen, als wäre sie sein Spiegelbild: Mit den Fingerspitzen folgt sie langsam den Konturen seines Gesichts. Wieder und wieder, langsam und behutsam wiederholen sie jede Geste, sehen sich aus wenigen Zentimetern Entfernung an, zu nah, um noch scharf zu sehen. Mehr mit den Händen als mit den Augen lesen sie im Gesicht des anderen, erforschen sich, erfühlen sich; sie pressen sich aneinander und lösen sich wieder, lächeln sich an: ein ständiger, unaufhaltsamer Fluss.

Sie machen eine ganze Zeit lang so weiter, deren Dauer sie nicht messen könnte, selbst wenn sie es wollte. Er streichelt sie in immer weiteren Kreisen, wie ein Radargerät, das nach und nach seinen Aktionsradius erweitert: Runde um Runde erreicht er ihre Schultern, ihren Rücken, ihre Hüften, ihre Taille, ihren Po, ihre Schenkel, dann verengt er den Radius wieder und konzentriert sich erneut auf ihr Gesicht, ihre Ohren, ihre Stirn, ihre Augenbrauen.

Sie ist vollkommen in diese kreisenden Bewegungen und die von ihnen ausgelösten Empfindungen versunken; doch von einer Sekunde zur anderen setzen ihre Gedanken mit der gleichen Geschwindigkeit wieder ein, mit der sie zuvor verschwunden waren, ziehen sie zurück zu ihrem vorigen Selbst, bevor diese Umarmung begann. Plötzlich ist ihr, als stehe sie am Rande eines Abgrunds; ihr wird schwindlig. »Hey!« Ruckartig macht sie einen Schritt zurück, stößt mit dem Rücken gegen die Mauer.

Auch Nick Cruickshank weicht zurück, auf seine agile, federnde Art. Er mustert sie forschend: intensiv, beinahe erschrocken.

Milena Migliari würde gern herausfinden, ab wann es zwischen ihnen verkehrt zu laufen begann. War es die Beharrlichkeit seiner Hände, die Richtung, die sie unvermeidlich einzuschlagen schienen? Oder war von Anfang an etwas verkehrt, schon seit sie zusammen durch den Wald gegangen und hier hereingekommen sind?

Nick Cruickshank macht eine Handbewegung, die das Zimmer und alles, was darin geschehen ist, zu umfassen scheint, bis hin zur Eisverkostung; bis zu dem Moment, als er ihr die Tür geöffnet hat.

Milena Migliari fährt sich mit der Hand über den Mund und schnieft. Es ist unverzeihlich, was passiert ist, denkt sie, aber sie sind beide schuld; sie kann nicht das Opfer spielen, auch wenn es viel bequemer wäre.

Nick Cruickshank macht ein betrübtes Gesicht; er zeigt in Richtung des großen Hauses. »Ich heirate morgen.«

Milena Migliari fühlt eine seltsame Mischung aus Erleichterung und Enttäuschung in sich aufsteigen: Im Kopf angekommen, ist der Schock so heftig, dass sie erneut schwankt. Sie schnappt nach Luft, sucht nach einer Antwort, die dann ganz von selbst kommt. »Ich fange am Montag mit einer Behandlung an, um ein Kind zu kriegen.«

»Ah.« Nick Cruickshank bemüht sich zu lächeln, es gelingt ihm aber schlecht; er sieht aus wie einer, der eben einen Schlag in die Magengrube bekommen hat.

»Ja, mit meiner Lebensgefährtin.« Milena Migliari denkt, dass es ihr vielleicht sogar Spaß machen könnte, die Wirkung ihrer Worte zu beobachten, wenn sie nur nicht selbst so unglaublich erschüttert wäre.

28

Nick Cruickshank studiert den Gesichtsausdruck der Eisfrau Milena, sie meint es zweifellos ernst: Sie hat diese direkte Art, ihn anzuschauen, mit diesem Leuchten in den Augen. Er möchte etwas Cooles sagen, doch ihm fällt nichts ein. »Ach so.«

»So? Was heißt *so*?« Milenas Ton klingt herausfordernd, vielleicht auch nach kampfbereiter Verteidigung; sie wendet den Blick nicht ab.

»Ich wollte sagen, schön.« Nick Cruickshank merkt, dass er durcheinander ist, das passiert ihm sonst nie.

»Schön? Was heißt *schön*?«

Milena steht kerzengerade vor ihm: gerötete Wangen, Kinn leicht nach oben.

»Schön für euch, oder?« Nick Cruickshank ist noch mit den Empfindungen von vor zwei Minuten befasst. Was war dieser Kuss? Ein Fluchtversuch? Ein Überrumpelungsversuch? Eine Verzweiflungstat? Er war jedenfalls etwas absolut Unerwartetes: Ihm schien, als erkenne er sie von wer weiß welchem Punkt in Zeit und Raum und erkenne auch *sich selbst* oder einen Teil von sich, den er verloren hatte. Oder längst nicht mehr suchte. Das sagt wahrscheinlich eine Menge darüber aus, wie er sich in diesen Tagen fühlt.

Milena starrt ihn weiter an, tastet ihn mit einem Blick

ab, der weniger herausfordernd oder defensiv als vielmehr extrem aufmerksam ist und sich nicht mit dem begnügt, was er sieht. »Das heißt?«

»Wenn ich eine Frau wäre, wäre ich auch lieber mit einer Frau zusammen.« Nick Cruickshank denkt, er hätte sich besser ausdrücken können, aber jetzt ist es zu spät.

»Ach, natürlich.« Milena bewegt den Kopf, schnaubt durch die Nase. »Wie jeder Mann, der sich mal aus Spaß zwei Sekunden vorstellt, eine Frau zu sein. Ein netter erotischer Trip, hm?«

»Aber nein, nein, *nein*.« Nick Cruickshank kann es nicht glauben, dass es ihm nicht gelingt, eine minimale Wortfolge hinzukriegen, die präzise ausdrückt, was er denkt.

»Dann erklär mir, warum.« Milena schaut ihn weiter forschend an: erhitzt, beinahe wütend jetzt.

»Weil ich Männer *hasse*.« Nick Cruickshank versucht, die ganze Wahrheit in seinen Tonfall zu legen, da seine verbalen Fähigkeiten außer Kraft gesetzt sind. Es ist, als hätte ein stümperhafter Tontechniker ihm mitten in einem Song das Mikro abgestellt und er müsste sich im Proteststurm des Publikums verzweifelt bemühen, dass man ihn trotzdem versteht.

»Warum?« Milena hakt nach, er kann sich nicht vor einer Antwort drücken.

»Wegen ihrer *Beschränktheit*.« Nick Cruickshank antwortet nun, ohne nachzudenken. »Weil sie so *vorhersehbar* sind. Und auch, weil sie *hässlich* sind.«

Milena ringt sichtlich darum, ernst zu bleiben, aber sie schafft es nicht; sie lacht.

Nick Cruickshank empfindet eine unerwartete Erleichterung; er lacht ebenfalls. »Einige Jahrzehnte in einer Rockband zu verbringen ist eine gute Art, um die Männer von ihrer schlimmsten Seite kennenzulernen.«

»Einige Jahrzehnte *Frau* zu sein, auch, das kann ich dir versichern.« Milena hat diese schöne Art zu lachen, ihn anzusehen; sie hat diesen stolzen, unabhängigen, unduldsamen Ausdruck.

»Das kann ich mir vorstellen.« Nick Cruickshank denkt, ja, die Situation *ist* absurd, wenn er versucht, sie von außen zu betrachten, wenn er aber in ihr steckt, ist sie so natürlich, dass sie gar nichts Besonderes zu haben scheint.

Milena schüttelt kaum merklich den Kopf. »Dann hasst du auch dich selbst, da du ja ein Mann bist?«

»Ja, oft.« Nick Cruickshank konzentriert sich auf ihr Mienenspiel, um zu erkennen, ob sie die Idee lustig oder tragisch findet.

Auch Milena ist wieder ernst, aber in ihren Augen leuchtet noch das Lachen. »Also gut, dann haben wir etwas gemeinsam.«

»Nicht nur das.« Nick Cruickshank wird bewusst, dass sich seine Empfindungen in Worte verwandeln, ohne zuvor Gedanken geworden zu sein: Diesen Schritt überspringen sie.

»Nein?« Milena legt den Kopf schief und mustert ihn.

Er spürt ein Kribbeln in der Herzgegend. Ihm scheint, im Raum zwischen ihnen vibriert eine magnetische Spannung, wie er sie noch nie erlebt hat, außer vielleicht mit dreizehn; dennoch ist es ihm gelungen, sie in einigen Songs ziemlich genau zu beschreiben.

»Was haben wir denn sonst noch gemeinsam?« Sie wendet den Blick ab, lässt ihn zu ihrer Kühltasche und über die Fußbodenbretter wandern.

»Dass wir alle beide *verkehrt* sind.« Wieder überlegt er nicht, bevor er spricht: Die Gedanken kommen *nach* den Worten, hetzen hinterher wie arme, müde Hunde, ohne jede Hoffnung, sie je einzuholen.

Sie schaut ihn wieder an, und nun hat sie ein beinahe erschrockenes Licht in den Augen, das ihre Pupillen weitet. »Wie meinst du das, verkehrt?«

»Ich meine, dass wir nirgends *hingehören.*« Er macht eine ausladende Geste: Nicht einmal das hier ist selbstgewählt. »Dass wir uns nie ganz *angepasst* haben, trotz allem.«

Sie kneift die Augen zusammen, wie um herauszufinden, was er wirklich meint.

Er fühlt sein Herz schneller schlagen; es ist lächerlich, er dachte, gegen diese Zustände sei er immun. »Egal, wo wir sind, egal, mit wem, und egal, was wir tun, auch wenn wir alles richtig machen. *Absolut* richtig.«

»Definiere mal verkehrt.« In ihrem Blick und ihrer Stimme liegt eine Mischung aus Neugier und Misstrauen, ein Bedürfnis nach klaren, ungeschminkten Antworten.

»Wir sind nicht tief genug verwurzelt, nirgends, in keiner Situation. Auch wenn man von außen das Gegenteil vermuten könnte.« Noch ein Gefühl, das er in einigen Songs beschrieben hat; doch seine Songs beschränken sich auf *Anspielungen,* sie erklären nichts. Manchmal kommen sie der genauen Bedeutung sehr nahe, dann schweifen sie wieder in andere Richtungen ab.

Sie nickt auf eine ganz ähnliche Art wie er. »Ich sehe mich fast immer als *Eindringling.*«

Diese Übereinstimmung heitert ihn auf, und wie sie ihn immer wieder überrascht, erschreckt ihn. »Ich auch.«

»Ach du, du hast doch sogar einen *Stil* erfunden.« Sie vertraut seinen Worten nicht: Und sie tut gut daran. »Den *Cruickshank cool,* das habe ich im Internet gelesen.«

»Na klar.« Er schüttelt den Kopf; so ein blöder Ausdruck, den hat ja nicht er erfunden. Er zieht seine Jacke aus, als könnte er damit auch den Ausdruck loswerden, und die Verhaltensweisen, die dazugehören. »Weißt du eigentlich, was Cruickshank in mittelalterlichem Schottisch bedeutet?«

»Nein.« Sie schüttelt den Kopf.

»Hinkebein.« Lachend deutet er auf seine Beine, die zum Glück ziemlich gerade sind. Zwar hat er später herausgefunden, dass sein Name wahrscheinlich von dem Fluss Cruick in der historischen Grafschaft Kincardineshire abstammt; doch die erste Interpretation schien ihm schon immer die passendere, metaphorisch gesehen. Und außerdem haben seine jüngsten Vorfahren in Irland gelebt, wo gewiss niemand irgendwelche schottischen Flüsse kannte.

Sie lächelt; aus ihrem Gesicht, ihren Augen spricht absolute Aufrichtigkeit. Wie gestern Nacht, als sie in dem Kreis standen und sich nach der Umarmung wortlos angesehen haben. »Mir ist fast immer, als spielte ich die Rolle einer *anderen*. Und ich habe Angst, früher oder später entlarvt zu werden.«

Er merkt, dass er von ihren Worten abhängig ist, von den Bildern, die sie hervorrufen: Die Idee berauscht ihn und erschreckt ihn gleichermaßen. »Aber nicht, wenn du dein *Eis* machst?«

Sie wischt sich mit der Hand über die Stirn: Sie hat so

starke, feingliedrige Finger, mit kurzgeschnittenen, unlackierten Fingernägeln; eine Frau, die mit den Händen arbeitet. »Nicht, *während* ich es mache, nein. Aber kaum gehe ich von der Werkstatt an die Theke rüber, schon komme ich mir vor wie eine Hochstaplerin.«

»Aber das darfst du nicht!« Seine Stimme klingt beinahe verzweifelt, denn es ist, als sprächen sie von den Songs, die er noch schreiben möchte, von den Ursachen seiner Frustration und Unzufriedenheit, Inspiration und Leidenschaft.

Sie lacht erneut: bestimmt und doch sanft, entschlossen und doch nachgiebig. Sie geht auf ihn zu, senkt die Stirn. Auch er geht auf sie zu und senkt die Stirn, und einen Augenblick später umarmen sie sich erneut, noch ungestümer als zuvor: So als ertränken sie ineinander, als wäre die Bedeutung der verheerenden Informationen, die sie ausgetauscht haben, durchlässig geworden, mitsamt dem Raum, der sie trennte.

Sie liebkosen sich das Gesicht, folgen mit den Fingern der Rundung der Stirn, den Linien der Nase, der Ohren: streichen wieder und wieder darüber hinweg, als müssten sie Daten aufnehmen, die über die Fingerspitzen in ein inneres, älteres Gedächtnis gelangen. Sie weichen ein wenig zurück und nähern sich wieder, küssen sich; sie zerfließen ineinander, lösen sich ein paar Zentimeter, um einander anzusehen, malen wieder mit den Fingern die Gesichter nach, verringern den Abstand wieder, küssen sich.

Dann sind seine Hände unter ihrem Pullover, ihre Hände unter seinem Hemd; behutsam und ausgiebig streicheln sie sich, ganz anders als bei der gezielten Suche nach sensiblen Punkten mit Aileen. Ganz anders auch als bei allen Umarmungen vor Aileen, obwohl er jetzt nicht wirklich daran denken kann. In diesem Moment ist es, als würden sie beide jede Liebkosung auf die gleiche Weise wahrnehmen, der Streichelnde und der, der gestreichelt wird; als gäbe es keine Trennung, als wären zwei Hälften wieder zu einem Ganzen zusammengefügt, in dem sie doch ihre Gegensätzlichkeit bewahren. Jede ihrer Gesten ist erstaunlich unschuldig: aufrichtig, absichtslos. Und trotz allem, was sie nun voneinander wissen, und allem, was sie noch nicht wissen, kennen sie keinerlei Vorsicht: Immer weiter lösen sie Sturzbäche von Empfindungen aus, lassen sich noch weiter hinreißen. Sie atmen Mund an Mund, Mund an Ohr, knabbern an den Ohrläppchen, küssen sich auf die Nasenspitze; ihre Gesichtszüge verlieren die Konturen, erlangen sie wieder, verlieren sie wieder.

Es ist seltsam, denn ihm ist bewusst, dass er mit einer einzigen falschen Bewegung alles verderben kann, aber dennoch vertraut er vollkommen auf die zwischen ihnen hin- und hergleitende Welle. Auf keine Weise versucht er, sich die weitere Entwicklung dieser Umarmung auszumalen; ihm ist, als enthalte die Umarmung *an sich* schon alles. Sie ist kein Ausgangspunkt, sondern ein *Ziel;* und sie umfasst auch eine Andeutung von Schmerz, der jeden Augenblick akut werden könnte, genau so, wie ihre verschwommenen Gesichtszüge, wenn sie ein winziges bisschen auf Abstand gehen, wieder scharf werden. Trotz all seiner Bemühung um Leichtigkeit fühlt er bei jedem neuerlichen Austausch von Zärtlichkeit ein weiteres Gewicht, eine wachsende Gefahr, die ihn erschreckt und beglückt, ihm rät stillzuhalten und ihn drängt, sich von ihr zu lösen.

Dann finden sie sich auf den hölzernen Treppenstufen wieder, wer weiß, wie sie dorthin gekommen sind und wie es möglich ist, dass ihre Absichten und Bewegungen so vollkommen übereinstimmen. Sicher ist nur ihr unstillbares Bedürnis nach dem Körper des anderen, sie umklammern sich, es ist eine dauernde Übertragung, sie müssen sich ununterbrochen spüren und anschauen und ihren Atem vermischen.

Sie sind auf halber Treppe; sie sind oben, wo es kälter ist, auch wenn er sich an dem Metallrohr des Ofens die Hand verbrennt, als er es anfasst; sie sind mitten im Zimmer, küssen und liebkosen einander immer noch; sie sind auf dem Bett und küssen sich weiter, reiben sich aneinander mit der seltsamsten Mischung aus Ungestüm und Gelassenheit, Präzision und Unbestimmtheit.

Hin und wieder gehen ihm auch Gedankenfetzen durch den Kopf: Was mag sie? Was mag sie nicht? Gibt es Grenzen? Welche? Zum Glück muss er kein Ziel erreichen: Es reicht ihm völlig aus, sie weiter zu küssen und zu streicheln wie bisher, sich manchmal ein paar Zentimeter zu lösen, um ihre Gesichtszüge zu erkennen, mit den Fingern wieder der Linie ihrer Augenbrauen zu folgen und sich erneut zu nähern. Doch jetzt gleitet ihre Hand unter dem Hemd über seinen Bauch und dann weiter hinunter, sanft und beharrlich. Und ihr Atem, die Bewegungen ihrer Zunge sprechen zu ihm. So nah, wie sie sich nun sind, kann man kaum unterscheiden, wer von beiden eine Bewegung macht, welche Bewegungen welche Empfindungen hervorrufen; das Verhältnis von Ursache und Wirkung scheint sich ständig umzudrehen.

Und doch haben sie sich irgendwann die letzten Kleidungsstücke vom Leib gerissen, die sie noch trugen, nackt liegen sie beide unter der Steppdecke, warm zwischen den noch kalten Laken, engumschlungen, Brust an Brust, Bauch an Bauch, Beine an Beine. Und doch hat auch er irgendwann seine Finger über ihren Bauch gleiten lassen und weiter hinunter, tiefer, immer tiefer auf der glatten Haut, bis sie an der wärmsten Stelle eindringen, die verborgen liegt wie ein Geheimnis, das sie beide gut kennen, dort innehalten und in der Feuchte verweilen, während sie ihm rhythmisch bebend entgegendrängt. Und doch rollt er irgendwann auf sie, küsst und küsst sie, gleitet mit unendlicher Vorsicht in sie hinein, in die erstaunliche, keuchende, vibrierende, reibende Nähe, die sich nicht erschöpft, sondern sich im Gegenteil durch das Pochen ihrer Herzen selbst erneuert. Plötzlich scheint ihm, dass alles, was zählt und Sinn hat, *hier* ist, *jetzt:* in diesem Augenblick, der sich immer weiter ausdehnt, in dieser Verschmelzung der Grenzen, während sie in des anderen Haut schlüpfen, ihr Atem sich fieberhaft vermischt.

Es gelingt ihm nur flüchtig, daran zu denken, doch so viele Begegnungen mit Körpern und Formen des Begehrens er in der Vergangenheit auch erlebt haben mag, er erinnert sich nicht, je zuvor dieses Gefühl von Erfüllung empfunden zu haben, diese Natürlichkeit, diese Harmonie, diesen Austausch von Proportionen, Formen, Bildern. Und er erinnert sich auch nicht, je mit einem weiblichen Wesen zu tun gehabt zu haben, von dem er so viel weiß, Frage um Frage, Antwort um Antwort, jede Nuance, jede Linie, jede Falte. Kein Element dieser erstaunlichen Vertrautheit wirft Hindernisse auf, es gibt keine Unstimmigkeit, keinen Missklang: Alles gleicht einem Spiel verzückter, nicht zu bändigender Kinder oder von Erwachsenen, die sich der wundersamen Einzigartigkeit dessen, was passiert, bewusst sind, sich aber mit absurdem Leichtsinn über die Schwere der Folgen hinwegsetzen.

29

Ein Teil von ihr registriert weiterhin den Unterschied der Formen im Vergleich zu Viviane: Gewicht, Proportionen, anatomische Details, gewiss. Aber mit jeder Bewegung, jedem Atemzug immer weniger, bis er sich quasi auflöst im Zusammenspiel von Überfluss und Leere, die diese körperliche Überwältigung möglich macht, die ihr seltsamerweise nicht wie eine Enteignung vorkommt, aber sicherlich eine Art von Besitznahme ist.

Sie machen immer weiter: Bewegungen und Blicke verschmelzen, Beben und Reiben, schnelles Pochen der Herzen und Kreisen des Blutes, während im Kopf unablässig Bilder auftauchen und zerfließen, Fragen Gestalt annehmen und sie sofort wieder verlieren. Irgendwann bekommt sie Angst, dass sie sich vollkommen irrt, dass das Spiel trotz allem unerwartet in Überwältigung ausarten könnte; sie hält inne. Und genau im selben Augenblick zieht er sich zurück, als hätte er in ihren Gedanken gelesen, ihre Befürchtungen gespürt. Er lächelt sie an, und sein Lächeln hat die Macht, sie unvorstellbar zu beruhigen; erneut zeichnet er mit den Fingern die Linie ihrer Augenbrauen nach, die Rundung ihrer Stirn. Er scheint nichts von der animalischen Hartnäckigkeit der anderen Männer zu haben, an die sie sich erinnert, scheint nicht auf das Erreichen eines Ziels fixiert; es ist, als habe er sich in ihr und neben ihr verloren, in ihrer Nähe, in dem, was sie verbindet, in dem, worin sie sich unterscheiden. Es ist, als könnte er jederzeit ohne weiteres aufhören, ohne sich sklavisch von seinen Trieben hinreißen zu lassen, ohne auf einen mechanischen Abschluss zustürmen zu wollen. Sie lächelt ihn an, streichelt seine überraschend glatte Schläfe, seinen überraschend muskulösen Arm; ganz allmählich gibt sie sich wieder dem Fluss hin, der sie durchströmt, und fühlt eine unbekannte und doch vertraute Freude in sich aufsteigen.

Mit Lippen, die nun glühen, küsst er ihren Mund, ihre Augen, ihre Nase, ihr Kinn, ihren Hals, ihren Busen. Er saugt an ihrer Brustwarze, so ausdauernd, erwartungsvoll und leicht zubeißend, dass eine stechende, beinahe schmerzhafte Lust ihren Körper durchzuckt. Ihre Verständigung beruht auf ihrem Atem, der tiefer oder flacher wird, wie ein nonverbales, absolut präzises Alphabet, wie eine Millimeterskala, an der man die Reaktionen, die Auswirkungen, den Widerhall ablesen kann. Er gleitet mit den Lippen zu ihrem Bauchnabel, umfasst mit den Händen ihre Taille, ihre Hüften. Es gründet auf etwas zutiefst Bekanntem, dieses Bedürfnis, sich zu erkennen. Woher kommt es? Aus einem nicht identifizierbaren und doch so spürbaren, so außerordentlich greifbaren *Vorher*?

Er gleitet noch tiefer, hinunter auf ihren Venushügel, und tiefer, zwischen ihre Schenkel, mit der Zunge, die Schauder auffängt und aussendet, es ist fast wie eine Form ekstatischer Anbetung einer weiblichen Gottheit, bei der die Lust zu geben ebenso groß ist wie die zu empfangen und fast kein Unterschied mehr zu bestehen scheint zwischen Gebendem und Empfangendem. Es ist wie beim Wechselstrom, jeder Schauder, den seine Zunge auslöst, kehrt zu ihm zurück und erfüllt ihn mit berauschender Lust, die geht und kommt. Geduldig und gekonnt leckt er sie, als könnte er immer so weitermachen; seine Zunge wird schneller, langsamer, errät mit unglaublicher Genauigkeit, was sie mag. Mit sanftester Beharrlichkeit leckt und leckt er; Vergleiche drängen sich ihr auf, auch wenn sie es nicht möchte: Es ist besser als mit Viviane, die sie doch immer so unendlich viel besser gefunden hatte als die Männer, mit denen sie vorher zusammen war. Wie kann ihr das mit einem Mann passieren? Nachdem sie seit Jahren beschlossen hat, dass sie keine Männer mag, dass sie mit ihnen abgeschlossen hat? Nachdem sie absolut überzeugt war, ihren Lebensmittelpunkt mit einer Frau gefunden zu haben? Hat es etwas mit dieser unterschiedlichen Polarität zu tun, mit dieser magnetischen Anziehung zwischen Positiv und Negativ? Damit, dass er ein Rockstar ist, ein Wesen, das die Geschlechter übersteigt, weil es sie bewusst beide anzieht? Mit seiner offensichtlichen, tiefen Kenntnis der Frauen, vielleicht mit seiner echten Liebe zum weiblichen Geschlecht? Aber wie echt kann die Liebe eines Mannes sein, eines potentiellen Feindes, auch wenn er in diesem Fall, zumindest im Augenblick, keine aggressiven Absichten hegt? Abgesehen von der überwältigenden Unvorhersehbarkeit, abgesehen von der Überraschung, abgesehen von der Neuheit (die jedoch eine tiefe Vertrautheit beinhaltet)? Spielt auch die latente Gefahr bei dieser Begegnung eine Rolle? Die Art, wie er ihre Schenkel festhält, wie spielerisch und zugleich entschlossen er wirkt? Hat es damit zu tun, wie er ihr jetzt einen Finger hineinschiebt, ganz zart, aber ohne Zögern? Damit, wie er ihn krümmt und nach oben drückt, während er mit der anderen Hand genau da auf ihren Bauch drückt, während seine Zunge weiter Empfindungen aufnimmt und auslöst, im Rhythmus des Stöhnens und der Seufzer, die sie von sich gibt, ohne die geringste Sorge, welchen Eindruck das macht, ohne die geringste Sorge, immer unkontrollierter zu atmen oder lauter zu werden. Wie ist es möglich, dass dieser ursprüngliche Tanz so leicht, so spontan ist? Woher weiß sie nur, dass das hier *richtig* ist, im Gegensatz zu all dem, was in ihrem Leben da draußen so verkehrt läuft?

Er macht weiter, ohne zu ermüden, ohne innezuhalten, bis sie fühlt, wie sich die Spannung in ihren Füßen und Waden ballt und höher steigt wie eine Reihe kleiner Wellen, die langsam anschwellen, dann nachlassen und zu verschwinden scheinen, erneut stärker und wieder schwächer werden und dann noch entschiedener zurückkehren, bis sie eine einzige anhaltende Woge bilden, die wächst und wächst, vielleicht unaufhaltsam, vielleicht auch nicht, doch ja, ja, ja, unaufhaltsam, eine Woge, die sie überrollt und umwirft und erschüttert, so dass sie aus der Tiefe des Bauchs, aus der Tiefe der Kehle heraus schreit und die Schenkel zusammenpresst, bis es ihm vielleicht weh tut, aber daran kann sie nun nicht denken, weil sie zu sehr zurück- und wieder vorgezogen wird, in einer so sanften und süßen Brandung, dass sie lächeln muss, ein Lächeln, so grenzenlos, so maßlos.

Da, in einer langen, gleitenden Bewegung schiebt er sich wieder herauf, Haut an Haut, Hitze an Hitze, Schweiß an Schweiß, Auge in Auge. Er betrachtet sie von ganz nah, lächelt sie an, auf die gleiche Weise wie sie. Was nicht heißt:

Sie entspannt die Lippen, er entspannt die Lippen, sie atmet, er atmet. Nicht mehr wie vor einem Spiegel, sondern: *im* Spiegel. Er zieht an der blauen Steppdecke, um sie beide zuzudecken; er drückt sie an sich, streichelt ihr Gesicht, ihre Haare. Auf der Seite liegend sehen sie sich an; sie lächeln und lächeln, und die Zeit dehnt sich immer weiter aus. Die Gedanken haben das Feld geräumt, die Empfindungen haben den ganzen vorhandenen Raum eingenommen. Er scheint nichts zu erwarten für das, was er getan hat: Er fordert nichts, übt keinen Druck aus. Er scheint glücklich über das, was passiert ist; ihr so nahe zu sein, sie sanft zu streicheln und zu lächeln.

Sie spürt noch tief und lange nach, während sie die leichten Berührungen seiner Hände genießt; dann folgt sie einem plötzlichen Impuls, packt ihn an der Schulter und legt ihn mit einer Entschiedenheit auf den Rücken, die sie selbst genauso überrascht wie ihn. Erst deutet er Widerstand an, dann schließt er mit einem Seufzer die Augen und gibt sich hin. Sie ist in einer Stimmung, von der sie dachte, nur Viviane könne sie wecken: Sie hält seine Handgelenke fest, liebkost mit den Lippen seinen Körper, macht mehr oder weniger das, was er mit ihr machte. Sie saugt an ihm, als wollte sie ihn verschlucken, ihn zu einem Teil ihrer selbst machen, die Trennung endgültig aufheben. Auch das ist seltsam und berauschend, etwas so Einfaches, das ihr aber innerlich einen ungekannten Genuss bereitet, eine Suche nach dem Ursprung dessen, was er fühlt und sie fühlen lässt bei dem immer mehr zum Keuchen werdenden Wechselspiel von Atmen, Flüstern und Stöhnen, bis er sich nach hinten aufbäumt und schreit, wie sie geschrien hat, zuckt, wie sie gezuckt hat, während ihre Säfte sich vermischen und ihre Körper erneut verschmelzen.

Dann schaut er sie an, über die Berge und Täler der zerwühlten Decke hinweg. »Hey.« Er streckt den Arm aus, nimmt ihre Hand, hält sie nach oben.

»Hey.« Sie drückt fest seine Finger.

»Da haben wir das fast perfekte Wunder.« Er lächelt noch einmal. »In der höchsten Vollkommenheit, die die Unvollkommenheit je erreichen könnte.«

»Ja.« Auch sie lächelt wieder, weil sie nicht anders kann; und währenddessen kehren die Gedanken zurück, und die Unvollkommenheit des Wunders beginnt sich zu zeigen, ein feiner Sprung in einem bildschönen, hauchdünnen Porzellankelch, der so zerbrechlich ist wie eine Eierschale.

Nick Cruickshank dreht sich zu ihr um und sieht sie an, und obwohl er weiterlächelt, verändert sich auch sein Gesichtsausdruck. »Da haben wir ja was Schönes angerichtet.«

Milena Migliari nickt; sie weiß.

30

Ihm ist klar, dass er für die Situation gänzlich unpassende, kindliche Worte gebraucht hat; doch je unpassender er sie findet, umso weniger fällt ihm etwas Besseres ein. Er bleibt neben ihr liegen, streichelt ihr immer wieder über die Haare. Ihm ist, als könnte er ewig so weitermachen oder gezwungen sein, plötzlich aufzuhören, denn es gibt keinerlei Maß in dem, was passiert ist.

Es sind nicht die einzelnen Handlungen, es ist auch nicht deren Abfolge; so oft hat er sich mit mehr oder weniger Überzeugung in ähnliche Situationen begeben, dass er sie irgendwann im Grunde für sinnlos hielt. Mehr als einmal hat er sich unehrlich gefühlt, weil er mit seinen Songs zur allgemeinen Verschleierung beitrug, zu dem faulen Zauber, den die Konsumanheizer und ihre willigen Helfer mit ihrer Werbung, ihren Kolumnen für Herzensangelegenheiten, ihrer Pornographie, ihren Filmen und ihren Büchern voller vorgefertigter Phantasien inszenieren. Als wäre die intimere Begegnung zwischen zwei Personen, die sich gegenseitig anziehen, die *Garantie* für ein Wunder, auf das jeder Anspruch hat, vergleichbar mit jeder anderen Ware auf dem Markt, endlos käuflich und verkäuflich. Als könnte sich das Wunder so oft wiederholen, wie es Milliarden von Menschen auf der Welt gibt, und wäre kein außerordentlich seltenes Ereignis, überaus schwer vorherzusehen und schier unmöglich zu bewahren, ein wundersamer Lidschlag in einer unendlichen Folge von unangenehmen oder neutralen Momenten.

Also, was ist dann hier gerade passiert? Was war diese berauschende Verschmelzung, dieser Verlust der Konturen ihrer Körper? Dieser unerklärliche Eindruck des Wiedererkennens und Wiederzusammenfügens? Diese augenblickliche Verbindung von identischen und gegensätzlichen Elementen, diese absolute Natürlichkeit? Noch dazu ausgerechnet jetzt, direkt vor lange und unter großen Schwierigkeiten gereiften Entscheidungen, die die Überwindung von Widerständen und komplizierten Hindernissen verlangt haben?

Er steht auf, hebt mit fahrigen Bewegungen seine Boxershorts und die Hose vom Boden auf, schlüpft hinein. Er dreht sich um und sieht sie an, ganz im Bann der Empfindungen, die noch immer nachwirken.

Auch sie sieht ihn an; sie setzt sich auf die Bettkante, zieht die Steppdecke über sich. Die Temperatur im Zimmer scheint von Sekunde zu Sekunde spürbar abzunehmen, zusammen mit dem Licht, das durch die Fenster hereinfällt.

Er möchte etwas sagen, weiß aber, dass ihm nichts Passendes einfallen würde, deshalb schweigt er, greift nach seinem Hemd.

Auch sie steht auf: hell, mit weichen Formen und stark, genauso, wie er sie vorher sah und fühlte, eine Kindfrau, eine abwartende Kriegerin, eine Frau, die Sonne und Mond in sich trägt, heutig und wie aus früherer Zeit. Auch sie sammelt ihre Kleider vom Boden auf, mustert sie, als sei sie überrascht von ihren Formen und Farben, von ihrer Konsistenz.

Er macht ihr ein Zeichen, um zu sagen, er geht, damit sie sich in Ruhe anziehen kann; mit unsicheren Füßen und zitternden Beinen steigt er die Treppe hinunter. Er legt Holz im Ofen nach, bläst, um das Feuer wieder anzufachen. Er zündet die Öllampe auf dem Tisch an, beobachtet fasziniert das gelbe Licht, während ihm langsam und schattenhaft gedehnte Gedanken durch den Kopf ziehen. Aus der Jackentasche holt er die Maiskolbenpfeife und Wallys Säckchen mit Gras, stopft sie, zündet sie an, atmet tief ein.

Sie kommt mit vorsichtigen Schritten die Treppe herunter, und man braucht sie nur anzusehen, um zu verstehen, dass ihr genauso zumute ist wie ihm: abgestürzt auf die Erde, nicht in der Lage, die Dinge zu benennen.

Er reicht ihr die Pfeife: Ihm ist, als müsste er den Arm außerordentlich weit ausstrecken, um sie zu erreichen.

Sie dreht die Pfeife in der Hand hin und her, führt das Mundstück an die Lippen, nimmt einen Zug.

Sie schweigen, bewegen sich extrem langsam. Unausgesprochene Worte und nicht ausgeführte Gesten liegen in der Luft; die einzigen Geräusche sind das Fauchen und Knistern des Ofens. Ab und zu reichen sie einander die Pfeife, ziehen daran, halten den Rauch zurück, stoßen ihn sacht wieder aus.

»Morgen heiratest du also?« Sie mustert ihn mit leicht schief gelegtem Kopf.

»Sieht ganz so aus.« Ihm ist bewusst, dass er redet, als beträfe es einen anderen, doch zwischen ihm und dem Ereignis liegt ein ganzes Meer von Ratlosigkeit. Mit einer weiteren, unendlich langen Bewegung gibt er ihr die Pfeife zurück.

Sie nickt, sieht aber aus, als fände sie seine Antwort nicht ganz verständlich. Sie nimmt einen Zug, hält den Rauch zurück.

»Und du bekommst ein Kind, mit deiner Freundin?« Seine Worte sind so ungenau wie seine Gedanken; wenn er in diesem Augenblick einen Song schreiben müsste, käme etwas fürchterlich Karges und Zusammenhangloses dabei heraus.

Sie bläst den Rauch aus. »Mit meiner Lebensgefährtin.« Vielleicht schwingt eine Frage in ihrem Tonfall mit, vielleicht nicht.

»Das meinte ich, mit deiner *Lebensgefährtin*.« Vor seinem inneren Auge sieht er ein rein hypothetisches Bild ihrer Lebensgefährtin: grau gekleidet, wer weiß warum, mit kurzen Haaren und Brille und ernstem, abwartendem Gesicht.

Sie gibt ihm die Pfeife zurück. »Die Sache ist nicht so einfach.« In angenehmem Gleichgewicht auf dem alten Stuhl sitzend, schaut sie ihn an. »Und ihr?«

»Wer wir?« Er spürt innerlich einen kalten Hauch. Oder vielleicht ist es im Zimmer plötzlich kalt, vielleicht kann der Ofen es nicht mehr erwärmen. Und doch war es vor kurzem noch so heiß: Sie waren beide schweißgebadet, ihre Haut glühte.

»Du und deine zukünftige Ehefrau.« Anscheinend hat auch sie Mühe, Worte zu finden und sie in der richtigen Weise auszusprechen; aber schließlich handelt es sich ja auch nicht um ihre Muttersprache. »Wollt ihr keine Kinder?«

Er bläst den Rauch aus, schüttelt den Kopf, reicht ihr die Pfeife. »Ich habe schon fünf, mit denen habe ich genug Probleme.«

»Aber mit ihr hast du keine, oder?« Ihre Neugier ist so aufrichtig, so ohne Vorurteil, so entwaffnend.

»Nein. Das nicht.« Erneut überläuft ihn ein Zittern, als wäre er noch nackt.

Sie schaut zum Ofen, vielleicht friert sie genauso wie er.

»Wie entstehen diese Sachen?« Er fragt es unwillkürlich, erwartet auch gar keine Antwort.

»Welche Sachen?« Immer noch kommt sie ihm so unglaublich vertraut vor, auch jetzt; so einfach, so kompliziert, so unbeschwert, so voller Sorgen.

»Die dauerhaften Bindungen zwischen zwei Menschen.« Ihm ist, als hörte er seine Stimme mit der gleichen Distanz, wie wenn er sie sich nach einer Aufnahme noch einmal am Mixer anhört: unpräzise, die Intonation unstet. »Wenn sich die besten Gründe, die sie zusammenhielten, verflüchtigt haben und nur die *schlimmsten* übrigbleiben? Wenn nur noch Gewohnheit, Angst und Groll sie verbinden?«

Sie lutscht an dem Mundstück der Pfeife, die längst ausgegangen ist. »Glaubst du an die Idee der Zwillingsflammen?«

»Was sind Zwillingsflammen?« Er schüttelt den Kopf; plötzlich befürchtet er, ihm könnte eine wesentliche Erkenntnis über das Universum entgangen sein.

»Die zwei Teile einer Seele?« Sie hat einen fragenden Unterton, als sei sie nicht ganz sicher, ob er sie wirklich versteht. »Die sich getrennt haben und eine lange Reihe von Reinkarnationen durchmachen, um Erfahrungen zu sammeln, und sich irgendwann wieder vereinen?«

»Ach, die Zwillingsseelen? Die zwei Hälften des Apfels?« Er lächelt: Vor fünf Jahren hat er einen Song darüber geschrieben, *Twin Soul Reunion*. Nicht schlecht, das Maximum an Sentimentalität, das man den Bebonkers zumuten kann, ohne eine Meuterei oder eine Revolte unter den Fans auszulösen.

»Aber jede der zwei Hälften ist eine vollständige Seele, nur mit einer anderen Polarität.« Jetzt spricht sie mit einer Art entzückender didaktischer Absicht, naiv und weise zugleich. »Zwei sich ergänzende Gegensätze, die sich wiederbegegnen und sich erkennen und sich unwiderstehlich anziehen. Sonne und Mond, die verschmelzen. Die vollkommene, totale Übereinstimmung, die keine Erklärungen braucht.«

»Denken nicht alle, dass es so ist, wenn sie sich an jemanden binden?« Ihre Aufrichtigkeit drängt ihn dazu, seinerseits aufrichtig zu sein, doch sein Herz und sein Magen schmerzen bei seinen eigenen Worten.

»Mag sein, aber sie irren sich fast immer.« Sie spricht, als bemühe sie sich um die genauestmögliche Beschreibung. »Weil eine *echte* Wiederbegegnung von zwei Zwillingsflammen sehr selten ist.«

»Und weil sie oft von der alltäglichen Erfahrung und von der Zeit widerlegt wird.« Nick Cruickshank hat zwar überhaupt keine Lust, zynisch zu sein, doch ihm scheint, dass die Suche nach der Wahrheit ihren Preis hat.

Milenas Miene verrät nicht, ob sie enttäuscht oder in Gedanken versunken ist. »Nicht, wenn es sich um eine *echte* Wiederbegegnung handelt.«

Nick Cruickshank blickt zur Seite; er bekommt Angst, gerade aus Mangel an Einfühlung und Geduld etwas unglaublich Kostbares zerstört zu haben.

Sie schweigen, lauschen den Geräuschen des Ofens.

»Und jetzt?« Nick Cruickshank fühlt Verzweiflung in sich aufsteigen und hat keine Ahnung, wie er sie aufhalten könnte.

»Jetzt was?« Wunderbarerweise scheint Milena nicht auf Abstand gegangen zu sein; sie scheint wirklich verstehen zu wollen.

»Ich meinte: und *dann*?« Nick Cruickshank könnte nicht sagen, auf welches Dann er sich bezieht: Bedeutet es in wenigen Minuten? In einigen Wochen? In einigen Monaten? In zehn Jahren? Und *wen* betrifft es? Sie beide? Ihn und Aileen? Sie und ihre Lebensgefährtin? Ein universelles, neutrales Dann?

Milena bewegt einen Fuß, zeigt auf die Kühltasche am Boden. »Möchtest du noch etwas Eis?«

»Ja!« Er fühlt sich so erleichtert, dass er mit unkontrollierter, kindlicher Begeisterung reagiert, und sie scheint sich voll und ganz darauf einzulassen, in der Freizone diesseits des Dann, in der sie mit etwas Glück noch eine Weile verbleiben können.

Sie greift nach der gelb-, rot- und rosageblümten Kühltasche, holt die weiße Box heraus, stellt sie auf den Tisch, holt eine der kleinen Pappschachteln heraus und aus der Schachtel zwei Holzlöffelchen. Sie zieht den Stuhl zum Tisch hin, setzt sich, schiebt ein Löffelchen in das weiße Fiordilatte-Eis und führt es zum Mund.

Er macht es ebenso mit dem Kaki-Eis: mit den gleichen Bewegungen, im gleichen Rhythmus. Das Eis überrascht ihn noch mehr als vorher, süß und säuerlich zergeht es auf der Zunge: eine kalte, köstliche Quintessenz vom Besten, was man auf der Welt schmecken kann.

Sie schiebt das Löffelchen langsam zwischen die Lippen. »Seltsam, oder?« Sie macht eine Handbewegung, die das obere Stockwerk, das Zimmer, in dem sie jetzt sind, und sie beide umfasst.

»Seltsam ist viel zu wenig gesagt.« Das Wort seltsam, denkt er, definiert nicht einmal annähernd, was passiert ist und immer noch passiert.

»Ja.« Wieder greift sie mit dem Löffelchen in die Box, schiebt es entschlossen in das orangefarbene Kaki-Eis, führt es zum Mund. In ihrem Verhalten liegt eine rührende Naschhaftigkeit: die Sonne-Mond-Frau, die immer wieder staunt über das, was ihr auf der Erde begegnet.

Er nimmt ein Löffelchen voll weißes Fiordilatte-Eis: Wie befriedigend und aufheiternd es ist, mit all den Verbindungen von Formen und Gedanken, die es auslöst. Er sieht sie an und wünscht sich verzweifelt, dieser Augenblick ginge nie zu Ende. »Können wir versuchen, die Zeit anzuhalten?«

Im Licht der Lampe sind ihre Augen voller Farben, wie beim ersten Mal, als er sie gesehen hat, vor zwei Tagen; vor einer Ewigkeit. »Ja.«

Sie essen das Fiordilatte- und das Kaki-Eis direkt aus der Box, mit unersättlichem Genuss, als wäre jedes Löffelchen das letzte und das danach das erste. So machen sie weiter und weiter, geradezu süchtig danach, immer wieder aufs Neue das Staunen und die Freude zu spüren, als würde der Augenblick, der sie enthielt, einfach nicht mehr zu Ende gehen. Löffelchen um Löffelchen leeren sie die ganze Ein-Pfund-Box: Und mit einem Mal sitzen sie da und kratzen den Boden aus wie zwei hungrige Kinder; sie schauen sich an und lachen.

Dann dreht sie sich zum Fenster um, und er macht es ihr nach, und sie merken, dass die Zeit nicht stehengeblieben ist: Draußen ist es dunkel.

31

Als sie das kleine Haus im Wald verlassen, scheint es tiefe Nacht zu sein, nicht Abend. Sie überlegt, ob sie das Handy herausholen soll, um auf die Uhr zu schauen, lässt es aber. Er will die Türe abschließen und kratzt mit dem Schlüssel herum auf der Suche nach dem Schloss. Wie im Flug ist die Zeit vergangen, samt allem, was sie beinhaltete, und jetzt gleichen sie zwei Überlebenden nach einer Naturkatastrophe, die keine Ahnung haben, wie lange ihr Glück noch dauern kann. Sie ist überrascht, dass es so spät geworden ist, ohne dass sie es gemerkt haben, doch erstaunlicherweise scheint es ihr keine Angst zu machen: Die Wellen, die sie beide überrollt und hin und her geworfen haben, haben bei ihr ein diffuses Wohlgefühl hinterlassen, unter der Haut, im Herzen, tief im Magen, im Hintergrund der Gedanken. Und sie hat nicht einmal ein schlechtes Gewissen, denkt sie: In der Rückschau fällt ihr nichts Fieses oder Gemeines ein, das sie gesagt oder getan haben, kein unschönes Wort, keine unschöne Geste. Ist das ein Versuch, sich selbst freizusprechen? So zu tun, als sei sie nicht mitverantwortlich für eine Begegnung, die katastrophale Folgen haben könnte?

Auf der Lichtung zögern sie noch kurz, dann wendet er sich dem dunkelsten Dunkel zu, wo der Wald beginnt. »Gehen wir?« Es klingt wie eine echte Frage, als könnten sie auch beschließen hierzubleiben, wieder in das schützende Häuschen zurückkehren, sich auf unbestimmte Zeit verstecken. Doch dann geht er los, und sie folgt ihm, fühlt sich mal locker, mal merkwürdig befangen, die rechte Hand um die Kühltasche mit der leeren Box geklammert, die den Grund oder Vorwand für ihr Kommen enthielt. Er greift nach ihrer Linken, auf eine beschützende Art, die sie überhaupt nicht gewohnt ist, und streichelt sie im Gehen. Wie lange wird er sie noch beschützen? Zehn Minuten? Fünf? Und dann? Sie schweigen, vielleicht weil sie nicht wissen, was sie sagen sollen, vielleicht weil sie schon zu viel gesagt haben.

Der Wald umgibt sie mit seiner tiefen Finsternis, mit seinen Gerüchen nach feuchtem Holz, modernden Blättern und Moos; sie spüren den Pfad unter den Füßen, sehen kann man ihn kaum, doch er bewegt sich sicher vorwärts, er kennt den Weg. Ab und zu bleiben sie stehen und atmen Schulter an Schulter, Schläfe an Schläfe des anderen Duft. Dann laufen sie wieder weiter, werden aber allmählich langsamer, als versuchten sie, die Zeit, die ihnen bleibt, zu verlängern: Doch natürlich gelingt es ihnen nicht, die Zeit verstreicht Schritt für Schritt, Pause für Pause.

Sie treten aus den Bäumen heraus, und die Lichter des großen Hauses liegen vor ihnen: zahlreicher und näher, als sie erwartet hatte. Er drückt ihre Hand fester, aber noch immer sprechen sie nicht. Sie gehen an der Koppel der kleinen schwarzen Pferde entlang, die in der Dunkelheit fast unsichtbar sind; aber man hört sie schnauben.

Etwa fünfzig Meter vor dem Haus lässt er ihre Hand los: Seine Finger schlüpfen davon, die Wärme der Berührung vergeht.

Sie fühlt eine innere Leere, die sie ins Wanken bringt.

Er muss es bemerkt haben, denn er bleibt erneut stehen, beugt sich zu ihr und küsst sie auf die Schläfe.

Sie spürt, wie die Wärme zurückkehrt und sie aufheitert; sie lächelt, zwischen Dunkelheit und Licht. Und genau in dem Moment, als sie über ihre Gelassenheit staunt, regt sich die in ihr schlummernde Beunruhigung wieder und übermannt sie: Ihr Herzschlag beschleunigt, ihr Kopf füllt sich mit beklemmenden Vorahnungen und hämmernden Fragen. Würde seine zukünftige Ehefrau sofort verstehen, was zwischen ihnen vorgefallen ist, wenn sie sie sähe? Einfach so, ohne Mutmaßungen anstellen oder gar nachfragen zu müssen? Und selbst angenommen, dass sie sie nicht sieht, was sollen sie jetzt machen? Sich verabschieden und das war's, jeder geht seiner Wege? Mit welchen *innerlichen* Folgen? Mit welchen Zweifeln, die nicht mehr vergehen? Oder gelingt es ihnen zu vergessen, was passiert ist, wenn sich erst einmal die Aura der Empfindungen aufgelöst hat, die sie bislang noch umgibt? Werden sie erleichtert sein, wenn dieser Nachmittag der Vergangenheit angehört? Oder traurig? Oder plagt sie vielleicht manchmal noch ein wenig das schlechte Gewissen? Die Ratlosigkeit? Die Sehnsucht?

Unterdessen sind sie fast am Haus angekommen; mit jedem Schritt findet sie ihre körperliche Nähe zueinander weniger vertretbar, und doch ist sie zwischen dem Dunkel hinter ihnen und den Lichtern vor ihnen gar nicht sicher, wie nahe sie sich tatsächlich sind, denn ihr scheint, als berühre sie ihn fast, doch wenn sie sich dann zu ihm dreht, ist nur zu viel Raum zwischen ihnen. Aber bestimmt ist es nicht nur eine Frage der körperlichen Nähe: Es sind die Spuren auf ihren Gesichtern, in ihrer Art, sich zu bewegen, auch wenn sie noch so sehr tun, als sei nichts geschehen. Dabei bemühen sie sich nicht einmal sonderlich darum. Ihre Stimmung ändert sich von Sekunde zu Sekunde, keine dauert lange genug, um die Situation zu beherrschen. Sie fühlt sich viel schlechter als bei ihrer Ankunft mit dem Lieferauto, und da fühlte sie sich schon wie eine Diebin; im einen Moment erscheint ihr das, was passiert ist, so magisch, dass sich jedes Risiko gelohnt hat; dann wieder scheint ihr, es war das Allerdümmste auf der Welt; dann das Lächerlichste; dann findet sie, dass sie nichts Böses getan hat; dann fühlt sie sich wieder wie eine Kriminelle. Sie will ihm etwas sagen oder ihm die Hand drücken oder ihn auch nur ansehen, bevor sie geht, doch plötzlich werden sie von einem grellen, weißen Lichtstrahl erfasst.

»Er ist es!« Eine riesige schwarze Silhouette steht vor ihnen, in der Hand eine ultrastarke Taschenlampe.

»Natürlich bin ich's. Mach das Ding runter, du blendest mich.« Nick Cruickshank hält schützend die Hand über die Augen.

Die riesige Silhouette gehorcht, es ist der italienische Bodyguard, der sie vorgestern bei ihrer Ankunft aufgehalten hatte; jetzt, da man sein Gesicht sieht, wirkt er verlegen.

Etwas weiter drüben steht Nick Cruickshanks zukünftige Ehefrau, beleuchtet vom Licht, das durch die Fenster und Glastüren fällt, und den unten und oben montierten Strahlern; hinter ihr stehen mehrere Frauen und Männer, alle offensichtlich sehr angespannt.

Nick Cruickshank nickt ihr zu: »Hey, Aileen.« Unglaublich locker, unglaublich unangebracht. Ist es die Provokationslust des Rockers, der auf Konventionen und die Regeln des Zusammenlebens und auch auf die Gefühle der anderen pfeift, oder ist es ein seltsamer Loyalitätsbeweis? *Ihr* gegenüber?

Milena Migliari würde am liebsten auf dem Absatz kehrtmachen, um die Hausecke rennen, zu ihrem Auto, hineinspringen, den Motor anlassen und mit Vollgas davonfahren; aber sie weiß, dass das eine sehr unwürdige Flucht wäre und auch eine sinnlose, da man sie am Tor bestimmt aufhalten würde. O ja, diese Flucht wäre so unwürdig und sinnlos, dass sie schon bei dem Gedanken lachen muss. Sie versucht, sich zu beherrschen, denn sie weiß, dass Lachen noch ungehöriger wäre als seine Lässigkeit, aber es hilft nichts: Sie lacht.

Nick Cruickshank dreht sich zu ihr um und macht ein derart komisches Gesicht, dass sie noch mehr lachen muss; und er stimmt in ihr Lachen ein, krümmt sich ein wenig nach vorn. Er bemüht sich zwar, wieder ernst zu werden, sich wieder aufzurichten, schafft es aber nicht: Kichernd und leicht gebeugt geht er auf Aileen und die anderen zu.

Milena Migliari folgt ihm, da ihr keine annehmbaren Alternativen einfallen wollen; auch wenn sie weiterlacht, ist ihr, als steckten ihre Füße in Leim, bei jedem Schritt muss sie sie losreißen, um voranzukommen.

Sie treffen sich in der Mitte des Rasens: Nick Cruickshank, sie und der Bodyguard auf der einen Seite, Aileen und ihr Grüppchen auf der anderen. Nicht weit davon ist ein Heer von Männern noch immer damit befasst, Pflöcke einzurammen, zu hämmern, Zelte, Bögen, Galerien und Kuppeln zu errichten.

»Was ist denn so lustig?« Aileen ringt sichtlich um Beherrschung, vielleicht wegen der zwei Freundinnen oder Assistentinnen, die neben ihr stehen, oder wegen der anderen Leute gleich dahinter. Sie ist zum Zerreißen angespannt: Man braucht nur ihre geweiteten Nasenflügel anzusehen, ihre Hände, ihre nervösen Beine.

Der riesige Bodyguard richtet die Taschenlampe auf die Dunkelheit hinter ihnen, vielleicht, um sich zu vergewissern, dass es keine weiteren Eindringlinge gibt, die gleich aus dem Wald stürmen; dann macht er eine Geste der Entwarnung, verlegen wie alle seine Bewegungen; er geht auf die Männer zu, die weiter drüben herumwerkeln.

»Also?« Nick Cruickshank mustert seine zukünftige Ehefrau, als wäre er nicht ganz sicher, wer sie eigentlich ist.

»Darf man mal erfahren, wo du die ganze Zeit gesteckt hast?« Aileens weiße Zähne leuchten im Licht der Strahler, aber dass sie lächelt, kann man nicht gerade behaupten.

»Ah.« Nick Cruickshank dreht sich um, zeigt auf Milena Migliari, die zwei Schritte hinter ihm steht: »Sie hat mir Eis gebracht, zum Probieren.«

Sie fühlt sich etwas zu plötzlich mit hineingezogen, hebt aber die leere Kühltasche hoch zur Bestätigung, dass jedenfalls dieses Detail wahr und beweisbar ist.

»Eis?« Aileen sieht sie an, als bemerke sie ihre Anwesenheit erst jetzt, was eindeutig nicht möglich ist; oder vielleicht doch, wer weiß.

Milena Migliari denkt, wenn Aileen sie jetzt konfrontierte, wüsste sie nicht, wie sie sich verteidigen sollte. Sollte sie das Unschuldslamm spielen? Oder die Verantwortung übernehmen, ein bisschen Würde bewahren? Gewiss, nur ein winziges bisschen, nachdem sie so ertappt worden ist, die italienische Eisfrau als Verführerin und Betrügerin, die sich in das Leben der Frau einschleicht, die ihr nur zwei Tage zuvor mit der besten Bestellung überhaupt den Tag gerettet hatte.

»Ja. Fiordilatte und Kaki. Beide *hervorragend*.« Nick Cruickshank spricht mit theatralischer Emphase, als könnte er, wenn er Aileen von der herausragenden Güte des Eises überzeugt, jede Schuld und jeden Verdacht wegwischen, jede Spannung lösen.

Erneut verzieht Aileen die Lippen zu einem angestrengten Lächeln, das keines ist, was sie unglaublich viel Selbstbeherrschung kosten muss. »Kann ich mir denken, wenn du für diese Kostprobe *Stunden* gebraucht hast.«

»*Stunden?*« Nick Cruickshank wirkt ehrlich überrascht, wendet sich zu Milena Migliari um, als wollte er sie fragen, wie viel Zeit tatsächlich vergangen ist.

Sie zuckt mit den Schultern: Wenn sie danach urteilen müsste, wie sie sich fühlt, würde sie sagen, dass ein ganzer Tag und ein Abend und eine Nacht oder nur wenige Minuten voller unfassbar sperriger Gesten und Empfindungen vergangen sind.

Aileen lässt den Blick von ihr zu ihm wandern, mustert ihre Gesichter im Licht der Strahler. »Seid ihr bekifft?«

»*Neeee.*« Nick Cruickshank versucht, ernst zu bleiben, muss aber doch wieder lachen: Er schnaubt durch die Nase, krümmt sich ein bisschen, wie vorher.

Milena Migliari lässt sich sofort anstecken, obwohl sie verzweifelt versucht, sich zu beherrschen; sie beißt sich auf die Lippen, braucht mehrere Sekunden, bis sie sich wieder zusammenreißt.

Aileen schließt sie aus ihrem Gesichtsfeld aus, schaut erneut nur ihren zukünftigen Ehemann an. »Und wo habt ihr diese bekiffte Eisprobe veranstaltet? Wir haben dich überall gesucht, im Haus und draußen.«

Nick Cruickshank macht eine Bewegung in Richtung Wald, wahrscheinlich weiß er, dass es ziemlich unglaubwürdig wäre zu behaupten, er käme von woanders her.

»In dem verdammten Häuschen im Wald?« Aileen macht ein ungläubiges Gesicht wie in einer amerikanischen Filmkomödie: mit hochgezogenen Augenbrauen und schiefem Mündchen.

»Hier ist ja diese *Besatzungsmacht* zugange.« Nick Cruickshank zeigt auf die Männer, die hinter ihr auf dem beleuchteten Rasen immer noch mit allen erdenklichen Vorbereitungen beschäftigt sind.

Aileen dreht sich um, als wollte sie nachprüfen, dass man hier tatsächlich kein Wort sagen und keinen Schritt machen kann, ohne von Dutzenden von Leuten beobachtet zu werden. Noch einmal probiert sie es mit einem gequälten Lächeln, aber sie ist so baff und empört, dass es ihr sofort vergeht. »Wir bereiten hier *unser Hochzeitsfest* vor, Nick!«

»Ich *weiß*!« Nick Cruickshank lächelt, aber nicht draufgängerisch, nicht unbekümmert: Trotz allem ist ihm offenbar bewusst, dass es in dieser Sache unterschiedliche Standpunkte gibt.

Aileen schaut jetzt wieder Milena Migliari an, geht ganz nah an sie heran. »Könnte ich kurz mit dir sprechen? Im

Haus?« Sie macht eine kleine, nervöse Handbewegung: Alles an ihr ist nervös, Augen, Arme, Beine.

Milena Migliari fühlt sich schrecklich unwohl, weiß aber nicht, wie sie das ablehnen könnte; sie geht mit Aileen auf eine der Glastüren zu.

»Hey, Moment mal.« Nick Cruickshank tippt seiner zukünftigen Frau auf die Schulter. »Wenn du was zu sagen hast, will ich es auch hören.«

Aileen dreht sich herum, als platze ihr gleich der Kragen. »Ich möchte kurz mit *ihr allein* reden, okay?«

»Nein, das ist überhaupt nicht okay.« Nick Cruickshank schüttelt den Kopf.

»Das Gleiche gilt für euch.« Aileen macht ihren beiden Freundinnen oder Mitarbeiterinnen ein Zeichen, sie verstehen sofort und rühren sich nicht vom Fleck, wenn auch schweren Herzens. Dann fordert sie Milena Migliari mit einer Geste zum Gehen auf, schiebt sie fast zur Glastür.

Nick Cruickshank will ihnen folgen, doch ein Herr aus Indien mit grauem Bart und grauen Haaren in einem sehr eleganten dunkelblauen Kurta-Pyjama nimmt ihn am Arm. »Nick! Ich habe dich überall gesucht! Wir müssen unbedingt über morgen reden!«

»Wir reden später, Nishanath. Okay?« Nick Cruickshank bemüht sich, ihn abzuschütteln, doch der indische Herr hat nicht die geringste Absicht, ihn gehen zu lassen, er hält ihn an beiden Handgelenken fest, als müsste er ihm eine lebenswichtige Botschaft mitteilen.

Milena Migliari tritt ins Haus, Aileen folgt ihr auf dem Fuß: Sie sind in einem riesigen, hohen Wohnzimmer mit weißen Deckenbalken, voller Sofas und Sessel und Teppiche und Vorhänge und Bilder und Skulpturen und Lampen, der Raum ist hundertmal größer und vollgestellter als das Häuschen im Wald, wo sie bis vor kurzem mit ihm war. Die Kühltasche, die sie in der Hand hat, scheint die Unhaltbarkeit ihrer Position noch zu unterstreichen; sie stellt sie auf den Boden.

Aileen wirft einen Blick auf ein Sofa, als wollte sie sie zum Sitzen einladen, aber dann lässt sie es zum Glück; sie mustert sie von Kopf bis Fuß, schaukelt leicht auf den Fußballen. »Milena, stimmt's?«

»Ja.« An diesem Punkt zweifelt Milena Migliari sogar leicht an ihrem Namen. Sie studiert Aileen ihrerseits: die gerade Linie der Nase, die blauen tiefliegenden Augen unter der prominenten Stirn, die beinahe farblosen Lippen, die dünnen Arme, die langen Beine. Sie ist eine elegante, nervöse Erscheinung, wie aufgezogen.

Aileen dreht sich zur Glastür, durch die man das Hin und Her auf dem Rasen sieht; dann fixiert sie sie wieder. »Hör zu, was auch immer du mit Nick im Wald gemacht hast …«

»Was heißt *was auch immer*?« Milena Migliari versucht, nichts zu leugnen: Sie möchte verstehen, was genau sie in dem Häuschen im Wald gemacht haben, falls es einen spezifischen Ausdruck gibt für das, was passiert ist.

Aileen verlagert das Gewicht von einem Bein aufs andere und legt den Kopf schief. »Hör zu, ich weiß genau, welche Sorte Mann ich heirate.«

»Welche Sorte Mann ist er denn?« Milena Migliari denkt, dass sie sehr interessiert wäre, das aus Aileens Mund zu erfahren, vielleicht würde es ihr bei ihren nutzlosen Klärungsversuchen helfen. Sie fragt sich, ob die Aura der Empfindungen und Stimmungen, die sie nach wie vor umgibt, von außen wahrnehmbar ist: in ihren Augen, in ihren Gesichtszügen, in ihrer Art zu atmen.

Aileen versucht jetzt nicht mehr zu lächeln, sie sieht ihr direkt in die Augen. »Es genügt, dass du es auch weißt und dir keine falschen Vorstellungen machst.«

Milena Migliari schüttelt kaum merklich den Kopf. »Vorstellungen?« Auch diese Frage ist nicht geheuchelt: Welche Vorstellung hat sie sich von ihm gemacht? Von sich selbst? Von ihnen beiden? Von ihrer überwältigenden, unerklärlichen Begegnung?

»Ich glaube, du verstehst genau, was ich meine.« Gleich unter der ultrazivilisierten Oberfläche ist Aileen knallhart, auch wenn eine Spur Zerbrechlichkeit mitschwingt.

»Nein, ich verstehe es wirklich nicht.« Milena Migliari ist klar, wie blöd, oder schlau, sie vermutlich wirkt, aber es ist wahr: Sie versteht nicht, was passiert ist, sie versteht nicht, was sie in diesem Wohnzimmer hier macht, sie versteht nicht, was ihr ohne Unterlass durchs Herz und durch den Kopf geht.

»Na gut, dann erkläre ich's dir!« Aileens Stimme wird schriller und plötzlich unerwartet laut. »Wenn du denkst, du hättest bei Nick irgendeine Vorrangstellung erlangt, weil du ihn im Wald gevögelt hast, dann irrst du dich gewaltig!«

»Eine *Vorrangstellung*?« In dieser sowieso schon absolut unverständlichen Situation hat Milena Migliari nun auch noch den Eindruck, als seien die einzelnen Wörter unverständlich geworden, völlig losgelöst von dem, was sie empfindet.

»Entschuldigt vielmals, aber wer soll hier wen gevögelt

haben?« Eine weitere Frauenstimme tönt vom Flur her durch den Raum.

Aileen dreht sich ruckartig um, Milena Migliari ebenso: Ein paar Meter von ihnen entfernt, in dem Kittel und der weißen Hose, die sie beim Massieren trägt, mit aufgekrempelten Ärmeln, eine Hand in die Seite gestemmt, das Gesicht vor Anspannung verzerrt, steht Viviane.

Milena Migliari kommt diese Erscheinung so absurd vor, dass sie glaubt, sie bilde sich das nur ein, weil ihre Sinneswahrnehmung gerade so durcheinander ist; dennoch bleibt ihr das Herz stehen, ihr Blut stockt.

»Wer sind Sie denn?« Aileen verfällt in einen hochmütigen Ton, wie eine Schlossherrin, die auf einmal eine verrückte Landstreicherin in ihrem Haus antrifft.

»Und wer bist *du*?« Viviane ist bestimmt nicht der Typ, der sich von irgendjemandes Verhalten einschüchtern lässt.

»Ich bin Aileen McCullough, das hier ist *mein* Haus!« Aileen zieht ein noch schärferes Register. »Wie sind Sie überhaupt reingekommen?«

»Ihr habt mich zu einem Notfall gerufen, wegen dem Schwein, das vom Pferd gefallen ist!« Viviane gerät immer mehr in Rage; dabei stößt sie gegen einen Sessel in Form einer Wasserrutsche.

»Beruhige dich, Viviane.« Milena Migliari sagt es nur, weil es ihr leidtut, sie so aufgeregt zu sehen, gewiss nicht weil ihr daran liegt, die Form zu wahren.

»Ich denke ja gar nicht dran!« Viviane wird immer wütender. »Und du, was zum Teufel machst du eigentlich hier, kannst du mir das mal erklären?! Wovon hat die da gerade geredet?!«

Sie ist so überrumpelt, dass sie überhaupt nicht weiß, was sie antworten soll, sie zuckt nur hilflos mit den Schultern.

Viviane wendet sich giftig an Aileen. »Also?! Wovon hast du grade geredet, hm?! Wer hat wen im Wald gevögelt?!«

Als sie so in die Enge getrieben wird, strengt Aileen sich an, nach dem totalen Stilbruch von vorhin wieder Haltung anzunehmen.

»Was immer ich gesagt habe, betrifft nur mich und diese junge Frau, ich verstehe nicht, was Sie das angehen sollte!«

»Das geht mich sehr wohl was an, sie ist nämlich *meine Frau,* alles klar?!« Zornig fuchtelt Viviane mit erhobenem Finger vor Aileens Nase herum: Vor Wut und Eifer hat sie ein wenig weißen Schaum im einen Mundwinkel.

»Wovon zum Teufel redet sie?« Aileen wendet sich mit betroffenem Gesicht an Milena Migliari, als verlangte sie eine Erklärung.

»Ich bin niemandes Frau.« Vivianes Ton gefällt Milena Migliari gar nicht und ihr Besitzanspruch noch weniger.

»Ach nein?!« Viviane begreift ihre Worte sofort als Distanzierung und tobt noch mehr als zuvor. »Gut zu wissen, echt jetzt!«

»Ich bin *ich,* alles klar?« Milena Migliari möchte überzeugt klingen, merkt aber, dass sie gar nicht mehr weiß, wer sie wirklich ist; sie merkt, wie unsicher sich ihre Stimme anhört.

Aileen bekommt wieder ihren typischen ungläubigen Blick und legt den Kopf leicht schief. Sie scheint etwas sagen zu wollen, dreht sich aber erneut um, weil ein langhaariger, flachsblonder Typ das Wohnzimmer betreten hat, angegraute Haare auf der Brust, Bierbauch, nackt bis auf ein kleines Handtuch, das er um die Taille geschlungen hat.

»Hey, du!« Der Typ brüllt in Richtung Viviane, mit beeindruckend mächtiger, kehliger Stimme. »Und wer wäre dann das Schwein, das vom Pferd gefallen ist?!«

»Das Schwein bist du, du fieser, schlaffer Fettsack!« Viviane ist schon dermaßen auf dem Kriegspfad, dass sie sofort extrem aggressiv zurückschreit.

»Du Scheißlesbe!« Der Typ brüllt nun noch lauter: Seine Halsschlagadern schwellen an, er wird knallrot im Gesicht. »Du hast mir fast die Schulter gebrochen mit deinen verfluchten harten Händen, anstatt sie wieder einzurenken!«

»Und du? Fasst mir einfach an den Arsch, der Grapscher!« Viviane geht direkt auf ihn zu, gibt ihm einen heftigen Stoß vor die Brust. Er schwankt, schnappt nach Luft, versucht, ihr einen Faustschlag zu verpassen, der aber ins Leere geht, verliert das Gleichgewicht, stolpert über den Teppich, klammert sich an sie, reißt sie um; sie fallen übereinander in einem Gewirr von Beinen und Armen.

»Auaaah! Du Miststück!« Der flachsblonde Typ brüllt vor Schmerz, doch das hindert ihn nicht, mit der linken Faust auf Vivianes Rücken zu hämmern.

»Halt still, du Idiot!« Viviane versucht, ihn festzuhalten, vielleicht sogar auch aus Angst, dass er seine Schulter noch mehr beschädigt.

Milena Migliari geht auf die Streitenden zu, will versuchen, sie zu trennen, weiß aber nicht, wo sie anfangen soll, auch weil die beiden immer wieder übereinander herfallen wie blindwütige Rugbyspieler.

»Hört jetzt *sofort* auf damit!« Aileen kreischt gellend,

in einer Lautstärke, die fast mit der des Blonden mithalten kann. »Ich erlaube nicht, dass ihr euch in meinem Haus so aufführt!«

»Du bist auch so eine Scheißzicke!« Der Blonde beschimpft sie vom Boden aus. »Dreckige Giftspritze, du!«

»Du benimmst dich wirklich unter aller Sau, Wally!« Aileen versucht, noch lauter zu schreien, aber ihre Stimme kippt, denn im Unterschied zu ihm ist sie diesen Lärmpegel nicht gewohnt.

»Geldgierige Betrügerin!« Der Blonde namens Wally brüllt mit nachlassender Kraft wie ein barbarischer, vom Schicksal geschlagener Krieger.

»Versager!« Aileen ist fast so rot im Gesicht wie er. »Nick hätte dich schon vor zwanzig Jahren aus der Band schmeißen sollen!«

»Die Band ist *meine* genauso wie seine, du Miststück! Ich gehöre zu den *Gründungmitgliedern,* klar?!« Wally setzt sich auf, obwohl Viviane versucht, ihn unten zu halten. »Und du, lass mich endlich los, du elende Lesbe!«

»Widerlicher Dreckskerl, halt still!« Viviane packt seinen gesunden Arm und dreht ihn auf den Rücken.

»*Aaargh!*« Wally heult unartikuliert auf, tritt wie wild um sich, zum Glück ins Leere.

»Was soll dieser Zirkus?« Nick Cruickshank hat das Wohnzimmer betreten, gefolgt von dem eleganten indischen Herrn, der immer noch versucht, ein Gespräch mit ihm anzufangen, und den zwei Freundinnen oder Assistentinnen von Aileen. Mit der Neugier eines Anthropologen lässt er den Blick von seiner zukünftigen Ehefrau zu Milena Migliari und zu Viviane und Wally auf dem Boden wandern.

Als Milena Migliari ihn sieht, empfindet sie erneut eine absurde Erleichterung, die noch ungerechtfertigter ist als zuvor; wieder muss sie lachen.

32

Nick Cruickshank befreit sich erneut und recht energisch von Nishanath Kapoor, der immer noch dringend über seine Rolle als Zelebrant der morgigen Trauung mit ihm sprechen will. »Ich habe gesagt, wir besprechen es *später*, einverstanden?!« Die Lage im Wohnzimmer ist ziemlich grauenhaft, Wally liegt halbnackt auf dem Boden, wo die Massagetherapeutin ihn festhält, Aileen belagert Milena, Tricia und Fiona, die holistische Beraterin, eilen auf ihre Chefin zu, um ihr praktische Hilfe und moralischen Beistand anzubieten.

»Auaaa, du fiese Nutte, lass mich los!« Wally jammert, spuckt aber gleichzeitig Gift und Galle und versucht, Fußtritte auszuteilen.

Doch die Massagetherapeutin schafft es ziemlich mühelos, ihn unten zu halten: Sie hat seinen linken Arm mit einem Griff ruhiggestellt und drückt ihm derweil mit zwei Fingern fest auf die rechte Schulter, aber ob sie ihn einfach weiterbehandeln oder ihm Schmerzen zufügen will, ist nicht ganz klar.

»Aua! Du Miststück!« Wally windet sich, jammert weiter und versucht erneut, sie hinterrücks zu treten.

»Hörst du wohl auf, du fetter Depp? Willst du jetzt stillhalten oder nicht?!« Die Massagetherapeutin verstärkt ihren

Griff am Gelenk des linken Arms wie ein professioneller Wrestler.

»Auaaah! Du tust mir weeeeh, verdammt!« Wally spielt gleich wieder das Opfer, wimmert und strampelt, das große, feige, quengelige Kind.

»Nick, sag den beiden, sie sollen sofort aufhören!« Aileen tritt ganz nah an ihn hin, fast Stirn an Stirn, sie bebt buchstäblich vor Wut und Empörung. »Das ist vollkommen unannehmbar, ist dir das klar?!«

Nick Cruickshank setzt zu einer Antwort an, muss aber wieder lachen. Vielleicht hängt es mit der allgemeinen Regression in diesem Wohnzimmer zusammen, aber in Wirklichkeit kommt es ihm, schon seit er das Häuschen im Wald betreten hat, so vor, als hätte er jeden Schritt, den er einmal in Richtung der sogenannten Reife getan haben könnte, wieder zurückgenommen.

»Schluss jetzt! Sofoooort!« Aileen brüllt in einer Tonlage, die er noch nie bei ihr gehört hat, knallt mit den Absätzen wie eine komplett ausgeflippte Flamencotänzerin.

Milena scheint die einzige nachdenkliche Person in diesem Raum zu sein: Sie betrachtet Aileen und Wally und die Massagetherapeutin wie die Bewohnerin einer anderen Dimension, die das alles nichts angeht, und er fühlt sich unwiderstehlich zu ihr hingezogen.

»Was zum Teufel ist hier los?« Kimberly stürmt atemlos ins Wohnzimmer; Sadie und Rodney gleich hinter ihr.

»Dieses Miststück hat mich umgeschmissen!« Jetzt gleicht Wally wirklich einem Kind, wenn auch einem ziemlich hässlichen mit Bart, so halbnackt und krebsrot, wie er da auf dem Boden liegt.

»Er hat mich Scheißlesbe genannt!« Die Massagetherapeutin hält ihn weiter fest, aus welchen Gründen auch immer.

»Bist du eine oder nicht?« Kimberly mustert sie mit misstrauisch verkrampftem Gesicht.

»Das geht dich gar nichts an!« Die Massagetherapeutin antwortet genauso patzig. »Und dieses Schwein hat versucht, mich anzumachen!«

»Das ist nicht wahr, Bimba! Auaaa!« Wally schreit, als würde er gefoltert.

Kimberly wendet sich sofort gegen ihn. »Du hast sie angemacht?! Los, sag's mir!«

»Gar nichts hab ich, ich schwör's dir!« Wally ist so erschüttert, dass man ihn sogar für ehrlich halten könnte, wenn man ihn nicht kennt.

»Beantworte gefälligst meine Frage! Hast du sie angemacht oder nicht?!« Kimberly kennt ihn nur zu gut.

»Das neureiche Miststück da hat mich einen Versager genannt!« Als Ablenkungsmanöver zeigt Wally mit zitterndem Finger auf Aileen; jetzt fehlt nur noch, dass er zu weinen beginnt.

»*Du*, du hast absolut widerwärtige Sachen zu mir gesagt!« Aileen ist völlig außer sich, was Tricia und Fiona sichtlich besorgt. »Und du machst immer *weiter*! Einfach schamlos, schließlich bist du hier Gast!«

Kimberly schaut von Aileen zu ihrem Mann auf dem Boden, als könnte sie sich nicht entscheiden, auf wen sie sich stürzen soll; dann nimmt sie Wally ins Visier, wahrscheinlich angesichts wer weiß wie vieler Seitensprünge und sexueller Übergriffe. »Wieso bist du überhaupt nackt, hm?!«

»Sie hat mich massiert!«, brüllt Wally. »Ich schwör's dir! Und außerdem, schau sie doch mal an, Bimba!«

»Schau dich selber an, dreckiger, fetter Wurm!« Die Massagetherapeutin schüttelt sich angewidert; sie lässt Wallys Arm los und springt auf.

Kimberly stürzt sich auf ihren Mann: Mit diesem Wust blondierter Haare, dem Hemdchen mit Puffärmeln, den weißen, gerade bis zur Leiste reichenden Shorts über den schwarzen, abgetönten Strümpfen und den kniehohen Stiefeln ist sie an Vulgarität nicht zu überbieten. »Wenn du eine verdammte Massage wolltest, hättest du es mir sagen können, dann hätte ich dir eine gegeben!«

»Aber ich bin doch von diesem Scheißpony gefallen, ich hab's dir am Telefon erklärt!« Wally klammert sich an sie, um aufzustehen, und schwankt: Das Handtuch fällt ihm herunter, er zieht es hoch, aber er ist zu aufgeregt, und das Handtuch ist zu klein, sein Pimmel oder sein Hintern bleiben abwechselnd unbedeckt.

Kimberly wendet sich an Nick Cruickshank, jetzt verzerrt der Beschützerinstinkt für ihren niederträchtigen Mann ihr Gesicht. »Du hast gesagt, diese verdammten Biester wären friedlich! Sogar mich hast du überredet, mich draufzusetzen, verdammt noch mal!«

»Ja, das war eine tragische Fehleinschätzung.« Nick Cruickshank muss schon wieder lachen: Er kann es nicht ändern.

»Was lachst du so blöd, du Scheißkerl?!« Wally brüllt ihn an wie ein Wahnsinniger. »Ich habe mir fast die Schulter gebrochen!«

»Genau, *du* hast sie *dir* fast gebrochen.« Nick Cruickshank sagt es im Ton einer einfachen Feststellung; seine Gefühle und Gedanken könnten gar nicht weiter von Wally und seinem Sturz vom Pferd entfernt sein.

»Was soll das heißen, verdammt?!« Wally kreischt, sieht Kimberly hilfesuchend an. »Ist er nun der verfluchte Hausherr oder nicht? Ist er verantwortlich oder nicht?!« Er dreht sich zu Rodney und Sadie um, als wollte er sich auch ihrer Solidarität versichern.

»Natürlich ist er verantwortlich!« Kimberly stimmt in das Geschrei ihres Mannes ein, auch wenn sie die Massagetherapeutin weiterhin äußerst argwöhnisch beäugt und Aileen hasserfüllte Blicke zuwirft. »Wir sind extra für eure verdammte Hochzeit hierher angereist, und schau bloß, wie ihr uns behandelt, du und dieses Miststück!«

»Wir haben euch aus reinem *Pflichtgefühl* eingeladen, meine liebe Obernutte!« Aileen schlägt genauso bissig, wenn auch weniger laut zurück. »Wir hätten liebend gern auf euch und eure abscheulichen Flegeleien verzichtet!«

»Selber Obernutte!« Kimberly brüllt und gestikuliert wie ein Marktschreier, schwankt auf den Absätzen ihrer hohen Stiefel. »Du hältst dich wohl für wer weiß wen, weil du die Tochter von einem verdammten Botschafter bist, aber wenn du dir nicht diesen Scheißkerl von Nick geangelt hättest, dann hättest du es nie geschafft, diese ganze Sache mit dem Kunstleder aufzuziehen!«

»Na, na, die Tochter eines alkoholsüchtigen Einbrechers zu sein verschafft dir keinerlei moralische Überlegenheit, weißt du?!« Aileen wird nun doch fast so laut wie Kimberly.

»Mein Vater ist kein Einbrecher, du Miststück!« Kimberly gibt sich alle Mühe, sie zu übertönen. »Dass er im Gefängnis gelandet ist, war bestimmt nicht seine Schuld!«

»Aber natürlich!« Aileen versucht zu lächeln, bringt unter diesen Umständen aber nur eine Grimasse zustande. »Wahrscheinlich war er Opfer einer politischen Verschwörung!«

»Du Miststück! Du Miststück! Du Miststüüück!« Kimberly legt einen *loop* von stimmlich unbestreitbarer Schlagkraft hin: Nicht umsonst war sie Backgroundsängerin, als sie Wally getroffen hat.

»Ich hatte schon eine sehr gut laufende Firma, bevor ich Nick begegnet bin, nur zu deiner Information!« Aileen versucht, sich stilistisch wieder einen gewissen Abstand zu verschaffen, auch wenn ihr bewusst sein muss, wie schwierig das ist. »Du dagegen warst bloß ein billiges Groupie, als du diesen ordinären Blödmann aufgegabelt hast! Und du traust dich, mich als Neureiche zu beschimpfen!«

»Weil du eine bist, eine bist, eine bist!« Da es ihr so gut gelingt, schiebt Kimberly gleich noch einen *loop* hinterher. »Und außerdem hast du deine scheußlichen sogenannten Kreationen an Hinz und Kunz verschenkt und mir nicht mal eine gottverdammte Handtasche!«

»Ja, weil ich in keinster Weise mit so einer peinlichen blöden Kuh wie dir in Verbindung gebracht werden wollte!« Vor Wut ist Aileen schneeweiß im Gesicht und bebt sichtbar.

Von dem Geschrei angezogen, kommt Aldino in kämpferischer Haltung ins Wohnzimmer herein; sobald er begreift, dass es sich um einen internen Streit handelt, sieht er sich ratlos um.

»Du Miststück! Deine bescheuerten Handtaschen können mir so was von gestohlen bleiben!« Kimberlys Stimme lässt buchstäblich die Scheiben der Glastüren erzittern. »Wenn ich was aus Leder will, dann kaufe ich auch *Leder,* ganz bestimmt nicht dein billiges, mieses Plastikzeug!«

»Das Anti-Leder wird aus rein *pflanzlichen* Rohstoffen hergestellt!« In Sachen Dezibel schafft Aileen es erneut, fast Kopf an Kopf mit Kimberly zu konkurrieren, doch der Mangel an Ausbildung und Übung bedroht ernsthaft ihre Stimmbänder. »Aber ist ja klar, dass eine wie du von so was keine Ahnung hat!«

»Sie hat mehr Ahnung als du, blödes Miststück!« Jetzt greift Wally wieder ein, um seine Frau in Schutz zu nehmen, auch wenn er nicht so herumfuchteln kann, wie er möchte, weil ihn die Schulter schmerzt und er fürchtet, dass ihm das Handtuch erneut herunterfällt.

»Halt den Mund, du unterbelichteter Grottenolm!« Aileen ist so außer sich, dass sie nicht bemerkt, dass der Fotograf und der Kameramann von *Star Life* mit ihrer Ausrüstung das Wohnzimmer betreten haben, begleitet und dirigiert von der Chefredakteurin und der Journalistin.

Nick Cruickshank fragt sich, ob er sie darauf hinweisen oder selbst eingreifen müsste, wendet sich aber ab, weil die Massagetherapeutin dabei ist, Milena am Arm zu packen.

»Darf man erfahren, was du mit dem da im Wald gemacht hast?!« Wie viel sie sich zusammengereimt hat, ist nicht klar, aber sie bedrängt Milena, versucht, sie in eine Ecke des Wohnzimmers zu schieben.

Milena weicht zurück, will sie abschütteln: gewandt, biegsam, selbst in diesem Handgemenge gelingt es ihr wundersamerweise, ihre bezaubernde, natürliche Anmut zu bewahren.

Nick Cruickshank hätte wahnsinnige Lust, hinzugehen, sie an der Hand zu nehmen und hinauszuziehen, ins erstbeste Auto zu springen und abzuhauen, bloß weg; aber er schafft es kaum, von weitem ihren Blick aufzufangen.

»Verzeihung, keine Fotos oder Filmaufnahmen, bitte!« Endlich hat Aileen gemerkt, dass der Fotograf und der Kameramann von *Star Life* alles aufnehmen, und versucht, sie mit entschlossenen, wenn auch ein wenig fahrigen Gesten davon abzuhalten.

Fotograf und Kameramann machen unbeirrt weiter, als hätten sie nichts gehört.

Aileen geht stolpernd auf die Journalistin und die Chefredakteurin zu. »Sagt ihr ihnen bitte, dass sie sofort aufhören sollen!«

»Entschuldige mal, sie machen doch nur ihre Arbeit!« Die Chefredakteurin, die bisher die aufgesetzte Höflichkeit in Person war, reagiert ziemlich barsch.

»Das gehört nicht zu ihrer Arbeit!« Andererseits hat auch Aileen ihre gewohnte Eleganz fast völlig aufgegeben. »Das hier ist rein *privat*!«

»Mit Verlaub, was privat ist, entscheide ich!« Die Chefredakteurin wird immer aggressiver.

»O nein, meine Liebe! *Ich* entscheide, denn das ist *mein* Haus, verdammt!« Aileen scheint drauf und dran, jede Beherrschung zu verlieren, Nick Cruickshank hätte sich nie vorstellen können, dass es je so weit kommt.

Aldino geht auf den Fotografen und den Kameramann los, in der unmissverständlichen Absicht, sie am Weitermachen zu hindern, aber die Journalistin wirft sich dazwischen. »Wenn er sie anrührt, annullieren wir den Vertrag und verklagen euch!«

»Der Vertrag sieht vor, dass Privates außen vor ist!« Aileen hat wochenlang daran gearbeitet, jeden Aspekt der Absprache genau zu definieren, sie schien sich so sicher, keinerlei Raum für Missverständnisse und Unklarheiten gelassen zu haben.

»Privat ist, was im *Schlafzimmer* und im *Bad* passiert!« Angesichts dieser Herausforderung wird die Chefredakteurin zur Hyäne. »Die Rahmenbedingungen sind eindeutig, die hat auch euer Rechtsanwalt gebilligt. Ihr habt alles unterschrieben.«

»Das ist keine Frage der Orte, sondern was an den Orten *passiert*!«

»Das hier ist eine verdammt *öffentliche* Situation!« Die Chefredakteurin von *Star Life* nimmt ein zunehmend kannibalisches Gehabe an. »Man hört das Geschrei bis nach draußen, Herrgott noch mal!«

»Ach, dann wäre es also die Lautstärke eines Gesprächs, die das Öffentliche vom Privaten unterscheidet, nicht der *Inhalt*? Ist dir klar, dass du juristisch echt unterbelichtet bist?!« Aileen spricht zwar auch in einem knallharten Ton, aber sie ist verstört; sie wendet sich um und sieht Nick an, als wollte sie ihn auffordern einzugreifen.

Nick zuckt mit den Schultern; schon seit sie mit dieser Idee von *Star Life* daherkam, hat er versucht, ihr auf jede nur erdenkliche Weise zu erklären, dass sie keinerlei Grund hätten, sich ihr Hochzeitsfest von irgendeiner Illustrierten bezahlen zu lassen, noch dazu von einem Blatt für ekelhafte

Spanner. Schließlich hat er jedoch aus Zermürbung nachgegeben, nachdem sie ihm mehrmals mit unerschütterlicher Überzeugung versichert hat, dass eine sichere Regelung dieses Aspekts viel, viel besser wäre, als sich mit den Paparazzi herumzuschlagen, die sich unvermeidlich überall einschleichen, und außerdem würde es das Anti-Leder-Unternehmen befördern und das Image der Bebonkers aufpolieren. Mit anderen Worten: Sie haben ihr Privatleben bewusst auf dem Viehmarkt verkauft, daher ist es nun völlig sinnlos, sich darüber zu beklagen.

»Entschuldige, Nick, erklärst du mir mal, wann zum Teufel wir endlich Zeit haben, um für das Konzert am Sonntag zu proben?« Rodney könnte keinen schlechteren Moment wählen, um seine Forderungen zu stellen, und auch keinen anmaßenderen Ton.

Nick Cruickshank breitet ratlos die Arme aus: Sonntag scheint ihm so unendlich fern zu sein. »Ich weiß es nicht, frag Baz.«

»Ich frage aber dich!« Rodney ereifert sich sofort, was beweist, wie ungnädig er ohnehin schon war, wie immer. »Nach dem Fest morgen ist die Hälfte der Band nämlich bestimmt nicht sonderlich fit, und schon gar nicht ohne eine anständige Probe!«

Nick Cruickshank beobachtet ihn und fasst es nicht: Wie konnte er bloß mit einem, der ihm jetzt so unsympathisch ist, Dutzende von Songs schreiben (für die ersten drei Alben, danach hat jeder seine eigenen geschrieben, auch wenn sie sie weiter gemeinsam veröffentlicht haben) und über Jahrzehnte Tausende von Konzerten spielen. »Haben wir das nicht zusammen entschieden, mit dem Konzert am Sonntag?«

»Ja, aber bis vorige Woche hat sich niemand die Mühe gemacht, mir mitzuteilen, dass am Tag vorher deine Hochzeit stattfindet!« Auch Rodney hat tausend Gründe zum Groll, angefangen bei der Tatsache, dass die Fans ihn zwar für einen phänomenalen Gitarristen, aber nicht direkt für die *Seele* der Gruppe halten. Niemand hätte sich je träumen lassen, von *Ainsworth cool* zu sprechen. Natürlich ist er selbst daran schuld, mit seiner Pedanterie, seiner Technikbesessenheit, seiner Art, sich bei seinen Soli immer mehr in virtuosen Spiralen zu verlieren; aber wie soll man ihm das begreiflich machen?

»Wir haben es dir nicht früher gesagt, um unsere *Privatsphäre* nur ein ganz kleines bisschen zu schützen, okay?« Aileen antwortet ihm mit heiserer Stimme. Obwohl sie so mitgenommen ist, schafft sie es wie immer, ihre Aufmerksamkeit auf mehrere Kanäle gleichzeitig zu richten.

»Privatsphäre, dass ich nicht lache, aber *Star Life* ist immer mit dabei!« Sadie zeigt auf den Kameramann und den Fotografen, die unermüdlich jeden Schlagabtausch aufnehmen.

»Hört, hört, da spricht eine, die ihr Leben und das ihrer Familie um keinen Preis je öffentlich machen würde, stimmt's?!« Aileen kann es nicht ertragen, noch einen Angriff zu erleiden.

»Was willst du damit sagen?!« Im Unterschied zu Aileen hat Sadie ausreichend große stimmliche Reserven zur Verfügung und keinerlei Absicht, damit zu geizen. »Also, das erklärst du mir jetzt! Was meinst du damit?!«

»Todd sagt auch, dass wir nicht auftreten können, wenn wir keine Zeit zum Proben haben!« Unbeirrbar fängt Rodney wieder von vorne an und deutet mit dem Kinn in die Mitte des Wohnzimmers.

Dort steht Todd, wer weiß, wann er hereingekommen ist; er mustert Wally, der halbnackt und leicht zur Seite gebeugt auf dem Boden hockt, die Hände fest auf das zu kleine Handtuch gepresst. »Wie geht's dir?«

»Göttlich, siehst du das nicht, du Schwachkopf?« Wally beschimpft ihn, obwohl Todd der einzige Bebonker ist, zu dem er noch ein beinahe freundschaftliches Verhältnis hat (mit Todd wirklich zu streiten ist tatsächlich schwierig).

Um sein ausgeglichenes Wesen unter Beweis zu stellen, erwidert Todd nichts, sondern wendet sich an Rodney. »Und wer spielt dann am Sonntag Bass?«

Rodney dreht sich sofort zu Nick Cruickshank um, als müsste die Antwort von ihm kommen.

»Sagst du mir jetzt, was du gemeint hast?! Hey, sagst du's mir endlich?!« Sadie hadert weiter mit Aileen.

»Wozu denn?« Aileen legt all ihre Empörung in das bisschen Stimme, das ihr noch bleibt. »Man muss im Internet nur auf eine beliebige Klatschseite gehen, um ein paar Dutzend Fotos von dir zu finden mit raushängenden Titten und nacktem Arsch, am Rande irgendeines Pools, Mann und Kinder nur wenige Schritte entfernt!«

»Ich kann's mir wenigstens erlauben!« Sadie schlägt giftig, aber mit sicherer Stimme zurück. »Du wahrscheinlich weniger, halb magersüchtig, wie du bist!«

»Du bist peinlich! Peinlich! Peinlich!« Nun stürzt auch Aileen sich in einen *loop,* ohne zu bedenken, dass sie nicht die geringste Chance hat, mit einer ehemaligen Sängerin auf Augenhöhe zu konkurrieren.

Nick Cruickshank staunt, wie wenig ihn die Leute kümmern, die sich hier in dem Wohnzimmer, das angeblich seines ist, so aufregen und herumkrakeelen. Wichtig ist ihm nur Milena: Jedes Mal, wenn er sie ansieht, ist ihm, als sähe er um sie herum eine Aura von Gedanken, Gesten und Worten, die in der Schwebe geblieben sind und einer Fortsetzung harren. Doch immer, wenn er versucht, sich ihr zu nähern, entfernt sie sich, um der Massagetherapeutin zu entkommen, oder irgendjemand anderes drängt sich dazwischen. Wenn er klar bei Verstand wäre, würde er es bestimmt bis zu ihr schaffen; aber er hat überhaupt keinen Durchblick.

»Was soll das heißen, wer spielt Bass?!« Schon bei der Vorstellung, er könnte ausgeschlossen werden, poltert Wally wieder los.

»Und du, erklärst du mir jetzt endlich, was die Idee war?« Aileen lässt Sadie stehen und bedrängt wieder Milena, halblaut, als könnte sie es so vermeiden, dass die anderen mithören, einschließlich des Teams von *Star Life*.

Milena sieht sie an: Es ist offensichtlich, dass sie die Frage nicht versteht und auch nicht die Hintergründe der Frage.

Mit verzerrtem Gesicht wendet sich Aileen an Nick Cruickshank, irgendwie wirken sogar ihre Haare zerzaust.

»Erklärst du es mir, Nick? Was war die Idee?«

»Es gab keine Idee.« Nick Cruickshank schüttelt den Kopf. Und zumindest dabei wirkt er völlig ehrlich. »Es ist *passiert.*«

»Ach, natürlich!« Aileen hüpft nervös auf der Stelle. »Ihr seid eurem Instinkt gefolgt, klar! Ist das nicht wunderbar?!«

»Für den Bass können wir irgendeinen holen! Das ist unser letztes Problem!« Rodney hat Wally nie gemocht, aber es ist möglich, dass er in den letzten zehn Jahren echte Mordgelüste ihm gegenüber entwickelt hat.

Todd nickt mit seinem leicht fettigen Lockenkopf. »Wir können Jack oder Tim fragen.«

»Oder Ronan.« Nick Cruickshank wirft den Namen automatisch hin, es ist ein Reflex.

»Entschuldige mal, mir scheint, wir hätten gerade von was ganz anderem geredet!« Aileen nimmt ihn am Arm, ihre Stimme ist so rauh, dass es in den Ohren schmerzt. »Könntest du die Lappalie mit der Band mal kurz vergessen?«

»Na ja, das ist keine Lappalie, Aileen.« Todd mischt sich ein, auf seine gleichmütige Art. »Ohne den Bass können wir am Sonntag kein Konzert geben.«

»Der Bass ist unser letztes Problem, verglichen damit, dass wir keine ernsthafte Probe machen können!« Rodney hat recht, es stimmt, der Terminplan ist zu eng, und nach dem Fest werden sie bestimmt in keiner guten Verfassung sein, um zu spielen; doch sein Verhalten ist deshalb nicht weniger lästig. Andererseits war er immer so, schon als er noch ein besessener, aufstrebender Sologitarrist war, der seine Tage in einem Zimmer eingeschlossen verbrachte und Tonleiter um Tonleiter spielte, bis seine Finger wund waren. In den ersten zwei Jahren der Bebonkers hatte er eine kurze ruhmreiche Phase, dann hat seine Besessenheit sie wieder zunichtegemacht.

Nick Cruickshank schafft es nicht, sich auch nur ein bisschen auf die Frage einzulassen; in Wirklichkeit versucht er es gar nicht, er hat nur Augen für Milena.

»Entweder spiele ich Bass, oder es gibt keine Bebonkers! Alles klar?!« Wally schreit sich die Lunge aus dem Leib, fuchtelt mit dem gesunden Arm, das Handtuch rutscht erneut herunter, er hebt es mühsam auf und schiebt Kimberly unwirsch weg, als sie versucht, ihn damit zu bedecken.

»Wir sind bestimmt nicht schuld, dass du dich so zugerichtet hast, du abgewrackter Scheißkerl!« Rodney kippt einen Teil des Grolls über Wally aus, der sich über Jahrzehnte angestaut hat bei den zermürbenden, endlosen Grundsatzdiskussionen, wenn sie stundenlang warten mussten, bis der Langschläfer endlich aufwachte, bei dem ständigen Wettkampf darum, wer im Rampenlicht steht.

»Du Arschloch!« Wally nimmt eine Keramikente von Walt Kottke von einem Tischchen und wirft sie mit der Linken nach Rodney; natürlich verfehlt er ihn, das Handtuch fällt wieder herunter, die Ente knallt gegen den scheußlichen Bronzekegel von Stephan Muchensky, den Aileen bei Christie's für eine Summe erworben hat, an die man sich lieber nicht erinnert, und zerspringt in tausend Stücke. Wally dreht sich sofort zu dem Kameramann von *Star Life* um, der auch diese Episode gefilmt hat, und will ihm die Videokamera entreißen. Der Kameramann weicht zurück, ohne dabei seine Arbeit zu unterbrechen; der Fotograf nutzt die Gelegenheit, um wie ein Irrer eine Fotoserie von Wallys plumpem Angriffsversuch zu schießen. Wally brüllt, grunzt, tritt um sich, wirbelt den gesunden Arm herum: Es ist ihm nicht klar, aber was er hier abzieht, ist eine Art pathetisches *replay* von damals, als sie alle vier gemeinsam die Hotelsuiten verwüsteten, weil es ihnen Spaß machte, weil sie nichts Besseres zu tun hatten, weil es im Grunde das war, was man von ihnen erwartete.

Todd schüttelt den Kopf mit der verdammten Gelassenheit, die Teil einer zu spielenden Rolle geworden ist, genauso wie die Verhaltensweisen der anderen. »Ich habe ja gleich gesagt, dass mich die Idee mit dem Fest vor dem Konzert nicht überzeugt.«

»Mich hat sie auch nicht überzeugt, wenn du es genau wissen willst.« Nick Cruickshank schaut dorthin, wo Milena vor zwei Minuten noch stand, und sieht sie nicht mehr: Unaufhaltsam erfasst ihn die reine Trostlosigkeit.

»Ach ja?!« Aileens Ton und ihr Benehmen, woran sie lange mit größter Sorgfalt und Intelligenz gefeilt hat, haben sich beeindruckend verschlechtert. »Das hättest du mir aber auch mal sagen können! Ich hab dich bestimmt zu nichts gezwungen! Du verhältst dich absolut unfair!«

»Aber nein.« Nick Cruickshank denkt, dass er durchaus die stimmlichen Mittel hätte, um auch laut zu schreien, doch er ist zu bekümmert, fühlt sich viel zu unbeteiligt. »Der Druck deiner *Erwartungen* ist schlimmer als jeder Zwang, weißt du.«

»Dann such dir doch eine Frau *ohne* jede Erwartung und ohne die *Qualitäten,* die es ihr erst ermöglichen, Erwartungen zu haben, und dann sagst du mir, ob dir das passt!« Anscheinend macht es Aileen nichts mehr aus, von dem Kameramann und dem Fotografen von *Star Life* aufgenommen zu werden, im Gegenteil, es ist, als drehte sie ihr Gesicht extra in Richtung der Objektive. »Falls du es nicht vorziehst, wieder mit diesem bescheuerten Segelflugzeug abzuhauen!«

»Es geht mir nicht ums Abhauen, es geht ums *Fliegen.*« Allerdings fragt sich Nick Cruickshank, ob da letztlich wirklich ein Unterschied besteht, denn in Wahrheit ist das Fliegen nicht so leicht und poetisch, wie gern erzählt wird oder wie man von außen meinen könnte: Es ist mechanisch komplex und alles andere als natürlich, das hat er ja erst gestern wieder gesehen. Jedenfalls mündet jeder Flug, auch wenn er nicht mit einem Absturz endet, in die Rückkehr auf die Erde; selbst die besten Aufwinde können dich nicht für immer in der Luft halten.

»Entschuldigung, aber das ist doch euer Mist, macht das gefälligst unter euch aus!« Rodney schreit mit seiner Eselsstimme, die die Hälfte der Bebonkers-Fans unglaublicherweise zu schätzen scheint, vielleicht ja bloß deshalb, weil sie sie schon ewig im Ohr hat. »Ich will sofort eine Antwort wegen dem Bass und den Proben, sonst mache ich das Konzert nicht mit!«

»Tolles Beispiel für deine bewundernswerte Loyalität.« Nick Cruickshank kann einfach nicht anders, verneigt sich vor ihm und schwenkt einen imaginären Hut, auch wenn ihm bewusst ist, dass er die Situation damit nur verschärft.

»*Du* hast doch deine persönlichen Angelegenheiten mit denen der Band vermischt, wie gewöhnlich!« Rodneys Eselsgeschrei ist kaum zu überbieten, fehlt bloß noch, dass er mit den Ohren zuckt.

»Ja, du bist an dieser Situation schuld!« Sadie pflichtet ihm sofort bei: Böswilligkeit und Albernheit im perfekten Verhältnis.

»Ich glaube, die Situation hat sich *von selbst* ergeben. Wie jede Situation, oder?« Nick Cruickshank fragt sich, ob es tatsächlich so ist: in diesem Fall und im Fall der anderen Situation, die ihn gerade beschäftigt.

»Quatsch! Du bist daran schuld, du Scheißkerl!« Wally tobt und spuckt, dreht sich zu Rodney und Todd um, als wollte er sie tätlich angreifen. »Und ihr auch, ihr Dreck-säcke, einfach zu sagen, der Bass sei das letzte der Pro-bleme!«

»Wenn es darum geht, dich zu ersetzen, meinte ich!« Rodney hebt die Stimme auf ganz untypische Weise; auch der Ärger zwischen ihm und Wally ist uralt, wenn er auch nie offen ausgebrochen ist. »Im Sinne von: *Jeder* wäre besser als du, menschlich wie musikalisch!«

»Ein Arschloch bist du, du bescheuerter Mr Quickhand! Deine Soli sind so aufregend wie ein verdammter japani-scher Porno, aber das merkst du gar nicht, weil du dich für einen Gitarrengott hältst!« Wally brüllt wie ein Stier, hat Schaum vor dem Mund, gestikuliert wild herum; das Hand-tuch rutscht mehrmals weg. »Wenn ihr es euch am Sonntag träumen lasst, ohne mich auf die Bühne zu gehen, erschieße ich euch! Nicht bildlich gesprochen, ich nehme wirklich ein Gewehr und *erschieße* euch!«

»Wie passend für ein Benefizkonzert zugunsten der Opfer eines terroristischen Anschlags.« Wieder kann Nick Cruickshank sich nicht beherrschen.

»Meinetwegen können wir den Sonntag gerne streichen!« Rodney weicht nicht von seiner Linie ab. »Ohne anständige Proben und ohne einen garantierten Ersatz für den Bass fahre ich an die Küste zurück!«

»Am Sonntag werdet ihr mir den einzigen Gefallen tun, die Verpflichtungen einzuhalten, die ich den Sponsoren, den Fernsehsendern, den Radiostationen und den Bürger-meistern von vier Gemeinden gegenüber eingegangen bin!« Auch Baz Bennett ist im Wohnzimmer angekommen und nimmt sofort die Haltung zwischen Schulmeister und Luxusdealer ein, mit der er es geschafft hat, die Bebonkers bis jetzt zusammenzuhalten. »Damit meine ich vor allem Geld, das schon geflossen ist und das nichts mit den Einnahmen zu tun hat, die gespendet werden sollen! Und wenn euch das Geld egal ist, dann bemüht euch wenigstens um ein bisschen Verantwortungsgefühl gegenüber euren Fans! Und denen gegenüber, die für euch arbeiten!«

»Ach, du bist ja so uneigennützig!« Rodney gibt ihm sofort bissig Kontra; in Tausenden von Stunden, auf Reisen zu Zielen, an deren Namen sich keiner mehr erinnert, auf Pressekonferenzen, in denen es nichts zu sagen gibt, bei aufreibenden Treffen mit Vertretern der Plattenfirmen, die keine Ahnung von Rock und von Arrangements haben, die immer wieder umgestellt werden, um dem Markt entgegenzukommen, und bei endlosen Diskussionen vor dem Mixer hat sich eine Menge Wut angestaut. »Versuch wenigstens, uns bis zu deiner Rente nicht auf den Sack zu gehen, Baz!«

»Ich wäre heilfroh, wenn ich mir das erlauben könnte, Rod!« Baz spricht kaum lauter als sonst, doch in seiner Stimme liegt eine Spannung von mehreren Tausend Volt. »Allerdings befürchte ich, dass ich dann in ein paar Monaten Blumen auf das Grab der Bebonkers bringen müsste!«

»Hahaha, sehr witzig, echt!« Rodney blickt in die Runde, fuchtelt mit erhobenen Armen, wie um ein Publikum anzuheizen, das nicht da ist.

»Ich glaube nicht, dass es für dich so witzig wäre, mein lieber Rod.« Baz' gewohnter Sarkasmus hat jetzt einen unheilvollen Unterton. »Wenn du dann dein schönes Segelboot verkaufen musst, um die Kosten für das Haus in Santa Monica zu bezahlen, und das Haus in Santa Monica, um die

Kosten für die Häuser in den Highlands zu decken und so weiter, bis du dich im Armenhaus wiederfindest!«

»Pass bloß auf, ohne uns würdest du selber auch ziemlich blöd dastehen, Baz!« Auf seinen erworbenen Besitz angesprochen, greift Rodney ihn noch wütender an.

»Ohne uns wärst du heute der Manager irgendeiner miesen Blaskapelle!« Auch Wally raunzt ihn an, obwohl Kimberly sich an ihn klammert. »Mit dem Hut würdest du rumgehen ohne uns!«

»Du müsstest mir eigentlich jeden Morgen, den Gott dir noch gibt, ein kleines Dankestelefonat abstatten, lieber Wally!« Baz wird etwas lauter, wenn er auch weit unter dem Level der anderen bleibt.

»Ach ja? Wieso das denn?!« Wally versucht, sich aus Kimberlys Griff zu befreien, aber sie lässt nicht locker.

»Na ja, unter anderem vielleicht deshalb, weil es mir gelungen ist, dir das Gefängnis zu ersparen?« In Baz' Stimme schwingt mittlerweile eine lebensgefährliche Spannung mit.

»Was zum Teufel sagst du da?! Wovon redest du?!« Wally bellt, röhrt, spuckt.

»Schwamm drüber, okay?!« Baz klingt entschieden erpresserisch, was durchaus zu seinem Naturell gehört.

»Das könnte dir so passen, verdammte Scheiße!« Wally windet sich wie bei einem Krampfanfall. »Was zum Teufel meinst du, sag's mir!«

»In Gegenwart deiner Frau scheint mir das nicht angebracht, okay?!« Baz hält sich den Zeigefinger vor Mund und Nase, bester Mafiastil.

»Die Geschichte mit der Minderjährigen in Rio?« So unglaublich es auch scheinen mag, in dem allgemeinen

Tohuwabohu kommt selbst Todd seine sprichwörtliche Diskretion abhanden, zusammen mit seiner ebenso sprichwörtlichen Gelassenheit.

»Welche Minderjährige in Rio?!« Kimberly sieht erst Wally an, als wollte sie ihn mit Zähnen und Klauen zerfleischen, dann Todd. »Welche Minderjährige in Riooo?!«

»Du wirst doch nicht auf seinen Blödsinn hören, Bimba?! Dieses Arschloch will mich nur fertigmachen!« Wally versucht gar nicht mehr, das Handtuch umzubehalten, von einer Kommode nimmt er eine Statuette, eine Tänzerin von Lucien Lunot, und wirft sie nach Todd.

Todd weicht aus, doch die Tänzerin trifft ihn trotzdem seitlich am Hals, was ihm ziemlich weh tun muss, denn er brüllt fürchterlich.

»Das ist ein Einzelstück von Lunot! Es ist dreihunderttausend Pfund wert!« Aileen stößt einen fast ebenso markerschütternden Schrei aus: Sie eilt hin, hebt die Tänzerin auf, dreht sie hin und her, um die Schäden zu begutachten.

»Ich verklage dich!« Todd krümmt sich zusammen, eine Hand auf den Hals gepresst.

»Und ich bring dich um, du Scheißjudas!« Wally, wieder nackt, rosa und borstig wie ein Schwein, will sich auf ihn stürzen.

»Nein, vorher bring ich dich um, du gottverdammter Hurensohn!« Kimberly krallt sich an seinen Haaren fest, zerkratzt ihm das Gesicht, steigt auf seinen Rücken wie in einem aberwitzigen Rodeo. Alle beide geben entsetzliche Laute von sich, drehen sich im Kreis und krachen schließlich auf einen Sessel von Le Corbusier.

»*Assez!*« Madame Jeanne tritt mitten in das Handgemenge, so erbost, wie Nick Cruickshank sie noch nie gesehen hat. »*Vous agissez comme des enfants! Comme des barbares! Celle-ci est la maison d'un poète! Ayez un peu de respect! Si vous ne savez pas vous tenir, je vous mets tous à la porte!*«

Bei der Drohung, vor die Tür gesetzt zu werden, verstummen alle augenblicklich, tatsächlich wie eine Horde Kinder oder Barbaren, die von jemandem unterbrochen werden, der ihnen moralisch überlegen ist. In der plötzlichen Stille vernimmt man nur noch Wallys und Kimberlys Keuchen und das Klicken des Fotoapparats, dann nicht einmal mehr das.

Nick Cruickshank geht auf Madame Jeanne zu, ein bisschen beschämt, weil auch er sich als Teil der Horde fühlt, und legt ihr eine Hand auf den Arm. »*Merci, Madame Jeanne.*«

Sie sieht ihn an: streng, mit Beschützermiene, aber auch mit einem Anflug von Ironie. »*Tu devrais mieux choisir tes amis, Nick. Et tes femmes.*«

»*C'est vrai.*« Nick Cruickshank nickt nachdrücklich; er verlässt das Wohnzimmer, huscht durch den Flur, geht zur Eingangstür, öffnet sie. Die Luft hinterm Haus ist kalt und feucht, wie gestern Abend zieht Nebel herauf: Milenas orangegefarbenes Lieferauto ist nicht mehr da. Schon eine ganze Weile wird sie diesen Zirkus hinter sich gelassen haben, gefolgt von ihrer Lebensgefährtin und zukünftigen Mitmutter.

Samstag

33

Nachdem sie und Viviane stundenlang geredet und geweint haben, in der Küche im Erdgeschoss und im kleinen Wohnzimmer im ersten Stock und im Arbeitszimmerchen oben an der Treppe und dann im Schlafzimmer im Stockwerk darunter und dann wieder unten in der Küche, wieder oben im Schlafzimmer, wälzt sich Milena Migliari ruhelos zwischen den Decken. Jetzt ist es sechs Uhr morgens, Viviane ist eingeschlafen vor Erschöpfung und nachdem sie Xanax genommen hat, sie schnarcht auf ihre regelmäßige Art, mit dem Kopf unter der Decke. Sie dagegen wälzt sich immer weiter, ohne Pause: zur einen Seite, auf den Rücken, zur anderen Seite, auf den Bauch, wieder zur Seite. Sie zieht ein Knie an, streckt einen Arm aus, krümmt ungeschickt eine Hand, strampelt, drückt das Gesicht ins Kissen: Es hilft alles nichts, an Schlaf ist nicht zu denken. Ihre Augen brennen von all den Tränen, ihr Hals schmerzt vom vielen Schluchzen, die Stimmbänder sind überanstrengt von all den nutzlosen Versuchen, das Vorgefallene zu rekonstruieren und zu erklären, den Rückblicken und den Sprüngen nach vorne. Ihre Nerven sind am Ende, erschöpft vom Klang ihrer eigenen Worte, von den darin enthaltenen Absichten, von den Empfindungen, die sie zu vermitteln versuchten, von den Reaktionen, die sie ausgelöst haben.

Der Gipfel ist, dass es ihr vorkommt, als sei sie total *einverstanden* mit Viviane: mit ihrer Verblüffung, ihrer Empörung und ihrer Wut angesichts eines Betrugs, der noch hinausgeht über die hässlichsten normalen Betrugsgeschichten, weil ihre Beziehung keine normale Beziehung ist, weil sie sie Schritt für Schritt erkämpfen und verteidigen mussten, Tag für Tag. Sie ist so einverstanden, dass sie keinen Augenblick versucht hat zu leugnen, was passiert ist, und sich auch gar nicht bemüht hat, die Schwere oder das Ausmaß der Folgen irgendwie zu verharmlosen. Sie konnte es weder erklären noch rechtfertigen; sie hat es nicht geschafft zu sagen, dass es ein Fehler war, ein Moment der Verwirrung, das Eingehen auf ein dummes Spiel, ein zeitweiliger Verlust der geistigen Klarheit. Ebenso wenig konnte sie sagen, sie würde es nicht wieder tun, von nun an werde sie alles daransetzen, das, was passiert ist, für immer zu vergessen. Im Grunde wollte Viviane gar nichts anderes, nach so viel Aufregung und Verzweiflung. Noch immer würde ihr eine Bestätigung ihrer Gegenwart genügen, eine Absichtserklärung für ihre Zukunft. Unter ihrer harten Schale war sie noch nie nachtragend und hat ihr in diesen Jahren tausendmal ihre Freigiebigkeit und ihr Verständnis bewiesen genau wie ihre Charakterstärke und ihre Verlässlichkeit; sie würde bestimmt alles tun, um diese Episode abzuschließen und nach vorn zu schauen, wenn sie sie nur beruhigen könnte. Dass ihr das nicht gelungen ist, bringt sie zur Verzweiflung, aber sie konnte Viviane nur recht geben und immerzu wiederholen, es tue ihr unendlich leid, dass sie sie verletzt habe.

Viviane hat erwidert, es sei ihr ganz egal, ob sie ihr recht gebe, und ihr Bedauern tröste sie kein bisschen und nütze auch ihrer Beziehung nichts. Sie hat gesagt, sie müsste ihr zumindest helfen zu verstehen, warum sie sich so hat hinreißen lassen von einem, den sie nicht einmal erkannt hat, als sie ihn zum ersten Mal gesehen hat; warum sie ihren Solidaritätspakt verraten hat, den Kampf um das Recht, zusammen zu sein, trotz aller Vorurteile ihrer Familien und der Bewohner von Seillans und des Rests der Welt.

Doch sie konnte Viviane nicht helfen, irgendetwas zu verstehen, sondern nur unter Tränen und Schluchzen tausendmal sagen: »Ich weiß es nicht, ich weiß es nicht, ich weiß es nicht«, und sich wie der schlechteste, unfairste Mensch fühlen, den es gibt.

Da sie selbst keine Erklärungen lieferte, hat Viviane ihr sogar welche angeboten: der Stress, weil sie im Begriff war, sich auf das Kind einzulassen, ihr durch Müdigkeit und alltägliche Sorgen ärmer gewordenes Sexleben, die Faszination des Ruhms, die Geschicklichkeit des berufsmäßigen Schürzenjägers, der Wunsch, zum letzten Mal zu prüfen, wie es ist, mit einem Mann zu schlafen.

Sie konnte keine dieser mit so viel Mühe und Bedauern vorgebrachten Hypothesen bestätigen, sondern hat sich immer mehr im schmerzhaften Frust des Unerklärlichen und Unerklärten verstrickt.

»Hör zu, ich bin keine Diktatorin«, hat Viviane irgendwann zu ihr gesagt, als sie schon total erschöpft waren. »Ich bin keine, die deine Träume begrenzt. Ich bin keine, die dir eine Rolle aufdrängt. Ich bin kein gottverdammter *Mann*, kapiert?«

Milena Migliari hat ihr vier- oder fünfmal versichert, erneut unter Tränen und Schluchzen, dass sie das auch nie gedacht hätte. Und doch war sie, was das angeht, nicht ganz aufrichtig, weil sie es unfair fand, es ihr gerade jetzt zu sagen, nachdem sie es schon jahrelang hätte tun können: In Wirklichkeit spielt sich Viviane nämlich tatsächlich ein bisschen diktatorisch auf. Ein bisschen *hat* sie sie eingeschränkt und sie in eine Rolle gedrängt. Vielleicht um sie zu beschützen, ihr zu helfen, ihr Sicherheit zu geben, vielleicht aus einem Kontrollbedürfnis heraus, das ihre eigene Verunsicherung verrät. Aber sie hat sie ja machen lassen; sie hat nicht protestiert, hat keinen unüberschreitbaren Mindestabstand um sich herum verteidigt. Aus Faulheit, aus Feigheit, weil sie keine Lust hatte, die Frage anzugehen, weil sie hoffte, die Dinge würden sich von selbst bessern. Wie wird Viviane sich nach diesem Treuebruch verhalten, falls es ihnen gelingen sollte zusammenzubleiben? Leichtherziger, freier, vertrauensvoller, respektvoller gegenüber ihrer Autonomie? Aber nein: Das Vertrauen ist futsch, der Argwohn hat sich bis in den hintersten Winkel ihrer Gedanken ausgebreitet, den kann niemand mehr vertreiben. Sie werden so weitermachen wie alle beschädigten Paare, jedes Lächeln vom Schmerz überschattet, mit einem Hauch von Groll, der beim geringsten Anlass wieder aufbricht.

Und wie zum Teufel soll sie sich vor sich selbst rechtfertigen? Wird sie sich vormachen, dass es ein Kurzschluss war, ausgelöst von ihren Sorgen wegen der bevorstehenden, kurz-, mittel- und sehr langfristigen Verpflichtung, die sie mit Viviane eingehen soll? Wird es ihr gelingen, es als Unfall zu betrachten, als moralisches Gegenstück dazu, wenn man im Bad ausrutscht und sich ein paar Rippen bricht? Ist es vorstellbar, dass sie nach einer derartigen Eskapade nicht ständig Schuldgefühle hat? Dass sie es schafft, es nicht als Sabotage einer Lebensentscheidung zu sehen? Wird sie es je als geheimen Vorfall archivieren können, an den man sich vielleicht ab und zu mit einer Mischung aus Staunen und Wehmut erinnert? Ist das die Art, auf die Verräter mit ihrem Verrat leben können?

Andererseits, nur rein hypothetisch: Was könnte denn je folgen auf das, was mit Nick Cruickshank passiert ist? Sie geniert sich, wenn sie bloß daran denkt; sie kommt sich lächerlich vor, pathetisch. Ja, in dem Häuschen im Wald ist eine so tiefe und unaufhaltsame Anziehung zwischen ihnen entstanden, das hat sie umgehauen, sie hatte überhaupt keine Zeit mehr zu überlegen. Noch jetzt spürt sie den Nachhall: die extreme Verstärkung der Zeichen, den Überschwang der Impulse, die überwältigend fließende Kommunikation. So etwas hatte sie noch nie mit einem Mann erlebt; wie konnte ihr das bloß jetzt passieren? Nicht einmal mit Viviane hatte sie das erlebt, selbst in den durchaus leidenschaftlichen Anfangszeiten ihrer Beziehung. Nie hätte sie gedacht, dass sie sich mit so entwaffnender Leichtigkeit mit jemandem verständigen könnte, der eigentlich dem gegnerischen Lager angehörte; der ihr aber ihre uneingestandenen Wünsche von den Augen ablas, den nicht ausgesprochenen Forderungen entgegenkam, ihre nicht erkannten Bedürfnisse befriedigte. Und sie denkt dabei keineswegs nur an die körperliche Ebene ihrer Begegnung, so intensiv und überraschend sie auch war: Die geistige Ebene hat sie genauso überwältigt, vielleicht sogar noch mehr. Die *spirituelle* Ebene, kann man das so sagen? Das Gefühl gegenseitigen Erkennens, Sich-Wiederfindens, der unendlich fernen Vertrautheit, die plötzlich wieder auftaucht und jede Distanz wegfegt; die unmittelbare Komplizenschaft, die intuitive Verständigung, das Lachen über dieselben Dinge. Doch wie real war das alles? Inwieweit war es aus einer Mischung von Verwirrung und Suggestion entstanden, wie Viviane ihr zehnmal hintereinander nahegelegt hat?

Jedenfalls war die gestrige Episode für einen wie Nick Cruickshank bestimmt nur eine unter vielen und höchstens durch die Umstände ein wenig ungewöhnlich. Vielleicht vergisst er sie schon heute Morgen bei den letzten Vorbereitungen für sein Hochzeitsfest oder archiviert sie mit tausend anderen, ähnlichen Episoden, die ihn ein bisschen neugierig gemacht oder amüsiert hatten. Vielleicht erinnert er sich daran, weil es noch ein Nachspiel geben wird, wegen dem ganzen Ärger, den es hinterher gegeben hat, nachdem sie auf dem Rückweg aus dem Wald ertappt wurden. Doch dass er sich auch nur für eine Sekunde vorstellen könnte, sein Leben für sie umzukrempeln, ist sehr unwahrscheinlich, trotz der wunderbaren, überraschenden Dinge, die er in dem Häuschen im Wald zu ihr gesagt hat; trotz der umwerfenden Übertragung kosmischer Energie, die zwischen ihnen stattgefunden hat. Ist er nicht einer, der sich *von Berufs wegen* wunderbare und überraschende Dinge ausdenkt, um sie dann vor zahllosen Zuhörerinnen zu singen? Ist er nicht ein professioneller *Verführer,* und zwar einer der besten der Szene? Ja, er hat eindeutig eine außergewöhnliche Fähigkeit, sich in die Seele (und den Körper) einer Frau hineinzuversetzen, ihre Empfindungen und Gefühle wahrzunehmen und auszudrücken; aber wahrscheinlich ist das unabhängig von der Frau, mit der er gerade zu tun hat. Oder die spezielle Frau hat zwar einen speziellen Stellenwert, aber nur während er mit ihr schläft oder während er sich von ihr zu einem Song inspirieren lässt; dann geht er und schöpft aus neuen Quellen. Wie viel Beständigkeit könnte man von so einem erwarten? Wie zuverlässig könnte er je sein?

Doch jetzt bekommt sie eine rasende Wut auf sich selbst: Wann wäre sie je eine Frau gewesen, die sich auf einen kleinen Thron setzt und Geschenke und Versprechen in Augenschein nimmt, um zu entscheiden, ob es sich lohnt oder nicht, dafür ihren Körper, ihr Herz und ihre Seele zu geben? Und wenn es um Zuverlässigkeit geht, so ist Viviane die zuverlässigste Person, der sie je begegnet ist. Ohne deshalb *nur* zuverlässig zu sein: Man kann mit ihr über tausend Dinge reden, über Pläne und auch über Träume. Na gut, in letzter Zeit nicht mehr so ausführlich wie am Anfang ihrer Beziehung; aber wenn es damals ging, könnte es ihnen auch jetzt noch gelingen. Wenn sie Zuverlässigkeit braucht, warum sollte sie sie dann auch nur flüchtig bei einem suchen, der offensichtlich nicht dazu in der Lage ist? Sie sollte aufhören, daran zu denken, sollte auf jeden Versuch, sich Viviane gegenüber zu verteidigen, verzichten, anerkennen, dass das, was passiert ist, auf einer dummen, falschen Einschätzung beruhte. So als wäre sie mit ihrem Lieferauto mit einem der vielen Verrückten zusammengestoßen, die mit Vollgas halsbrecherisch über diese kurvenreichen Straßen zwischen den Bergen und dem Tal rasen und sich nicht darum scheren, dass aus der Gegenrichtung eine in Gedanken versunkene, in ihre geistige Musik vertiefte Frau daherkommt.

Milena Migliari denkt, dass es völlig sinnlos ist, jetzt noch im Bett zu bleiben und sich weiter hin und her zu wälzen:

Sie schlüpft aus den Decken, nimmt ihre Kleider vom Stuhl, geht ein Stockwerk tiefer und legt sie im Bad ab, geht hinunter in die Küche. Sie kocht sich einen Hibiskus-Ingwer-Tee, gibt einen Löffel Distelhonig dazu und rührt, rührt, rührt. Sie versucht, sich zu beruhigen, aber keine Chance: Ihr Herz klopft schneller und unregelmäßiger, als es dürfte, die Gedanken überschlagen sich, die Empfindungen dehnen sich aus, schrumpfen, dehnen sich wieder.

Es gibt einen englischen Schriftsteller, den sie, nachdem sie drei oder vier seiner Bücher gelesen hat, mittlerweile dafür hasst, dass er es immer schafft, kulturell alternativ und kommerziell zugleich zu sein, gemäßigt radikal, politisch korrekt, liebenswürdig. In jedem Roman geht es um fehlerhafte, aber einnehmende Protagonisten, er lässt sie eine Reihe von Missgeschicken erleben, die in die Katastrophe zu führen scheinen, und am Ende der Handlung kommt alles wunderbarerweise in Ordnung: Jede Person wird irgendwie entschädigt, es bleibt kein nicht wiedergutzumachendes Unrecht, kein Schaden, von dem man sich nie mehr erholen kann. Was sie daran am meisten stört, ist die schlaue Absicht, im Leser kein Unbehagen auszulösen, keine traurigen Gedanken zurückzulassen. Doch im wirklichen Leben funktioniert es nicht so, überhaupt nicht: Das Unrecht *ist* nicht wiedergutzumachen, der Schaden permanent, die traurigen Gedanken verstecken sich vielleicht eine Weile, kommen aber wieder. Was sie jetzt gerade erlebt, ist ein ausgezeichneter Beweis dafür oder vielmehr ein ganz *scheußlicher* Beweis. Wie sie die Situation auch dreht und wendet, sie kann keinen Ausweg sehen, der nicht einen endgültigen Verrat oder einen endgültigen Verzicht beinhaltet.

Was soll sie also tun? Resignieren und weiter mit Viviane zusammenleben, auch wenn sie weiß, dass sie unglücklich sein wird? Sich mit Leib und Seele in eine Geschichte stürzen, die für Nick Cruickshank höchstwahrscheinlich gar nie begonnen hat?

Aber: Jedes Mal, wenn sie sich auch nur flüchtig vorstellt, die Sache mit der künstlichen Befruchtung nicht voranzutreiben und völlig frei zu sein, zu tun und zu lassen, was sie möchte, fallen ihr so viele wunderbare Eissorten ein, die sie noch nicht ausprobiert hat. *Blumen*eis, zum Beispiel. Ja, letzten Frühling hat sie ein sehr gelungenes Roseneis gemacht, aber es gäbe noch Dutzende anderer Sorten zum Ausprobieren: Jasmin, Vergissmeinnicht, Veilchen, Lavendel, Glyzinie, Kamille, Kornblume … Tatsächlich könnte sie so viele Eissorten kreieren, wie es Blumen gibt: Hunderte, Tausende. Sie braucht nur die Augen halb zu schließen, schon sieht sie die Farben vor sich, riecht den Duft, schmeckt das Aroma.

Und wenn es nun ein bisschen wie mit der falschen Alternative zwischen Waffel und Becher wäre, bei der für gewöhnlich niemand die Existenz einer dritten Möglichkeit in Betracht zieht? Wenn die Lösung darin bestünde, *ihr* Leben zu wählen, bevor sie wählt, *mit wem* sie es teilen möchte?

34

Nick Cruickshank hat ein Problem mit der Halswir-
belsäule, eine Folge seines berüchtigten Sturzes von
der Bühne des Hollywood Bowl im Jahr 2006: Wenn er
sich im Bett das Kissen nicht richtig in den Nacken stopft,
schlafen ihm die Finger ein. Aber die tauben Finger sind
nur noch ein Verdruss mehr in dieser unruhigen Nacht, in
der an Schlaf nicht zu denken ist. Immer wieder gehen ihm
die Bilder vom Nachmittag und Abend durch den Kopf,
gemischt mit körperlichen Empfindungen und Dutzenden
sich überlagernder Fragen: über das, was passiert ist, über
das, was nun bevorsteht, über Aileen, über Milena, die italienische Eisfrau, über sich selbst. Sein Herzrhythmus hat sich
verdoppelt, seine Ohren rauschen, er ist schweißgebadet. Er
hat einfach keine Lust mehr, hier zu liegen und wie ein Irrer
mit sich zu kämpfen auf dieser fünflagigen Matratze, die die
bequemste der Welt sein soll, aber ein absoluter Mist ist; also
kann er auch gleich aufstehen.

Er rollt bis an die Bettkante, springt auf, stolpert über den
Teppich, stößt gegen eine Kommode, die er nie hier drin haben wollte, tastet sich bis zu seinem Morgenmantel vor, der
am Kleiderständer hängt, und schlüpft hinein. Aileen dreht
sich unter der Daunendecke um, grunzt, schnauft, atmet
wieder regelmäßig. Trotz ihrem Hang zur Schlaflosigkeit

besitzt sie die bewundernswerte Fähigkeit, eine Tätigkeit von der anderen, eine Phase des Tages oder der Nacht von der anderen mental abzugrenzen: Auf diese Weise bewahrt sie sich ihre geistige Klarheit und bleibt auch in den schwierigsten Momenten handlungsfähig. Okay, gestern Abend hat sie sich vom Klima allgemeiner Entgleisung anstecken lassen, bis sie nur noch eine sehr schlechte Version ihrer selbst war; aber dann, gegen eins, hat sie die zermürbenden Versuche, Tatsachen zu rekonstruieren und Verantwortlichkeiten zuzuschreiben, abgebrochen und kurz angebunden gesagt: »Ich muss jetzt schlafen, morgen ist ein anstrengender Tag.« Sie ist ins Bad gegangen, um sich abzuschminken und ein Schlafmittel zu nehmen, zehn Minuten später lag sie mit ihrer Augenmaske im Bett, weitere fünf Minuten später schlief sie.

Ihm dagegen ist es nie gelungen, die Techniken des mentalen Loslassens wirklich zu erlernen, Yoga, Tai-Chi Chuan, Shuaijiao, transzendentale Meditation und so weiter. Nicht dass er sich nicht aus Situationen, Beziehungen, alltäglichen Problemen zurückzieht: Das macht er nur zu oft, auch in Fällen, die den anderen wahnsinnig wichtig erscheinen. Aus Langeweile oder aus einem Gefühl der Fremdheit, aus Faulheit oder aus Ungeduld, und häufig wird ihm deshalb Arroganz und Gleichgültigkeit vorgeworfen. Doch gerade wenn er emotional betroffen ist, gelingt es ihm nicht: Eine Geste genügt, ein Wort oder ein Blick, die ihn durch die Gedanken verfolgen und bis ins Herz vordringen, endlose Verlust- und Schuldgefühle auslösen, ihn in tiefste Traurigkeit stürzen. Zum Glück ist tiefe Traurigkeit sein größter kreativer Antrieb, denn er besitzt einen schier unerschöpflichen Vorrat davon, aus den Fugen geratene Gleichgewichte, zerbrochene Träume, Trennungen, Einsamkeit, Distanzierung, innere Leere. *Dutzende* von rührseligen Songs könnte er damit schreiben, wenn er nur den Mut hätte, öfter aus dieser Quelle zu schöpfen.

Er tritt aus dem Schlafzimmer, schließt sehr vorsichtig die Tür, geht, so lautlos er kann, den Flur hinunter, um zu vermeiden, dass Aldino oder einer seiner gestern eingetroffenen Kollegen denken, sie hätten es mit einem Eindringling zu tun, und in Aktion treten. Durch die Nordfenster an der Rückseite des Hauses sieht man nur die Dunkelheit, aber sie ist schon etwas weniger undurchdringlich als vor einer Stunde. Er passiert das Zimmer, das sie Wally und Kimberly zugewiesen haben, das von Rodney und Sadie, das von Todd und Cynthia. Dass sie hiergeblieben sind, nachdem sie sich diese grässlichen Sachen an den Kopf geworfen hatten, erstaunt ihn nur mäßig: Ihre Beziehung ist schwer zu entwirren, wird zusammengehalten von einem Geflecht aus verfestigten Rollen, eingefleischten Gewohnheiten, Rachegelüsten, Angst vor dem Unbekannten, finanziellen Gründen, sogar einer abgenutzten, kraftlosen Form von Anhänglichkeit. Er denkt an die Liebesgeschichten, auf die sich auch die anderen im Lauf der Jahre eingelassen haben: die überstürzt zur Schau gestellten Eroberungen, die Fluchten, um sich zu verstecken, die von den Zeitungen ausposaunten Geheimnisse, die öffentlichen Liebeserklärungen, die von den Presseabteilungen erfundenen Lügen, die zerstörten Familien, nur um dann nach dem gleichen Muster von vorn zu beginnen, die Erschütterungen, die das Zuviel- und Zuwenighaben auslösten, das permanente Missverhältnis zwischen Verdiensten und Belohnung.

Er öffnet die Küchentür und tritt ein. So leer und ruhig, ohne Madame Jeanne, die mit Hacken und Kneten und Schneiden und Mischen und Anbraten und Kochen und dem Öffnen und Schließen der Türen von Backöfen und Kühlschränken beschäftigt ist, wirkt der Raum seltsam. Durch die Ostfenster fällt das erste Morgenlicht herein und überflutet dieses reglose Herz des Hauses, dieses Zentrum, das, wenn es einmal aktiviert ist, für Wärme, Komfort und leibliches Wohl der Anwesenden sorgt, solange sie da sind. Falls er aus irgendeinem Grund doch noch Aileens Druck nachgeben und Madame Jeanne entlassen sollte, geht es ihm durch den Kopf, wäre kein Leben mehr im Haus, es wäre zum Fürchten kalt. Im Grunde genommen, denkt er, ist es nie wirklich sein *Zuhause* gewesen: Es ist nur ein Besitz, den er gekauft hat, zu groß, mit viel zu viel Grund und Boden rundherum, in einem Land, in dem er nicht verwurzelt ist und nicht einmal die Sprache gut spricht. Nicht, dass er sich in London verwurzelter fühlte oder in Sussex oder an den anderen Orten, wo er in Immobilien investiert hat, jedes Mal so, als investierte er in eine Idee vom sesshaften Leben, zu dem er nach seinen Tourneen und Vergnügungsreisen zurückkehren könnte. Diese Ideen vom sesshaften Leben besaßen die täuschende Lebendigkeit von Träumen oder von Werbespots im Fernsehen: Frühstück in der Küche, Mittagessen im warmen Sonnenlicht, Herumtollen auf dem Rasen mit Kindern und Hunden, Abende vor dem lodernden Kamin, Musik im Wohnzimmer zusammen mit Familie und Freunden. Nichts davon ist realistisch, zumindest nicht für ihn, so wie er gebaut ist, nicht bei seiner stark angeschlagenen geistigen und emotionalen Konstitution. Die Lebensformen, die seine Häuser beherbergt haben, sind unweigerlich nach einigen Jahren zerbrochen, die Personen sind weitergezogen, versprengt, und immer war es seine Schuld; übriggeblieben sind die Hüllen und darin der schwache Widerschein nicht mehr überprüfbarer Hypothesen. Also doch besser weiter durch die Welt tingeln? *On the road* hat wenigstens den Vorteil, Mängeln, Sehnsüchten oder Zweifeln nicht zu viel Raum zu lassen und die Tage auszufüllen, wenn auch mit meistens mechanischen Tätigkeiten. Doch er hat genug von den ewigen Reisen auf dem Luftweg und dem Landweg, Hotelsuiten, Soundchecks, Programmen mit variierenden Songs, damit er durch die ständigen Wiederholungen nicht wahnsinnig wird, unterschiedlich begeisterten Menschenmengen; jede Etappe nimmt die nächste vorweg.

Der einzige Besitz, zu dem er in diesem Augenblick ein Zugehörigkeitsgefühl empfindet, ist das Zweiundvierzig-Quadratmeter-Häuschen auf der Lichtung mitten im Wald, wo er gestern mit Milena gewesen ist; es schmerzt ihn zu denken, dass das jetzt leer steht, nachdem es für ein paar Stunden mit so viel glühender Leidenschaft bewohnt worden war.

Dorthin kehren seine Gedanken zurück, wenn sie die schlaflose Nacht und den Abend voller gegenseitiger Beschuldigungen durchquert haben: Wie sie anfangs vorsichtig umeinander herumgestrichen sind, wie sie sich näherkamen und immer neugieriger wurden, wie unbändig sie sich über ihre Begegnung freuten, wie umwerfend und überraschend ihre Verschmelzung war. Ihre Blicke, ihre Körper, ihr Begehren, ihre Stimmungen, ihr Atem fügten sich wie selbstverständlich ineinander, mit nie zuvor empfundener Richtigkeit. Es wundert ihn, dass er gar keine Schuldgefühle hat, aber so ist es; auch nach Stunden scheint ihm immer noch, als sei das, was passiert ist, zu unverfälscht, zu frei von Absichten, um verkehrt zu sein. Die Bilder häufen sich in seinem Kopf: Milena, die das Waffelkörbchen mit ihrem Fiordilatte- und Kaki-Eis füllt, Milena, die es ihm hinhält, Milena, die ihn ernst beobachtet, als er es versucht, Milena besorgt, Milena lächelnd, Milena, die lacht. Und die vielen Farben ihrer Augen, das Weiß und Orange des Eises, das gelbe Licht der Öllampe, das Rot des Feuers im Ofen, das Schwarz des Abends hinter den Scheiben, als sie aus ihrer Verzauberung erwacht sind und hinausgeschaut haben. Sein Geisteszustand ist alles andere als klar, aber seine Finger erinnern sich genau an die Linien ihrer Stirn und die Rundungen ihrer Schenkel, er hat noch den Duft ihrer Haut zwischen Hals und Ohr in der Nase, den Klang ihrer Seufzer im Ohr und auf der Zunge den Geschmack ihrer Zunge: Sie schmeckt genauso wie ihr Eis. Und jede dieser jüngsten und schon wieder fernen Erinnerungen macht ihm bewusst, dass sie ihm fehlt wie die Luft zum Atmen; sein Magen krampft sich zusammen.

Nick Cruickshank denkt, dass er fast nichts über sie weiß und es ihm dennoch so vorkommt, als wisse er alles. Und er ist überzeugt, dass es ihr genauso geht: Er hat es gespürt. Er findet es absurd, dass er ihr erst vorgestern begegnet ist, sie wie eine Fremde gegrüßt hat, bevor ihre Fremdheit verflog. Ihm fällt wieder ein, wie sie von den Zwillingsflammen gesprochen hat: von der sofortigen, vollkommenen Harmonie ihrer Wiedervereinigung. Er hat sie gar nicht ausreden lassen, musste sie sofort um jeden Preis unterbrechen mit seiner blöden Abgeklärtheit, seinem bescheuerten *Cruickshank cool*. Aber ist diese Geschichte von den Zwillingsflammen denn kein Märchen aus dem Bilderbuch? Hätte er trotzdem mitspielen können? So tun, als glaubte er daran? Sogar versuchen, *wirklich* daran zu glauben? Andererseits, wie oft ist es ihm schon passiert, in so kurzer Zeit eine so tiefe Vertrautheit zu empfinden? Wie oft ist es ihm passiert, eine Frau zu *erkennen,* die er theoretisch (und praktisch) nicht kannte? Wenn er sich nur an sein *reales* Leben hält, also den Text von *Twin Soul Reunion* ausschließt, und nur an sein Leben als Erwachsener, also seine Schwärmerei für Mia Lees als Dreizehnjähriger ausschließt (sie hatte ihn nicht in Erwägung gezogen, weil sie ihn als kleinen Jungen betrachtete), dann ist die Antwort: noch nie. Könnte Aileen, so gesehen und nur als rein gedankliche Übung, seine Zwillingsflamme sein? Nein. Aber die Frage ist dumm, von vornherein falsch. Ihre Beziehung war von Anfang an reif, bewusst, pragmatisch, eine Beziehung, die die vorherigen Erfahrungen einrechnet und die gegenseitigen praktischen und professionellen Bedürfnisse über die pubertären Träume stellt. Ist das nicht genau das, was er jetzt braucht?

Was steckt also hinter dem, was gestern mit Milena passiert ist? Ein kindischer Hang, sich vom Instinkt hinreißen zu lassen, trotz der in der Vergangenheit angerichteten Schäden? Eine unwiderstehliche Veranlagung, der Realität die Phantasie vorzuziehen? Ein Wunsch, vor der Verantwortung zu flüchten? Eine Rebellion gegen das, was über die Jahre aus Aileen geworden ist? Was sie vermutlich schon immer war? Eine Unfähigkeit, die Tatsache zu akzeptieren, dass jede Person das Ergebnis einer Kombination aus Qualitäten und Fehlern ist und dass es keinen Sinn hat zu verlangen, die einen behalten und die anderen ausblenden zu können? Denn wenn es jemanden gibt, der in der Lage ist, die Fehler als Fehler und mehr als die Qualitäten zu schätzen, dann müsste er das sein. Gewiss, es kommt darauf an, *welche* Fehler, denn im Idealfall müssten die Fehler von zwei Personen sich ebenso gut ergänzen wie ihre Qualitäten. Das wiederum öffnet ein Fenster auf einen gefährlichen Bereich, denn es gibt so viele Paare, die gerade dank der Kombination ihrer *schlechtesten* Seiten ausgezeichnet zusammenleben. Man denke nur an Wally und Kimberly: Unter diesem Gesichtspunkt sind sie ein echter Erfolg (zumindest waren sie das bis gestern Abend, bevor die Geschichte mit der Minderjährigen herauskam). Nur schade, dass das Resultat für die anderen doppelt unangenehm ist.

Und was zum Teufel will er? Was sucht er? Verfolgt er immer noch die Flausen, die er sich in den Kopf gesetzt hat, als er als kleiner Junge einen Roman nach dem anderen verschlang, um sich einem realen Leben zu entziehen, mit dem er nichts zu tun haben wollte, und die dann den Ursprung seiner Songs bildeten, die wiederum die Phantasien von Millionen von Menschen beflügelt haben? Hat er sie getäuscht, und wendet sich diese Täuschung jetzt gegen ihn?

Die Empfindungen, die er gestern beim Zusammensein mit Milena gespürt hat, sind ihm allerdings verdammt *real* vorgekommen, keineswegs ein Produkt seiner Phantasie. In dem Häuschen im Wald hatte er den Eindruck, als habe er die weiche, sanfte, aber auch starke und intelligente Frau gefunden, die er sich immer gewünscht hat, schon seit den

Zeiten von Tante Maeve. Als habe er sie *wiedergefunden,* als habe er sich selbst wiedergefunden. Und im Gegensatz dazu war es ihm vorgekommen, als habe Aileen die Eigenschaften seiner Mutter, unter denen er als Kind so gelitten hatte: die Gefühlskälte, die Härte des Charakters, die Neigung, sich mit zu vielen Dingen auf einmal zu beschäftigen, den Blick und die Gedanken, die ständig umherwandern. Doch wie zuverlässig sind solche Eindrücke? Am nächsten Tag, im (zunehmend) hellen Sonnenlicht besehen? Die Eindrücke weniger heimlicher, verbotener Stunden von zwei Personen, die erschüttert und durcheinander sind wegen der einschneidenden Entscheidungen, die vor ihnen liegen. Und was ist an Milena nun *wirklich* so besonders? Die echte Begeisterung für das, was sie tut? Aber auch Aileen ist mit Leib und Seele dabei, wenn es um ihr Anti-Leder geht, genau wie vorher bei ihrer Arbeit als Kostümbildnerin, als er sie getroffen hat. Der Künstlergeist? Aber Aileen ist ja keineswegs nur Unternehmerin: Sie ist eine, die ihre Kreationen selbst entwirft, die mit Formen und Farben arbeitet. Die Hingabe, mit der sie nach schwer zu fassenden Nuancen sucht? Aber es ist ja nicht so, dass Aileen für Nuancen nicht empfänglich wäre; im Gegenteil, sie erfasst sie blitzschnell. Die Uneigennützigkeit? Aber ist es ein Verdienst, dass sie kein Interesse daran hat, eine möglichst große Kundschaft zu erreichen? Verleiht es ihr einen Grad an moralischer Aufrichtigkeit und einen Seelenadel, den Aileen nicht hat? Den selbst *er* nicht hat, und zwar seit mehreren Jahren schon? Liegt hierin der Fokus ihrer Begegnung? Oder darin, dass sie sich beide fühlen, als seien sie vom Mond gefallen? Und gleichzeitig beide recht sonnig sind, wie man gestern gesehen hat? Und auch *irdisch*?

Das Problem ist, dass er die Dummheit des Verliebtseins nur zu gut kennt: die kritiklose Begeisterung für das Neue, die maßlose Verstärkung winziger Unterschiede, die Zuschreibung von nicht ganz überprüften Qualitäten, die überschwengliche Deutung banaler Gesten, den mentalen Fotoshop, durch den einer letztlich nur sieht, was er sehen will. Und die regressive Sprache, die Vereinfachung der Gedanken bis hin zur Lächerlichkeit, die systematische Unterdrückung der Zweifel, die Unfähigkeit, auf Abstand zu gehen. Wenn er versucht, an seine vergangenen Verliebtheiten zurückzudenken, kommen sie ihm vor wie eine Sammlung oberflächlicher Eindrücke, vom Wunsch nach Überraschung hervorgerufene Blendungen, von der Impulsivität diktierte Fehleinschätzungen, Schritte, die er getan hat, ohne wirklich die Folgen zu bedenken. Für keine einzige dieser Liebschaften, so scheint es ihm heute, gab es solide, echte Gründe; keine einzige könnte auch nur einen halben Tag überdauern im Licht dessen, was er jetzt weiß. Im Endeffekt waren es seine zwei *nicht* aus Verliebtheit entstandenen Beziehungen, die am längsten gehalten und die dauerhaftesten Erinnerungen hinterlassen haben, ein bisschen Alltagsharmonie, gemeinsame einfache Gesten, Einverständnis über wesentliche Dinge ohne übertriebene Erwartungen, ohne Feuerwerk und Trommelwirbel. Was dagegen bleibt ihm von den Geschichten, die ihm so außerordentlich intensiv vorgekommen waren, jede tausendmal besser als die vorherige, so unverzichtbar, dass sie verheerende, mit krimineller Grausamkeit begangene Brüche rechtfertigten? Doch nur äußerst vage *Ideen* von körperlichen Empfindungen und Stimmungen, an die er sich nur mühsam erinnern kann, die verflogen und ungreifbar geworden sind.

Was folgt daraus? Welche Substanz könnte also vorhanden sein mit Milena, der italienischen Eisfrau, die im Begriff ist, mit einer anderen Frau ein Kind zu kriegen? Wie lange könnte die Überzeugung überleben, dass mit ihr alles so viel natürlicher, freier und richtiger ist als bei jeder anderen vorausgegangenen Geschichte, ohne dass Anpassungen und Verwandlungsversuche, Selbsttäuschungen und Wahrnehmungsverzerrungen nötig wären? Haben die Selbsttäuschungen nicht schon in dem Augenblick begonnen, als sie sich geküsst haben? Oder noch früher, als er sie in ihrer Werkstatt besucht hat? Noch früher: in dem Augenblick, als er in der Küche unter dem leicht skeptischen Blick von Madame Jeanne ihr Eis probiert hat? Und ist ihr Eis überhaupt wirklich so außergewöhnlich? So wesentlich verschieden von dem doch auch hervorragenden Eis, das er an anderen Orten und zu anderen Zeiten gegessen hat? Und die Empfindungen, die er mit ihr zusammen im Waldhäuschen erlebt hat und die noch immer sein Herz aussetzen lassen und seinen Atem verkürzen, wie lange wären die reproduzierbar? Monatelang, jahrelang? Ein ganzes gemeinsames *Leben* lang, wie er in einigen Songs geschrieben hat, die so absurd sentimental waren, dass er sie sofort beiseitelegen musste, ohne sie überhaupt den anderen vorzuspielen, weil er sie maßlos und lächerlich fand.

Und doch *war* da eine nie gefühlte Natürlichkeit in dem, was zwischen ihnen passiert ist: keinerlei Pose, nicht einmal die Pose der Leute, die keine Pose haben. Es schien, als seien sie beide einfach das, was sie *sind,* in all ihrer unglaublichen

Ähnlichkeit und Verschiedenheit. Sosehr er sich auch anstrengt, er kann sich nicht erinnern, je zuvor eine solche Mischung aus Spiritualität und Körperlichkeit erlebt zu haben; Körper und Seelen im hautnahen Zwiegespräch (noch eine gute Strophe für einen Song, den man nicht einmal im Traum spielen würde). Da *war* ein gegenseitiges Wiedererkennen: Es trat bei jedem Blick und jeder Geste, bei jedem Atemzug zutage, bei jedem Wort, das sie einander sagten oder nicht sagten. Es gab die dauernde *Überraschung,* im ständigen Fluss, und die *Freude* über die Überraschung. Es gab das *Wunder.* Nicht ganz perfekt, sicher, und es ist ja auch nicht gut ausgegangen; aber es hat stattgefunden.

Doch wäre er wirklich bereit, auf der Basis unmöglich überprüfbarer Empfindungen seine nun schon sehr gründlich überprüfte Beziehung mit Aileen aufzulösen, einer Frau, deren Qualitäten und Fehler er zweifellos in- und auswendig kennt? Die Perspektiven eines gemeinsamen Lebens zu zerstören, die sie schon seit Monaten aufbaut und mit so viel Intelligenz und Weltwissen sorgfältig aneinanderreiht? Ihr zuzumuten, sie vor Dutzenden und Dutzenden von aus aller Welt herbeigereisten Freunden und Bekannten entsetzlich zu blamieren? Vor dem Team von *Star Life,* das gewiss die Gelegenheit nutzen würde, um den Bericht über ein fabelhaftes Fest in die Chronik einer Katastrophe zu verwandeln, zum perversen Vergnügen seines Publikums? Und dabei zu wissen, dass *ihm* die Sache ziemlich sicher verziehen würde, weil sie so gut zu dem Image passen würde, das er sich von Anfang an aufgebaut hat? Die Mehrzahl seiner Fans würde eine Aktion dieser Art nicht nur nicht verurteilen, sondern begeistert Beifall klatschen; man braucht nur daran denken, wie sie ihn all die Jahre streng beobachtet haben, um etwaige Hinwendungen zu einer bürgerlichen Existenz zu erspähen, bereit, ihn des Verrats anzuklagen. Mit ziemlicher Sicherheit würden sie eine unverzeihliche Schurkerei als Bestätigung auffassen, dass der Autor von *I Won't Have It (Any Other Way)* noch quicklebendig ist und um sich schlägt mit der gleichen stolzen Abneigung gegen die Regeln der Gesellschaft wie vor fünfunddreißig Jahren.

Nick Cruickshank öffnet den Kühlschrank, schaut in die Tiefkühltruhe in dem plötzlichen, verzweifelten Bedürfnis, eine von Milenas Eisboxen zu finden. Halbvoll würde ihm schon genügen, sogar nur eine kleine übriggebliebene Ecke; gerade genug, um die Farben zu erkennen, mit der Zunge daran zu lecken. Er wühlt hektisch zwischen den Behältern mit kleinen Karotten und Erbsen und Zucchini, die aus den Gemüsegärten des Anwesens stammen; aber von Milenas Eis keine Spur: Es ist alle.

35

Milena Migliari schlüpft aus dem Haus, schließt möglichst leise die Tür hinter sich, auch wenn es, nachdem sie einen letzten Blick auf Viviane dort im Bett geworfen hat, gar nicht so aussah, als ob sie gleich aufwachen würde. Die Sonne steht noch tief, der blaue Himmel ist noch blass, aber die Luft ist klar, das Licht schmerzt in den Augen. Mit etwas unsicheren Schritten geht sie zwischen den Häuserwänden die gepflasterte Straße entlang, vorbei an der Auffahrt zu dem kleinen Kastell, an den Schaufenstern der Touristeninformation, an dem Felsblock neben den Überresten eines antiken Stadttors. Sie biegt zum Parkplatz ab, steigt in ihr Lieferauto. Lange bleibt sie einfach sitzen, während die Kälte durch ihre Jeans dringt: Es riecht ein wenig muffig, aber es scheint ihr der einzige Ort zu sein, wo sie sich sicher fühlen kann. Dann allmählich fühlt sie sich selbst hier nicht mehr sicher; sie lässt den Motor an, stößt zurück, fährt die Straße hinauf, die oben auf dem Hügel entlangführt und dann in Kurven zum Tal hin abfällt. Sie hat keine wirklichen Gedanken im Kopf: nur einzelne Formen, Farben, Töne, Bewegungen. Sie weiß auch nicht genau, in welche Richtung sie fahren soll; automatisch dreht sie am Steuer und schaltet, während ihre Trostlosigkeit mit jeder Kurve zunimmt, als führe sie am Rande eines Abgrunds entlang, der sie von einem Augenblick zum anderen verschlingen und im Nichts verschwinden lassen könnte. Als sie die Ebene erreicht, wird es noch schlimmer: Am liebsten möchte sie wieder auf die Hügel hinauffahren, um erneut wie gebannt bergab kurven zu können, und einmal unten wieder hinauf und wieder bergab, ohne sich je für eine Richtung entscheiden zu müssen, ohne je irgendetwas entscheiden zu müssen. Aber sie schafft es nicht einmal wieder hinauf, sondern fährt und fährt im Kreisverkehr: sechs, acht, zehn Mal, wie in einem Karussell oder einer langsamen Schleuder, bis sich auch ihr Kopf dreht und sie gezwungen ist, eine Ausfahrt zu nehmen. Aus reiner Trägheit fährt sie die gerade Straße entlang, so langsam, dass ein Auto hinter ihr ungeduldig hupt, wütend Gas gibt und sie überholt. Sie fährt noch ein paar Dutzend Meter und hält in der Ausbuchtung vor einigen hässlichen Neubauten an, in denen ein Immobilienbüro, ein Blumenladen, eine Bäckerei und ein Geschäft für Sanitäranlangen untergebracht sind. Sie stellt den Motor ab, bleibt einfach sitzen, spürt den Luftzug jedes vorbeifahrenden Autos und Lastwagens. Sie fragt sich, ob Viviane jetzt wohl aufgestanden ist, in wer weiß welcher Verfassung. Ob sie treppauf und treppab im Haus und im Patio mit dem Glasdach nach ihr sucht? Oder schon draußen, in den Dorfstraßen? Oder wieder hineingeht und in der Küche nachschaut, ob sie ihr wenigstens einen Zettel dagelassen hat? (Hat sie nicht, sie hätte einige Dutzend Seiten gebraucht und doch nichts erklären können.) Ob sie ins Auto springt und über die Höhenstraße nach Fayence fährt in der Vorstellung, sie in der Eisdiele zu finden? Und was will sie ihr sagen? Dass sie eine niederträchtige Person ist, dass sie ihr niemals verzeihen kann? Dass sie ihr schon verziehen hat, obwohl sie ihr so weh getan hat? Dass sie vergessen können, was passiert ist, wenn sie es nur beide wirklich wollen? Dass ihre Pläne bestehen bleiben und sie Montag mit den Behandlungen in dem Zentrum in Grasse beginnen können? Dass sie ihr das Beste wünscht, was immer sie nun tun möchte?

Etwa eine halbe Stunde bleibt Milena Migliari im Lieferauto sitzen, vielleicht eine Stunde; andere Autos parken neben ihr, die Leute steigen aus, gehen in die Geschäfte, kommen wieder heraus, die Autos stoßen zurück und fahren wieder los, neue Autos kommen. Ihre Gedanken klären sich kein bisschen, ihre Fragen finden keine Antwort, nicht einmal ansatzweise; ihr Herzschlag normalisiert sich nicht. Ihr fällt wieder ein, was Nick Cruickshank gestern Nachmittag oder Abend sagte, nämlich dass sie sich ähneln, weil sie alle beide verkehrt sind im Hinblick auf die Welt. Über ihn könnte sie nichts sagen, doch dass sie selbst verkehrt ist, bezweifelt sie nicht im Geringsten, so verkehrt, wie man nur sein kann: tausendprozentig verkehrt, ohne einen einzigen richtigen Anteil. Als kleines Mädchen betrachtete sie sich im hohen Spiegel neben der Eingangstür in der Wohnung ihrer Eltern und dachte (manchmal sagte sie es auch): »Ich bin so hässlich«, denn nichts an ihrem Äußeren schien ihr richtig, und noch weniger richtig fand sie ihre Gedanken, ihre Träume, ihre Deutung der Dinge.

Als sie es nicht mehr aushält, still in ihrem Lieferauto zu sitzen, lässt sie den Motor wieder an, nimmt wieder die gerade Straße durch die Ebene, berührt das Gaspedal nur ganz leicht mit der Fußspitze. Sie schaut zum Fenster hinaus und betrachtet die Baumschule, die pseudoprovenzalischen Häuser, die auf den neuen, noch nicht planierten Grundstücken entstanden sind, das Reklameschild des Supermarkts, das Reklameschild des Baumarkts. Sie registriert jede Einzelheit der Landschaft, als könnte sie in ihr einige nützliche Hinweise entdecken, doch das Einzige, was sie entdeckt, ist ein wachsendes Fremdheitsgefühl. Ihr ist, als befinde sie sich in ihrem schrecklichsten wiederkehrenden Traum, der, in dem sie an einem Ort ist, den sie nicht kennt, in dem sie ihre Handtasche mitsamt Handy und Portemonnaie nicht mehr bei sich hat und verzweifelt heim möchte, aber gar nicht weiß, wo ihr Haus ist und ob sie überhaupt ein Zuhause hat, und sosehr sie sich auch anstrengt, sie kann sich an keinen Straßennamen erinnern, nicht einmal an eine Stadt oder ein Dorf, an keine Nummer, nichts. Viviane meint, der Traum habe bestimmt damit zu tun, dass sie so oft ihr Leben geändert und die Orte gewechselt hat, ohne je wirklich Wurzeln zu schlagen, und das einzig mögliche Heilmittel sei nun, an einem Ort innezuhalten und etwas aufzubauen, ein solides und dauerhaftes Bezugssystem zu etablieren. Eine Zeitlang hat das hier funktioniert, obwohl sie anfangs skeptisch war; doch jetzt fühlt sie sich *tatsächlich* wie in ihrem schrecklichsten wiederkehrenden Traum, in einer nicht wiedererkennbaren Gegend, verloren, das Herz in Aufruhr und der Atem verkürzt.

Rechts sieht sie ein Schild mit der Aufschrift *Aérodrome,* das ihr aus irgendeinem Grund ein schwaches Gefühl von Vertrautheit vermittelt, auch wenn sie nicht versteht, warum, auch wenn sie gar keine Lust hat, es zu verstehen. Sie fährt so langsam, dass sie nicht einmal bremsen muss: Sie braucht nur zu lenken und der Straße zwischen den Feldern und den bebauten Grundstücken zu folgen.

Weiter vorn sind die Häuser zu Ende, und die Wiesen breiten sich, so weit das Auge reicht, im Tal aus, mit den Bergketten zu beiden Seiten wie große Schutzwälle. Sie hält zwischen den parkenden Autos hinter dem Flughafengebäude an und steigt aus. Es ist windig, die Sonne wird langsam etwas stärker, doch die Luft ist noch kalt. Sie schließt halb die Augen, geht über Kies und dann über Gras, die Hände in den Manteltaschen, den Blick gesenkt, das Kinn berührt ihre Brust. Sie ist noch ganz benommen, was auch immer ihr gestern passiert ist: als hätte sie einen schlimmen Unfall gehabt und bisher hätte ihr niemand ein verlässliches Bild der Folgen aufgezeigt.

Vor ihr auf dem Rasen stehen einige Segelflugzeuge, je auf einen ihrer Flügel gelehnt: weiß, zierlich, mit weichen Linien, wie von natürlichen Kräften poliert.

Weiter drüben stehen Last- und Lieferwagen, mehrere Arbeiter sind dabei, die Bühne für das morgige Konzert aufzubauen: die Plattform, auf der die Bebonkers spielen werden, die Türme aus Metallrohr für die Beleuchtung und die Lautsprecher. Auf dem Rasen vor der Bühne haben Jungen und Mädchen und auch einige weniger junge Leute Decken und Schlafsäcke ausgebreitet, um sich schon jetzt einen Platz zu sichern. Auch ein Polizeiauto ist da: Zwei Polizisten sprechen mit einer Gruppe Fans, wahrscheinlich um sie zu überreden, dort wegzugehen, doch sie können sie nicht überzeugen und wirken auch selbst unsicher. Es ist, als seien heute Morgen *alle* unsicher: die Polizisten, die Fans, die Bühnencrew, die Techniker des Flughafens, die Piloten der Segelflugzeuge. Alle handeln, als müssten sie einen inneren Widerstand überwinden, einen grundsätzlichen Mangel an Beweggründen.

Milena Migliari beobachtet die Gesten und Mienen der Personen auf dem Rasen und fragt sich, ob sie wissen, dass Nick Cruickshank heute heiratet. Sie fragt sich, was sie wirklich für ihn empfinden, diese Fans, die mindestens ein-einhalb Tage früher von wer weiß woher gekommen sind, um auf ihn zu warten. Haben sie die blasseste Ahnung davon, wer er wirklich ist, abgesehen von der Figur, die er in der Öffentlichkeit spielt? Wenigstens die treuesten und ausdauerndsten unter ihnen, die ihn seit Jahren verfolgen, alle seine Songs gehört und alles gelesen haben, was über ihn geschrieben wurde, die alle Fotos und alle Videos von ihm gesehen haben? Kennen sie seine Neugier, seine Aufmerksamkeit, seinen Humor, die überraschende Sensibilität seiner Beobachtungen? Wissen sie, dass er die wissenschaftlichen Namen der Pflanzen und auch ihre Geschichte kennt? Wissen sie, dass er die *Odyssee* gelesen hat? Haben sie je gesehen, wie er jemandem zuhört, mit diesem innigen Ausdruck? Oder begnügen sie sich mit dem Bild des gesetzlosen, rein instinktiven Künstlers, des Bühnenschamanen, des anarchistischen Bilderstürmers? Wollen sie lieber nicht daran denken, dass es da noch etwas anderes gibt, sondern glauben, dass die Figur perfekt mit dem Menschen übereinstimmt? Und können sie sich die bösen Gefühle zwischen den Bandmitgliedern vorstellen, oder betrachten sie sie weiterhin als ein begeisterndes Beispiel für brüderliche Freundschaft, die die Zeit und den Wechsel von Erfolg und Schwierigkeiten überdauert?

Milena Migliari blickt zum Himmel auf, sie möchte gern wenigstens ein Segelflugzeug dort oben kreisen sehen. Mit der Nase in der Luft schaut sie in alle Richtungen, aber da ist weit und breit nichts, kein einziges. Wie weit lässt sich ihr Leben von vor gestern wieder reparieren? Könnte es ihr und Viviane je gelingen, die Stücke dessen, was sie hatten, wieder zusammenzusetzen? Oder müssten sie mit einem schwarzen Loch leben, das jedes Mal, wenn sie an Chemin de la Forêt vorbeikommen, seine destruktive Anziehungskraft entfaltet? Und abgesehen von ihnen beiden, was ist mit *ihr*? Würde ihr für immer im Hintergrund ihrer Gefühle und Gedanken die Ahnung bleiben, ganz kurz einen Blick auf das fast perfekte Wunder erhascht und es gleich wieder aus den Augen verloren zu haben? Müsste sie Viviane vielleicht vorschlagen, umzuziehen, woanders zu leben, in ein anderes Land zu gehen? Nach Portugal? Nach Irland? Nach Costa Rica? Aber würde das genügen, oder würde das, was hier passiert ist, sie überall verfolgen? Und was würden sie dann tun? Sie könnte vielleicht woanders wieder eine Eisdiele aufmachen, aber Vivianes Arbeit ist in dieser Gegend hier verwurzelt, es hat sie so viel Mühe gekostet, sich einen Ruf zu erwerben und einen stabilen Kundenstamm aufzubauen. Außerdem müssen sie den Kredit für das Haus abbezahlen und den für die Einrichtung der Eisdiele. Wie könnten sie die Zelte abbrechen und anderswo wieder aufbauen, wenn die Zelte so schwer wiegen, mit so vielen Stricken und Heringen befestigt sind? Wäre es nicht in jedem Fall viel besser für sie, die Probleme direkt anzugehen und sie zu *lösen*, anstatt davonzulaufen? Ist sie nicht schon zu oft davongelaufen, bevor sie Viviane begegnet ist? Als Kind, als junges Mädchen, als Erwachsene? Ist es ihr nicht dank Viviane zum ersten Mal in ihrem Leben gelungen, Tag für Tag etwas aufzubauen, mit sichtbaren Ergebnissen? Kann es sein, dass ihre Beziehung durch das, was passiert ist, nicht zerstört wird, sondern dass sie *gestärkt* daraus hervorgeht? Nicht morgen und auch nicht übermorgen, aber vielleicht in einigen Monaten? In einigen Jahren? Kann es sein, dass sie dem Rand des Abgrunds so nahe war, dass ihr jetzt bewusst geworden ist, wie wichtig es ist, mit beiden Füßen fest auf dem Boden der Wirklichkeit zu stehen? Oder ist es dafür zu spät? Wird sie sich nun für immer zurücksehnen? Aber sehnen wonach? Nach kaum gestreiften oder nur vorgestellten Empfindungen, die aber auf keinen Fall wiederholbar sind?

Den Kopf voller Fragen und mit schwerem Herzen steht sie auf dem Rasen des Aerodroms und spürt, wie jemand sie an der Schulter berührt; mit einem Ruck dreht sie sich um.

Nick Cruickshank hat sich mit einer sehr dunklen Sonnenbrille und der Kapuze des Sweatshirts, das er unter der Jacke trägt, getarnt, aber er ist es. Er zeigt auf die halbfertige Bühne und lächelt. »Bist du auch gekommen, um dir einen Platz zu sichern?«

Milena Migliari schüttelt den Kopf, lächelt, aber gar nicht belustigt, kein bisschen. Sie kann sich kaum auf den Beinen halten, hat Mühe, eine Geste in Richtung der Segelflieger auf dem Rasen zustande zu bringen. »Bist du zum Fliegen gekommen?«

Nick Cruickshank schüttelt den Kopf, mehr oder weniger so wie sie. »Es ist noch zu früh für die Aufwinde.«

Sie schweigen beide. Von den Bergen im Norden weht ein kalter Wind, der jede Spur von Dunst weggeblasen hat; die Luft ist fast zu durchsichtig, das Licht zu grell.

Es ist ein absurd unstofflicher Morgen, selbst das Atmen fällt schwer.

Nick Cruickshank blickt sich vorsichtig um, er möchte nicht von den Fans erkannt werden. Er lächelt wieder, doch auch er fühlt sich nicht wohl. »Wie hoch war wohl die Wahrscheinlichkeit, dass wir uns jetzt hier treffen?«

»Ich weiß es nicht. Hoch? Sehr niedrig?« Milena Migliari erinnert sich, dass sie, als sie in die Hauptstraße einbog, dachte, er liege noch im Bett mit seiner fast schon Angetrauten oder sei mit Vorbereitungen für das Hochzeitsfest befasst; oder er sei hier.

»Und?« Er nimmt die dunkle Brille ab, sieht sie an mit seiner seltsamen, ungefilterten Innigkeit.

»Und was?« Sie fühlt, wie etwas in ihr nachgibt, als würde ihre Abwehr gleich zusammenbrechen, mit unabsehbaren Folgen.

»Gehen wir?« Nick Cruickshank macht eine Bewegung: keine seiner theatralischen Gesten, nur eine kleine Handbewegung ohne Nachdruck, aber so bestimmt wie sein Blick.

Milena Migliari versucht zu entscheiden, was sie tun soll, und hat den Eindruck, sie schafft es nicht; doch dann schaut sie auf ihre Füße und sieht, dass sie von allein losgehen, zusammen mit seinen.

Nick Cruickshank blickt sich vorsichtig um, er möchte nicht von den Fans erkannt werden. Er lächelt wieder, doch auch er fühlt sich nicht wohl. »Wie hoch war wohl die Wahrscheinlichkeit, dass wir uns jetzt hier treffen?«

»Ich weiß es nicht. Hoch? Sehr niedrig?« Milena Migliari erinnert sich, dass sie, als sie in die Hauptstraße einbog, dachte, er liege noch im Bett mit seiner fast schon Angetrauten oder sei mit Vorbereitungen für das Hochzeitsfest befasst; oder er sei hier.

»Und?« Er nimmt die dunkle Brille ab, sieht sie an mit seiner seltsamen, ungefilterten Innigkeit.

»Und was?« Sie fühlt, wie etwas in ihr nachgibt, als würde ihre Abwehr gleich zusammenbrechen, mit unabsehbaren Folgen.

»Gehen wir?« Nick Cruickshank macht eine Bewegung: keine seiner theatralischen Gesten, nur eine kleine Handbewegung ohne Nachdruck, aber so bestimmt wie sein Blick.

Milena Migliari versucht zu entscheiden, was sie tun soll, und hat den Eindruck, sie schafft es nicht; doch dann schaut sie auf ihre Füße und sieht, dass sie von allein losgehen, zusammen mit seinen.

Andrea De Carlo
im Diogenes Verlag

»Wenn Andrea De Carlo schreibt, scheint er die Kamera durch die Feder ersetzen zu wollen, und sein Stil, weit entfernt von jedem literarischen Vorbild, erinnert an die Bilder der Maler des amerikanischen Fotorealismus.« *Italo Calvino*

»Andrea De Carlo hat sich mit Geschichten über Hoffnungen seiner Generation, die Folgen der rasanten Industrialisierung und die Schattenseiten des haltlosen Hedonismus ein großes Publikum erschrieben.« *Maike Albath / Neue Zürcher Zeitung*

Vögel in Käfigen
und Volieren
Roman. Aus dem Italienischen von Burkhart Kroeber

Creamtrain
Roman. Deutsch von Burkhart Kroeber

Macno
Roman. Deutsch von Renate Heimbucher

Yucatan
Roman. Deutsch von Jürgen Bauer

Zwei von zwei
Roman. Deutsch von Renate Heimbucher

Wir drei
Roman. Deutsch von Renate Heimbucher

Wenn der Wind dreht
Roman. Deutsch von Monika Lustig

Das Meer der Wahrheit
Roman. Deutsch von Maja Pflug

Als Durante kam
Roman. Deutsch von Maja Pflug

Sie und Er
Roman. Deutsch von Maja Pflug

Villa Metaphora
Roman. Deutsch von Maja Pflug

Ein fast perfektes Wunder
Roman. Deutsch von Maja Pflug

Das wilde Herz
Roman. Deutsch von Petra Kaiser und Maja Pflug

Folgende Romane sind zurzeit ausschließlich als eBook erhältlich:

Techniken der Verführung
Deutsch von Renate Heimbucher

Arcodamore
Deutsch von Renate Heimbucher

Guru
Deutsch von Renate Heimbucher